O LIVRO VERMELHO DE FÁBULAS ENCANTADAS

Coleção *Livros de Fadas de Lang*

Copyright © 2022 Pandorga

All rights reserved.
Todos os direitos reservados.
Editora Pandorga
1ª Edição | Março 2022

Título original: *The Red Fairy Book*
Org. Andrew Lang

Os pontos de vista desta obra podem ser sensíveis a grupos étnicos e minorias sociais. Por uma questão de fidelidade ao texto, eles foram mantidos, porém, não refletem de forma alguma os valores e as posições da Editora Pandorga ou de seus colaboradores da produção editorial.

Diretora Editorial	Silvia Vasconcelos
Coordenador Editorial	Michael Sanches
Assistente Editorial	Jéssica Gasparini Martins
Projeto gráfico	Rafaela Villela | Lilian Guimarães
Capa	Rafaela Villela
Diagramação	Lilian Guimarães
Tradução	Carla Benatti
Revisão	Carla Paludo

PandorgA

Dados Internacionais de Catalogação na Publicação (CIP) de acordo com ISBD

L788
    O livro vermelho de fábulas encantadas / Vários Autores ; organizado por Andrew Lang ; traduzido por Carla Benatti. - Cotia, SP : Pandorga Editora, 2022.
    432 p. ; 16cm x 23cm.

    ISBN: 978-65-5579-150-1

    1. Literatura infantojuvenil. 2. Contos de fadas. I. Lang, Andrew. II. Benatti, Carla. III. Título.

2022-467   CDD 028.5
                                                                 CDU 82-93

Elaborado por Vagner Rodolfo da Silva - CRB-8/9410

Índices para catálogo sistemático:
1. Literatura infantojuvenil 028.5
2. Literatura infantojuvenil 82-93

ANDREW LANG

O LIVRO VERMELHO

DE FÁBULAS ENCANTADAS

Vários Autores
Editado por Andrew Lang

PandorgA

Sumário

9   PREFÁCIO À EDIÇÃO ORIGINAL

10   APRESENTAÇÃO

13   AS DOZE PRINCESAS BAILARINAS
(Andrew Lang)

27   A PRINCESA FLOR-DE-MAIO
(Madame d'Aulnoy)

45   O CASTELO DE SORIA MORIA
(P. C. Asbjørnsen)

57   A MORTE DE KOSHCHEI, O IMORTAL
(Ralston)

71   O LADRÃO DE PRETO E O CAVALEIRO DO VALE
(The Royal Hibernian Tales)

85   O LADRÃO MESTRE
(P. C. Asbjørnsen)

103   IRMÃO E IRMÃ
(Irmãos Grimm)

113   PRINCESA ROSETTE
(Madame d'Aulnoy)

131   O PORCO ENCANTADO
(Contos de Fadas Romenos traduzidos por Nite Kremnitz)

145   O NORKA
(Andrew Lang)

153   A BÉTULA MARAVILHOSA
(Da Tradição Russo-Carélia)

165   JOÃO E O PÉ DE FEIJÃO
(Andrew Lang)

179   O RATINHO BOM
(Madame d'Aulnoy)

193   GRACIOSA E PERCINET
(Madame d'Aulnoy)

213   AS TRÊS PRINCESAS DA TERRA BRANCA
(J. Moe)

221   A VOZ DA MORTE
(Contos de Fadas Romenos traduzidos para o Alemão por Mite Kremnitz)

225   OS SEIS TOLOS
(M. Lemoine. La Tradition. Nº 34)

229   KARI VESTIDO DE MADEIRA
(P. C. Asbjørnsen)

243   RABO DE PATO
(Contes de Ch. Marelles)

251	**O APANHADOR DE RATOS** *(Ch. Marelles)*
259	**A VERDADEIRA HISTÓRIA DE CHAPEUZINHO DOURADO** *(Ch. Marelles)*
265	**O RAMO DOURADO** *(Madame d'Aulnoy)*
285	**OS TRÊS ANÕES** *(Irmãos Grimm)*
293	**DAPPLEGRIM** *(J. Moe)*
305	**O CANÁRIO ENCANTADO** *(Charles Deulin, Contes du Roi Gambrinus)*
321	**OS DOZE IRMÃOS** *(Irmãos Grimm)*
329	**RAPUNZEL** *(Irmãos Grimm)*
335	**A FIANDEIRA DE URTIGAS** *(Ch. Deulin)*

343	O FAZENDEIRO BARBA-DO-TEMPO *(P. C. Asbjørnsen)*
355	DONA OLA *(Irmãos Grimm)*
361	MINNIKIN *(J. Moe)*
379	A NOIVA ARBUSTO *(J. Moe)*
387	BRANCA DE NEVE *(Irmãos Grimm)*
399	O GANSO DE OURO *(Irmãos Grimm)*
405	OS SETE POTRINHOS *(J. Moe)*
413	O MÚSICO TALENTOSO *(Irmãos Grimm)*
417	A HISTÓRIA DE SIGURD *(Saga Volsunga)*
431	SOBRE O AUTOR

Prefácio à edição original

Em uma segunda colheita pelos campos da Terra Encantada, não podemos esperar encontrar um segundo Perrault. Mesmo assim, ainda há histórias muito boas, e espero que as contidas em *O livro vermelho de fábulas encantadas* atraiam por serem menos conhecidas do que muitas das já consagradas. Os contos foram traduzidos ou, no caso das longas histórias de Madame d'Aulnoy, adaptadas. Pela Sra. Hunt, os contos em norueguês, pela Srta. Minnie Wright a partir das histórias de Madame d'Aulnoy, de outras fontes francesas pela Sra. Lang e Srta. Bruce e do alemão pela Srta. May Sellar, Srta. Farquharson e Srta. Blackley, enquanto "A história de Sigurd" foi condensada pelo organizador a partir da versão em prosa do Sr. William Morris da "Saga dos Volsungos". O organizador precisa agradecer ao seu amigo, Sr. Charles Marelles, pela permissão de reproduzir suas versões de "O apanhador de ratos", de "Rabo de pato" e de "A verdadeira história de Chapeuzinho Dourado", do francês, e ao Sr. Henri Carnoy pelo mesmo privilégio em relação a "Os seis tolos", de *La Tradition*.

Lady Frances Balfour gentilmente copiou uma antiga versão de "João e o pé de feijão", e as Sras. Smith e Elder permitiram a publicação de duas das versões do "Sr. Ralston" a partir do russo.

Andrew Lang, 1890 ◆

Apresentação

O segundo volume da coleção *Livros de fadas de Lang* é um dos mais encantadores da série. A aura de magia que o *Livro vermelho de fábulas encantadas* trouxe foi tamanha que até mesmo J. R. R. Tolkien, o autor de *O Hobbit* e *O senhor dos anéis*, afirmou ter sido esse um de seus livros preferidos. Inclusive, *O Hobbit* foi parcialmente inspirado no conto "A história de Sigurd",[1] o último dos contos do *Livro vermelho*.

Essa segunda compilação de Andrew Lang traz contos de fadas bem conhecidos do público como "Branca de Neve", "Rapunzel", "João e o pé de feijão", mas também muitos outros não tão difundidos, como "O castelo de Soria Moria", "As três princesas da Terra Branca", entre muitos outros — de um total de 37 contos — que, se perdem em fama, ganham em magia, aventura e fantasia.

O gênero literário *contos de fadas* recebeu essa nomenclatura há relativamente pouco tempo, apenas no século XVII com Madame d'Aulnoy,[2] mas ele já era transmitido desde muito antes por meio de uma tradição oral. Estudiosos e acadêmicos começaram a registrar por escrito essas histórias, adornando-as com a técnica literária e lapidando o aspecto formal do texto.

Marcas dessa tradição oral, porém, não foram apagadas, pelo contrário, certas estruturas desse período nos saltam aos olhos facilmente. Um exemplo disso é que a maioria das histórias, como vocês observarão, apresentam uma certa estrutura formulaica na qual os acontecimentos, o tempo, os elementos, as ações e, às vezes, até os personagens aparecem associados ao número três. Esse padrão pode ser considerado como um recurso mnemônico que os povos usavam para se lembrarem da história ao transmiti-la.[3]

Portanto, os contos de fadas são uma mistura de contos populares com o refinamento de grandes autores e literatos que corporificaram as histórias como as conhecemos hoje. Andrew Lang organizou mais uma ardente coletânea de contos que farão até mesmo o coração mais duro se derreter com esse mundo mágico.

---

1 CHANCE, J. *The Mythology of Magic in The Hobbit:* Tolkien and Andrew Lang's Red Fairy Book "Story of Sigurd". Disponível em: < https://www.medievalists.net/2012/05/the-mythology-of-magic-in-the-hobbit-tolkien-and-andrew-langs-red-fairy-book-story-of-sigurd/>. Acesso em: 16 mar. 2022.

2 FILHO, P. C. R. *Marie-Catherine d'Aulnoy*: a precursora de um gênero literário. *Revista Água Viva*. v. 6, n. 2. p. 1-15, 2021.

3 FAIRYTALEZ. *The Power of Three:* Why Fairy Tales Often Feature a Triple. Disponível em: <https://fairytalez.com/blog/the-power-of-three-why-fairy-tales-often-feature-a-triple/#:~:text=What%20Comes%20in%20Threes%3F,as%20the%20Three%20Little%20Pigs>. Acesso em: 16 mar. 2022.

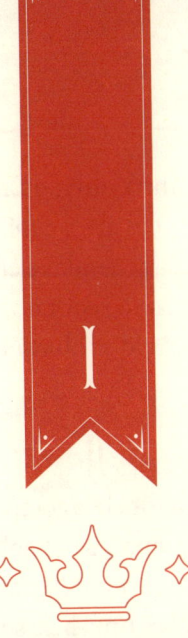

As Doze Princesas Bailarinas

(Andrew Lang)

Era uma vez um jovem vaqueiro, sem pai nem mãe, que vivia em uma aldeia chamada Montignies-sur-Roc. Seu nome era Michael, mas todos o chamavam de Sonhador, porque sempre que conduzia suas vacas pelos campos em busca de pasto, ele o fazia olhando para o céu, mirando o vazio.

Como ele tinha a pele muito clara, olhos azuis e cabelos encaracolados, as moças da aldeia costumavam vir ao seu encontro e lhe perguntar:

— Bem, Sonhador, o que você está fazendo?

E Michael respondia:

— Oh, nada! — E seguia seu caminho sem sequer olhar para trás.

O fato é que ele as achava pouco atraentes, com seus pescoços queimados pelo sol, mãos grandes e avermelhadas, anáguas grosseiras e sapatos de madeira. Ele tinha ouvido falar que em algum lugar do mundo havia moças de pescoços alvos e mãos pequenas, que sempre se vestiam com as melhores sedas e rendas e eram chamadas de princesas. Enquanto seus companheiros ao redor do fogo nada viam nas chamas além de cenas do cotidiano, ele sonhava que teria a felicidade de se casar com uma princesa.

II

Certa manhã, em meados de agosto, exatamente ao meio-dia, quando o sol estava mais quente, Michael fez sua refeição comendo um pedaço de pão seco e, em seguida, foi dormir sob um carvalho. Enquanto dormia, sonhou com uma bela senhora, vestida em um traje feito de ouro, que apareceu diante dele e lhe disse:

— Vá para o castelo de Beloeil e lá você se casará com uma princesa.

Naquela noite, o jovem vaqueiro, que não conseguia parar de pensar no conselho que a senhora de vestido dourado lhe dera, contou seu sonho às pessoas da fazenda. Mas, como era de se esperar, elas apenas riram dele.

No dia seguinte, no mesmo horário, ele voltou a dormir sob a mesma árvore. A senhora apareceu uma segunda vez e disse:

— Vá para o castelo de Beloeil e lá você se casará com uma princesa.

À noite, Michael contou aos seus amigos que tinha tido o mesmo sonho, mas eles apenas riram dele, ainda mais do que antes.

"Deixe estar", pensou consigo, "se a senhora aparecer para mim uma terceira vez, farei o que ela me disser".

No dia seguinte, para grande espanto de toda a aldeia, por volta de duas horas da tarde, ouviu-se uma voz a cantar:

— Ôoo, ôoo, vai meu gado!

Era o jovem vaqueiro conduzindo seu rebanho de volta ao estábulo.

O fazendeiro começou a repreendê-lo severamente, mas ele se limitou a responder baixinho:

— Estou indo embora daqui.

Ele colocou suas roupas em uma trouxa, despediu-se de seus amigos e saiu corajosamente em busca da própria sorte.

Houve um grande alvoroço por toda a aldeia e, no topo da colina, as pessoas seguravam o riso enquanto observavam o Sonhador caminhando bravamente pelo vale, com sua trouxa presa à ponta de uma vara.

A cena era digna de causar riso em qualquer um, certamente.

III

Era bem conhecido por todos, em um raio de trinta e dois quilômetros, que no castelo de Beloeil viviam doze princesas de grande beleza, tão orgulhosas quanto belas, e que, além disso, eram tão sensíveis e de sangue real tão puro que seriam capazes de sentir até mesmo a presença de uma diminuta ervilha em suas camas, ainda que estivesse escondida sob os colchões.

Dizia-se que levavam exatamente a vida que as princesas deveriam ter, dormindo até tarde pela manhã e nunca se levantando antes do meio-dia. Elas tinham doze camas, todas no mesmo quarto, porém o mais extraordinário era que, embora estivessem trancadas por ferrolhos triplos, todas as manhãs seus sapatos de cetim estavam repletos de furos.

Quando lhes perguntavam o que haviam feito durante a noite toda, sempre respondiam que haviam dormido; e, de fato, nenhum ruído jamais era ouvido no quarto. Entretanto os sapatos não poderiam se desgastar sozinhos!

Por fim, o duque de Beloeil ordenou que soassem as trombetas e fosse proclamado que aquele que descobrisse como suas filhas gastavam os sapatos poderia escolher uma delas como sua esposa.

Ao ouvir a proclamação, vários príncipes rumaram para o castelo a fim de tentar a sorte. Eles passaram a noite toda espreitando atrás da porta do quarto das princesas, mas, quando a manhã chegou, todos tinham desaparecido, e ninguém sabia o que havia acontecido com eles.

IV

Ao chegar ao castelo, Michael foi direto falar com o jardineiro para oferecer seus serviços. Ocorre que, coincidentemente, o ajudante do jardineiro tinha acabado de ser demitido e, embora o Sonhador não parecesse muito forte, o jardineiro concordou em lhe dar uma oportunidade, pois achava que suas belas feições e seus cachos dourados agradariam às princesas.

A primeira coisa que lhe disseram foi que quando as princesas se levantassem, ele deveria presentear cada uma com um buquê, e Michael pensou que, se não houvesse nada mais desagradável para fazer do que aquilo, ele certamente se daria muito bem naquela função.

Dessa maneira, ele se posicionou atrás da porta do quarto das princesas, com os doze buquês em uma cesta. Deu um para cada uma das irmãs, e elas os pegaram sem nem mesmo lhe dirigir o olhar, exceto Lina, a mais jovem, que fixou nele seus grandes olhos negros tão suaves como veludo e exclamou:

— Oh, que lindo é nosso novo florista!

Todas as outras caíram na gargalhada, e a mais velha disse que uma princesa nunca deveria se rebaixar a olhar para um jardineiro.

Agora Michael sabia muito bem o que havia acontecido com todos os príncipes, mas, apesar disso, os belos olhos da princesa Lina o inspiraram com um desejo incontrolável de tentar a sorte. Infelizmente, ele não ousou ir além naquele momento, temendo ser motivo de chacota ou até mesmo ser mandado embora do castelo por conta dessa impertinência.

V

Entretanto, o Sonhador teve outro sonho. A senhora do vestido dourado apareceu-lhe mais uma vez, segurando em uma das mãos dois loureiros jovens: um louro-cereja e um louro-rosa, e na outra mão um pequeno ancinho de ouro, um pequeno balde de ouro e uma toalha de seda. Ela assim se dirigiu a ele:

— Plante esses dois loureiros em dois vasos grandes, remexa a terra com o ancinho, regue-os com o balde e seque-os com a toalha. Quando eles crescerem e alcançarem a altura de uma jovem de quinze anos, diga a cada um deles: "Meu lindo loureiro, com o ancinho de ouro te plantei, com o balde de ouro te reguei, com a toalha de seda te sequei". Então, depois disso, peça o que quiser, e os loureiros darão a você.

Michael agradeceu à senhora do vestido dourado e, quando acordou, encontrou os dois arbustos de louro a seu lado. Ele seguiu cuidadosamente as instruções que tinha recebido da senhora.

As árvores cresceram muito rápido e, quando alcançaram a altura de uma jovem de quinze anos, ele disse ao louro-cereja:

— Meu adorável louro-cereja, com o ancinho de ouro te plantei, com o balde de ouro te reguei, com a toalha de seda te sequei. Ensina-me como tornar-me invisível.

Então, no mesmo instante, apareceu no loureiro uma linda flor branca, que Michael colheu e colocou na botoeira de sua camisa.

VI

Naquela noite, quando as princesas subiram ao quarto para dormir, ele as seguiu descalço, para não fazer barulho, e escondeu-se embaixo de uma das doze camas para não ocupar muito espaço.

As princesas começaram imediatamente a abrir os guarda-roupas e os baús. Tiraram deles os vestidos mais magníficos, que vestiram diante dos espelhos, e, quando terminaram, viraram-se para admirar sua aparência.

Michael não conseguia ver nada de seu esconderijo, mas podia ouvir as princesas rindo e pulando de prazer. Por fim, a mais velha disse:

— Sejam rápidas, minhas irmãs, ou nossos parceiros ficarão impacientes.

Ao final de uma hora, quando o Sonhador não ouviu mais qualquer barulho, espiou e viu as doze irmãs em trajes esplêndidos, vestindo seus sapatos de cetim e, nas mãos, os buquês que ele havia dado.

— Vocês estão prontas? — perguntou a mais velha.

— Sim — responderam as outras onze em coro e tomaram seus lugares uma a uma atrás dela.

Então a princesa mais velha bateu palmas três vezes, e um alçapão se abriu. Todas as princesas desapareceram por uma escada secreta, e Michael rapidamente as seguiu.

Enquanto seguia os passos da princesa Lina, ele pisou sem querer em seu vestido.

— Há alguém atrás de mim! — exclamou a princesa. — Está segurando meu vestido.

— Sua tola — disse a irmã mais velha —, você está sempre com medo de alguma coisa. Foi apenas um prego que a prendeu.

VII

Elas desceram, desceram, desceram, até que finalmente chegaram a uma passagem na qual havia uma porta em uma das extremidades, fechada apenas por um trinco. A princesa mais velha abriu, e elas se viram imediatamente diante de um adorável bosque, onde as folhas estavam salpicadas de gotas de prata que cintilavam à luz brilhante da lua.

Em seguida, cruzaram outro bosque, onde as folhas estavam salpicadas de ouro, e depois outro ainda, onde as folhas brilhavam como diamantes.

Por fim, o Sonhador vislumbrou um grande lago, e, em suas margens, doze barquinhos com toldos, nos quais estavam sentados doze príncipes, segurando seus remos e aguardando as princesas.

Cada princesa entrou em um dos barcos, e Michael adentrou furtivamente naquele que levava a princesa mais jovem. Os barcos deslizavam rapidamente, mas o de Lina, por estar mais pesado, ficava sempre atrás dos demais.

— Nunca fomos tão devagar — disse a princesa. — Qual será a razão?

— Não sei — respondeu o príncipe —, mas posso lhe garantir que estou remando o mais rápido que posso.

Do outro lado do lago, o jovem jardineiro viu um belo castelo esplendidamente iluminado, do qual vinha uma música animada de violinos, tímpanos e trombetas.

No momento em que tocaram a terra, o grupo saltou dos barcos, e os príncipes, depois de amarrarem firmemente as embarcações, deram o braço às princesas e as conduziram ao castelo.

VIII

Michael os seguiu e entrou no salão de baile atrás do grupo. Por toda parte, havia espelhos, luzes, flores e cortinas adamascadas. O Sonhador ficou perplexo com a magnificência daquele lugar.

Ele se posicionou em um canto, longe da entrada, admirando a graça e a beleza das princesas. Todas eram lindas e graciosas, cada uma à sua maneira. Algumas tinham cabelos claros e outras, escuros. Algumas tinham cabelos castanhos, ou cachos ainda mais escuros, e outras tinham madeixas douradas. Nunca se vira tantas belas princesas juntas de uma só vez, mas aquela que o vaqueiro achava a mais bela e fascinante era a princesinha de olhos de veludo.

Com que disposição ela dançava! Apoiada no ombro de seu parceiro, ela girava como um redemoinho. Sua face estava corada, seus olhos brilhavam e estava claro que ela amava dançar mais do que qualquer outra coisa. O pobre menino invejava aqueles jovens bonitos com quem ela dançava tão graciosamente, mas ele não imaginava quão poucos motivos tinha para ter ciúme deles.

Os jovens, ao menos uns cinquenta, eram, na realidade, os príncipes que tentaram descobrir o segredo das princesas. As princesas os tinham feito beber uma poção que congelara seus corações e não os deixava sentir nada além de amor pela dança.

IX

Eles dançaram até os sapatos das princesas ficarem cheios de furos. Quando o galo cantou pela terceira vez, os violinos pararam, e um delicioso jantar foi servido por meninos negros que traziam flores de laranjeira açucaradas, pétalas de rosa cristalizadas, violetas polvilhadas, biscoitos variados e outros pratos que são, como todos sabem, os favoritos das princesas.

Depois do jantar, os dançarinos voltaram para seus barcos, e desta vez o Sonhador entrou no da princesa mais velha. Eles cruzaram novamente o bosque com as folhas cravejadas de diamantes, o bosque com as folhas salpicadas de ouro e o bosque cujas folhas cintilavam como gotas de prata e, como prova do que tinha visto, o menino quebrou um pequeno galho de uma árvore do último bosque. Ao ouvir o barulho feito pelo galho quebrado, Lina se virou e perguntou:

— Que barulho foi esse?

— Não foi nada — respondeu a irmã mais velha. — Foi apenas o pio da coruja que se empoleira em uma das torres do castelo.

Enquanto ela falava, Michael conseguiu passar à frente do grupo e, correndo pela escada, chegou primeiro ao quarto das princesas. Ele escancarou a janela e, deslizando pela trepadeira que subia pelas paredes do castelo, alcançou o jardim bem quando o sol estava começando a nascer e já era hora de começar a trabalhar.

X

Naquele dia, enquanto preparava os buquês, ele escondeu o galho com as gotas de prata no ramalhete destinado à princesa mais jovem. Quando Lina descobriu, ficou muito surpresa, mas nada disse às irmãs. No entanto, ao encontrar o jovem por acaso enquanto caminhava sob a sombra dos olmos, subitamente parou como se fosse falar com ele; depois, mudando de ideia, continuou a caminhar.

Naquela mesma noite, as doze irmãs foram novamente para o baile, e o Sonhador as seguiu cruzando o lago a bordo do barco de Lina. Desta vez, foi o príncipe que reclamou que o barco parecia muito pesado.

— É o calor — respondeu a princesa. — Eu também estou me sentindo quente.

Durante o baile, ela procurou em todos os lugares pelo ajudante de jardineiro, mas não o viu. Ao retornarem, Michael pegou um galho da árvore com as folhas salpicadas de ouro, e agora foi a princesa mais velha que ouviu o barulho feito pelo galho ao quebrar.

— Não é nada — disse Lina. — É apenas o pio da coruja que se aninha nas torres do castelo.

XI

Assim que ela acordou, encontrou o galho em seu buquê. Quando as irmãs desceram, ela ficou um pouco para trás e disse ao vaqueiro:

— De onde veio esse galho?

— Sua Alteza Real sabe muito bem — respondeu Michael.
— Então você nos seguiu?
— Sim, princesa.
— Como conseguiu? Nunca vimos você.
— Eu me escondi — respondeu o Sonhador calmamente.

A princesa ficou em silêncio por um momento e então disse:
— Você conhece nosso segredo! Guarde-o. Aqui está a recompensa por sua discrição. — E ela atirou uma bolsa de ouro para o rapaz.
— Meu silêncio não está à venda — respondeu Michael, que foi embora sem pegar a bolsa.

Por três noites, Lina não viu nem ouviu nada de extraordinário. Na quarta noite, escutou um farfalhar entre as folhas do bosque de diamantes reluzentes. No dia seguinte, encontrou um galho de árvore em seu buquê.

Ela puxou o Sonhador de lado e disse com voz áspera:
— Você sabe o preço que meu pai prometeu pagar pelo nosso segredo?
— Eu sei, princesa — respondeu Michael.
— E não pretende contar a ele?
— Essa não é minha intenção.
— Você está com medo?
— Não, princesa.
— O que o torna tão discreto, então?

Mas Michael permaneceu em silêncio.

XII

As irmãs de Lina a viram conversando com o jovem ajudante de jardineiro e zombaram dela por isso.
— O que a impede de se casar com ele? — perguntou a mais velha. — Dessa forma, você se tornará uma jardineira também, é uma profissão encantadora. Você poderá morar em uma cabana no interior do bosque, ajudar seu marido a tirar água do poço e, quando acordarmos pela manhã, você nos trará nossos buquês.

A princesa Lina ficou furiosa e, quando o Sonhador lhe deu seu buquê, ela o recebeu com ar de desdém.

Michael se comportou de maneira muito respeitosa. Não ergueu os olhos em sua direção, mas ela o sentiu ao seu lado quase que o dia todo, mesmo sem poder vê-lo.

Um dia, ela decidiu contar tudo para sua irmã mais velha.

— O quê?! — disse ela. — Esse patife conhece nosso segredo e você nunca me contou! Devo me livrar dele sem desperdiçar nem mais um segundo.

— Mas como?

— Ora, fazendo com que seja levado para as masmorras, é claro.

Pois era assim que antigamente lindas princesas se livravam de gente que sabia demais. Mas o mais surpreendente é que a irmã mais nova não pareceu gostar desse método de calar o jovem jardineiro, que, afinal, não havia dito nada ao pai delas.

XIII

Ficou combinado que a questão deveria ser submetida às outras dez irmãs. Todas ficaram do lado da mais velha. Então, a irmã mais nova declarou que, se alguém tocasse no jovem jardineiro, ela própria contaria a seu pai o segredo dos furos em seus sapatos.

Por fim, ficou decidido que Michael deveria ser posto à prova; elas o levariam ao baile e ao final do jantar lhe dariam a poção que o encantaria como os demais.

Elas mandaram chamar o Sonhador e perguntaram-lhe como havia descoberto o segredo, mas ele nada respondeu, permanecendo em silêncio.

Então, em tom severo, a irmã mais velha deu-lhe as ordens que elas anteriormente haviam combinado.

Ele apenas respondeu:

— Eu obedecerei.

Ele estivera o tempo todo presente, porém invisível, no conselho das princesas, sem que elas o vissem, e ouvira tudo; mas decidira beber a poção e se sacrificar pela felicidade daquela que amava.

Não desejando, no entanto, fazer má figura diante dos outros dançarinos no baile, ele recorreu imediatamente aos loureiros e disse:

— Meu adorável louro-rosa, com o ancinho de ouro te plantei, com o balde de ouro te reguei, com uma toalha de seda te sequei. Veste-me como um príncipe.

Uma linda flor rosa surgiu. Michael a colheu e, no mesmo instante, viu-se vestido com um traje de veludo, tão negro quanto os olhos da pequena princesa, com uma capa que combinava com o traje, uma *aigrette*[1] de diamantes e uma flor de louro-rosa em sua botoeira.

Assim vestido, ele se apresentou naquela noite perante o duque de Beloeil e obteve permissão para tentar descobrir o segredo de suas filhas. Ele parecia tão distinto que dificilmente alguém saberia quem ele era.

XIV

As doze princesas subiram para o quarto. Michael as seguiu e esperou atrás da porta aberta até que dessem o sinal para partir.

Desta vez, ele não cruzou o lago a bordo do barco de Lina. Ele deu o braço à irmã mais velha, dançou com cada uma delas e o fez de forma tão elegante e graciosa que todos ficaram encantados com ele. Finalmente, chegou o momento de dançar com a jovem princesa. Ela o considerou o melhor parceiro do mundo, mas ele não se atreveu a dirigir-lhe uma única palavra sequer.

Quando ele a estava conduzindo de volta ao seu lugar, ela lhe disse em tom zombeteiro:

— Aqui está você, no auge de seus desejos: ser tratado como um príncipe.

— Não tenha medo — respondeu o Sonhador delicadamente. — Você nunca será a esposa de um jardineiro.

A jovem princesa olhou para ele com uma expressão assustada, e ele a deixou, sem esperar pela resposta.

Quando as sapatilhas de cetim ficaram desgastadas, os violinos pararam de tocar e os jovens negros puseram a mesa, Michael foi colocado ao lado da irmã mais velha e de frente para a mais nova.

Elas lhe serviram os pratos mais requintados e os vinhos mais delicados; e para deixá-lo ainda mais encantado, endereçaram-lhe

---

[1]. Enfeite de plumas de garça e/ou pedras preciosas, geralmente usado no chapéu por homens e no cabelo por mulheres. (N. E.)

todo o tipo de elogios e lisonjas. Mas ele tomou cuidado para não se deixar embriagar, nem pelo vinho, nem pelos elogios.

XV

Por fim, a irmã mais velha fez um sinal, e um dos pajens negros trouxe uma grande taça dourada.

— O castelo encantado não tem mais segredos para você — disse ela ao Sonhador. — Permita-nos brindar ao seu triunfo.

Ele olhou demoradamente para a jovem princesa e sem hesitar ergueu a taça.

— Não beba! — gritou a jovem princesa. — Prefiro casar-me com um jardineiro. — E irrompeu em lágrimas.

Michael jogou fora o conteúdo do copo, saltou sobre a mesa e ajoelhou-se aos pés de Lina. Os demais príncipes também se ajoelharam perante as princesas, e cada uma escolheu um marido e o ergueu, posicionando-o a seu lado. O encanto havia sido quebrado.

Os doze casais entraram nos barcos, que haviam cruzado aquelas águas muitas vezes, transportando os outros príncipes. Em seguida, todos atravessaram os três bosques e, quando cruzaram a porta da passagem subterrânea, ouviu-se um grande estrondo, como se o castelo encantado estivesse desmoronando.

Todos se dirigiram imediatamente para o quarto do duque de Beloeil, que acabara de acordar. Michael segurava na mão a taça de ouro e revelou o segredo dos furos nos sapatos.

— Escolha, então — disse o duque — aquela que preferir.

— Minha escolha já está feita — respondeu o jovem jardineiro. Ele ofereceu a mão para a princesa mais jovem, que corou e baixou os olhos.

XVI

A princesa Lina não se tornou esposa de um jardineiro; pelo contrário, foi o Sonhador que se tornou um príncipe. Mas, antes da cerimônia de casamento, a princesa insistiu que seu amado lhe revelasse como havia desvendado o segredo.

Então, ele lhe mostrou os dois loureiros que o tinham ajudado, e ela, como uma moça prudente, pensando que as pequenas árvores lhe davam muita vantagem sobre a própria esposa, cortou-as pela raiz e as lançou ao fogo. E é por isso que as camponesas cantam:

*"Não iremos mais à floresta,
Os loureiros estão cortados."*[2]

E dançam no verão, à luz do luar.

---
2. No original: *Nous n'irons plus au bois,/ Les lauriers sont coupe.* (N. T.)

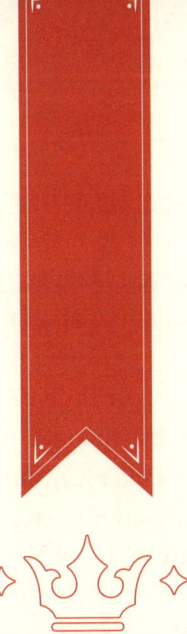

A PRINCESA FLOR·DE·MAIO

(Madame d'Aulnoy)

Era uma vez um rei e uma rainha cujos filhos haviam morrido, um após o outro, até que restasse apenas sua pequena filha. A rainha estava muito apreensiva para encontrar uma aia realmente boa que pudesse cuidar e criar a criança. Um arauto foi enviado para tocar a trombeta em cada esquina e ordenar que todas as melhores aias comparecessem diante da rainha, para que ela pudesse escolher, entre elas, a mais qualificada para cuidar da pequena princesa. Então, no dia marcado, o palácio ficou tomado de aias que vieram dos quatro cantos do mundo para se candidatar ao cargo. A rainha declarou que, para que pudesse ver a metade delas, deveriam se apresentar, uma a uma, em uma floresta sombria próxima ao palácio, onde estaria sentada aguardando sob a sombra das árvores.

Suas ordens foram seguidas à risca, e as aias, depois de fazerem uma reverência perante o rei e a rainha, alinharam-se diante da monarca para que essa pudesse fazer sua escolha. A maioria delas era loira, possuía corpo avantajado e aparência encantadora, mas havia uma que possuía pele escura, era feia e falava uma língua estranha que ninguém conseguia compreender. A rainha se perguntou como ela ousara se candidatar, e dispensou-a, uma vez que certamente não seria escolhida. Diante disso, ela murmurou alguma coisa e retirou-se, mas, em vez de ir embora, escondeu-se em uma árvore oca próxima dali, de onde podia ver tudo o que acontecia.

A rainha, sem pensar mais nela, escolheu uma aia de rosto bem rosado, mas mal havia declarado sua decisão quando uma cobra, que estava escondida na grama, mordeu o pé da jovem escolhida, que caiu morta instantaneamente. A rainha ficou muito contrariada com aquele inesperado acidente, mas logo escolheu outra aia, que estava caminhado em sua direção quando uma águia passou voando e deixou cair uma grande tartaruga bem sobre sua cabeça, que se partiu em pedaços como uma casca de ovo. A rainha ficou horrorizada com aquela cena, mas logo selecionou uma terceira candidata. Infelizmente, a rainha não teve melhor sorte, pois a aia, ao mover-se rapidamente, esbarrou no galho de uma árvore e teve o olho perfurado por um espinho, ficando irremediavelmente cega. Então, a rainha, consternada, gritou que devia haver alguma influência maligna em curso e que não escolheria mais ninguém naquele dia. Ela mal havia se levantado para retornar ao palácio quando ouviu gargalhadas maliciosas atrás de si e, virando-se, viu a estranha e horrenda candidata que ela havia dispensado, divertindo-se muito com aqueles desastres e zombando de todos, mas especialmente da rainha. Isso irritou a sua majestade profundamente, a qual estava prestes a ordenar que ela fosse presa quando a bruxa — pois ela era uma bruxa — com dois floreios de sua varinha invocou uma carruagem de fogo puxada por dragões alados e disparou em retirada, proferindo gritos e ameaças. Quando o rei viu aquilo, exclamou:

— Ai de nós! Agora estamos realmente arruinados, pois esta não era outra senão a fada Carabosse, que guarda rancor de mim desde a época em que eu era menino e coloquei enxofre em seu mingau para me divertir.

Então a rainha começou a chorar.

— Se eu soubesse quem era — disse ela —, teria feito todo o possível para fazer amizade; agora suponho que tudo está perdido.

O rei lamentou tê-la amedrontado tanto e propôs que reunissem o conselho para deliberar sobre o melhor a ser feito para evitar os infortúnios que Carabosse certamente pretendia causar à pequena princesa.

Assim, todos os conselheiros foram convocados ao palácio e, depois de fecharem portas e janelas e taparem todos os buracos das fechaduras para que não fossem ouvidos, conversaram sobre o assunto e decidiram que todas as fadas em um raio de aproximadamente quatro mil quilômetros deveriam ser convidadas para o batizado da princesa e que o horário da cerimônia seria mantido em absoluto sigilo, como precaução, caso a fada Carabosse resolvesse comparecer.

A rainha e as suas damas começaram a preparar presentes para as fadas convidadas: um manto de veludo azul, uma anágua de cetim adamascado, um par de sapatos de salto alto, algumas agulhas afiadas e uma tesoura dourada para cada uma. De todas as fadas que a rainha convidou, apenas cinco puderam comparecer no dia marcado, mas começaram imediatamente a dar presentes à princesa. Uma prometeu que ela seria irretocavelmente linda, a segunda que compreenderia qualquer assunto, independentemente de qual fosse, na primeira vez que lhe fosse explicado, a terceira que ela cantaria como um rouxinol, a quarta que ela teria sucesso em tudo que empreendesse, e a quinta estava abrindo a boca para falar quando um tremendo estrondo foi ouvido na chaminé, e Carabosse, todo coberta de fuligem, desceu rolando e gritando:

— Eu digo que ela será a mais desafortunada entre as desafortunadas até completar 20 anos de idade.

Então a rainha e todas as fadas começaram a implorar e suplicar que ela pensasse melhor e não fosse tão cruel com a pobre princesa, que nunca lhe fizera mal algum. Mas a feia e velha fada apenas grunhiu e nada respondeu. Assim, a última fada, que ainda não havia dado seu presente, tentou amenizar a situação prometendo à princesa uma vida longa e feliz depois que o período da maldição tivesse terminado. Diante disso, Carabosse riu maldosamente e saiu pela chaminé, deixando todos em grande consternação, especialmente a rainha. Ainda assim, ela se dedicou a entreter as fadas esplendidamente e deu-lhes lindas fitas, das quais elas gostaram muito, além de outros presentes.

Quando estavam indo embora, a mais velha delas disse que as fadas achavam que seria prudente trancar a princesa em algum lugar, com suas criadas, para que não tivesse contato com mais ninguém até completar 20 anos. Assim, o rei mandou construir uma torre especialmente para esse fim. Não tinha janelas, por isso, era iluminada por velas, e a única maneira de entrar era por uma passagem subterrânea, que tinha portas de ferro com seis metros de distância uma da outra, e guardas postados por toda parte.

A princesa recebeu o nome de Flor-de-Maio, porque era tão fresca e radiante quanto a própria primavera. A jovem tornou-se alta, bonita e tudo o que fazia ou dizia era encantador. Toda vez que o rei e a rainha vinham visitá-la ficavam ainda mais encantados. Embora estivesse cansada da torre e muitas vezes implorasse para que a tirassem dali, os pais sempre se recusavam. A aia da princesa, que jamais havia saído de seu lado, às vezes lhe contava sobre o mundo fora da torre e, embora a princesa jamais tivesse visto nada com seus próprios olhos, ela sempre compreendia tudo com precisão, graças ao presente que a segunda fada havia lhe concedido. Frequentemente, o rei dizia à rainha:

— Fomos mais espertos que Carabosse, no final das contas. Nossa Flor-de-Maio será feliz, apesar de suas previsões.

E a rainha ria até se cansar com a ideia de ter enganado a velha fada. Eles haviam ordenado que um retrato da princesa fosse pintado e enviado a todas as cortes vizinhas, pois em quatro dias ela completaria seu vigésimo aniversário, e era chegado o momento de decidir com quem se casaria. Toda a cidade regozijou-se com a proximidade da libertação da princesa e, quando chegou a notícia de que o rei Merlin enviara seu embaixador a fim de pedir a mão da princesa em casamento para seu filho, eles ficaram ainda mais exultantes. A aia, que mantinha a princesa informada de tudo o que acontecia na cidade, não deixou de transmitir-lhe a notícia que tanto a interessava e forneceu-lhe uma descrição tão detalhada sobre o esplendor com o qual o embaixador Fanfaronade entraria na cidade que a princesa ficou ansiosa para ver a comitiva por si mesma.

— Que criatura infeliz eu sou — gritou ela —, trancada nesta torre sombria como se tivesse cometido algum crime! Eu nunca vi o sol, ou as estrelas, ou um cavalo, ou um macaco, ou um leão, exceto em figuras. Embora o rei e a rainha me digam que serei libertada quando completar 20 anos, acredito que só digam isso para me distrair, pois, na verdade, não têm qualquer intenção de me deixar sair.

Então ela começou a chorar, e sua aia, a filha da aia, a criada que balançou seu berço e a auxiliar da aia, todas que a amavam muito, choraram junto com ela, de tal maneira que nada podia ser ouvido além de soluços e suspiros. Foi uma cena muito triste. Quando a princesa viu que todos se compadeciam dela, decidiu fazer valer sua vontade. Então ela declarou que faria greve de fome até a morte se não encontrassem algum meio de deixá-la ver a entrada triunfal de Fanfaronade na cidade.

— Se vocês realmente me amam — disse ela —, hão de encontrar uma maneira, e o rei e a rainha jamais saberão.

Então, a aia e as outras choraram ainda mais do que antes e fizeram tudo o que podiam para demover a princesa de sua ideia. Mas quanto mais falavam, mais determinada ela ficava e, por fim, consentiram em fazer um pequeno buraco na torre do lado que dava vista para os portões da cidade.

Depois de arranhar e raspar durante todo o dia e toda a noite, elas conseguiram abrir um orifício através do qual podia-se, com grande dificuldade, passar uma agulha muito fina e, com isso, a princesa viu a luz do dia pela primeira vez. Ela ficou tão deslumbrada e encantada com o que viu que lá permaneceu, sem tirar os olhos do pequeno orifício nem por um minuto sequer, até que a comitiva do embaixador pôde ser vista.

À frente da comitiva, vinha o próprio Fanfaronade em seu cavalo branco, que se empinava e curveteava ao som das trombetas. Nada poderia ser mais esplêndido do que o traje do embaixador. Seu traje estava quase escondido sob um bordado de pérolas e diamantes, suas botas eram feitas de ouro maciço e de seu capacete saíam plumas escarlates. Ao vê-lo, a princesa perdeu totalmente o juízo e decidiu que se casaria com Fanfaronade e com ninguém mais.

— É absolutamente impossível — disse ela — que seu senhor seja tão bonito e encantador quanto ele. Não sou ambiciosa e, tendo passado toda a minha vida nesta torre tediosa, qualquer coisa, até mesmo uma casa no campo, pareceria uma alternativa encantadora. Tenho certeza de que pão e água compartilhados com Fanfaronade me agradariam muito mais do que frango assado e doces com qualquer outra pessoa.

E assim ela continuou falando, falando, falando, até que suas damas de companhia se perguntaram de onde ela havia tirado tudo aquilo. Mas quando elas tentaram impedi-la de continuar e a alertaram de que sua alta posição tornava totalmente impossível que ela fizesse tal escolha, ela não deu ouvidos e ordenou que se calassem.

Assim que o embaixador chegou ao palácio, a rainha ordenou que trouxessem sua filha.

Todas as ruas estavam forradas com tapetes, e as janelas estavam cheias de damas que esperavam para ver a princesa e carregavam cestos de flores e guloseimas para derramar sobre ela quando essa passasse.

Elas mal tinham começado a preparar a princesa quando um anão chegou montado em um elefante. Ele veio a pedido das cinco fadas e trouxe para a princesa uma coroa, um cetro e um manto de brocado dourado, com uma anágua maravilhosamente bordada com asas de borboletas. Elas também enviaram um baú de joias tão esplêndido que ninguém jamais vira nada parecido e que deixou a rainha absolutamente deslumbrada quando o abriu. Mas a princesa mal olhou para qualquer daqueles tesouros, pois não pensava em outra coisa além de Fanfaronade. O anão foi recompensado com um pedaço de ouro e enfeitado com tantas fitas que quase não era possível vê-lo. A princesa enviou a cada uma das fadas uma roca com fuso de madeira de cedro nova, e a rainha disse que ela deveria vasculhar seus tesouros e encontrar algo encantador para enviar também.

Quando a princesa colocou todas as lindas peças que o anão trouxera, ela ficou mais bonita do que nunca e, enquanto caminhava pelas ruas, as pessoas gritavam:

— Como é linda! Como é linda!

A comitiva consistia na rainha, na princesa, em cinco dúzias de outras princesas, suas primas, e dez dúzias que vinham dos reinos vizinhos. À medida que avançavam em passo majestoso, o céu começou a escurecer e então, de repente, um trovão ecoou, e a chuva e o granizo começaram a cair torrencialmente. A rainha colocou o manto real sobre a cabeça, e todas as princesas fizeram o mesmo. Flor-de-Maio estava prestes a seguir o exemplo quando um grasnido terrível — como de um imenso exército de corvos, gralhas, urubus, corujas e todos os pássaros de mau agouro — foi ouvido. No mesmo instante, uma enorme coruja voou sobre a princesa e jogou sobre ela uma echarpe feita de teias de aranha e bordada com asas de morcego. E então gargalhadas zombeteiras ecoaram pelo ar, e eles adivinharam que essa era outra das piadas desagradáveis da fada Carabosse.

A rainha ficou apavorada com o mau presságio e tentou retirar a echarpe preta dos ombros da princesa, mas parecia que ela estava colada de tão agarrada.

— Ah! — gritou a rainha. — Nada pode apaziguar o coração de nossa inimiga? De que adiantou tê-la presenteado com mais de vinte e cinco quilos de doces e o mesmo peso do melhor açúcar, para não falar nos dois presuntos Westfália? Ela continua tão furiosa quanto antes.

Enquanto ela lamentava o ocorrido e todos estavam molhados como se tivessem sido dragados por um rio, a princesa não conseguia pensar em mais nada além do embaixador, e foi exatamente naquele momento que ele apareceu diante dela, acompanhado do rei. Houve um grande soar de trombetas, e todo o povo gritou mais alto do que nunca. Fanfaronade geralmente não ficava sem saber o que dizer, mas quando viu a princesa e o quanto ela era ainda mais bela e majestosa do que esperava, só conseguiu balbuciar algumas palavras, esquecendo-se por completo do discurso que havia ensaiado por meses e que sabia tão bem que poderia repeti-lo até durante o sono. Para ganhar tempo e lembrar pelo menos de parte dele, fez várias reverências à princesa, que, por sua vez, fez outras tantas mesuras sem parar para pensar e, por fim, disse para aliviar o evidente embaraço:

— Senhor embaixador, tenho certeza de que tudo o que tens a dizer deve ser encantador, uma vez que és tu a dizê-lo; mas apressemo-nos ao palácio, pois está chovendo cântaros e a malvada fada Carabosse se divertirá ainda mais em ver-nos aqui pingando. Quando estivermos abrigados, nós também poderemos rir dela.

Diante disso, o embaixador recompôs-se e respondeu de forma galante que a fada evidentemente havia previsto que chamas emanariam dos olhos brilhantes da princesa e, por isso, enviara aquele dilúvio para extingui-las. Dizendo isso, ofereceu sua mão para conduzir a princesa, que disse gentilmente:

— Como jamais poderia imaginar o quanto gosto de você, senhor Fanfaronade, sou forçada a dizer-lhe claramente que, desde que o vi entrar na cidade montado em seu lindo cavalo, lamento que tenha vindo falar em nome de outro e não em seu próprio. Então, se sentir o mesmo, casar-me-ei com você e não com seu mestre. Sei que não é um príncipe, mas o amarei como se fosse, e poderemos morar em algum lugar aconchegante e seremos tão felizes quanto longos são os dias.

O embaixador pensou estar sonhando e mal pôde acreditar no que a adorável princesa acabara de lhe dizer. Ele não ousou responder, apenas apertou a mão da princesa até realmente machucar seu dedo mínimo, mas ela não se queixou. Quando chegaram ao palácio, o rei beijou a filha em ambas as faces e disse:

— Meu cordeirinho, está disposta a casar-se com o filho do grande rei Merlin, uma vez que este embaixador veio em seu nome para buscá-la?

— Se é do seu desejo, meu pai — disse a princesa, fazendo uma mesura.

— Eu também consinto — disse a rainha. — Então preparemos o banquete.

Tudo foi providenciado rapidamente, e todos festejaram, exceto Flor-de-Maio e Fanfaronade, que se entreolhavam, esquecendo-se de todo o resto.

Depois do banquete, houve um baile e depois uma apresentação de balé, e, por fim, estavam todos tão cansados que adormeceram nos lugares onde estavam sentados. Apenas os amantes estavam acordados como ratos, e a princesa, vendo que não havia nada a temer, disse a Fanfaronade:

— Sejamos rápidos e aproveitemos para fugir, pois nunca teremos chance melhor.

Então, ela pegou a adaga do rei, que estava em uma bainha de diamante, o lenço de pescoço da rainha, deu a mão a Fanfaronade, que carregava uma lanterna, e correram juntos pela rua lamacenta em direção à costa. Ali eles entraram em um pequeno barco, no qual um pobre e velho barqueiro dormia. Quando ele acordou e viu a adorável princesa, com seus diamantes e sua echarpe de teia de aranha, não sabia o que pensar, mas obedeceu-lhe prontamente quando ela ordenou que partissem. Eles não podiam ver a lua nem as estrelas, mas, presa ao lenço de pescoço da rainha, havia uma gema preciosa que brilhava tanto quanto cinquenta tochas. Fanfaronade perguntou à princesa aonde ela gostaria de ir, mas ela apenas respondeu que não se importava contanto que estivessem juntos.

— Mas, princesa — disse ele —, não me atrevo a levá-la à corte do rei Merlin. Ele julgaria que o enforcamento seria uma punição boa demais para mim.

— Oh, neste caso — respondeu ela —, é melhor irmos para a ilha do esquilo. Lá é bastante distante e isolado para que qualquer um nos siga.

Então, ela ordenou ao velho barqueiro que os levasse para a Ilha do Esquilo.

Enquanto isso, o dia estava raiando, e o rei, a rainha e os cortesãos começavam a acordar, esfregando os olhos e pensando que era hora de finalizar os preparativos para o casamento. A rainha pediu seu lenço de pescoço para ficar ainda mais bonita. Então, houve uma correria e iniciou-se a busca pelo lenço em toda parte. Olharam em todos os lugares, dos guarda-roupas aos fogões, e a própria rainha correu do sótão ao porão, mas o lenço não estava em lugar algum.

A essa altura, o rei dera falta de sua adaga e uma nova busca começou. Eles abriram caixas e baús cujas chaves eram dadas como perdidas havia cem anos e encontraram várias coisas curiosas, mas não a adaga. O rei arrancou sua barba, e a rainha puxou os cabelos, pois o lenço e a adaga eram as coisas mais valiosas do reino.

Quando o rei viu que a busca era inútil, disse:

— Não se preocupem, vamos nos apressar e finalizar os preparativos do casamento antes que mais alguma coisa se perca.

E, então, ele perguntou onde a princesa estava. Diante disso, sua dama de companhia se adiantou e disse:

— Senhor, estou procurando por ela há duas horas, mas não a encontro em lugar algum.

Isso era mais do que a rainha podia suportar. Ela soltou um grito e desmaiou, e tiveram que derramar dois barris de água-de-colônia sobre ela antes que se recuperasse. Quando ela recobrou a consciência, viu que todos procuravam pela princesa tomados de grande terror e confusão, mas, como ela não apareceu, o rei disse ao pajem:

— Vá e encontre o embaixador Fanfaronade, que, sem dúvida, está dormindo em algum canto, e conte a ele as tristes notícias.

O pajem procurou por toda parte, mas Fanfaronade estava tão desaparecido quanto a princesa, a adaga e o lenço!

O rei convocou seus conselheiros e guardas e, acompanhados pela rainha, rumaram para o grande salão. Como não houvera tempo de preparar seu discurso de antemão, o rei ordenou que o silêncio fosse mantido por três horas e, ao final desse tempo, dirigiu-se a todos dizendo:

— Ouçam todos! Minha querida filha Flor-de-Maio está desaparecida. Se ela foi levada ou simplesmente desapareceu, não sei dizer. O lenço de pescoço da rainha e a minha adaga, que valem seu peso em ouro, também sumiram, e, o que é pior, o embaixador Fanfaronade não está em lugar algum. Temo muito que o rei, seu senhor, ao não receber notícias suas, venha procurá-lo e nos acuse de ter-lhe feito algum mal. Talvez eu pudesse lidar com a situação se tivesse algum dinheiro, mas garanto-lhes que as despesas do casamento me arruinaram por completo. Peço que me aconselhem, então, meus queridos súditos, sobre qual é a melhor maneira de recuperar minha filha, Fanfaronade e os preciosos objetos.

Esse foi o discurso mais eloquente que o rei já havia feito e, quando todos começavam a admirá-lo por isso, o primeiro-ministro respondeu:

— Majestade, todos lamentamos por vê-lo em tal situação. Daríamos tudo o que valorizamos no mundo para remover a causa de sua tristeza, mas esse parece ser outro dos truques da fada Carabosse. Os vinte anos de infortúnios da princesa ainda não haviam acabado e, para dizer a verdade, notei que Fanfaronade e a princesa pareciam admirar-se mutuamente. Talvez isso possa dar alguma pista sobre o mistério do desaparecimento de ambos.

Ao ouvir aquilo, a rainha o interrompeu, dizendo:

— Cuidado com o que diz, senhor. Acredite em mim quando lhe digo que a princesa Flor-de-Maio foi muito bem educada para pensar em se apaixonar por um embaixador.

Ao ouvir aquela afirmação, a aia se adiantou e, caindo de joelhos, confessou como tinham feito o pequeno buraco na torre e como a princesa, ao ver o embaixador, declarara que se casaria com ele e mais ninguém. A rainha ficou enfurecida e deu para a aia, sua auxiliar e a criada tamanha repreensão que as fez tremer dos pés à cabeça. Mas o almirante com chapéu tricórnio a interrompeu, dizendo:

— Vamos atrás desse Fanfaronade imprestável, pois, sem dúvida, ele fugiu com nossa princesa!

Então, todos aplaudiram com grande entusiasmo e gritaram:

— Certamente, vamos atrás dele!

Assim, enquanto alguns seguiram pelo mar, outros correram de reino em reino, batendo tambores e tocando trombetas, e, onde quer que uma multidão se reunisse, eles anunciavam:

— Quem quiser uma linda boneca, guloseimas de todos os tipos, uma pequena tesoura, um manto dourado e um chapéu de cetim basta dizer onde Fanfaronade escondeu a princesa Flor-de-Maio.

Mas a resposta em todos os lugares era sempre a mesma:

— Você deve seguir mais adiante, não os vimos.

Porém, os que seguiram pelo mar tiveram melhor sorte, pois, depois de navegarem por algum tempo, notaram uma luz adiante no horizonte que ardia à noite como uma grande fogueira. A princípio, não ousaram se aproximar, sem saber o que poderia ser, mas aos poucos perceberam que permanecia imóvel sobre a Ilha do Esquilo, pois, como você já deve ter adivinhado, a luz vinha do brilho da gema da rainha. Ao desembarcarem na ilha, a princesa e Fanfaronade tinham dado ao barqueiro cem moedas de ouro, fazendo-o prometer solenemente que não contaria a ninguém para onde os havia levado. Mas a primeira coisa que aconteceu foi que, enquanto remava, ele se viu no meio da frota e, antes que pudesse escapar, o almirante enviou um barco atrás dele.

Quando foi revistado, encontraram as moedas de ouro em seu bolso e, como eram moedas novas, cunhadas em homenagem ao casamento da princesa, o almirante teve certeza de que o barqueiro fora pago pela princesa para ajudá-la em sua fuga. Mas ele não respondeu a nenhuma pergunta e fingiu ser surdo e mudo.

Então o almirante disse:

— Oh! Surdo e mudo, não é? Amarre-o ao mastro e dê-lhe uma amostra de nosso chicote. Não conheço remédio melhor para curar surdos-mudos!

Quando o velho barqueiro viu que ele falava sério, contou tudo o que sabia sobre o cavalheiro e a senhora que ele havia deixado na Ilha do Esquilo. O almirante julgou que deviam ser a princesa e Fanfaronade e deu ordem para que a frota cercasse a ilha.

Enquanto isso, a princesa Flor-de-Maio, que a essa altura estava terrivelmente cansada e encontrara uma sombra na campina verdejante para descansar, havia caído em um sono profundo. Fanfaronade, que por acaso estava com fome, mas sem sono, aproximou-se e a acordou bruscamente, dizendo:

— Diga-me, senhora, quanto tempo pretende ficar aqui? Não vejo nada para comer e, por mais encantadora que seja, admirar sua beleza não me impede de sentir fome.

— O quê? Fanfaronade — disse a princesa, sentando-se e esfregando os olhos —, como é possível que, ao estar aqui comigo, queira outra coisa? Você deveria estar pensando o tempo todo no quão feliz você é.

— Feliz! — gritou ele —, quer dizer infeliz! Gostaria de todo o coração que você estivesse de volta à sua torre escura.

— Querido, não fique zangado — disse a princesa. — Vou ver se encontro alguma fruta silvestre para você.

— Eu preferia que encontrasse um lobo para te devorar — rosnou Fanfaronade.

A princesa, em grande consternação, percorreu todo o bosque, rasgando seu vestido e machucando suas lindas mãos brancas em espinhos e amoreiras, mas não conseguiu encontrar nada de bom para comer e, por fim, teve que voltar desolada para junto de Fanfaronade. Quando viu que ela retornara de mãos vazias, ele se levantou e a deixou sozinha, resmungando consigo mesmo.

No dia seguinte, eles procuraram novamente, mas sem sucesso.

— Ai! — disse a princesa —, se eu pudesse encontrar algo para você comer, não me importaria de passar fome também.

— Tampouco eu me importaria — respondeu Fanfaronade.

— Será possível — disse ela — que você não se importaria se eu morresse de fome? Oh, Fanfaronade, você disse que me amava!

— Isso foi quando estávamos em outro lugar e eu não estava com fome — disse ele. — Faz uma grande diferença na mente de alguém estar morrendo de fome e sede em uma ilha deserta.

A princesa ficou terrivelmente aborrecida e, sentando-se sob uma roseira branca, começou a chorar amargamente.

"Felizes são as rosas", pensou consigo mesma, "só precisam desabrochar ao sol e serem admiradas, e não há ninguém para lhes ser rude."

E lágrimas correram por sua face e respingaram nas raízes da roseira. Em seguida, ela ficou surpresa ao ver todo o arbusto farfalhando e tremendo, e uma vozinha suave vinda do botão de rosa mais bonito lhe disse:

— Pobre princesa! Olhe no tronco daquela árvore e encontrará um favo de mel, mas não seja tola de compartilhá-lo com Fanfaronade.

Flor-de-Maio correu para a árvore, e lá estava o mel. Sem perder um minuto, ela correu para levá-lo para Fanfaronade, anunciando alegremente:

— Veja, aqui está um favo de mel que encontrei. Eu poderia tê-lo comido sozinha, mas preferi compartilhar com você.

Mas, sem sequer olhar para ela ou agradecer, ele arrancou o favo de mel de suas mãos e comeu tudo de uma só vez, sem oferecer-lhe nada. Na verdade, quando ela humildemente pediu um pedaço, ele disse com zombaria que era doce demais e que estragaria seus dentes.

Flor-de-Maio, mais abatida do que nunca, afastou-se com tristeza e sentou-se sob um carvalho. Suas lágrimas e seus suspiros eram tão comoventes que o carvalho a abanou com suas folhas farfalhantes e disse:

— Tenha coragem, linda princesa, nem tudo está perdido. Pegue esta jarra de leite e beba e, aconteça o que acontecer, não deixe nem uma gota para Fanfaronade.

A princesa, muito espantada, olhou em volta e viu uma grande jarra cheia de leite, mas, antes que pudesse levá-la aos lábios, a ideia de como Fanfaronade devia estar com sede, depois de comer pelo menos cinco quilos de mel, a fez voltar correndo para junto dele e dizer:

— Aqui está uma jarra de leite! Beba um pouco, pois deve estar com sede, certamente. Mas, por favor, reserve um pouco para mim, pois estou morrendo de fome e sede.

Mas ele agarrou a jarra, bebeu tudo em um único gole e então a quebrou em pedaços na pedra mais próxima, dizendo com um sorriso malicioso:

— Como você não comeu nada, não deve estar com sede.

— Ah! — exclamou a princesa. — Estou sendo punida por decepcionar o rei e a rainha fugindo com este embaixador sobre o qual nada sabia.

Assim dizendo, ela vagou pela parte mais densa da floresta e sentou-se sob uma árvore espinhosa, na qual um rouxinol cantava. Em seguida, ela o ouviu dizer:

— Busca sob o arbusto, princesa. Vai encontrar um pouco de açúcar, amêndoas e algumas tortas. Mas não seja tola de oferecer para Fanfaronade.

Desta vez, a princesa, que estava quase desfalecendo de fome, aceitou o conselho do rouxinol e comeu tudo o que encontrou sozinha. Mas Fanfaronade, vendo que ela havia encontrado algo bom e não iria compartilhar com ele, correu em sua direção com tanta fúria que ela pegou apressadamente a gema da rainha, que tinha o poder de tornar as pessoas invisíveis se estivessem em perigo, e, quando estava bem escondida, ela o repreendeu gentilmente por sua indelicadeza.

Enquanto isso, o almirante Tricórnio despachara Jack, o Tagarela, mensageiro a serviço do primeiro-ministro, para informar ao rei que a princesa e o embaixador tinham desembarcado na Ilha dos Esquilos, mas que, sem saber nada sobre aquele país, não os perseguira, com medo de ser capturado por inimigos desconhecidos. Suas majestades ficaram radiantes com a notícia, e o rei mandou buscar um grande livro cujas folhas tinham oito metros de comprimento. Tratava-se da obra de uma fada muito inteligente e continha a descrição de toda a Terra. Ele logo descobriu que a Ilha do Esquilo era desabitada.

— Vá — disse ele para Jack, o Tagarela — e diga ao almirante para desembarcar imediatamente. Estou surpreso por ele ainda não o ter feito.

Assim que esta mensagem chegou à frota, todos os preparativos foram feitos para a guerra, e o barulho foi tão grande que chegou aos ouvidos da princesa, que, por sua vez, correu imediatamente para proteger seu amado. Como ele não era lá muito corajoso, aceitou sua ajuda com prazer.

— Fique atrás de mim — disse ela —, eu segurarei a gema, que nos tornará invisíveis, e, com a adaga do rei, poderei protegê-lo do inimigo.

Então, quando os soldados desembarcaram, não puderam ver nada, apenas sentiram quando a princesa os tocou um a um com a adaga. Eles caíram inconscientes na areia, e o almirante, vendo que eram vítimas de algum encantamento, imediatamente ordenou que batessem em retirada e retornassem aos seus barcos, o que fizeram em meio à grande confusão.

Fanfaronade, uma vez a sós com a princesa, começou a pensar que, se ele conseguisse se livrar dela e se apossar da gema e da adaga, poderia escapar dali. Assim, enquanto caminhavam sobre o penhasco, ele deu um grande empurrão na princesa, esperando que ela caísse no mar. Mas, ela deu um passo para o lado tão rapidamente que tudo que ele conseguiu foi se desequilibrar e cair, afundando no mar como um pedaço de chumbo, e nunca mais se ouviu falar dele. Enquanto a princesa ainda olhava para ele com horror, sua atenção foi atraída por um grande estrondo sobre sua cabeça e, olhando para cima, viu duas carruagens se aproximando rapidamente, vindas de direções opostas. Uma era brilhante e cintilante, puxada por cisnes e pavões, enquanto a fada que nela estava era linda como um raio de sol. Mas a outra era puxada por morcegos e corvos e trazia uma pequena anã assustadora, vestida com pele de cobra e usando um grande sapo na cabeça como capuz. As carruagens se chocaram produzindo um estrondo terrível, e a princesa assistiu com ansiedade e sem fôlego a uma batalha feroz entre a adorável fada com sua lança de ouro e a pequena anã horrenda e sua lança enferrujada. Logo ficou evidente que a bela levara a melhor, e a anã fez os morcegos darem meia-volta e se afastou em meio à grande confusão. A fada desceu até onde a princesa estava e disse, sorrindo:

— Viu princesa? Eu derrotei completamente aquela velha maliciosa Carabosse. Pode acreditar! Ela realmente queria submetê-la à sua vontade para sempre, porque você deixou a torre quatro dias antes do fim do prazo de vinte anos. No entanto, acho que frustrei suas pretensões e espero que você seja muito feliz e aproveite a liberdade que conquistei para você.

A princesa agradeceu de coração e, então, a fada enviou um dos pavões ao palácio para trazer um lindo manto para Flor-de-Maio, que certamente precisava de um, pois o seu estava todo rasgado por espinhos e sarças. Outro pavão foi enviado ao almirante para dizer-lhe que agora ele poderia desembarcar em perfeita segurança, o que ele fez prontamente, trazendo consigo todos os seus homens, até mesmo Jack, o Tagarela, que, vale a pena destacar, ao passar pelo espeto no qual o jantar do almirante estava assando, pegou-o e carregou-o consigo.

O almirante Tricórnio ficou imensamente surpreso ao se deparar com a carruagem dourada e ainda mais ao ver duas lindas damas caminhando sob as árvores um pouco mais adiante. Quando as alcançou, ele imediatamente reconheceu a princesa e, ajoelhando-se, beijou-lhe a mão com imensa alegria. Então, ela o apresentou à fada e contou como Carabosse finalmente fora derrotada. Ele agradeceu e parabenizou a fada, que, em retribuição, tratou-o com toda a gentileza. Enquanto conversavam, a princesa gritou de repente:

— Sinto cheiro de um maravilhoso jantar.

— Sim, senhora, aqui está — disse Jack, o Tagarela, segurando o espeto, no qual faisões e perdizes crepitavam. — Vossa alteza gostaria de provar algum desses?

— Certamente — disse a fada —, especialmente porque a princesa ficará feliz com uma boa refeição.

Então, o almirante enviou ao navio todo o necessário, e eles festejaram alegremente sob as árvores. Quando terminaram, o pavão retornou trazendo o manto para a princesa, no qual a fada a envolveu. Ele era coberto de brocado verde e dourado, bordado com pérolas e rubis, e os longos cabelos dourados da princesa foram presos com cordões de diamantes e esmeraldas e coroados com flores. A fada a fez sentar a seu lado na carruagem dourada e a levou a bordo do navio do almirante, onde se despediu, endereçando muitas mensagens de amizade à rainha, e pedindo à princesa que lhe dissesse que ela era a quinta fada que havia comparecido ao batismo. Em seguida, elas se saudaram, a frota levantou âncora e rapidamente alcançou o porto. Ali, o rei e a rainha aguardavam e receberam a princesa com tanta alegria e gentileza que ela não conseguiu expressar em palavras o quanto lamentava por ter fugido com um embaixador tão pobre de espírito. Mas, afinal, devia ter sido tudo culpa de Carabosse. Justamente naquele momento de júbilo, chegou o filho do rei Merlin, que ficara preocupado por não receber notícias de seu embaixador e reunira uma escolta magnífica de mil cavaleiros e trinta guarda-costas em uniformes dourados e escarlate para verificar o que poderia ter acontecido. Como ele era cem vezes mais belo e corajoso do que o embaixador, a princesa percebeu que poderia amá-lo muito. Assim, o casamento foi celebrado imediatamente, com tanto esplendor e alegria que todos os infortúnios anteriores foram completamente esquecidos.

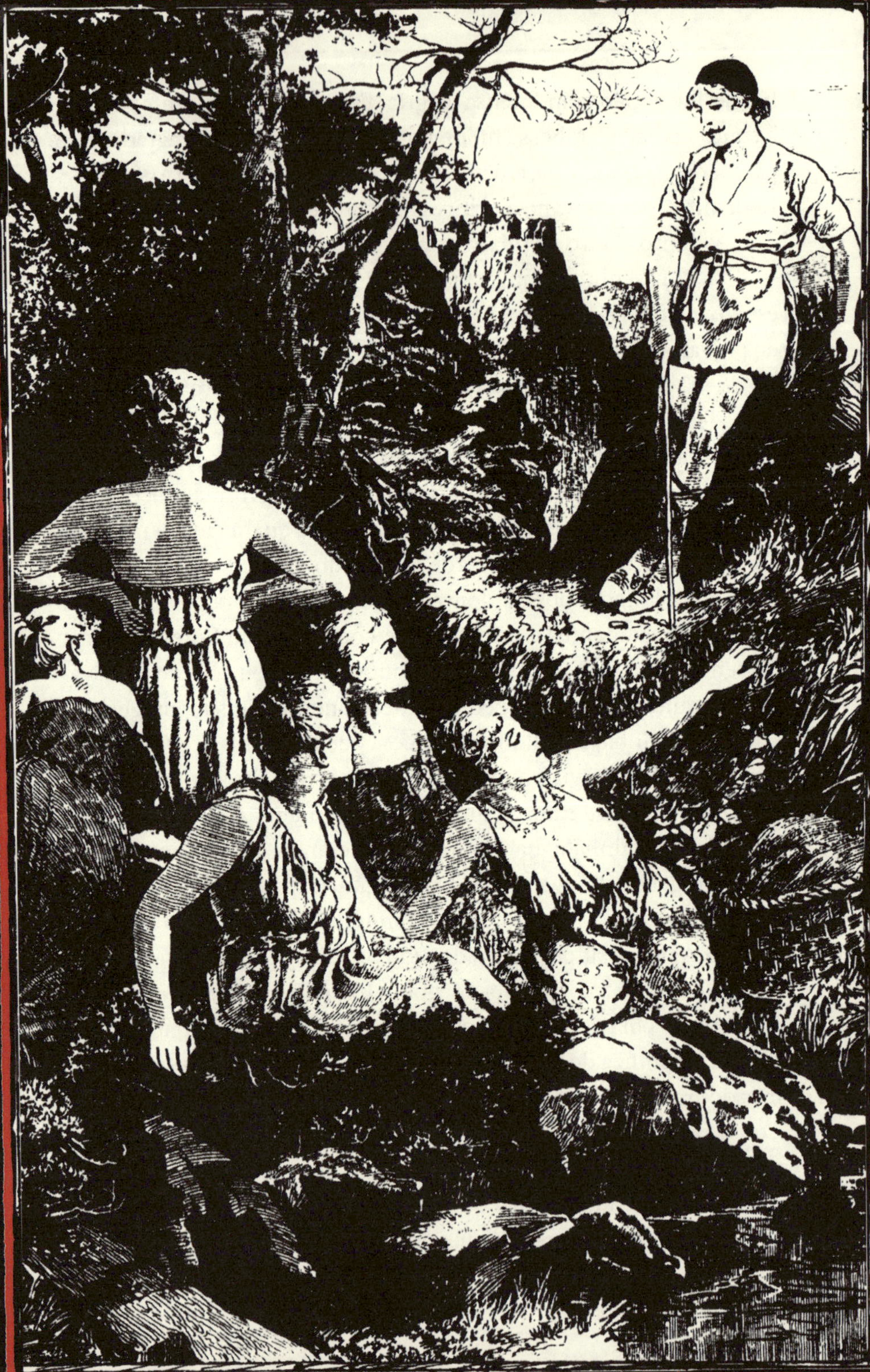

O CASTELO DE SORIA MORIA

(P. C. Asbjørnsen)

Era uma vez um casal que tinha um filho chamado Halvor. Desde pequeno, ele se recusava a realizar qualquer trabalho e ficava apenas sentado junto à chaminé, remexendo as cinzas. Seus pais o mandaram para longe a fim de que pudesse aprender várias coisas, mas Halvor não ficava em lugar algum. Depois de dois ou três dias, ele fugia de seu mestre, corria para casa e sentava-se no canto da chaminé para remexer novamente as cinzas.

Certo dia, porém, o capitão de um navio veio vê-lo e perguntou a Halvor se não gostaria de partir com ele para o mar e contemplar terras estrangeiras. Halvor gostou daquilo e não tardou a se preparar.

Por quanto tempo navegaram, não se pode precisar, mas depois de muito, muito tempo, houve uma terrível tempestade e, quando ela passou e tudo ficou calmo novamente, eles não sabiam onde estavam, pois tinham sido arrastados para uma estranha costa da qual nenhum deles jamais tinha ouvido falar.

Como não havia vento, eles tiveram que ficar ancorados, e Halvor pediu ao capitão que o autorizasse a ir à costa para explorar o lugar, pois preferia isso a ficar deitado, dormindo.

— Você acha que será capaz de ir aonde as pessoas o possam ver? — disse o capitão. — Você não tem roupas, apenas esses trapos com os quais você anda!

Halvor implorou para ir e finalmente conseguiu convencer o capitão, com a condição de que retornaria imediatamente caso o vento começasse a soprar novamente.

Então, ele desembarcou na praia e viu que aquele era um país encantador. Aonde quer que fosse, havia amplas planícies, campos e prados, mas, quanto às pessoas, não havia nenhuma à vista. O vento começou a aumentar, mas Halvor achou que ainda não tinha visto o suficiente e que poderia caminhar um pouco mais na tentativa de encontrar alguém. Depois de um tempo, ele chegou a uma grande estrada, que era tão lisa que um ovo poderia rolar por ela sem se quebrar. Halvor seguiu por ela e, quando a noite se aproximou, ele avistou um grande castelo ao longe, todo iluminado. Como já havia caminhado o dia todo e não trouxera nada para comer, estava com uma terrível fome. No entanto, quanto mais se aproximava do castelo, mais medo sentia.

Uma lareira estava acesa no castelo, e Halvor rumou para a cozinha, que era a mais magnífica que ele já vira. Havia vasos de ouro e prata, mas nenhum ser humano à vista. Depois de ficar parado por algum tempo e vendo que ninguém aparecia, Halvor abriu a porta e lá dentro viu uma princesa sentada à sua roca de fiar.

— Não! — exclamou ela. — Será possível que um cristão se atreve a vir aqui? A melhor coisa que você pode fazer é ir embora, senão o *troll* irá devorá-lo. Um *troll* com três cabeças mora aqui.

— Ficaria muito satisfeito se tivesse outras quatro cabeças, assim me divertiria ainda mais ao ver esse sujeito — disse o jovem. — E ademais não irei embora, pois não fiz mal algum. Mas você deve me dar algo para comer, pois estou com uma fome terrível.

Depois de se fartar, a princesa pediu-lhe que tentasse empunhar a espada que estava pendurada na parede, mas ele não conseguiu empunhá-la, nem mesmo erguê-la.

— Bem, então você deve dar um gole na garrafa que está pendurada ao lado, pois é isso que o *troll* faz toda vez que quer usar a espada — disse a princesa.

Halvor deu um gole e, no mesmo instante, foi capaz de girar a espada com muita facilidade. E então ele pensou que aquele seria o momento ideal para o *troll* aparecer, e, de fato, foi naquele exato instante em que ele chegou, ofegante.

Halvor escondeu-se atrás da porta.

— Hutetu! — disse o *troll* enquanto passava pela porta. — Sinto cheiro de sangue de cristão aqui!

— Pode apostar que sim! — disse Halvor, cortando-lhe todas as cabeças.

A princesa ficou tão feliz por estar livre que dançou e cantou, mas então se lembrou de suas irmãs e disse:

— Se ao menos minhas irmãs fossem livres também!

— Onde elas estão? — perguntou Halvor.

Ela, então, contou ao jovem onde elas estavam. Disse que uma delas fora levada por um *troll* para seu castelo, que ficava a nove quilômetros de distância, e a outra, para um castelo que ficava quinze quilômetros depois do primeiro, ainda mais longe.

— Mas agora — disse ela — você deve primeiro me ajudar a tirar este cadáver daqui.

Halvor estava tão forte que se livrou do corpo e deixou tudo limpo e arrumado rapidamente. Então, eles comeram, beberam e regozijaram-se. Na manhã seguinte, ele partiu sob a luz acinzentada do amanhecer. Ele não se permitiu descansar nem um minuto sequer, caminhando e correndo o dia todo. Quando avistou o castelo, ficou novamente um pouco amedrontado. Tratava-se de um castelo ainda mais esplêndido que o anterior, mas, a exemplo deste último, não havia um único ser humano à vista. Halvor foi para a cozinha e não tardou a entrar.

— Não! Será possível que um cristão se atreva a vir aqui? — exclamou a segunda princesa. — Não sei quanto tempo faz desde que aqui cheguei, mas durante todo esse tempo jamais vi um cristão. Melhor será que parta imediatamente, pois um *troll* mora aqui e possui seis cabeças.

— Não, não irei — disse Halvor. — Mesmo que ele tivesse doze cabeças, eu não iria.

— Ele vai engoli-lo vivo — disse a princesa.

As palavras da princesa foram em vão, pois Halvor estava decidido a não partir. Ele não tinha medo do *troll*, mas queria um pouco de comida e bebida, pois estava com fome após a viagem. Ela serviu-lhe o necessário para saciar sua fome e, então, tentou novamente convencê-lo a ir embora.

— Não — disse Halvor —, não irei, pois nada fiz de errado e, portanto, nada tenho a temer.

— Ele não levará isso em consideração — disse a princesa — e se apoderará de ti sem piedade. Mas, como se recusa a partir, tente ao menos empunhar a espada que o *troll* usa nas batalhas.

Halvor não conseguiu brandir a espada; então a princesa disse-lhe que deveria tomar um gole do frasco que estava pendurado na parede e, dessa forma, teria forças para empunhar a espada.

O *troll* chegou em seguida, e era tão grande e robusto que foi forçado a entrar de lado para poder passar pela porta. Assim que entrou, ele gritou:

— Hutetu! Sinto cheiro de sangue de cristão aqui!

Ouvindo isso, Halvor cortou a primeira cabeça e, em seguida, fez o mesmo com as demais. A princesa ficou encantada, mas então se lembrou de suas irmãs e desejou que elas também estivessem livres. Halvor julgou que isso poderia ser resolvido e quis partir imediatamente; mas não sem antes auxiliar a princesa a remover o corpo do troll, tarefa que não o permitiu partir senão na manhã do dia seguinte.

O caminho até o castelo era longo e ele o percorreu, ora caminhando, ora correndo, a fim de garantir que chegasse a tempo. Mais tarde naquela noite, ele finalmente avistou o castelo, que era ainda mais magnífico do que os outros dois. Mas, desta vez, ele não teve medo, adentrou o castelo e foi diretamente para a cozinha. Lá estava sentada uma princesa que, de tão bonita, não poderia ser igualada a nenhuma outra. Ela disse o mesmo que as outras duas princesas, ou seja, que nenhum cristão jamais estivera ali desde que ela chegara, e implorou para que ele partisse ou o *troll* o engoliria vivo. Segundo relatou a Halvor, o *troll* tinha nove cabeças.

— Sim, e ainda que tivesse dezoito e depois mais nove, eu não iria embora — disse Halvor, que foi até o fogão.

A princesa rogou-lhe muito gentilmente para que partisse a fim de que o *troll* não o devorasse, mas Halvor respondeu:

— Deixe-o vir quando quiser.

Assim, ela deu-lhe a espada do *troll* e pediu que tomasse um gole do frasco para que pudesse empunhá-la.

Naquele mesmo instante, o *troll* chegou, respirando com dificuldade. Ele era muito maior e mais robusto do que os anteriores e também foi forçado a entrar de lado para conseguir passar pela porta.

— Hutetu! Sinto cheiro de sangue cristão! — disse ele.

Então, Halvor cortou a primeira cabeça e depois as outras, mas, de todas, a última foi a que mais deu trabalho. Certamente aquela foi a tarefa mais difícil que Halvor já enfrentara na vida, mas ele tinha certeza de que teria forças o suficiente para completá-la.

Assim, todas as princesas vieram para o castelo e puderam reunir-se novamente. Elas estavam mais felizes do que nunca e ficaram encantadas com Halvor e vice-versa. Ele deveria escolher aquela que mais gostava, mas das três irmãs a mais nova era a que o amava mais sinceramente.

Mas Halvor estava irrequieto, andando de um lado para outro e se comportando de maneira muito estranha, tão triste e calado que as princesas se perguntaram o que ele poderia desejar e se não gostava de estar na companhia delas. Ele assegurou-lhes que gostava de estar com elas, que eles tinham tudo o que era necessário para viver bem e que se sentia muito confortável ali, mas que ansiava por voltar para casa, pois seu pai e sua mãe estavam vivos, e ele desejava muito vê-los novamente.

Elas pensaram que isso poderia ser feito facilmente.

— Você poderá ir e voltar em perfeita segurança se seguir nosso conselho — disseram as princesas.

Então, ele garantiu que não faria nada que elas não desejassem.

Elas o vestiram de forma tão esplêndida que parecia o filho de um rei. Colocaram um anel em seu dedo que o permitiria ir e voltar quando desejasse. Mas o alertaram de que não deveria tirá-lo do dedo, nem pronunciar seus nomes, pois, se assim o fizesse, o encanto se quebraria e ele nunca mais as veria.

— Se ao menos eu estivesse em casa ou se minha casa estivesse aqui! — disse Halvor e, ao dizer aquelas palavras, seu desejo foi imediatamente atendido.

Halvor viu-se novamente do lado de fora da casa de seus pais. A escuridão da noite se aproximava, e, quando o pai e a mãe viram um estranho tão esplêndido e imponente entrar, ficaram tão surpresos que começaram a se curvar e a reverenciar.

Halvor, então, perguntou se poderia passar a noite ali. Não, isso certamente ele não poderia.

— Não podemos oferecer-lhe tal acomodação — disseram —, não temos condições mínimas para recepcionar um grande lorde como o senhor. Será melhor que se dirija à fazenda. Não é longe, o senhor poderá ver as chaminés daqui, e lá eles possuem todos os recursos.

Halvor não lhes deu ouvidos, pois estava determinado a permanecer ali. Mas seus pais insistiram em sua posição e disseram-lhe que deveria ir à fazenda, onde poderia desfrutar de comida e bebida, ao passo que eles próprios não tinham sequer uma cadeira para lhe oferecer.

— Não — disse Halvor —, não partirei até amanhã pela manhã. Deixem-me ficar aqui esta noite. Posso me acomodar perto da lareira.

Eles não tiverem como se opor àquele pedido, então, Halvor sentou-se próximo à lareira e começou a remexer nas cinzas, assim como costumava fazer antes, quando ficava lá sem fazer nada.

Eles conversaram muito sobre assuntos diferentes e contaram a Halvor várias coisas, por fim, ele lhes perguntou se nunca tiveram filhos.

— Sim — disseram eles.

Eles lhe contaram que tiveram um menino chamado Halvor, mas que não sabiam para onde tinha ido, nem sabiam dizer se estava vivo ou morto.

— Porventura não seria eu? — disse Halvor.

— Eu o reconheceria — disse a senhora, levantando-se. — Nosso Halvor era tão preguiçoso que nunca fazia nada e estava sempre tão esfarrapado que um buraco emendava no outro em todas as suas roupas. Um sujeito como ele nunca poderia se tornar um homem como o senhor.

Em seguida, a senhora teve de ir até a lareira para acender o fogo e, quando as chamas iluminaram Halvor, como acontecia quando ele estava em casa juntando as cinzas, ela o reconheceu imediatamente.

— Deus do céu! É você, Halvor? — disse ela, e os velhos pais ficaram tão alegres como nunca antes.

O rapaz contou-lhes tudo o que lhe acontecera, e a mãe ficou tão maravilhada que o levou imediatamente à fazenda para mostrá-lo às garotas que outrora o desprezaram tanto. Ela foi na frente, e Halvor a seguiu. Quando chegou lá, ela contou a todos como Halvor voltara para casa e como estava magnífico.

— Ele parece um príncipe — contou ela.

— Pois sim, veremos que se trata do mesmo maltrapilho de sempre — disseram as garotas, balançando a cabeça em desaprovação.

Naquele mesmo instante, Halvor entrou, e as garotas ficaram tão surpresas que largaram suas túnicas ao lado da chaminé e fugiram vestindo nada além de suas anáguas. Quando voltaram, ficaram tão envergonhadas que mal ousavam olhar para Halvor, diante de quem sempre tinham se portado de maneira orgulhosa e arrogante.

— Ai, ai! Consideravam-se tão belas e delicadas que ninguém poderia se igualar a vocês — disse Halvor. — Mas deveriam ver a princesa mais velha que libertei. Vocês parecem meras pastoras comparadas a ela. A segunda princesa também é muito mais bonita do que vocês, mas a mais jovem, que é minha amada, é ainda mais bonita do que o Sol ou a Lua. Gostaria que estivessem aqui, para que pudessem vê-las.

Mal acabou de pronunciar aquelas palavras, e as princesas apareceram ao seu lado, o que o deixou muito triste, pois lembrou-se das palavras que tinham lhe dito.

Na fazenda, um grande banquete foi preparado em homenagem às princesas, e muitas reverências lhes foram endereçadas, mas não quiseram permanecer ali.

— Queremos ir até a presença de seus pais — disseram a Halvor —, então vamos sair e olhar ao redor.

Ele as seguiu e logo chegaram a um grande lago fora da fazenda. Ao redor do lago, a margem era bela e verdejante, e lá as princesas disseram que se sentariam e aguardariam por uma hora, pois achavam que seria agradável sentar e ficar contemplando a água.

Lá elas se sentaram e, depois de algum tempo, a princesa mais jovem disse:

— Posso pentear seu cabelo um pouco, Halvor?

Então, Halvor deitou a cabeça em seu colo e ela o penteou, e não demorou muito para que ele adormecesse. Em seguida, ela retirou o anel do dedo dele, colocou outro em seu lugar e disse às suas irmãs:

— Abracem-me como as estou abraçando. Eu gostaria que estivéssemos no castelo Soria Moria.

Quando Halvor acordou, teve certeza de que havia perdido as princesas, começou a chorar e lamentar e ficou tão infeliz que não havia nada que pudesse consolá-lo. Apesar de todas as súplicas de seu pai e de sua mãe, ele não quis ficar, despediu-se deles, dizendo que nunca mais os veria, pois, se não reencontrasse as princesas, não valeria a pena viver.

Ele tinha trezentos dólares, que colocou no bolso e seguiu seu caminho. Depois de caminhar por algum tempo, encontrou um homem com um cavalo em bom estado. Halvor desejou comprá-lo e começou a barganhar com o homem.

— Bem, eu não estava exatamente pensando em vendê-lo — disse o homem —, mas, se pudéssemos chegar a bom termo quanto ao valor, talvez...

Halvor perguntou quanto ele queria pelo cavalo.

— Não dei muito por ele, e ele não vale grande coisa. Trata-se de um excelente cavalo para cavalgar, mas não serve para puxar nada. Mas ele será capaz de carregar você e sua sacola de provisões se caminhar e cavalgar alternadamente.

Por fim, eles entraram em um acordo com relação ao preço, Halvor colocou sua sacola no cavalo e seguiu viagem, ora caminhando, ora cavalgando. Ao cair da noite, ele chegou a um campo muito verde, onde havia uma grande árvore, sob a qual se sentou. Então, ele soltou o cavalo e deitou-se para dormir, retirando a sacola do animal antes disso. Ao amanhecer, partiu novamente, pois não queria permanecer mais tempo ali descansando. Ele caminhou e cavalgou o dia todo por um vasto bosque, onde havia muitas clareiras verdes que brilhavam lindamente por entre as árvores. Ele não sabia onde estava nem para onde ia, mas nunca se demorava em lugar algum mais do que o necessário para que o cavalo se alimentasse nas clareiras, enquanto ele próprio se valia de suas provisões.

Ele continuou a caminhar e cavalgar, e parecia que a floresta não tinha fim. Mas na noite do segundo dia ele viu uma luz brilhando por entre as árvores.

— Se ao menos houvesse alguém lá eu poderia me aquecer e conseguir algo para comer — pensou Halvor.

Quando chegou ao local de onde vinha a luz, ele viu uma casinha miserável e, através de uma pequena vidraça, observou um casal de idosos lá dentro. Eles eram muito velhos e com a cabeça grisalha como um pombo. A senhora tinha um nariz tão comprido que se sentava próxima à chaminé e o utilizava para atiçar o fogo.

— Boa noite! Boa noite! — disse a velha maltrapilha. — Mas que missão poderia trazê-lo aqui? Nenhum cristão vem aqui há mais de cem anos.

Então Halvor disse a ela que queria chegar ao castelo Soria Moria e perguntou se ela conhecia o caminho até lá.

— Não — disse a senhora —, mas a Lua estará aqui em breve e lhe perguntarei, pois, como ela brilha sobre todas as coisas, certamente saberá.

Então, quando a Lua apareceu clara e brilhante acima das copas das árvores, a velha saiu.

— Lua! Lua! — gritou. — Poderia nos indicar o caminho para o castelo Soria Moria?

— Não — disse a Lua —, isso não posso, pois, quando brilhei por lá, havia uma nuvem diante de mim.

— Espere um pouco mais — disse a senhora para Halvor —, pois o Vento Oeste chegará em breve, e ele certamente saberá, pois sopra suavemente por todos os lugares.

— O quê? Você tem um cavalo? — disse ela ao entrar novamente. — Oh! Deixe a pobre criatura solta em nosso pasto cercado, não a deixe parada ali morrendo de fome diante de nossa porta. Por acaso, você não gostaria de trocá-lo comigo? Temos um par de botas velhas com as quais você poderá andar seis quilômetros a cada passo. Fique com elas em troca do cavalo e, assim, poderá chegar mais cedo ao castelo Soria Moria.

Halvor aceitou imediatamente, e a senhora de tão encantada com o cavalo, teve vontade de dançar.

— Agora eu também poderei ir a cavalo para a igreja — disse ela.

Halvor não conseguia descansar e queria partir imediatamente, mas a senhora disse-lhe que não havia necessidade de pressa.

— Deite-se sobre o banco e durma um pouco, pois não temos cama para lhe oferecer — disse ela. — Ficarei esperando a chegada do Vento Oeste.

Em pouco tempo veio o Vento Oeste, rugindo tão alto que as paredes estremeceram.

A velha saiu e gritou:

— Vento Oeste! Vento Oeste! Poderia me indicar o caminho para o castelo Soria Moria? Há alguém aqui que gostaria de ir até lá.

— Sim, conheço bem o caminho — disse o Vento Oeste. — É para lá que sigo a fim de secar as roupas para o casamento que ocorrerá. Se ele for ligeiro, poderá vir comigo.

Halvor saiu correndo.

— Você terá que se apressar se quiser vir comigo — disse o Vento Oeste.

Dizendo isso, rapidamente o vento soprou sobre colinas e vales, brejos e pântanos, e Halvor fez o necessário para acompanhá-lo.

— Bem, agora não tenho mais tempo para ficar com você — disse o Vento Oeste —, pois devo primeiro derrubar alguns abetos antes de começar a secar as roupas. Mas basta que você siga ao longo da encosta da colina e lá encontrará algumas garotas lavando roupas. Dali, não terá que andar muito até chegar ao castelo Soria Moria.

Pouco depois, Halvor aproximou-se das moças que estavam lavando roupas e elas lhe perguntaram se ele vira o Vento Oeste, que viria secar as roupas para o casamento.

— Sim — disse Halvor —, ele foi derrubar alguns abetos. Não tardará a chegar aqui.

Ele as questionou sobre o caminho que levava ao castelo Soria Moria. Elas lhe indicaram o caminho certo e, quando ele chegou na frente do castelo, viu tantas pessoas e cavalos que até parecia um enxame. Mas as roupas de Halvor estavam tão rasgadas por ter seguido o Vento Oeste por entre arbustos e brejos que ele se manteve distante e não se juntou à multidão até o último dia, quando uma festa seria realizada ao meio-dia.

Então, como era o costume, quando todos deveriam brindar à noiva e às jovens presentes, o serviçal encheu a taça de cada um, tanto da noiva como do noivo, dos cavaleiros e servos e, por fim, chegou até Halvor. Ele bebeu à saúde deles e, em seguida, deixou cair dentro da taça o anel que a princesa colocara em seu dedo quando estavam sentados à beira da água e ordenou ao serviçal que levasse a taça até a noiva em seu nome e a saudasse.

A princesa imediatamente levantou-se da mesa e declarou:

— Quem é mais digno de se casar com uma de nós, aquele que nos livrou dos *trolls* ou aquele que está sentado aqui como meu noivo?

Só poderia haver uma resposta para aquela pergunta, todos pensaram, e, quando Halvor ouviu o que disseram, não demorou para livrar-se dos trapos de mendigo e se apresentar como noivo.

— Sim, ele é o eleito — exclamou a princesa mais jovem ao avistá-lo. Em seguida, ela atirou o outro pela janela e celebrou seu casamento com Halvor.

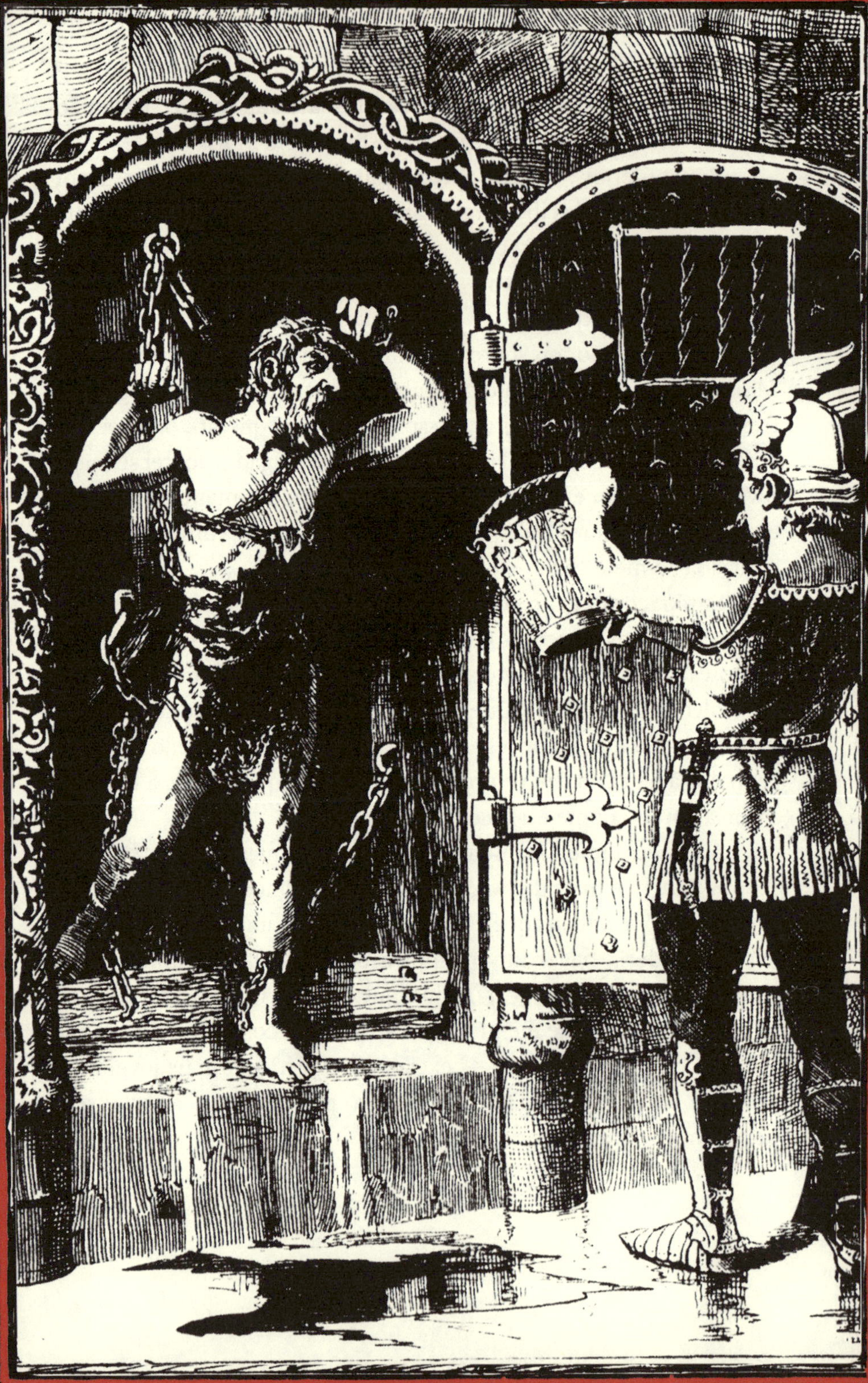

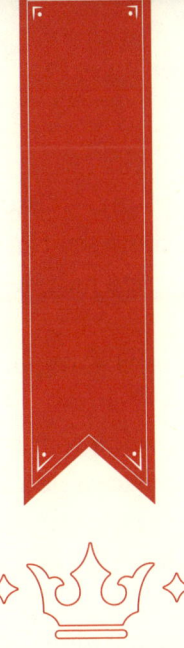

A MORTE DE KOSHCHEI, O IMORTAL

(Ralston)

Era uma vez um príncipe chamado Ivan, que tinha três irmãs: Maria, Olga e Anna. Pouco antes de morrerem, seus pais instruíram Ivan acerca de seus últimos desejos em relação às três filhas:
— Ivan — disseram eles. — Se alguém vier até você e pedir a mão de uma de suas irmãs em casamento, entregue-a a ele. Não mantenha nenhuma delas em casa com você.

Depois de enterrar os pais, o príncipe foi passear com as irmãs pelo jardim. De repente, uma nuvem negra cobriu o céu, e um terrível trovão estremeceu a terra.

— É melhor irmos para casa, irmãs — disse o príncipe Ivan.

Mal haviam entrado no palácio quando ouviram outro trovão, o teto se partiu em dois, e um falcão branco voou para dentro do palácio. O falcão tocou o chão e se transformou em um lindo jovem.

— Saudações, príncipe Ivan — disse o recém-chegado. — Antigamente eu costumava vir como seu convidado, mas hoje vim como pretendente. Gostaria de pedir a mão de sua irmã, a princesa Maria, em casamento.

— Se você ama minha irmã — respondeu o príncipe Ivan —, não tenho objeções. Que Deus a abençoe.

A princesa Maria concordou com o casamento e, sendo assim, ela e o falcão celebraram o enlace e ele a levou para seu reino.

Os dias e as horas se passaram, e um ano inteiro se foi. Então, um dia, o príncipe Ivan foi passear com as duas irmãs pelo jardim. Mais uma vez, uma nuvem negra cobriu o céu, e depois dela um redemoinho de vento e um raio atingiram o jardim.

— É melhor irmos para casa, irmãs — disse o príncipe Ivan.

Mal haviam entrado no palácio quando houve outro trovão, o teto se partiu em dois e uma águia voou para dentro do palácio. Ela tocou o chão e se transformou em um belo jovem.

— Saudações, príncipe Ivan — disse ele. — Antigamente, eu costumava vir como convidado, mas hoje vim como pretendente. Desejo me casar com a princesa Olga.

O príncipe Ivan disse a ele:

— Se você ama minha irmã Olga e se for da vontade dela, ela pode ir com você. Não farei objeção.

A princesa Olga concordou, eles se casaram e, então, a águia a levou para o seu reino.

Outro ano se passou quando um dia o príncipe Ivan disse à sua irmã mais nova:

— Vamos dar uma volta pelo jardim.

Eles andaram um pouco, quando ouviram um forte trovão seguido por um raio.

— É melhor irmos para casa, irmã — disse o príncipe.

Eles voltaram para casa, mas, antes que pudessem se sentar para descansar, houve outro trovão, o teto se abriu e um corvo adentrou o palácio. Ele tocou o chão e se transformou em um lindo jovem. O falcão e a águia eram muito bonitos, mas o corvo possuía uma beleza ainda mais impressionante.

— Bem, príncipe Ivan — disse ele. — Antigamente, eu costumava vir como convidado, mas hoje vim como pretendente. Conceda-me a mão da princesa Anna em casamento.

— Não obrigarei minha irmã a se casar contra sua vontade. Se você se apaixonou por ela e ela por você, ela pode partir em sua companhia — respondeu Ivan.

A princesa Anna concordou em ser a esposa do corvo e ele a levou para sua casa.

Agora o príncipe Ivan estava sozinho e passou um ano inteiro sem ver suas irmãs.

— Vou ver como elas estão passando — disse a si mesmo.

Ele se preparou para a viagem e partiu. Depois de percorrer certa distância, chegou a um campo onde vários soldados jaziam mortos. E ele chamou:

— Se houver algum homem ainda vivo aqui, me diga: quem matou toda essa poderosa tropa?

Apenas um homem foi deixado vivo e ele respondeu:

— Toda essa poderosa tropa foi morta por Maria Morevna, a bela rainha.

O príncipe seguiu adiante em sua viagem e chegou a tendas brancas montadas em um campo. De uma delas, saiu a bela rainha Maria Morevna, que veio ao seu encontro.

— Saudações, príncipe — disse ela. — Aonde vai, para a liberdade ou para a escravidão?

— Jovens de alta estirpe não cavalgam para a escravidão — respondeu o príncipe Ivan.

— Bem, como não há pressa, seja nosso convidado e fique em uma de nossas tendas — ela o convidou.

O príncipe ficou agradecido com o convite e passou duas noites no acampamento da rainha. Ele se apaixonou por ela e ela por ele, então se casaram.

A bela rainha Maria Morevna levou o príncipe para seu país, e eles viveram felizes por algum tempo. Mas então a rainha decidiu declarar guerra contra outro país. Entregou o comando de todas as suas terras ao príncipe Ivan e disse-lhe:

— Cavalgue por toda parte e fique de olho em tudo. Mas uma coisa você não deve fazer: não deve nem olhar para dentro deste pequeno quarto — e ela lhe mostrou a porta do quarto.

Infelizmente, o príncipe não pôde conter sua curiosidade. Assim que a rainha se afastou, ele correu para o quarto, abriu a porta, olhou para dentro e viu Koshchei, o Imortal, preso por doze correntes. Quando Koshchei viu o príncipe, ele implorou:

— Tenha pena de mim, me dê um pouco de água para beber. Por dez anos, tenho sofrido os piores tormentos aqui, não recebo nem comida, nem água. E minha garganta está muito seca.

Então, o príncipe lhe trouxe um balde cheio de água; ele bebeu tudo de uma só vez e perguntou:

— Dê-me um pouco mais; minha sede não pode ser saciada com um único balde.

O príncipe trouxe um segundo balde. Koshchei bebeu tudo e ainda pediu um terceiro. Mas, quando ele bebeu o terceiro balde de água, toda a sua força foi restaurada, ele sacudiu as correntes e quebrou as doze de uma vez só.

— Obrigado, príncipe Ivan — disse Koshchei, o Imortal. — Agora você nunca mais verá Maria Morevna, assim como não pode ver suas próprias orelhas.

Ele voou pela janela com uma rajada de vento terrível, alcançou a bela rainha Maria Morevna na estrada e a levou embora.

O príncipe, deixado sozinho em seu palácio, chorou amargamente pela perda de sua linda Maria Morevna, mas depois decidiu ir procurá-la e se preparou para uma longa jornada.

— Não importa o que aconteça — declarou ele. — Procurarei até encontrar minha amada Maria Morevna.

Ele cavalgou por um dia, depois por um segundo, e, ao amanhecer do terceiro dia, chegou a um palácio maravilhoso. Um carvalho crescia do lado de fora do palácio, e no carvalho estava um falcão branco. O falcão voou do carvalho, tocou o chão, transformou-se em um lindo jovem e gritou:

— Ora, é meu cunhado! Como Deus está tratando você, príncipe Ivan?

A princesa Maria, irmã de Ivan, ouviu o grito e saiu correndo. Ela acolheu Ivan com alegria, perguntando sobre sua saúde e querendo saber tudo o que havia acontecido com ele depois de sua partida. O príncipe ficou como hóspede da irmã e do cunhado por três dias. Mas então, ele lhes disse:

— Não posso ficar mais com vocês. Estou em busca de minha esposa, a bela rainha Maria Morevna.

— Você terá dificuldade para encontrá-la — disse o falcão. — Mas deixe sua colher de prata conosco. Vamos olhar para ela e isso nos fará lembrar de você.

Então, o príncipe Ivan deixou sua colher de prata com o falcão e seguiu seu caminho.

Ele viajou por dois dias e, ao amanhecer do terceiro dia, viu-se diante de um palácio ainda mais bonito do que o do falcão. Do lado de fora, havia um carvalho, e no carvalho estava uma águia.

Quando viu Ivan, a águia voou do carvalho, tocou o chão, transformou-se em um lindo jovem e gritou:

— Levante-se, princesa Olga. Nosso querido irmão Ivan chegou!

A princesa Olga saiu correndo e cumprimentou Ivan alegremente, abraçando-o, perguntando por sua saúde e tudo o que havia acontecido com ele desde o seu casamento. O príncipe Ivan passou três dias com a irmã e o cunhado e, então, disse:

— Não posso mais permanecer como seu convidado. Vou procurar minha esposa, Maria Morevna, a bela rainha.

— Você terá dificuldade para encontrá-la — disse a águia. — Mas deixe seu garfo de prata conosco. Vamos olhar para ele e isso nos fará lembrar de você.

Então, o príncipe lhes deu o garfo de prata, despediu-se e partiu.

Ele passou mais dois dias viajando pela estrada e, ao amanhecer do terceiro dia, chegou a um palácio ainda mais refinado do que os outros dois. Fora do palácio, um carvalho crescia e, no carvalho, havia um corvo. Quando viu Ivan, o corvo voou em sua direção, tocou o chão, transformou-se em um lindo jovem e gritou:

— Princesa Anna! Venha depressa, nosso irmão chegou.

A princesa Anna saiu correndo e acolheu seu irmão com alegria, abraçando-o e perguntando por sua saúde e tudo o que havia acontecido com ele desde sua partida. O príncipe Ivan foi seu convidado por três dias e depois disse:

— Adeus! Devo partir em busca de minha esposa, a bela rainha Maria Morevna.

— Você enfrentará muitas dificuldades para encontrá-la — disse o corvo. — Mas deixe sua caixa de rapé de prata conosco. Vamos olhar para ela e isso nos fará lembrar de você.

O príncipe lhes deu sua caixa de rapé prateada, despediu-se e seguiu seu caminho.

Dois dias se passaram, mas no terceiro dia ele chegou ao local onde estava Maria Morevna. Ela viu seu amado marido chegando, correu para ele, atirou-se em seus braços e chorou amargamente ao dizer:

— Ah, príncipe Ivan, por que você não me ouviu? Por que você entrou naquele quarto e soltou Koshchei, o Imortal?

— Perdoe-me, Maria Morevna — implorou. — Não me reprove pelo passado, mas siga comigo antes que Koshchei, o Imortal, nos veja. Talvez cheguemos longe o suficiente para ele não nos alcançar.

Então eles se prepararam e partiram. Koshchei estava caçando e, ao voltar para casa no final da tarde, seu bom cavalo tropeçou no caminho.

— O que há com você, seu velho cavalo idiota? O que o fez tropeçar? Pressentiu algum infortúnio?

— O príncipe Ivan veio e levou Maria Morevna — respondeu o cavalo.

— Mas conseguiremos alcançá-los? — perguntou Koshchei.

— Você pode semear seu trigo, esperar que cresça, colhê-lo, triturá-lo, moer em farinha, assar pão em cinco fornos, comer o pão e só então partir em busca deles. Ainda assim, nós os alcançaríamos — disse o cavalo.

Então Koshchei galopou e alcançou o príncipe Ivan.

— Bem — disse ele ao príncipe. — Desta vez, eu o perdoarei em retribuição à sua gentileza em dar-me água para beber. E posso perdoá-lo uma segunda vez. Mas se acontecer uma terceira vez, fique atento: eu o alcançarei e o cortarei em pedacinhos.

Ele tomou Maria Morevna dos braços do príncipe e a levou, enquanto Ivan se sentava em uma pedra e chorava.

Ele chorou até não ter mais lágrimas, depois partiu novamente para buscar Maria Morevna. Quando ele chegou, Koshchei, o Imortal, estava caçando.

— Vamos lá, Maria — disse o príncipe.

Mas ela respondeu:

— Ah, querido Ivan, ele vai nos alcançar.

— Suponho que ele, de fato, nos alcance — disse ele. — Mas pelo menos, passaremos uma ou duas horas juntos.

Então, eles se prepararam e partiram. No final da tarde, Koshchei, o Imortal, estava voltando para casa quando seu cavalo tropeçou novamente.

— O que há com você, seu velho cavalo idiota? O que o fez tropeçar? Pressentiu algum infortúnio?

— O príncipe Ivan veio e levou Maria Morevna embora — respondeu o cavalo.

— Então, conseguiremos alcançá-los? — perguntou ele.

— Você pode semear cevada, esperar que cresça, colhê-la, debulhá-la, fazer cerveja, beber a cerveja até ficar bêbado, dormir profundamente e só depois cavalgar atrás deles. Ainda assim nós os alcançaríamos.

Então Koshchei galopou atrás do príncipe Ivan, o alcançou e disse:

— Você não se lembra de eu ter lhe dito que não veria Maria Morevna mais do que as suas próprias orelhas?

Ele tomou Maria Morevna e a levou embora.

O príncipe Ivan foi deixado sozinho. Ele chorou e chorou, mas depois voltou pela terceira vez para Maria Morevna. Koshchei estava fora de casa quando Ivan chegou.

— Vamos embora, Maria — implorou.

— Ah, Ivan — respondeu ela. — Ele vai nos alcançar e o cortará em pedaços.

— Deixe que venha! — disse o príncipe Ivan. — Não posso viver sem você.

Então eles se prepararam e partiram. Quando Koshchei, o Imortal, estava voltando para casa naquela tarde, seu bom cavalo tropeçou.

— O que há com você, seu velho cavalo idiota? O que o fez tropeçar? Pressentiu algum infortúnio?

— O príncipe Ivan voltou e levou Maria Morevna mais uma vez — respondeu o cavalo.

Desta vez, Koshchei nem parou para perguntar se o cavalo poderia alcançá-los. Ele galopou atrás de Ivan e Maria, os alcançou, cortou Ivan em pedaços com a espada e colocou os pedaços em um barril de alcatrão. Depois, envolveu o barril com argolas de ferro e jogou-o no mar azul. E levou Maria Morevna de volta ao seu palácio.

No exato momento em que Koshchei cortou o príncipe Ivan em pedaços, os artigos de prata que o príncipe havia deixado com suas irmãs ficaram escurecidos.

— Ah — disseram seus cunhados —, certamente algum infortúnio o acometeu.

A águia, então, voou alto, avistou o barril flutuando no mar e o arrastou até a costa. O falcão voou para buscar água da vida e o corvo por água da morte.

Então os três voaram para o local onde estava o barril, quebraram-no, pegaram os pedaços do príncipe Ivan, lavaram um a um e os juntaram como antes. O corvo borrifou a água da morte sobre os pedaços, e eles uniram-se formando um todo; o falcão borrifou a água da vida sobre o corpo, e o príncipe Ivan estremeceu, sentou-se e disse:

— Ora, há quanto tempo estou dormindo?

— Você teria dormido muito mais se não fosse por nós — disseram seus cunhados. — Agora venha e seja nosso convidado.

— Não, queridos irmãos — respondeu ele. — Eu devo ir em busca de Maria Morevna.

Então ele partiu mais uma vez, chegou ao palácio onde ela estava sendo mantida prisioneira e, quando a achou, disse-lhe:

— Descubra onde Koshchei, o Imortal, obteve um cavalo tão esplêndido para cavalgar.

Maria Morevna esperou por um momento favorável e depois perguntou a Koshchei sobre o cavalo. E ele lhe contou:

— Além das vinte e sete terras, no trigésimo reino, do outro lado do Rio de Fogo, vive uma bruxa, Baba Yaga. Ela possui uma égua na qual voa ao redor do mundo todos os dias. Ela tem muitas outras éguas notáveis também. Eu trabalhei para ela por três dias como pastor. Ela não me deu uma de suas éguas em pagamento pelo meu trabalho, mas me deu um pequeno potro.

— Mas como você atravessou o Rio de Fogo? — perguntou Maria.

— Eu tenho um lenço mágico. Acenei três vezes para a direita e uma ponte muito alta surgiu, a qual o fogo não conseguiu alcançar.

Maria Morevna ouviu atentamente o que ele disse e contou ao príncipe Ivan tudo o que havia descoberto. Ela conseguiu se apossar do lenço mágico sem Koshchei perceber e entregou-o ao príncipe.

Então, o príncipe Ivan usou o lenço para atravessar o Rio de Fogo e correu para encontrar a bruxa Baba Yaga. Ele caminhou por um longo tempo sem encontrar nada para comer ou beber. Finalmente, ele viu um pássaro com seus filhotinhos e disse:

— Devo comer um de seus filhotes.

— Por favor, não faça isso, príncipe Ivan — implorou a mãe. — Não pegue nenhum dos meus filhotes, e mais cedo do que imagina estarei a seu serviço.

Ele continuou seu caminho. Um pouco mais tarde, na floresta, ele viu uma colmeia e disse:

— Vou pegar um pouco do mel.

Mas a abelha-rainha implorou:

— Não tome meu mel, príncipe Ivan. Então, um dia, serei útil para você.

Ouvindo isso, ele não tocou no mel e seguiu em frente. Ele viu uma leoa com seu filhote vindo em sua direção e disse:

— Devo comer esse filhote. Estou com tanta fome que poderia comer qualquer coisa.

— Por favor, não machuque meu filhote, príncipe Ivan — implorou a leoa. — Em algum momento, estarei a seu serviço.

— Tudo bem, como você quiser — disse ele.

Então, ele continuou andando e sentindo muita fome, até chegar à casa da bruxa Baba Yaga. A casa estava cercada por doze estacas; sobre onze dessas estacas, havia cabeças humanas empaladas, e apenas uma das estacas estava sem cabeça. Ele foi até a bruxa e disse:

— Saudações, vovó.

— Saudações, príncipe Ivan — respondeu ela. — Por que você veio me visitar, por vontade própria ou por necessidade?

— Vim em busca de um cavalo digno de um herói — disse ele.

— Certamente, príncipe! E você terá que me servir por um ano. Se você conduzir minhas éguas ao pasto sem perder nenhuma delas, darei a você um cavalo digno de qualquer herói. Mas se você falhar, tenha certeza de que enfiarei sua cabeça naquela estaca vazia.

O príncipe concordou com aquelas condições. A bruxa deu-lhe comida e bebida e disse-lhe para começar a trabalhar. Mas ele mal começou a conduzir as éguas pelo campo e elas ergueram seus cascos e saíram em disparada em todas as direções. Antes que ele tivesse tempo de fazer qualquer coisa, todas desapareceram de sua vista. Ele mergulhou em desespero, sentou-se em uma pedra e começou a chorar. Mas ele estava tão cansado que adormeceu. O Sol estava se pondo quando ele foi acordado pelo pássaro cujo filhote ele havia poupado.

— Levante-se, príncipe Ivan — disse ela. — E não se preocupe: as éguas já estão em casa.

Então, o príncipe levantou-se e voltou para a casa da bruxa. E lá estava ela gritando e vociferando com as éguas:

— Por que vocês voltaram para casa?

— Mas o que mais poderíamos fazer? — perguntaram elas. — Pássaros vieram voando de todas as direções e quase nos arrancaram os olhos.

— Nesse caso, amanhã não se espalhem pelos prados, mas corram para a densa floresta — disse ela.

O príncipe Ivan dormiu tranquilamente naquela noite e, de manhã, a bruxa disse-lhe:

— Olhe bem, príncipe! Se você não cuidar de minhas éguas direitinho, se perder uma única sequer, sua cabeça decorará aquela estaca.

Ele foi até as éguas e as conduziu para o campo. Mas elas imediatamente abanaram seus rabos e se espalharam pela densa floresta.

Desesperado, o príncipe sentou-se em uma pedra e chorou. Mas ele se sentiu tão cansado de perseguir as éguas que adormeceu. Enquanto o Sol se punha além da floresta, a leoa correu até ele e o acordou.

— Vá para casa, príncipe Ivan — disse ela. — As éguas estão todas reunidas novamente.

O príncipe voltou para casa e lá encontrou a bruxa furiosa e gritando ainda mais alto do que antes com as éguas.

— Por que vocês voltaram para casa? — perguntou ela.

— Mas o que mais poderíamos fazer? — perguntaram elas. — Animais selvagens de todo o mundo vieram correndo atrás de nós e quase nos despedaçaram.

— Bem, então — disse ela —, amanhã vocês devem correr direto para o mar azul.

O príncipe teve outra boa noite de sono e, na manhã seguinte, a bruxa o enviou pela terceira vez para conduzir as éguas.

— Mas lembre-se, se você perder uma delas — avisou-o —, sua cabeça enfeitará a estaca.

Assim que ele conduziu as éguas para o campo, elas balançaram suas crinas e desapareceram de vista, correndo diretamente para o mar azul. Lá elas mergulharam até a altura do pescoço na água. O príncipe Ivan ficou desesperado, sentou-se em uma pedra e chorou. E, enquanto ele chorava, adormeceu. O Sol estava se pondo quando a abelha-rainha voou e disse a ele:

— Levante-se, príncipe. Todas as éguas estão reunidas. Mas quando você voltar, não deixe que a bruxa o veja. Entre no estábulo e se esconda atrás dos cochos. Lá você verá um potro de aparência triste rolando no esterco. Roube-o e, na calada da noite, fuja da casa da bruxa.

O príncipe Ivan se levantou, foi para o estábulo e se escondeu atrás dos cochos. Enquanto estava deitado, ouviu Baba Yaga gritando e xingando suas éguas:

— Por que vocês voltaram?

— Mas o que mais poderíamos fazer? — perguntaram elas. — Enxames de abelhas de todo o mundo voaram e nos picaram até nos arrancarem sangue.

A bruxa foi para a cama e, à meia-noite, o príncipe Ivan pegou o potro de aparência triste, selou-o e galopou na direção do Rio de Fogo. Ele foi até o rio e balançou o lenço de Koshchei três vezes para a direita. De repente, uma ponte magnífica e elevada pairava sobre o rio, surgindo do nada. Ele atravessou a ponte e acenou com o lenço para a esquerda. Mas ele acenou apenas duas vezes, e apenas uma ponte muito fina — a mais fina ponte já feita — permaneceu, cortando o rio.

Na manhã seguinte, quando a bruxa acordou, ela não conseguiu encontrar o príncipe e logo descobriu que o triste potro havia desaparecido. Então ela partiu atrás deles dentro de seu almofariz de ferro, impulsionando com seu pistilo e varrendo seus rastros com uma vassoura. Ela subiu o Rio de Fogo, olhou para a ponte e pensou:

— Essa é uma boa ponte!

Mas quando subiu na ponte e alcançou o meio, ela desabou, e a bruxa caiu de cabeça no Rio de Fogo. Lá ela encontrou uma morte terrível.

Enquanto isso, do outro lado, o príncipe alimentou o potro com grama de excelente qualidade do prado verde, e ele se transformou em um cavalo magnífico. Decidiu, então, cavalgar mais uma vez para resgatar Maria Morevna. Ela o viu chegando, saiu correndo e colocou os braços em torno de seu pescoço.

— Como você voltou à vida? — perguntou ela.

Contou a ela tudo o que havia acontecido e disse:

— Agora venha para casa comigo.

— Mas eu tenho medo, príncipe Ivan — respondeu ela. — Se Koshchei nos alcançar, ele cortará você em pequenos pedaços novamente.

— Ele não vai nos alcançar desta vez — disse ele. — Agora eu tenho um cavalo magnífico, digno de qualquer herói e que voa como um pássaro.

Então eles montaram no cavalo e partiram.

Quando Koshchei, o Imortal, voltava para casa à tarde, seu cavalo tropeçou.

— O que há com você, seu velho cavalo idiota? O que o fez tropeçar? Pressentiu algum infortúnio?

— O príncipe Ivan voltou e carregou Maria Morevna com ele — disse o cavalo.

— Mas conseguiremos alcançá-los? — perguntou ele.

— Deus sabe! — respondeu o cavalo. — O príncipe Ivan agora tem um cavalo digno de qualquer herói, e é ainda melhor do que eu.

— Não, não posso suportar a ideia de deixá-los fugir — disse Koshchei. — Vamos persegui-los!

Ele cavalgou muito, cavalgou rápido e alcançou o príncipe Ivan, pulou no chão e estava prestes a derrubá-lo com sua espada afiada. Mas o cavalo de Ivan coiceou mortalmente Koshchei com seus cascos traseiros, esmagando sua cabeça. Ivan acabou com ele com um porrete. Então, o príncipe fez uma pilha de madeira, incendiou-a, queimou Koshchei, o Imortal, na pira e espalhou suas cinzas aos quatro ventos.

Maria Morevna montou o cavalo de Koshchei, o príncipe montou o dele, e eles foram embora para visitar primeiro o corvo, depois a águia e depois o falcão. Em cada um dos palácios, foram recebidos com alegria.

— Ah, príncipe Ivan — disseram suas irmãs e cunhados —, perdemos toda a esperança de vê-lo novamente. Mas agora podemos ver por que você se expôs a um perigo tão grande. Você poderia procurar no mundo todo uma outra rainha tão bonita quanto Maria Morevna sem jamais encontrar uma igual!

Em cada um dos três palácios, eles festejaram e banquetearam, e depois cavalgaram para seu próprio reino. Quando chegaram em casa, mais uma vez viveram felizes.

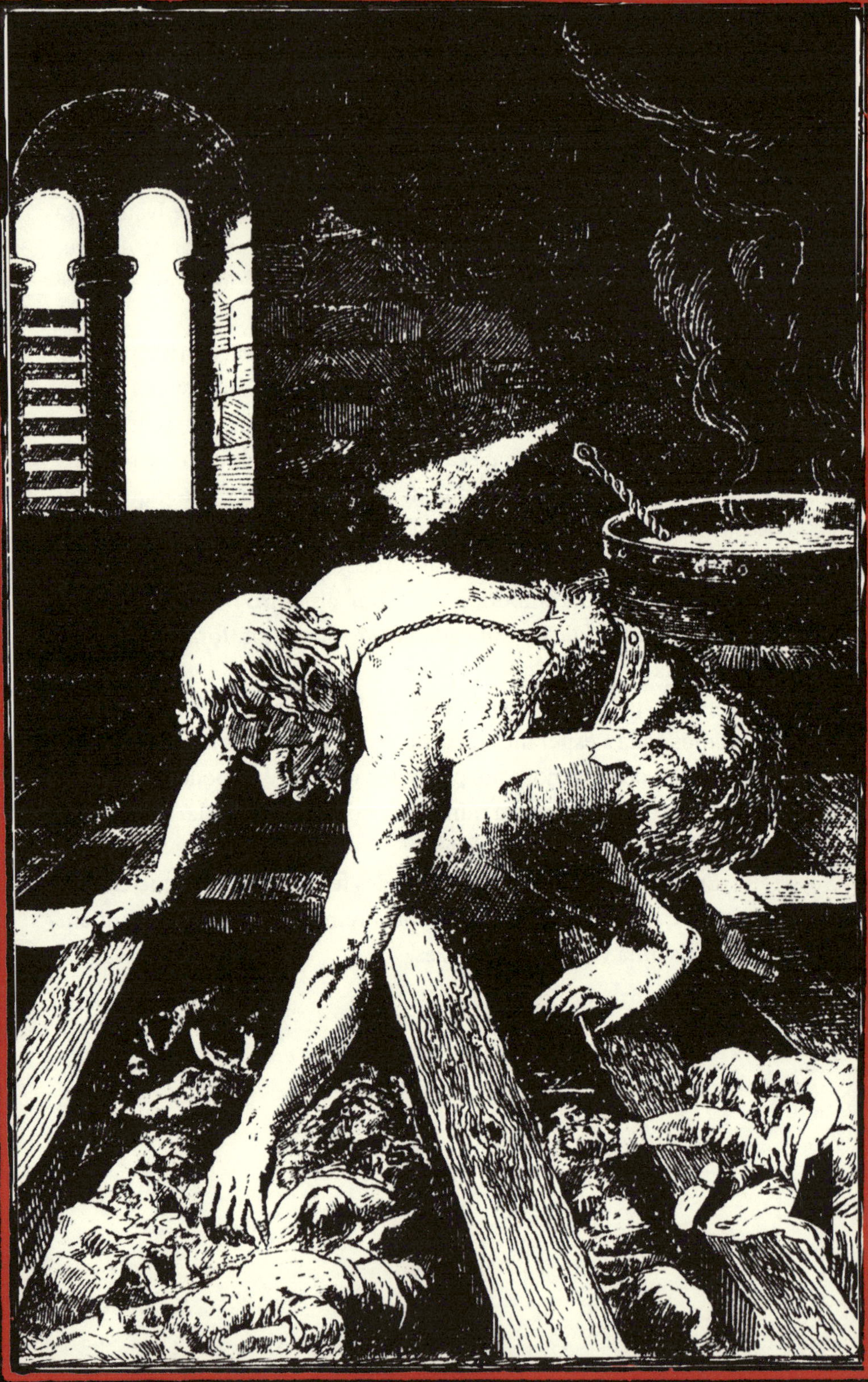

O LADRÃO DE PRETO E O CAVALEIRO DO VALE

(The Royal Hibernian Tales)

Antigamente, havia um rei e uma rainha que viviam ao sul da Irlanda e tinham três filhos, todos dotados de grande beleza. A rainha, sua mãe, adoeceu mortalmente quando eles ainda eram muito jovens, o que causou grande tristeza em toda a corte, especialmente no rei, seu marido, que de forma alguma podia ser consolado. Vendo que a morte se aproximava, ela chamou o rei e disse:

— Agora vou deixá-lo e, como você é jovem e cheio de saúde, é claro que, após minha morte, irá se casar novamente. Agora, tudo o que lhe peço é que construa uma torre em uma ilha no oceano, na qual manterá nossos três filhos até que se tornem maiores e tenham condições de cuidarem de si mesmos, sem dependerem ou se submeterem a outra mulher. Assegure-se de proporcionar-lhes uma educação adequada à sua estirpe e deixe que sejam treinados em todas as atividades e passatempos necessários aos filhos de um rei. Isso é tudo que tenho a dizer, adeus.

O rei, com lágrimas nos olhos, mal teve tempo de assegurar-lhe que todos os seus últimos desejos seriam seguidos à risca quando ela, virando-se no leito e com um sorriso, rendeu-se à morte. Nunca fora visto luto maior na corte ou no reino, pois uma mulher melhor do que a rainha, fosse com ricos ou pobres, não havia no mundo. Ela foi enterrada com grande pompa e magnificência, e o rei, seu marido, ficou inconsolável por sua perda. Ele ordenou que a torre fosse construída e seus filhos colocados nela, sob os devidos cuidados de tutores, de acordo com a promessa feita à rainha.

Com o passar do tempo, os lordes e cavaleiros do reino aconselharam o rei (uma vez que era jovem) a não mais viver daquela forma, mas, sim, a se casar novamente. Sendo assim, eles escolheram uma rica e bela princesa para ser sua consorte. Tratava-se da filha de um rei vizinho, de quem ele gostava muito. Não muito depois, a rainha teve um belo filho, o que foi motivo de grandes festividades e alegria na corte, tanto que a falecida rainha, de certa forma, foi totalmente esquecida. Assim, o rei e a rainha viveram felizes por muitos anos.

Certa vez, a rainha, tendo alguns negócios a tratar com uma mulher que criava galinhas, foi ter com ela e, após longa conversa, quando já estavam se despedindo, a mulher desejou que, se a rainha voltasse a procurá-la algum dia, quebrasse o pescoço. A monarca, furiosa com o insulto vindo de uma de suas súditas mais inferiores, exigiu saber o motivo daquela ousadia ou a condenaria à morte.

— Vale a pena, senhora — disse a criadora de galinhas —, recompensar-me bem por isso, pois a razão de meu desejo lhe é de grande interesse.

— Quanto devo dar a você? — perguntou a rainha.

— A senhora deve me dar — disse ela — um saco cheio de lã. Além disso, possuo um pote antigo que deverá encher com manteiga e um barril com trigo.

— Quanta lã deverá haver no saco? — disse a rainha.

— A produção de sete rebanhos de ovelha — disse ela — e mais o que der pelos próximos sete anos.

— Quanta manteiga será necessária para encher seu pote?

— A produção de sete rebanhos de vacas leiteiras — disse ela — e o que mais der pelos próximos sete anos.

— E quanto de trigo será necessário para encher o barril? — disse a rainha.

— A produção de sete barris de trigo e mais o que der pelos próximos sete anos.

— Essa é uma grande quantidade — disse a rainha. — Mas sendo o motivo tão extraordinário, darei a você tudo o que me pede.

— Bem — disse a criadora de galinhas —, isso é porque você é tão estúpida que não percebe as circunstâncias que podem ser muito perigosas e prejudiciais a você e a seu filho.

— Do que se trata? — disse a rainha.

— Ora — disse ela —, o rei, seu marido, tem três filhos com a falecida rainha, os quais mantém trancados em uma torre até atingirem a maioridade, com a intenção de dividir o reino entre eles, a despeito de seu filho. Agora, se você não encontrar algum meio de destruí-los, seu filho e talvez até você mesma serão abandonados à própria sorte.

— E o que você me aconselha a fazer? — perguntou ela. — Estou totalmente perdida sobre como agir nesse caso.

— Deve fazer saber ao rei — disse a mulher — que ouviu falar de seus filhos e perguntar insistentemente o porquê de tê-los escondido de você por tanto tempo. Diga-lhe que deseja vê-los, que é tempo de serem libertados e que deseja que sejam trazidos à corte. O rei, então, fará isso e ordenará que seja preparado um grande banquete e que sejam providenciados entretenimentos de todo tipo para divertir o povo. Durante os jogos — disse ela —, peça aos filhos do rei que joguem cartas com você, o que eles não recusarão. Feito isso — disse a mulher —, você deverá propor um trato. Se você vencer, eles deverão fazer tudo o que lhes ordenar e, se eles ganharem, você deverá fazer tudo o que mandarem. Esse acordo deverá ser feito perante todos os presentes, e aqui está um baralho de cartas — disse ela — com o qual você não perderá.

A rainha imediatamente pegou o *deck* de cartas e, depois de agradecer à criadora de galinhas por suas gentis instruções, voltou ao palácio, onde permaneceu bastante inquieta até começar a falar com o rei a respeito dos filhos. Por fim, ela insistiu de uma maneira tão educada e cativante que ele não identificou nenhuma má intenção por trás de suas palavras. O rei prontamente consentiu com seu pedido, e seus filhos foram trazidos da torre e vieram alegremente à corte, regozijando-se por terem sido libertados daquele confinamento. Eles eram muito bonitos e muito experientes em todas as artes e atividades, de modo que conquistaram o amor e a estima de todos que os conheceram.

A rainha, mais ciumenta do que nunca, pensou que levaria uma eternidade até que toda a festa e alegria cessassem e ela pudesse fazer sua proposta, confiando muito no poder das cartas que a criadora de galinhas lhe dera. Por fim, os convidados reais começaram a se divertir com todo o tipo de jogos, e a rainha muito astutamente desafiou os três príncipes a jogar cartas com ela, apostando com eles como fora instruída a fazer.

Eles aceitaram o desafio, e o filho mais velho e a rainha jogaram a primeira partida, que ela venceu. Então o segundo filho jogou, e ela venceu novamente. O terceiro filho foi o próximo, mas, desta vez, ele venceu, o que a entristeceu profundamente, pois não o teria em seu poder, como os demais, justamente ele, de longe o mais bonito e amado dos três.

Todos estavam ansiosos para ouvir as ordens da rainha em relação aos dois príncipes, sem jamais suspeitar que ela nutrisse qualquer má intenção em relação a eles. Não é possível dizer se seguindo as instruções da criadora de galinhas ou seus próprios impulsos, ela ordenou-lhes que partissem e lhe trouxessem o selvagem Corcel dos Sinos, que pertencia ao Cavaleiro do Vale, ou perderiam suas cabeças.

Os jovens príncipes não estavam nem um pouco preocupados, pois não sabiam ao certo o que tinham de fazer. Mas toda a corte ficou perplexa ao ouvir aquelas ordens, pois sabiam muito bem que era impossível trazer o corcel e que todos os que haviam tentado pereceram na empreitada. No entanto, eles não podiam desistir do acordo, e foi a vez do príncipe mais jovem dar suas ordens à rainha, uma vez que vencera o jogo.

— Meus irmãos — disse ele — terão que viajar e, pelo que entendi, será uma jornada perigosa em que não saberão que caminho seguir ou o que poderá lhes suceder. Estou decidido, portanto, a não ficar aqui, mas, sim, seguir com vocês e enfrentar o que quer que nos aguarde. Ordeno, como parte do acordo, que a rainha permaneça na torre mais alta do palácio até que voltemos (ou tenha certeza de que estamos mortos), com nada para comer além de grãos de milho e água gelada para beber, mesmo que se passem sete anos ou mais.

Depois que tudo foi providenciado, os três príncipes partiram da corte em busca do palácio do Cavaleiro do Vale. Ao seguirem pela estrada, encontraram um homem que era um pouco coxo e parecia ter idade avançada. Eles logo começaram a conversar, e o mais jovem dos príncipes perguntou ao estranho seu nome e a razão pela qual usava um chapéu preto tão notável, como ele jamais vira antes.

— Sou chamado — disse ele — de ladrão de Sloan e, às vezes, de ladrão de preto, por causa do meu chapéu.

E, assim, contando ao príncipe a maioria de suas aventuras, perguntou novamente para onde eles estavam indo ou o que buscavam.

O príncipe, disposto a satisfazer a sua curiosidade, contou-lhe tudo, do começo ao fim.

— E agora — disse ele — estamos viajando e não sabemos se estamos no caminho certo ou não.

— Ah, meus bravos companheiros — disse o ladrão de preto —, vocês não têm ideia do perigo que correm. Estou atrás desse corcel há sete anos e nunca consegui roubá-lo por causa de um manto de seda que o cobre no estábulo e que possui sessenta sinos presos a ele. Sempre que alguém se aproxima do local, o animal percebe e se sacode, o que faz os sinos soarem e causa um alarido não apenas para o príncipe e seus guardas, mas para todo o país, de modo que é impossível levá-lo. Aqueles menos afortunados que são capturados pelo Cavaleiro do Vale são fervidos em uma fornalha.

— Céus! — exclamou o jovem príncipe. — O que faremos? Se voltarmos sem o corcel, perderemos nossas cabeças, então, vejo que não temos saída.

— Bem — disse o ladrão de Sloan —, se fosse comigo, preferiria morrer pelas mãos do cavaleiro do que pelas mãos da perversa rainha. Além disso, eu mesmo irei com vocês, mostrarei a estrada e, qualquer que seja vosso destino, estarei convosco.

Eles agradeceram sinceramente sua gentileza e, como estava bem familiarizado com a estrada, o ladrão conduziu-os de tal forma que, em pouco tempo, já podiam avistar o castelo do cavaleiro.

— Agora — disse ele — devemos permanecer aqui até a noite chegar, pois conheço todos os costumes do lugar e, se houver alguma chance, será quando todos estiverem dormindo e o corcel estiver sozinho.

Assim, tarde da noite, os três filhos do rei e o ladrão de Sloan aproximaram-se do Corcel dos Sinos a fim de levá-lo dali, mas, antes que pudessem alcançar os estábulos, o corcel relinchou agitado e sacudiu o corpo violentamente, o que fez os sinos soarem tão alto que o cavaleiro e seus homens se levantaram rapidamente.

O ladrão de preto e os filhos do rei pensaram em escapar, mas foram repentinamente cercados pelos guardas do cavaleiro e feitos prisioneiros. Todos foram levados para a parte mais sombria do palácio, onde o cavaleiro mantinha uma fornalha sempre acesa na qual atirava os infratores que cruzavam seu caminho para serem totalmente consumidos pelas chamas.

— Vilões audaciosos! — disse o Cavaleiro do Vale. — Como se atrevem a tentar uma ação tão ousada e roubar meu corcel? Vejam, agora, a recompensa por sua imprudência. A fim de aumentar sua punição, não ferverei todos juntos, mas um de cada vez, para que aquele que ficar por último possa ter testemunhado as terríveis aflições de seus infelizes companheiros.

Dizendo isso, ele ordenou a seus servos que acendessem o fogo:

— Vamos ferver o mais velho destes jovens primeiro — disse ele — e assim sucessivamente até o último, que será este velho com chapéu preto. Ele parece ser o capitão e ter passado por muitas aventuras.

— Eu já estive tão perto da morte quanto o príncipe está agora — disse o ladrão de preto — e escapei. Ele também escapará.

— Não, engano seu — replicou o cavaleiro —, pois ele está a dois ou três minutos de seu derradeiro fim.

— Mas — disse o ladrão de preto — eu já estive prestes a morrer e ainda estou aqui.

— Como foi isso? — perguntou o cavaleiro. — Eu ficaria feliz em saber, pois me parece impossível.

— Se você achar, senhor cavaleiro — disse o ladrão de preto —, que o perigo pelo qual passei supera o deste jovem, você o perdoará por seu crime?

— Assim será — prometeu o cavaleiro —, então, continue com sua história.

— Eu era, senhor — explicou ele —, um garoto muito rebelde na minha juventude e passei por muitos perigos. Uma vez, em particular, quando estava perambulando sem rumo, não percebi a chegada da noite e me vi sem abrigo. Acabei encontrando um forno antigo e, estando muito cansado, subi e deitei-me sobre algumas vigas. Passado algum tempo, vi três bruxas se aproximarem carregando três sacos de ouro. Cada uma colocou seu saco de ouro embaixo da cabeça, como se fossem dormir. Ouvi uma delas dizer às outras duas que, se o ladrão de preto as atacasse enquanto dormiam, não lhes deixaria um centavo sequer. Descobri pela conversa que haviam sido advertidas sobre mim, embora eu tenha ficado calado como a morte durante toda a conversa. Por fim, elas adormeceram. Então desci silenciosamente e, vendo alguns tufos de grama, coloquei-os embaixo de cada uma de suas cabeças e fugi, com o ouro, o mais rápido que pude.

— Eu não havia ido muito longe — continuou o Ladrão de Sloan — quando vi que um cão cinza, uma lebre e um falcão me perseguiam e pensei que deviam ser as bruxas que haviam tomado aquelas formas para que eu não pudesse escapar delas, quer por terra ou água. Vendo que elas pareciam não estar em grande forma física, decidi atacá-las, julgando que, com minha grande espada, eu poderia destruí-las facilmente. Ponderei, no entanto, que talvez elas tivessem o poder de voltar à vida e desisti da tentativa, subindo com dificuldade em uma árvore e levando comigo não apenas a espada, mas todo o ouro. No entanto, quando chegaram à árvore, as bruxas descobriram o que eu havia feito e, fazendo uso de sua magia infernal, uma delas transformou-se em uma bigorna de ferreiro e a outra em um pedaço de ferro com o qual a terceira bruxa confeccionou uma machadinha. Com a machadinha em mãos, ela começou a cortar a árvore e, no decorrer de uma hora, o tronco começou a balançar. Por fim, começou a inclinar e descobri que, com mais um ou dois golpes, no máximo, ela colocaria a árvore no chão. Estava convencido de que minha morte era iminente, uma vez que, depois de terem se dado a tanto trabalho, elas certamente acabariam com minha vida. Mas assim que a bruxa desferiu o golpe que selaria meu destino, o galo cantou, e as bruxas desapareceram, retornando às suas formas originais por medo de serem reconhecidas, e eu pude fugir em segurança com minhas bolsas de ouro.

— Agora, senhor — disse ele ao Cavaleiro do Vale —, deixo com você a decisão de dizer se essa não foi uma aventura como jamais ouviu, ou seja, estar a um golpe de machadinha do meu fim, esse golpe ser inclusive desferido e ainda assim eu conseguir escapar.

— Bem, devo dizer que foi realmente extraordinário — disse o Cavaleiro do Vale —, por isso, perdoo esse jovem por seu crime. Então, agite o fogo, enquanto cozinho este segundo.

— Na verdade — disse o ladrão de preto —, sou forçado a pensar que este segundo também não morrerá desta vez.

— Como assim? — disse o cavaleiro. — É impossível que escape.

— Eu mesmo já escapei da morte de maneira tão extraordinária quanto se estivesse prestes a ser jogado em uma fornalha e espero que o mesmo aconteça com ele — disse o Ladrão de Sloan.

— Por quê? Você correu outro grande perigo? — perguntou o cavaleiro. — Eu ficaria feliz em ouvir essa história também e, se for tão maravilhosa quanto a última, perdoarei este jovem como fiz com o outro.

— Meu modo de viver, senhor — disse o ladrão de preto —, não era dos melhores, como lhe disse antes. Em determinado momento me vi sem dinheiro, sem grandes perspectivas e vivendo com grande dificuldade. Então, um rico bispo morreu na vizinhança em que eu estava, e ouvira dizer que ele havia sido enterrado com uma grande quantidade de joias e ricos ornamentos, os quais eu pretendia ser possuidor muito em breve.

"Assim, naquela mesma noite, comecei a empreitada e, chegando ao local, percebi que ele fora enterrado na outra extremidade de uma longa e escura cripta, na qual adentrei lentamente. Eu não tinha ido muito longe quando ouvi passos rápidos vindo em minha direção e, embora minha natureza seja ousada e atrevida, pensei no falecido bispo, no crime que estava prestes a cometer, perdi a coragem e corri para a entrada da cripta. Eu havia recuado apenas alguns passos quando observei, entre mim e a luz, uma escura silhueta de um homem alto parado na entrada. Com muito medo e sem saber como passar, disparei minha pistola contra ele e ele caiu imediatamente na entrada.

"Percebendo que sua aparência era de um mortal, comecei a imaginar que não poderia se tratar do fantasma do bispo. Recuperando-me, portanto, do medo que sentia, aventurei-me até a extremidade da cripta, onde encontrei um grande pacote e, após um exame mais aprofundado, descobri que o cadáver do bispo já fora saqueado e que o suposto fantasma não era ninguém mais ninguém menos do que um membro de seu próprio clero. Fiquei muito triste por ter tido a infelicidade de matá-lo, mas não havia como ter evitado. Peguei o pacote que continha os valiosos pertences do cadáver e tratei de me afastar daquela morada melancólica; mas assim que cheguei à entrada vi os guardas do local vindo em minha direção. Eu os ouvi claramente dizer que verificariam a cripta, pois o ladrão de preto não pensaria duas vezes em roubar o cadáver, caso estivesse na região.

"Eu não sabia exatamente como agir, pois, se fosse visto, certamente perderia minha vida, uma vez que todos estavam alertas naquele momento e não havia ninguém ousado o suficiente para me confrontar. Eu sabia muito bem que, assim que me vissem, atirariam em mim como em um cachorro. Porém, não tinha tempo a perder. Peguei e levantei o corpo do homem que havia matado, como se ele estivesse de pé, e eu, agachado atrás dele, carreguei-o o melhor que pude, de forma que os guardas o vissem quando se aproximassem da cripta.

"Assim que avistou o homem em batinas negras, um dos homens gritou que era o ladrão de preto e, apontando sua arma, atirou no homem, cujo corpo deixei cair, esgueirando-me para um pequeno canto escuro que ficava na entrada do lugar. Quando viram o homem cair, todos correram para dentro da cripta e não pararam até alcançarem a outra extremidade, pois temiam que houvesse outros que pudessem ter sido mortos. Mas, enquanto eles estavam ocupados inspecionando o cadáver e a cripta, escapei, e, uma vez longe, eles nunca mais tiveram outra oportunidade de capturar o ladrão de preto."

— Bem, meu bravo companheiro — disse o Cavaleiro do Vale —, vejo que passou por muitos perigos. Você libertou esses dois príncipes com suas histórias, mas lamento dizer que este jovem príncipe tenha de pagar por todos. Agora, se você puder me contar outra história tão maravilhosa quanto essa, eu o perdoarei da mesma forma. Tenho pena deste jovem e não quero matá-lo, se houver como evitar.

— Muito bem — disse o Ladrão de Sloan —, como gosto ainda mais dele, reservei a melhor história para o final.

— Bem, então — disse o cavaleiro —, vamos ouvi-la.

— Um dia, em uma de minhas viagens — contou o ladrão de preto —, cheguei a uma grande floresta, por onde vaguei por longo tempo sem conseguir achar uma saída. Por fim, cheguei a um grande castelo, e o cansaço obrigou-me a entrar. Lá encontrei uma jovem chorando com uma criança sentada sobre seu joelho. Perguntei-lhe o que a fazia chorar e onde estava o senhor do castelo, pois fiquei muito surpreso ao não ver servos ou qualquer outra pessoa no lugar.

"— É melhor para você — disse a jovem — que o senhor deste castelo não esteja em casa neste momento. Trata-se de um gigante monstruoso, com apenas um olho no centro da testa, que se alimenta de carne humana. Ele me trouxe esta criança — disse ela —, que não sei como capturou, e me mandou fazer uma torta com ela. Não posso deixar de chorar por isso.

" Eu disse a ela que se conhecesse algum lugar onde eu pudesse deixar a criança em segurança, em vez de ser morta por um monstro, eu o faria.

"Ela me contou sobre uma casa bem longe dali, onde eu encontraria uma mulher que cuidaria da criança.

"— Mas o que farei em relação à torta? — perguntou a jovem.

"— Corte um dedo da criança — disse eu. — Trarei um jovem porco selvagem da floresta que você poderá usar no lugar dela, e colocaremos o dedo dentro da torta. Se o gigante desconfiar de alguma coisa, você pode virá-la estrategicamente e, quando ele vir o dedo, ficará totalmente convencido de que a torta foi feita com a criança.

"Ela concordou com o plano que propus e, após cortar o dedo da criança, levei-a rapidamente para a casa sobre a qual faláramos e trouxe o porquinho no seu lugar. A jovem, então, preparou a torta e, depois de comer e beber com gosto, estávamos nos despedindo quando vimos o gigante adentrando os portões do castelo.

"— Céus! O que faremos agora? Corra, deite-se entre os cadáveres que ele mantém no quarto — disse ela, mostrando-me o lugar — e tire a roupa para que ele não possa o distinguir dos demais, caso desconfie de algo.

"Segui o seu conselho e me deitei entre os cadáveres, como se estivesse morto, para ver como ele se comportaria. A primeira coisa que ouvi foi ele perguntando pela torta. Quando ela a colocou diante dele, ele jurou que cheirava à carne de porco, mas, sabendo onde estava o dedo, a jovem imediatamente o mostrou, o que o convenceu do contrário. A torta só serviu para aguçar seu apetite, e ouvi-o afiar a faca e dizer que precisava de um ou dois pedaços de carne, pois não estava nem perto de ficar satisfeito. Mas imagine meu terror quando senti o gigante tatear entre os corpos e cortar a metade do meu quadril, levando-o com ele para ser assado. Você pode ter certeza de que estava com muita dor, mas o medo de ser morto me impedia de emitir qualquer som. Porém, depois de comer tudo, o monstro começou a se embebedar de tal maneira que, em pouco tempo, não conseguia nem levantar a cabeça e se jogou em uma grande rede, que fora confeccionada para aquele fim, e adormeceu profundamente. Quando o ouvi roncar, levantei e fiz a mulher cuidar de minha ferida com um lenço. Em seguida, pegando um pouco da saliva do gigante, esquentei-a no fogo e enfiei no seu olho, mas aquilo não foi suficiente para matá-lo.

"Deixei a saliva grudada em sua cabeça e corri dali, mas logo descobri que ele estava me perseguindo, embora cego. Ele possuía um anel mágico que atirou em mim. O anel caiu sobre meu dedão do pé e ficou preso ali.

"O gigante então chamou pelo anel e, para minha grande surpresa, o objeto respondeu de cima do meu pé. O gigante, então, guiado pelo anel, deu um salto sobre mim, mas tive a sorte de perceber a tempo e escapar do perigo. No entanto, logo descobri que correr não adiantaria nada, enquanto o anel estivesse preso ao meu dedo. Assim, peguei minha espada e cortei o dedo, jogando ambos, o anel e o dedo, em uma grande lagoa com peixes que havia ali. O gigante chamou novamente pelo anel que, sob o poder de seu feitiço, respondeu prontamente, mas ele, sem saber o que eu havia feito e imaginando que o objeto ainda estava preso em mim, deu um grande salto para me agarrar, mas, em vez disso, caiu dentro da lagoa e se afogou.

"— Agora, senhor cavaleiro — disse o ladrão de Sloan —, você vê por quais perigos passei e sempre escapei. Na verdade, sou coxo por falta desse dedo em meu pé, desde então."

— Meu senhor e mestre — disse uma velha senhora que estivera ouvindo meu relato o tempo todo —, essa história é muito verdadeira, como bem sei, pois sou a mesma mulher que estava no castelo do gigante, e você, meu senhor, a criança que eu deveria transformar em torta. Este é o mesmo homem que salvou sua vida, o que pode ser certificado pela falta de um dedo que lhe foi tirado para enganar o gigante.

O Cavaleiro do Vale muito surpreso com o que acabara de ouvir e ciente de que sempre quisera saber o que havia acontecido com seu dedo desde a infância, começou a se convencer de que a história era verdadeira.

— E este é o meu salvador? — disse ele. — Bravo companheiro, não apenas perdoo a todos vocês, como ainda vou mantê-los comigo enquanto viverem. Vocês serão tratados como príncipes e desfrutarão dos mesmos privilégios que eu.

Todos agradeceram de joelhos, e o ladrão de preto contou-lhe o motivo pelo qual tentaram roubar o Corcel dos Sinos e a necessidade que tinham em voltar para casa.

— Bem — disse o Cavaleiro do Vale —, se é esse o caso, dou-lhes meu corcel para que este bravo companheiro não tenha que morrer. Podem partir quando desejarem, mas lembrem-se de retornar logo para que possamos nos conhecer melhor.

Eles prometeram que assim o fariam e, com grande alegria, partiram para o palácio do rei, seu pai, acompanhados pelo ladrão de preto.

A perversa rainha ficara todo o tempo na torre e, ouvindo os sinos tocarem a uma grande distância, sabia muito bem que eram os príncipes voltando para casa trazendo o corcel com eles. Não se sabe se por despeito ou irritação, ela precipitou-se da torre, e seu corpo partiu-se em pedaços.

Os três príncipes viveram felizes durante o reinado de seu pai, mantendo o ladrão de preto junto deles. Mas o que fizeram após a morte do velho rei não é conhecido.

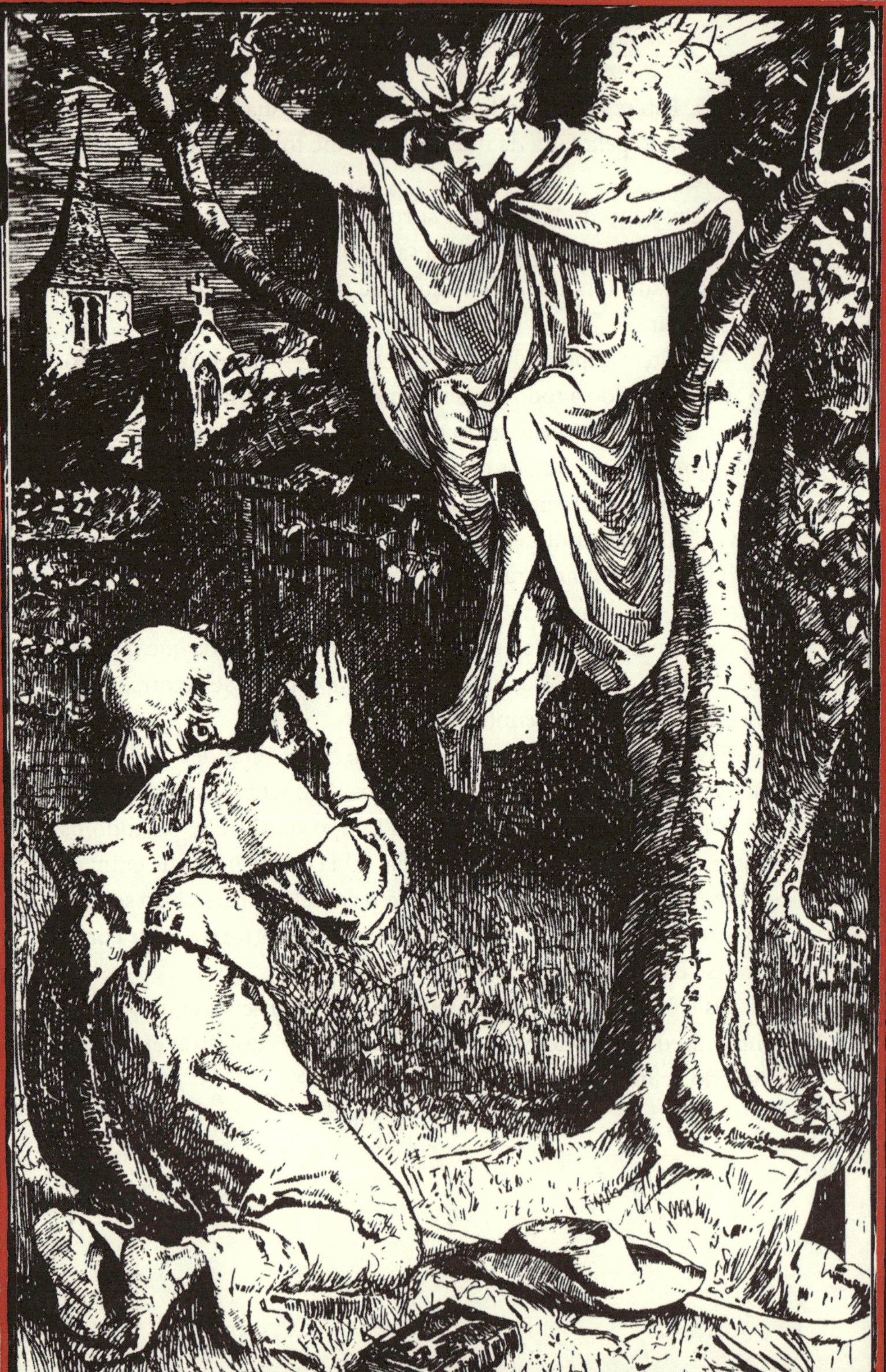

O LADRÃO MESTRE

(P. C. Asbjørnsen)

Era uma vez um lavrador que tinha três filhos. Ele não possuía propriedades para deixar-lhes como herança, nem tinha como prover-lhes meios de ganhar a vida e não sabia o que fazer. Então, disse-lhes que tinham sua permissão para fazer o que mais desejassem e ir para o lugar que mais lhes aprouvesse. Ele disse que os acompanharia de bom grado em parte do caminho e assim o fez. Ele os acompanhou até chegarem a um lugar onde três estradas se cruzavam, e lá cada um deles seguiu seu próprio caminho, e o pai, despedindo-se deles, retornou para casa. O que aconteceu com os dois mais velhos nunca houve meios de se descobrir, mas o mais jovem foi bem longe.

Certa noite, quando estava caminhando por uma grande floresta, veio uma terrível tempestade. O vento soprou tão forte e a chuva foi tão intensa que ele mal conseguia manter os olhos abertos e, antes que se desse conta, já havia saído da trilha por onde caminhava e não conseguia encontrar outro caminho ou estrada. Mesmo assim, prosseguiu até que avistou uma luz distante na floresta. Ele pensou que deveria tentar alcançá-la e depois de muito, muito tempo, conseguiu chegar lá. Havia uma grande casa, e o fogo queimava tão intensamente que deduziu que as pessoas não estavam dormindo. Então, ele adentrou a casa e viu uma velha senhora ocupada com certo trabalho.

— Boa noite, mãe! — disse o jovem.

— Boa noite! — respondeu a senhora.

— Hutetu! Está um tempo terrível lá fora — disse o jovem.

— É verdade — disse a senhora.

— Posso dormir aqui e me abrigar por esta noite? — perguntou o jovem.

— Não seria nada bom para você dormir aqui — disse a velha —, pois, se as pessoas que moram nesta casa retornarem e o encontrarem, matarão nós dois.

— Quais tipos de pessoas moram aqui? — disse o jovem.

— Oh! Ladrões e ralé desse tipo — disse a velha. — Eles me sequestraram quando era pequena e, desde então, tive que cuidar da casa para eles.

— Acho que irei dormir aqui, mesmo assim — disse o jovem. — Não importa o que aconteça, não vou sair esta noite com um tempo como este.

— Bem, então será pior para você — disse a velha.

O jovem deitou-se na cama que havia ali, mas não ousou dormir. E foi melhor que assim fosse, pois os ladrões retornaram, e a velha contou-lhes que um jovem forasteiro havia chegado e ela não fora capaz de fazê-lo partir.

— Você viu se ele trazia algum dinheiro? — perguntaram os ladrões.

— Ele não tem dinheiro, é um vagabundo! Se tiver algumas roupas, é muito.

Então os ladrões começaram a sussurrar entre si sobre o que deveriam fazer com ele, se deveriam matá-lo ou o que mais poderiam fazer. Nesse ínterim, o jovem levantou-se e começou a conversar com eles, perguntando se não precisavam de um criado, pois ele teria bastante prazer em servi-los.

— Sim — disseram eles —, se você tem a intenção de seguir no ramo de negócios que atuamos, encontrará seu lugar aqui.

— Para mim, tanto faz o ramo de negócios — disse o jovem —, pois, quando deixei a casa de meu pai, ele me deu permissão para fazer qualquer atividade que desejasse.

— Você gosta de roubar, então? — perguntaram os ladrões.

— Sim — respondeu o jovem, pois achava que era um ofício que não demandava muito tempo para ser aprendido.

Não muito longe dali, morava um homem que tinha três bois, um dos quais ele deveria levar para a cidade para ser vendido. Os ladrões souberam disso e disseram ao jovem que, se conseguisse roubar o boi durante o seu transporte para a cidade, sem que o homem percebesse e sem lhe causar nenhum mal, teria permissão para ficar como servo. Então, o jovem saiu levando consigo um lindo sapato com fivela de prata que encontrou caído pela casa. Ele colocou o sapato na estrada pela qual o homem deveria passar com o boi, foi para a floresta e se escondeu atrás de um arbusto. Quando o homem se aproximou, imediatamente viu o sapato.

— Esse é um sapato muito elegante — disse ele. — Se ao menos houvesse par para ele, o levaria para casa e certamente deixaria minha velha de bom humor, pelo menos uma vez.

O homem tinha uma esposa tão brava e mal-humorada que levava surras constantes dela. Mas então ele pensou que de nada adiantaria um sapato se não tivesse par para ele e decidiu seguir em frente, deixando-o onde estava. Então, o jovem pegou o sapato e saiu correndo pela floresta o mais rápido que pôde, para ficar na frente do homem, e colocou o sapato na estrada novamente.

Quando o homem passou com o boi e viu o sapato, ficou muito irritado por ter sido tão estúpido a ponto de deixar o outro pé para trás, em vez de trazê-lo consigo.

— Vou correr até lá e trazê-lo imediatamente — pensou consigo mesmo —, assim, poderei levar um bom par de sapatos para a velha e, quem sabe, ouvir uma palavra gentil pela primeira vez.

Então, ele procurou, procurou o outro sapato por um longo, longo tempo, mas nenhum sapato foi encontrado e, por fim, foi forçado a retornar com o que tinha.

Nesse ínterim, o jovem pegou o boi e fugiu com ele. Quando o homem retornou e se deu conta de que seu boi havia desaparecido, começou a chorar e lamentar, pois temia que, quando sua velha soubesse, seria a morte para ele. Mas, de repente, veio-lhe à cabeça voltar para casa, pegar o outro boi e levá-lo à cidade, tomando todos os cuidados para que sua velha esposa não desconfiasse de nada. E foi o que ele fez. Voltou para casa, pegou o boi sem que sua esposa percebesse e seguiu seu caminho para a cidade. Mas os ladrões souberam disso, pois faziam uso de magia. Então, disseram ao jovem que, se ele conseguisse roubar esse boi também sem que o homem percebesse e sem lhe causar nenhum mal, ficaria em pé de igualdade com eles.

"Bem, isso não será muito difícil de fazer", pensou ele.

Desta vez, ele pegou uma corda, colocou-a sob os braços e se amarrou a uma árvore que pairava sobre a estrada que o homem teria de percorrer. Então, o homem veio com seu boi e, quando viu o corpo pendurado ali, ficou um pouco intrigado.

— Que tribulações você não deve ter passado para se enforcar assim! — pensou ele. — Ah, bem! Por mim você pode continuar pendurado aí, pois não posso lhe devolver a vida.

Então, ele seguiu caminho com seu boi. Vendo isso, o jovem saltou da árvore, correu por um atalho e adiantou-se na estrada. Mais uma vez, pendurou-se em uma árvore na estrada por onde o homem passaria.

— Como eu gostaria de saber se você realmente estava com o coração tão partido que se enforcou ou se é apenas um fantasma que está diante de mim! — disse o homem. — Ah, bem! Por mim você pode ficar pendurado aí o quanto quiser, seja você um fantasma ou não — e seguiu em frente com seu boi.

Mais uma vez, o jovem repetiu o que fizera nas duas vezes anteriores, saltou da árvore, correu por um atalho através da floresta e novamente se pendurou bem no meio da estrada à frente do homem.

Quando o homem o viu novamente, disse a si mesmo:

— Que negócio é esse! Será que todos os três estavam tão desesperados que se enforcaram? Não, não posso acreditar que seja outra coisa senão bruxaria! Mas vou descobrir a verdade — disse ele. — Se os outros dois ainda estiverem pendurados lá atrás, é porque se trata da verdade, mas, se não estiverem, é porque se trata de bruxaria.

Assim, ele amarrou seu boi e correu de volta pela estrada para ver se os corpos realmente estavam pendurados ali. Enquanto estava a caminho, olhando para cima e procurando em cada árvore que via, o jovem saltou, pegou seu boi e o levou embora. Qualquer um pode facilmente imaginar a fúria que tomou conta do homem quando voltou e viu que seu boi havia desaparecido. Ele chorou e se enfureceu, mas por fim se consolou e disse a si mesmo que o melhor a fazer era ir para casa e pegar o terceiro boi, sem deixar que sua mulher soubesse de nada, e depois tentar vendê-lo, conseguindo uma boa quantia pelo animal. Então, ele foi para casa e pegou o terceiro boi e partiu sem que sua esposa percebesse. Mas os ladrões sabiam de tudo e disseram ao jovem que se ele pudesse roubar o animal como havia roubado os outros dois, ele seria eleito o líder do bando.

O jovem saiu e rumou para a floresta e, quando o homem se aproximava com o boi, ele começou a berrar alto, imitando o mugido de um grande boi que estaria em algum lugar no interior da floresta. Quando o homem ouviu aquilo, ficou muito contente, pois imaginou ter reconhecido a voz de seu grande boi e pensou que agora poderia encontrar os outros dois novamente. Assim, ele amarrou o terceiro boi e saiu correndo pela estrada para procurá-los na floresta. Nesse ínterim, o jovem foi embora com o terceiro boi. Quando o homem voltou e descobriu que também havia perdido aquele animal, não pôde conter a fúria que tomou conta dele. Ele chorou, lamentou e por muitos dias não se atreveu a voltar para casa, pois temia que a velha o matasse.

Os ladrões também não ficaram muito satisfeitos com isso, pois foram forçados a admitir que o jovem agora era o novo líder do bando. Então, um dia decidiram arquitetar algo que estaria fora do alcance do jovem, e todos foram para a estrada juntos, deixando o jovem em casa sozinho. Quando viu que os ladrões estavam bem longe, a primeira coisa que o jovem fez foi libertar os bois na estrada. Os animais imediatamente correrem para o homem de quem haviam sido roubados, e o lavrador ficou muito feliz em recuperá-los.

Em seguida, trouxe todos os cavalos que os ladrões possuíam e carregou-os com as coisas mais valiosas que pôde encontrar — vasos de ouro e prata, roupas e outras coisas magníficas. Então, disse à velha que saudasse e agradecesse os ladrões em seu nome, dizendo-lhes que ele havia partido e que seria muito difícil encontrá-lo novamente e, em seguida, partiu levando os cavalos. Depois de muito, muito tempo, ele chegou à estrada pela qual viajava quando encontrou os ladrões. Seguindo por ela, avistou a casa onde morava seu pai. Então, vestiu um uniforme que tinha encontrado entre as coisas que roubara dos ladrões, que era semelhante ao de um general, e entrou pelo quintal como se fosse um grande homem. Então, ele entrou na casa e perguntou se poderia encontrar alojamento ali.

— Não, certamente que não! — disse seu pai. — Como poderia hospedar um grande cavalheiro como vós? Tudo que possuo são algumas roupas velhas e roupas de cama para meu uso.

— Você sempre foi um homem duro — disse o jovem — e ainda o é, quando se recusa a deixar seu próprio filho entrar em sua casa.

— Você é meu filho? — perguntou o homem.

— Não me reconhece, então? — respondeu o jovem.

Então, ele o reconheceu e disse:

— Mas que tipo de negócios realizou que o tornou um homem tão importante em tão pouco tempo?

— Oh, vou lhe contar — respondeu o jovem. — Você disse que eu poderia fazer tudo o que quisesse, então me tornei aprendiz de alguns ladrões e, agora que cumpri todos os desafios que me impuseram, tornei-me ladrão mestre.

O governador da província morava perto da cabana de seu pai e possuía uma casa tão grande e era tão rico que nem ele mesmo sabia o tamanho de sua riqueza. Ele também tinha uma filha que era não apenas bonita e delicada, mas também boa e sábia. Sabendo disso, o ladrão mestre decidiu torná-la sua esposa a qualquer custo e disse ao pai que deveria ir ao governador e pedir a mão de sua filha, em seu nome.

— Se ele perguntar que negócios possuo, diga-lhe que sou um ladrão mestre — instruiu ao pai.

— Acho que você deve estar louco — disse o homem —, não pode estar em seu juízo perfeito se pensa fazer algo tão tolo.

— Você deve ir até o governador e pedir a mão de sua filha, não há outra opção — disse o jovem.

— Mas não me atrevo a ir ao governador e dizer isso. Ele é muito rico e tem negócios de todos os tipos — respondeu o pai.

— Não há outra opção — repetiu o ladrão mestre. — Deve ir, goste ou não. Se não conseguir o que desejo por bem, será por mal.

Mas o homem ainda relutava em ir. Então, o ladrão mestre o seguiu, ameaçando-o com uma grande vara de bétula, até que ele adentrou, chorando e gemendo, pela porta do governador da província.

— Agora, meu caro, diga-me o que há de errado com você? — indagou o governador.

Então, ele lhe contou que tinha três filhos que haviam partido um dia e que ele os havia dado permissão para irem aonde quisessem e fazer qualquer trabalho que desejassem.

— Agora — disse ele —, o mais jovem deles voltou para casa e me ameaçou para que eu viesse até aqui pedir a mão de sua filha em seu nome e lhe dizer que ele é um ladrão mestre — e novamente o homem caiu de joelhos, chorando e lamentando.

— Console-se, meu bom homem — disse o governador, rindo. — Diga a ele que, primeiro, deve me dar alguma prova do que diz. Se ele conseguir roubar o pedaço de carne do espeto da cozinha no domingo, quando todos nós estivermos olhando, ele terá minha filha. Você dirá isso a ele?

O pai contou ao jovem, que achou que seria fácil realizar aquela tarefa. Então, ele se pôs a trabalhar para pegar três lebres vivas, colocá-las em um saco, vestir-se com alguns trapos velhos para que parecesse tão pobre e miserável que daria pena vê-lo e, com esse disfarce na manhã de domingo, ele se esgueirou pelo corredor com sua bolsa, como qualquer mendigo. O próprio governador e as demais pessoas da casa estavam na cozinha, vigiando a carne do espeto. Enquanto faziam isso, o jovem deixou uma das lebres escapar de sua bolsa e correr pelo pátio.

— Olhem aquela lebre — disseram as pessoas na cozinha, querendo pegá-la.

O governador também a viu, mas disse:

— Ah, deixe-a para lá! Não adianta pensar em pegar uma lebre quando ela está fugindo.

Não demorou muito para que o jovem soltasse a outra lebre, e as pessoas na cozinha também a vissem e pensarem que se tratava do mesmo animal. Então, novamente elas quiseram pegá-la, mas o governador novamente lhes disse que não adiantava tentar.

Logo depois, porém, o jovem deixou escapar a terceira lebre, que saiu correndo em volta do pátio. As pessoas na cozinha também viram isso e acreditaram que fosse a mesma lebre que viram correndo anteriormente, então quiseram pegá-la.

— É uma lebre incrivelmente ágil! — disse o governador. — Vamos ver se conseguimos pegá-la.

Então, ele saiu da cozinha, e os outros com ele. A lebre continuou a correr e eles em seu encalço, com todo o empenho.

Nesse ínterim, o ladrão mestre pegou o pedaço de carne e saiu correndo. Se o governador comeu carne assada no jantar aquele dia, não é possível dizer, mas certamente não comeu lebre assada, embora a tenha perseguido até ficar completamente exausto e acalorado. Ao meio-dia, o padre chegou e, quando o governador lhe contou sobre o truque do ladrão mestre, não houve limite para a zombaria que lançou sobre ele.

— Da minha parte — disse o padre —, não consigo me imaginar sendo feito de bobo por um sujeito como aquele!

— Bem, eu o aconselho a ter cuidado — disse o governador —, pois ele pode se aproximar de você sem que perceba.

Mas o padre repetiu o que havia dito anteriormente e zombou do governador por ter se permitido ser feito de bobo.

No final da tarde, o ladrão mestre foi ao local e queria ter a filha do governador como fora prometido.

— Você deve primeiro dar mais algumas provas de sua habilidade — disse o governador, tentando ser justo —, pois o que você fez hoje não foi tão excepcional, afinal. Você não poderia pregar uma peça realmente boa no padre? Ele está sentado lá dentro e me chamando de idiota por ter me deixado enganar por um sujeito como você.

— Bem, não será muito difícil fazer isso — disse o ladrão mestre.

Então, ele se vestiu como um pássaro e jogou um grande lençol branco sobre si mesmo. Em seguida, quebrou as asas de um ganso e colocou-as nas costas e, vestindo esse traje, subiu em uma grande árvore de bordo que havia no jardim do padre. Quando esse voltou para casa à noite, o jovem começou a gritar:

— Padre Lawrence! Padre Lawrence! — pois o padre se chamava Lawrence.

— Quem me chama? — perguntou o padre.

— Sou um anjo enviado para anunciar que, por causa de sua grande piedade, será levado vivo para o céu — disse o ladrão mestre. — Você estará pronto para a grande viagem na próxima segunda à noite? Virei buscá-lo e o levarei comigo dentro de um saco e você deverá empilhar todo o ouro e prata e toda a riqueza que possui neste mundo, no centro de sua melhor sala.

Então, o padre Lawrence ajoelhou-se diante do anjo e agradeceu-lhe. No domingo seguinte, ele pregou um sermão de despedida e revelou que um anjo havia descido ao grande bordo de seu jardim e anunciara que, por causa de sua retidão, ele seria levado vivo ao céu. Enquanto ele pregava e dizia isso aos presentes, todos na igreja, velhos ou jovens, choravam.

Na segunda-feira à noite, o ladrão mestre veio mais uma vez vestido como um anjo e, antes que o padre fosse colocado no saco, este caiu de joelhos e agradeceu. Mas assim que o padre estava em segurança dentro do saco, o ladrão mestre começou a arrastá-lo sobre troncos e pedras.

— Oh! Oh! — gritou o padre no saco. — Para onde está me levando?

— Este é o caminho para o céu e não é nada fácil de ser percorrido — disse o ladrão mestre, e continuou arrastando-o até quase matá-lo.

Por fim, ele o jogou no viveiro de gansos do governador, e os gansos começaram a sibilar e bicar o saco, até ele se sentir mais morto do que vivo.

— Oh! Oh! Oh! Onde estou agora? — perguntou o padre.

— Agora está no purgatório — disse o ladrão mestre.

Em seguida, ele pegou o ouro, a prata e todas as riquezas que o padre empilhara no centro de sua melhor sala.

Na manhã seguinte, quando a moça que tomava conta dos gansos veio soltar os animais, ela ouviu o padre se lamentar deitado dentro do saco.

— Oh, céus! Quem é você e o que o aflige? — disse ela.

— Oh! — exclamou o padre —, se você é um anjo do céu, deixe-me sair e retornar para a Terra, pois nenhum lugar pode ser tão ruim como este. Os pequenos demônios me beliscam com suas línguas.

— Não sou um anjo — disse a garota, e ajudou o padre a sair do saco. — Eu apenas cuido dos gansos do governador, é o que faço. E eles são os pequenos demônios que beliscaram vossa reverendíssima.

— Isso é obra do ladrão mestre! Oh, meu ouro, minha prata e minhas melhores roupas! — gritou o padre, e, louco de raiva, correu para casa tão rápido que a garota pensou que ele tinha enlouquecido de repente.

Quando o governador soube o que havia acontecido com o padre, riu até quase morrer. Mas no momento em que o ladrão mestre veio até ele e quis ter sua filha de acordo com a promessa feita, ele mais uma vez não lhe concedeu nada além de belas palavras, e disse:

— Você deve dar-me mais uma prova de sua habilidade para que possa realmente avaliar seu valor. Tenho doze cavalos em meu estábulo e colocarei doze cavalariços nele, um em cada cavalo. Se você for inteligente o suficiente para roubar os cavalos debaixo deles, verei o que posso fazer por você.

— O que você me pede pode ser feito — disse o ladrão mestre —, mas posso ter a certeza de receber sua filha conforme prometido?

— Sim, se conseguir fazer isso, farei o meu melhor por você — disse o governador.

Então, o ladrão mestre foi a uma loja e comprou conhaque suficiente para encher dois frascos de bolso e colocou um sonífero em um deles, mas no outro derramou apenas conhaque. Em seguida, contratou onze homens para mentir naquela noite se escondendo atrás do estábulo do governador. Depois disso, em troca de palavras convincentes e um bom pagamento, pegou emprestado um vestido esfarrapado e um gibão de mulher idosa. Quando a noite caiu, saiu mancando em direção ao estábulo do governador, levando um bastão na mão e um saco nas costas. Os rapazes do estábulo estavam dando água aos cavalos durante a noite, e era tudo o que podiam fazer para cuidar deles.

— Que diabos você quer aqui? — perguntou um deles para a velha.

— Oh, céus! Oh, céus! Está muito frio! — disse ela, soluçando e tremendo. — Oh, céus! Oh, céus! Está tão frio que poderia congelar esse pobre corpo até a morte! — E ela tremeu novamente. — Pelo amor de Deus, deixem-me ficar aqui e sentar-me do lado de dentro do estábulo.

— De maneira alguma! Saia daqui imediatamente! Se o governador vir você aqui, nos dará uma boa lição — disse um deles.

— Oh! Que pobre criatura desamparada! — disse outro, sentindo pena dela. — Essa pobre velha não pode fazer mal a ninguém. Ela pode se sentar lá e será bem-vinda.

O resto deles pensou que ela não deveria ficar, mas, enquanto discutiam o assunto e cuidavam dos cavalos, ela foi se esgueirando cada vez mais próximo do estábulo até que, por fim, sentou-se atrás da porta e ninguém a notou.

À medida que a noite avançava, os rapazes do estábulo começaram a sentir muito frio por ficarem montados nos cavalos.

— Hutetu! Mas está terrivelmente frio! — disse um, e começou a balançar os braços para frente e para trás.

— Sim, estou com tanto frio que meus dentes estão batendo — disse outro.

— Se ao menos alguém tivesse um pouco de tabaco — disse um terceiro.

Bem, um deles tinha um pouco, então compartilharam entre si e, embora houvesse bem pouco para cada homem, mascaram assim mesmo. Isso foi de alguma ajuda, mas logo eles estavam sentindo tanto frio quanto antes.

— Hutetu! — disse um deles, tremendo novamente.

— Hutetu! — disse a velha, batendo e rangendo os dentes. Então, ela tirou o frasco que continha o conhaque, sacudiu a garrafa e bebeu dando um grande gole.

— O que é isso que você tem em seu frasco, velha? — perguntou um dos rapazes do estábulo.

— Oh, é apenas um pouco de conhaque, senhor — disse ela.

— Conhaque! O quê! Deixe-me dar um gole! Deixe-me dar um gole! — gritaram os doze e ao mesmo tempo.

— Oh, mas tenho tão pouco — choramingou a velha. — Não vai nem molhar suas bocas.

Mas eles estavam determinados a tomar a bebida e não havia nada a fazer a não ser entregar-lhes o que queriam. Assim, ela tirou o frasco que continha a bebida misturada com sonífero e colocou na boca do primeiro deles. Sem sacudir o recipiente, guiou o frasco para que cada um recebesse sua parte. O décimo segundo rapaz não havia ainda dado seu gole quando o primeiro já estava roncando. Então, o ladrão mestre tirou seus trapos de mendigo, pegou os cavalariços um a um e gentilmente os montou sobre as divisórias que separavam as baias. Em seguida, chamou os onze homens que estavam esperando do lado de fora e eles saíram cavalgando os cavalos do governador.

Na manhã seguinte, quando o governador veio verificar seus cavalariços, eles estavam começando a despertar. Eles cravaram as esporas na divisória até que as farpas voassem. Alguns foram ao chão, outros se penduraram e todos pareciam perfeitos idiotas.

— Ah, bem — constatou o governador —, é fácil ver quem esteve aqui. Mas que tipo de inúteis vocês são para sentarem aqui e deixarem o ladrão mestre roubar os cavalos debaixo de vocês! — E todos eles levaram uma surra por não terem vigiado melhor os animais.

Mais tarde naquele dia, o ladrão mestre o procurou para relatar o que havia feito e exigir a mão de sua filha como fora prometido. Mas o governador deu-lhe cem dólares e disse que seria preciso fazer algo melhor ainda.

— Você acha que pode roubar meu cavalo enquanto eu estiver montado nele? — indagou.

— Bem, pode ser feito — disse o ladrão mestre —, desde que tenha absoluta certeza de que me concederá sua filha.

Então, o governador disse que veria o que poderia fazer e que em determinado dia cavalgaria até uma grande praça onde os soldados são treinados.

O ladrão mestre imediatamente pegou uma égua velha e surrada e começou a trabalhar para fazer-lhe um arreio com junco e cerdas de vassoura. Comprou uma carroça velha e surrada e um grande barril e então disse a uma velha mendiga que lhe daria dez dólares se ela entrasse no barril e mantivesse a boca aberta atrás do buraco da torneira pela qual ele enfiaria o dedo. Nenhum mal lhe aconteceria, ele garantiu. Ela só deveria permanecer naquela posição por algum tempo e, se ele tirasse o dedo mais de uma vez, ela ganharia dez dólares a mais. Depois vestiu-se de trapos, tingiu-se de fuligem, pôs uma peruca e uma grande barba de pelo de cabra, de maneira que não era possível o reconhecer, e foi ao campo de treinamento, onde o governador já andava a cavalo havia um bom tempo.

Quando o ladrão mestre chegou, a égua avançou tão lenta e silenciosamente que a carroça mal parecia se mover do local. A égua puxou-a um pouco para a frente, depois um pouco para trás, e então parou de repente. Em seguida, a égua puxou um pouco para frente mais uma vez e se moveu com tanta dificuldade que o governador não imaginou nem por um segundo que se tratava do ladrão mestre. Ele cavalgou direto em sua direção e perguntou se havia visto alguém escondido em algum lugar em uma floresta que havia ali perto.

— Não — respondeu o homem —, não vi ninguém.

— Escute — disse o governador —, se você cavalgar até aquela floresta e checá-la cuidadosamente para ver se consegue achar um sujeito que está escondido lá, irei emprestar-lhe meu cavalo e ainda lhe darei um bom presente em dinheiro pelo seu trabalho.

— Não tenho certeza se posso fazer isso — falou o homem —, pois tenho que ir a um casamento com este barril de hidromel que fui buscar. A torneira caiu no caminho e agora tenho que manter meu dedo no buraco enquanto dirijo.

— Oh, vá embora — disse o governador —, e eu cuidarei do barril e do cavalo também.

Então, o homem disse que, se fizesse isso por ele, conseguiria ir. Mas implorou ao governador que tomasse muito cuidado ao colocar o dedo na torneira assim que ele tirasse o seu.

Então, o governador disse que faria o melhor possível, e o ladrão mestre montou em seu cavalo.

Mas o tempo passou, e foi ficando cada vez mais tarde, e ainda assim o homem não retornava e, por fim, o governador ficou tão cansado de manter o dedo na torneira que o tirou.

— Agora ganharei mais dez dólares! — gritou a velha de dentro do barril. Então, ele logo viu que tipo de hidromel era aquele e partiu para casa. Depois de percorrer um curto caminho, encontrou seu criado trazendo-lhe o cavalo, pois o ladrão mestre já o havia levado para casa.

No dia seguinte, ele veio ver o governador e quis a mão de sua filha, conforme prometido. Mas o governador novamente adiou sua decisão com belas palavras e deu-lhe apenas trezentos dólares, dizendo que ele deveria realizar mais uma obra-prima de habilidade e, se pudesse realizá-la, ele a teria.

 Bem, o ladrão mestre achou que poderia realizar qualquer tarefa desde que pudesse ouvir do que se tratava.

 — Você acha que pode roubar o lençol de nossa cama e a camisola de minha esposa? — perguntou o governador.

 — Isso não é de forma alguma impossível — confessou o ladrão mestre. — Só queria que a mão de sua filha fosse tão fácil de conseguir quanto essa tarefa.

 Então, tarde da noite, o ladrão mestre saiu e pegou o corpo de um ladrão que estava pendurado na forca, colocou-o sobre os ombros e o levou com ele. Em seguida, pegou uma longa escada, encostou-a na janela do quarto do governador, subiu e moveu a cabeça do morto para cima e para baixo, como se fosse alguém do lado de fora espiando.

— Lá está o ladrão mestre, mãe! — disse o governador, cutucando sua esposa. — Agora vou atirar nele, isso é o que vou fazer!

Então ele pegou um rifle que deixara ao lado da cama.

— Oh, não, você não deve fazer isso — disse sua esposa. — Você mesmo providenciou para que ele viesse aqui.

— Sim, mãe, vou atirar nele — afirmou, e ficou lá mirando, e depois mirando novamente, pois, assim que a cabeça se erguia e ele a avistava, ela desaparecia novamente. Por fim, ele teve uma boa chance e atirou. O cadáver caiu com um forte baque no chão, e o ladrão mestre também desceu o mais rápido que pôde.

— Bem — disse o governador —, certamente sou eu que manda por aqui, mas as pessoas logo começarão falar e será muito desagradável se virem este cadáver. A melhor coisa a fazer é sair e enterrá-lo.

— Faça o que achar melhor, pai — falou sua esposa.

Então o governador se levantou e desceu as escadas e, assim que saiu pela porta, o ladrão mestre entrou furtivamente e foi direto na direção da mulher.

— Bem, querido pai — disse ela, pois pensava que era seu marido —, já terminou?

— Oh, sim, eu apenas o coloquei em um buraco — disse ele — e joguei um pouco de terra por cima. Isso é tudo que foi possível fazer esta noite, pois o tempo está terrível lá fora. Vou enterrá-lo melhor depois, mas deixe-me ficar com o lençol para me limpar, pois ele estava sangrando e eu estou coberto de sangue por carregá-lo.

Então, ela lhe deu o lençol.

— Vou precisar de sua camisola também — disse ele —, pois começo a perceber que somente o lençol não será suficiente.

Então, ela lhe deu sua camisola. Ele, então, disse-lhe que esquecera de trancar a porta e que precisaria descer e fazer isso antes que pudesse se deitar na cama novamente. E lá se foi ele com o lençol e a camisola também.

Uma hora depois, o verdadeiro governador voltou.

— Bem, quanto tempo levou para trancar a porta da casa, pai! — exclamou a esposa. — E o que fez com o lençol e a camisola?

— O que quer dizer? — perguntou o governador.

— Oh, estou perguntando o que você fez com a camisola e o lençol que usou para limpar o sangue de si próprio — explicou ela.

— Céus! — disse o governador. — Ele realmente levou a melhor novamente?

No dia seguinte, o ladrão mestre veio e queria a mão da filha do governador como havia sido prometido, e o governador não ousou fazer outra coisa senão concedê-la a ele. Além disso, deu-lhe muito dinheiro, pois temia que, se não o fizesse, o ladrão mestre poderia roubar os próprios olhos de sua cabeça, e todos os homens falariam mal dele. O ladrão mestre viveu bem e feliz daquele tempo em diante e, se ele roubou mais ou não, não se pode dizer, mas, se ele o fez, foi apenas como passatempo.

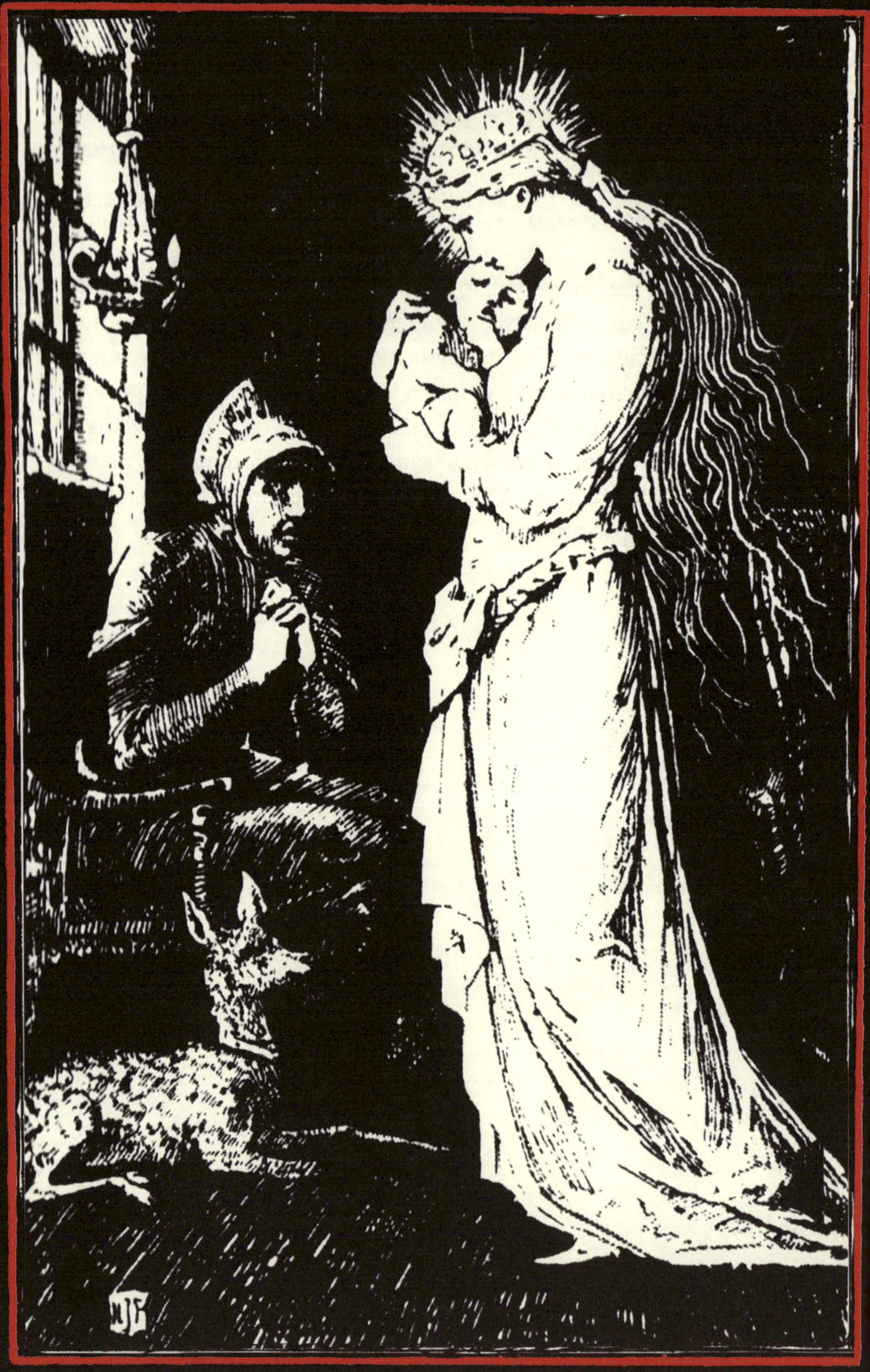

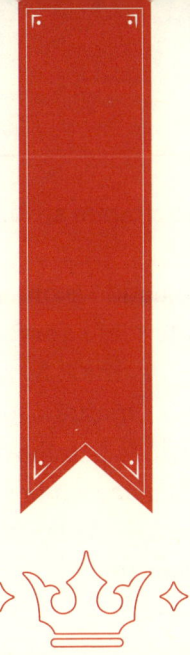

IRMÃO E IRMÃ

(Irmãos Grimm)

Um irmão pegou sua irmã pela mão e disse:
— Não tivemos um único momento feliz desde que nossa mãe morreu. Nossa madrasta nos bate todos os dias e, se ousamos chegar perto dela, ela chuta-nos para longe. Nunca conseguimos nada além de crostas de pão duras e secas para comer. Ora, o cachorro debaixo da mesa está melhor do que nós. Ela joga para ele um bom bocado ou dois de comida de vez em quando. Oh, céus! Se a nossa querida mãe soubesse de tudo isso! Vamos sair juntos pelo mundo.

Então, eles se aventuraram por campos e prados, por sebes e valas. Caminharam o dia todo e, quando a chuva chegou, a irmã disse:
— Os céus e nossos corações estão chorando juntos.

Ao anoitecer, eles chegaram a uma grande floresta e estavam tão cansados da longa caminhada, de todos os seus problemas e com tanta fome que se esgueiraram até uma árvore oca e logo caíram no sono.

Na manhã seguinte, quando acordaram, o Sol já estava alto no céu e brilhava forte e quente sobre a árvore. Então, o irmão disse:

— Estou com tanta sede, irmã! Se ao menos eu soubesse onde encontrar um pequeno riacho, iria até lá tomar um pouco de água. Mas espere... acho que estou ouvindo barulho de água correndo! — Ele deu um pulo, pegou a irmã pela mão e ambos saíram em busca de água.

A cruel madrasta era na verdade uma bruxa e sabia muito bem que as duas crianças haviam fugido. Ela os seguira secretamente e lançara feitiços sobre todos os riachos da floresta.

Logo as crianças encontraram um riacho correndo e brilhando sobre as pedras, e o irmão estava ansioso para beber dele, mas, quando se aproximaram, a irmã ouviu uma voz vinda das águas:

— Quem beber de mim será transformado em um tigre! Quem beber de mim será transformado em um tigre!

Então ela gritou:

— Oh! Querido irmão, por favor, não beba ou você se transformará em uma fera e me fará em pedaços.

O irmão estava com uma sede terrível, mas não bebeu.

— Muito bem — disse ele. — Vou esperar até chegarmos à próxima nascente.

Quando chegaram ao segundo riacho, a irmã ouviu novamente uma voz que vinha das águas:

— Quem beber de mim será transformado em um lobo! Quem beber de mim será transformado em um lobo!

E ela gritou:

— Oh, irmão, por favor, não beba aqui também ou você se transformará em um lobo e me comerá viva.

Novamente o irmão não bebeu, porém alertou-a:

— Bem, vou esperar um pouco mais até chegarmos ao próximo riacho, mas, então, o que quer que você diga, beberei da água, pois não aguento mais essa sede.

E quando chegaram ao terceiro riacho, a irmã ouviu a voz dizer:

— Quem beber de mim será transformado em uma corça! Quem beber de mim será transformado em uma corça!

E ela implorou:

— Ah! Irmão, não beba ainda ou você se tornará uma corça e fugirá de mim.

Mas seu irmão já estava ajoelhado à beira do riacho, curvando-se para beber e, assim que seus lábios tocaram a água, ele caiu na grama transformado em uma pequena corça.

A irmã chorou amargamente por seu pobre irmão enfeitiçado, e a pequena corça também chorou e deitou-se tristemente ao seu lado. Por fim, a garota disse:

— Não se preocupe, querida corça, nunca vou abandoná-la. — E dizendo isso, tirou sua liga de ouro e amarrou-a em volta do pescoço do animal.

Então, ela arrancou alguns juncos e trançou uma corda macia, que prendeu na liga. Em seguida, conduziu a corça cada vez mais longe, em direção ao interior da floresta.

Depois de terem percorrido um longo, longo caminho, eles chegaram a uma pequena casa e, quando a menina olhou para dentro dela, descobriu que estava completamente vazia e pensou: "talvez possamos ficar e viver aqui".

Então, ela pegou folhas e musgo para fazer uma cama macia para a pequena corça e todas as manhãs e todas as noites ela saía e colhia raízes, nozes e frutos para ela e grama tenra para o animal. A corça se alimentava em sua mão, brincava com ela e parecia muito feliz. À noite, quando a irmã estava cansada, ela fazia suas orações e, em seguida, deitava a cabeça nas costas da corça, adormecendo profundamente e fazendo dela seu travesseiro. Se o irmão tivesse mantido sua forma natural, realmente teria sido um tipo de vida muito agradável.

Eles já moravam na floresta há algum tempo, quando aconteceu que o rei daquele país promoveu uma grande caçada na floresta. Então, toda a floresta ressoou com tal sopro de cornetas, latidos de cachorros e gritos alegres de caçadores que a pequena corça ouviu e ansiou por se juntar a eles também.

— Ah! — disse à irmã —, deixe-me ir caçar! Não consigo mais ficar parado.

E ele rogou e implorou até que ela finalmente consentiu.

— Mas — disse ela — lembre-se de voltar à noite. Devo trancar a porta por medo daqueles caçadores selvagens. Então, para ter certeza de que é você, bata na porta e diga: "Minha querida irmã, abra. Estou aqui". Se você não disser essas palavras, não abrirei a porta.

Assim, a pequena corça deixou a casa e sentiu-se muito bem e feliz ao ar livre.

O rei e os seus caçadores logo avistaram a bela criatura e começaram a persegui-la, mas não conseguiram alcançá-la. Sempre que pensavam que iriam pegá-la, ela saltava para o lado, por entre os arbustos, e desaparecia. Quando a noite caiu, ela correu para casa e, batendo na porta da casinha, gritou:

— Minha irmã querida, abra. Estou aqui.

A porta se abriu e ela entrou correndo e descansou a noite toda em sua macia cama feita de musgo.

Na manhã seguinte, a caçada recomeçou e, assim que a pequena corça ouviu as cornetas e o "Ho! Ho!" dos caçadores, não conseguiu descansar mais nem um segundo e disse:

— Irmã, abra a porta, preciso sair.

Então a irmã abriu a porta e disse:

— Agora lembre-se: volte ao anoitecer e diga a frase que combinamos.

Assim que o rei e os seus caçadores viram a corça com a liga de ouro no pescoço, partiram atrás dela, mas ela era muito rápida e ágil para eles. Isso durou o dia todo, mas com o cair da noite os caçadores conseguiram cercar gradativamente o animal e um deles o feriu levemente na pata. Mancando, a corça saiu correndo com dificuldade.

Então, o caçador a seguiu até a casinha e a ouviu chamar:

— Minha irmã querida, abra. Estou aqui.

E viu a porta abrir e fechar imediatamente atrás da corça.

O caçador guardou cada palavra que ouviu com cuidado e foi direto ao rei, contando-lhe tudo o que tinha visto e ouvido.

— Amanhã vamos caçar novamente — disse o rei.

A pobre irmã ficou terrivelmente assustada quando viu como sua pequena corça fora ferida. Ela lavou o sangue, amarrou ervas em torno da pata ferida e disse:

— Agora, querido, vá deitar-se e descanse para que sua ferida cicatrize.

A ferida era realmente tão superficial que no dia seguinte já estava melhor, e a pequena corça não sentia mais nada. Assim que ouviu os sons da caçada na floresta, gritou:

— Eu não aguento, devo estar lá também. Vou tomar cuidado para que não me peguem.

A irmã começou a chorar e disse:

— Eles certamente irão matá-lo e então ficarei sozinha na floresta, abandonada por todos. Não posso e não vou deixar você sair.

— Nesse caso, morrerei de tristeza — respondeu a corça —, pois, quando ouço aquela corneta, sinto que devo pular para fora de minha pele.

Então, a irmã, vendo que não havia mais nada a se fazer, abriu a porta com o coração pesado, e a corça saiu correndo cheia de alegria e saúde para a floresta.

Assim que o rei a viu, disse ao seu caçador:

— Agora, persiga-a o dia todo, até a noite cair, mas tenha cuidado para não a machucar.

Quando o Sol se pôs, o rei disse a seu caçador:

— Agora me mostre a casinha na floresta.

E, quando lá ele chegou, bateu à porta e disse:

— Minha irmã querida, abra. Estou aqui.

Então a porta se abriu e o rei entrou, e lá estava a donzela mais linda que ele já vira.

A jovem ficou muito surpresa quando, em vez da pequena corça, viu entrar um homem com uma coroa de ouro em sua cabeça. Mas o rei olhou para ela com ternura, estendeu a mão e disse:

— Você gostaria de vir comigo para meu castelo e ser minha querida esposa?

— Oh, sim! — respondeu a donzela —, mas você deve deixar minha corça vir também. Não abrirei mão disso.

— Ela ficará com você enquanto você viver e nada lhe faltará — prometeu o rei.

Nesse ínterim, a corça entrou pulando. A irmã prendeu a corda de junco mais uma vez na liga de ouro e, pegando a outra ponta em sua mão, deixaram a casinha da floresta juntos.

O rei colocou a solitária donzela em seu cavalo e a conduziu ao castelo, onde o casamento foi celebrado com o maior esplendor. A corça era afagada e acariciada e corria à vontade pelos jardins do palácio.

Durante todo esse tempo, a madrasta malvada, que tinha sido a causa dos infortúnios e das aventuras daquelas pobres crianças, tivera a certeza de que a irmã havia sido feita em pedaços por feras selvagens e o irmão morto a tiros na forma de uma corça. Quando soube como eles eram felizes e prósperos, seu coração se encheu de inveja e ódio e ela não conseguia pensar em nada além de uma maneira de causar-lhes um novo infortúnio. Sua própria filha, que era horrível como a noite e tinha apenas um olho, repreendeu-a, dizendo:

— Eu é que deveria ter tido essa sorte de ser rainha.

— Fique quieta! — ordenou a velha. — Quando chegar a hora, estarei por perto.

Depois de algum tempo, um dia, quando o rei estava fora caçando, a rainha deu à luz um lindo menino. A velha bruxa pensou que aquela era uma boa oportunidade. Então, assumiu a forma de dama de companhia e, correndo para o quarto no qual a rainha estava deitada em sua cama, anunciou:

— O banho está pronto e a ajudará a se restabelecer. Venha, sejamos rápidas, para que a água não esfrie.

Sua filha também estava perto, e ambas carregaram a rainha, que ainda estava muito fraca, para o banheiro e a deitaram na banheira. Em seguida, trancaram a porta e fugiram.

Antes, porém, certificaram-se de acender o fogo bem forte debaixo da banheira, para que a adorável jovem rainha sufocasse até a morte.

Assim que tiveram certeza de que esse era o caso, a velha bruxa colocou uma touca na cabeça de sua filha e a deitou na cama da rainha. Ela conseguiu, também, fazer suas feições e sua aparência geral serem iguais às da rainha, mas nem mesmo seu poder conseguiu restaurar o olho que ela havia perdido. Assim, ela a fez deitar do lado do olho que faltava, a fim de evitar que o rei percebesse alguma coisa.

À noite, quando o rei voltou para casa e ouviu a notícia do nascimento de seu filho, ficou muito contente e insistiu em ir imediatamente ficar ao lado de sua querida esposa para ver como ela estava. Mas a velha bruxa disse ao rei:

— Tome cuidado e mantenha as cortinas fechadas. Não deixe a luz incomodar os olhos da rainha, ela precisa descansar.

Então, o rei deixou o quarto e não percebeu que era uma falsa rainha que estava deitada na cama.

Quando deu meia-noite e todos no palácio dormiam profundamente, a aia, que era a única a vigiar o berço do bebê, viu a porta se abrir suavemente e adentrar o quarto ninguém mais ninguém menos que a verdadeira rainha. Ela tirou a criança do berço, pegou-a em seus braços e cuidou dela por algum tempo. Em seguida, sacudiu cuidadosamente os travesseiros da cama, deitou o bebê e o cobriu com uma colcha. Ela também não se esqueceu da pequena corça e foi até o canto onde ela estava e acariciou gentilmente suas costas. Então, ela silenciosamente deixou o quarto e, na manhã seguinte, quando a aia perguntou às sentinelas se elas haviam visto alguém entrar no castelo naquela noite, todos disseram:

— Não, não vimos ninguém.

Por muitas noites, a rainha veio da mesma maneira, mas ela nunca disse uma palavra, e a aia teve muito medo de dizer qualquer coisa sobre suas visitas.

Depois de algum tempo, a rainha disse:

— Meu filho está bem? Minha corça está bem? Voltarei mais duas vezes e depois me despedirei.

A aia não respondeu, mas, assim que a rainha desapareceu, ela foi até o rei e contou-lhe tudo. O rei exclamou:

— Céus! O que você disse? Ficarei esta noite ao lado da cama da criança.

Quando a noite chegou, ele foi para o quarto e, à meia-noite, a rainha apareceu e disse:

— Meu filho está bem? Minha corça está bem? Voltarei mais uma vez e depois me despedirei.

E ela acariciou e cuidou da a criança como de costume antes de desaparecer. O rei não ousou falar com ela, mas na noite seguinte voltou a vigiar.

Naquela noite, quando a rainha veio, ela disse:

— Meu filho está bem? Minha corça está bem? Vim pela última vez e agora, adeus.

Então, o rei não conseguiu mais se conter, saltou para o lado dela e gritou:

— Você não pode ser ninguém mais do que minha querida esposa!

— Sim — disse ela —, sou sua querida esposa!

E no mesmo instante, ela foi restaurada à vida, e sua aparência voltou a ser tão fresca, bem disposta e rosada como sempre. Então, ela contou ao rei todas as coisas cruéis que a bruxa má e sua filha haviam feito. O rei mandou prender as duas e levá-las a julgamento. Ambas foram condenadas à morte. A filha foi levada para a floresta, onde feras a fizeram em pedaços, e a velha bruxa foi queimada na fogueira.

Assim que ela foi reduzida a cinzas, o feitiço foi retirado da pequena corça e ela foi restaurada à sua forma natural.

E assim, irmão e irmã

Viveram felizes para sempre.

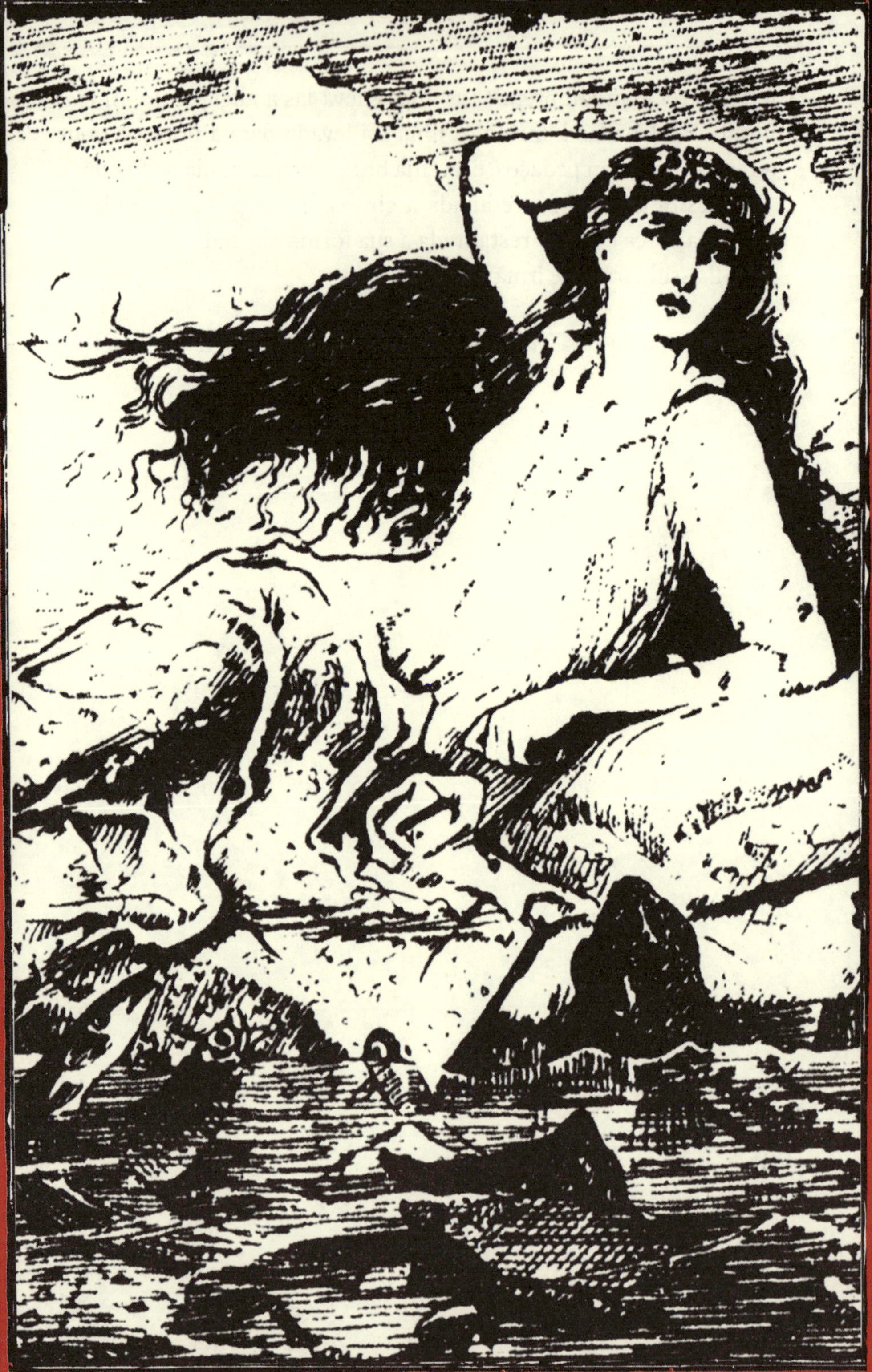

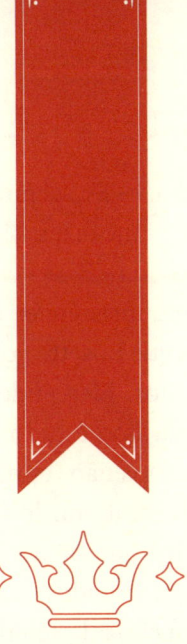

PRINCESA ROSETTE

(Madame d'Aulnoy)

Era uma vez um rei e uma rainha que tinham dois lindos filhos e uma filhinha tão bonita que ninguém que a visse poderia deixar de amá-la. Quando chegou o momento de seu batismo, a rainha, como era de costume, mandou chamar todas as fadas para a cerimônia e depois as convidou para um esplêndido banquete.

Ao final das festividades, quando elas se preparavam para partir, a rainha disse-lhes:

— Não se esqueçam de nossa tradição. Digam-me o que vai acontecer com Rosette. — Pois esse era o nome que haviam dado à princesa.

Mas as fadas disseram que tinham deixado seu livro de magia em casa e que viriam outro dia para contar-lhe tudo.

— Ah! — disse a rainha. — Eu sei muito bem o que isso significa. Vocês não têm nada de bom a me dizer. Mas, pelo menos, imploro que não me escondam nada.

Então, depois de muita insistência, elas disseram:

— Senhora, tememos que Rosette possa vir a ser causa de grandes infortúnios para seus irmãos. Eles podem até mesmo encontrar a morte por intermédio dela. Isso é tudo que pudemos prever sobre sua querida filha. Lamentamos não ter nada melhor para lhe contar.

Em seguida, elas foram embora, deixando a rainha tão triste que o rei percebeu e perguntou o que estava acontecendo.

A rainha disse que havia sentado perto demais do fogo e queimara todo o linho que estava em cima de sua roca.

— Oh! Mas é só isso? — disse o rei, que subiu até o sótão, trazendo mais linho do que ela poderia fiar em cem anos. Contudo a rainha ainda parecia triste, e o rei perguntou-lhe novamente o que estava acontecendo. Ela respondeu que estava caminhando à beira do rio e deixara cair uma de suas sandálias de cetim verde na água.

— Oh! Se isso é tudo — disse o rei, e enviou encomendas a todos os fabricantes de sapatos do reino, e eles logo fizeram para a rainha dez mil chinelos de cetim verde. Ainda assim, ela parecia triste. O rei tornou a perguntar-lhe o que se passava e, desta vez, ela respondeu que, ao comer o mingau com muita pressa, engolira a aliança de casamento. Mas o rei percebeu que ela mentia, pois ele próprio tinha o anel e disse:

— Oh, você não está me dizendo a verdade, pois estou com seu anel aqui em minha bolsa.

A rainha ficou muito envergonhada e viu que o rei ficara aborrecido com ela. Então, contou-lhe tudo o que as fadas haviam previsto sobre Rosette e implorou que ele pensasse em uma maneira de evitar aqueles infortúnios.

Então, foi a vez de o rei transparecer tristeza e, por fim, disse:

— Não vejo como salvar nossos filhos, exceto cortando a cabeça de Rosette enquanto ainda é pequena.

Mas a rainha gritou que preferia ter sua própria cabeça decepada e que era melhor ele pensar em outra coisa, pois ela nunca consentiria em tal coisa. Então, eles pensaram e pensaram, mas não sabiam o que fazer, até que finalmente a rainha lembrou-se de que, em uma grande floresta perto do castelo, havia um velho eremita, que vivia em uma árvore oca e que pessoas vinham de todos os lugares para consultá-lo. Assim, ela disse:

— É melhor eu ir até ele e pedir seu conselho. Talvez ele saiba o que fazer para evitar os infortúnios que as fadas previram.

Ela partiu bem cedo na manhã seguinte, montada em uma linda mula branca com ferraduras de ouro maciço, e seguida por duas de suas damas, que cavalgavam belos cavalos. Quando chegaram à floresta, desmontaram, pois as árvores eram tão densas que os cavalos não conseguiam passar, e foram a pé até a árvore oca em que morava o eremita. A princípio, quando as viu chegando, ficou irritado, pois não gostava de mulheres, mas, quando reconheceu a rainha, disse:

— Seja bem-vinda, rainha. O que a fez vir me consultar?

Então, a rainha contou a ele tudo que as fadas haviam previsto para Rosette e perguntou o que ela deveria fazer. O eremita respondeu que ela deveria trancar a princesa em uma torre e nunca mais deixá-la sair de lá. A rainha agradeceu, recompensou-o e voltou apressadamente ao castelo para contar ao rei. Quando ele soube da novidade, mandou construir uma grande torre o mais rápido possível, e lá a princesa foi trancada. O rei, a rainha e seus dois irmãos iam visitá-la todos os dias para que não se sentisse entediada. O irmão mais velho era chamado de Grande Príncipe e o segundo de Pequeno Príncipe. Eles amavam muito a irmã, pois ela era a princesa mais doce e bonita que já se viu, e o menor sorriso vindo dela valia mais do que cem peças de ouro. Quando Rosette tinha 15 anos, o Grande Príncipe foi até o rei e perguntou se não seria a hora de ela casar-se, e o Pequeno Príncipe fez a mesma pergunta à rainha.

Suas majestades acharam engraçado que eles se preocupassem com isso, mas não responderam naquele momento. Logo depois, porém, o rei e a rainha adoeceram e ambos morreram no mesmo dia. Todos lamentaram, especialmente Rosette, e todos os sinos do reino tocaram.

Então, todos os duques e conselheiros elegeram o Grande Príncipe ao trono de ouro e o coroaram com uma coroa de diamantes, e todos gritaram:

— Viva o rei! — E depois disso não houve nada além de festa e alegria.

O novo rei e seu irmão disseram um ao outro:

— Agora que estamos no poder, vamos tirar nossa irmã daquela torre sem graça na qual ela está tão cansada de permanecer.

Eles só precisavam atravessar o jardim para chegar à torre, que era muito alta e ficava um pouco afastada. Rosette estava ocupada com seu bordado, mas, quando viu seus irmãos, levantou-se e, pegando a mão do rei, exclamou:

— Bom dia, querido irmão. Agora que você é o rei, por favor, tire-me desta torre sem graça, pois estou muito cansada de viver aqui.

Então, ela começou a chorar, mas o rei a beijou e disse-lhe para enxugar as lágrimas, pois era exatamente para isso que tinham vindo: para tirá-la da torre e levá-la ao seu belo castelo. O príncipe mostrou-lhe o bolso cheio de ameixas cristalizadas que ele lhe trouxera e disse:

— Apresse-se e saiamos desta torre horrível, e muito em breve o rei providenciará um excelente casamento para você.

Quando Rosette viu o lindo jardim, cheio de frutas e flores, com grama verde e fontes de águas cristalinas, ficou tão surpresa que não conseguiu dizer uma só palavra, pois nunca vira nada parecido em sua vida. Ela olhou em volta e correu de um lado para outro colhendo frutas e flores. Seu cachorrinho Frisk, que tinha um tom esverdeado e somente uma orelha, pulava diante dela, latindo "au-au-au" e dando piruetas de maneira encantadora.

Todos se divertiam com as travessuras de Frisk, quando, de repente, ele fugiu para um pequeno bosque. A princesa o seguia quando, para sua grande alegria, viu um pavão, que abria a cauda ao sol. Rosette achou que nunca vira nada tão bonito. Ela não conseguia tirar os olhos dele e ali ficou em transe até que o rei e o príncipe apareceram e perguntaram o que a divertia tanto. Ela mostrou-lhes o pavão e perguntou o que era, e eles responderam que era um pássaro que as pessoas às vezes comiam.

— O quê! — disse a princesa. — As pessoas ousam matar essa linda criatura para comê-la? Declaro que nunca vou me casar com ninguém, exceto com o Rei dos Pavões, e, quando eu for rainha, providenciarei para que ninguém coma nenhum dos meus súditos.

Ao ouvir aquilo, o rei ficou perplexo.

— Mas, irmãzinha — disse ele —, onde encontraremos o Rei dos Pavões?

— Oh! Onde você quiser, senhor — respondeu —, mas saiba que nunca me casarei com outro.

Depois disso, eles levaram Rosette para o belo castelo, e o pavão foi trazido com ela e instruído a andar no terraço para que ela sempre pudesse vê-lo através das janelas. Então, as damas da corte vieram ver a princesa e lhe trouxeram lindos presentes: vestidos, fitas, doces, diamantes, pérolas, bonecas e sandálias bordadas, e ela foi tão bem educada que disse:

— Obrigada! E agradeceu de forma tão graciosa e gentil que todos foram embora encantados com ela.

Enquanto isso, o rei e o príncipe estavam pensando onde poderiam encontrar o Rei dos Pavões, se é que existia tal pessoa no mundo. Então, primeiro, mandaram fazer um retrato da princesa, que era tão realista e fiel à sua aparência que parecia poder falar. Então, disseram à irmã:

— Como não vai se casar com ninguém além do Rei dos Pavões, vamos sair juntos pelo mundo afora em busca dele. Se o encontrarmos, ficaremos muito felizes. Nesse ínterim, cuide bem de nosso reino.

Rosette agradeceu por todos os problemas que estavam enfrentando por sua causa, prometeu cuidar muito bem do reino e apenas se divertir olhando para o pavão e fazendo Frisk pular, enquanto estivessem fora.

Assim, eles partiram e perguntaram a todos que encontravam:
— Você conhece o Rei dos Pavões?
Mas a resposta era sempre a mesma:
— Não, não.

E, assim, eles continuaram e foram tão longe que ninguém jamais havido ido além. Finalmente, eles chegaram ao Reino dos Besouros.

Eles nunca haviam visto número tão grande de besouros, e o zumbido era tão alto que o rei temeu ficar surdo. Ele perguntou ao besouro de aparência mais distinta que encontraram se sabia onde poderiam encontrar o Rei dos Pavões.

— Senhor — respondeu o besouro —, o reino dele está a cento e quarenta e quatro mil quilômetros daqui. Você percorreu o caminho mais longo.

— E como você sabe disso? — disse o rei.

— Ah — disse o besouro —, todos nós o conhecemos muito bem, pois passamos dois ou três meses em seu jardim todos os anos.

Após isso, o rei, o príncipe e o besouro tornaram-se grandes amigos. Eles caminharam de braços dados e jantaram juntos. Depois o besouro mostrou-lhes todas as curiosidades de seu estranho país, no qual a folha verde mais ínfima custava uma moeda de ouro e muito mais. Em seguida, partiram novamente para prosseguir na jornada e, dessa vez, como conheciam o caminho, não demoraram muito na estrada. Foi fácil adivinhar que haviam chegado ao lugar certo, pois viram pavões em todas as árvores, e seus gritos podiam ser ouvidos de longe.

Quando chegaram à cidade, encontraram-na cheia de homens e mulheres vestidos inteiramente com penas de pavão, que, evidentemente, eram consideradas mais bonitas do que qualquer outra coisa.

Eles logo encontraram o rei, que estava dirigindo uma bela carruagem dourada cravejada de diamantes e era puxada a toda velocidade por doze pavões. O rei e o príncipe ficaram maravilhados ao ver que o Rei dos Pavões possuía uma beleza inigualável. Ele possuía cacheados cabelos dourados, sua pele era alva e usava uma coroa feita com penas de pavão.

Quando viu os irmãos de Rosette, soube imediatamente que eram estranhos e, parando sua carruagem, mandou chamá-los para lhes falar. Quando o saudaram, disseram:

— Senhor, viemos de muito longe para lhe mostrar um belo retrato.

Dizendo isso, tiraram da bolsa de viagem a imagem de Rosette.

O rei olhou para ela em silêncio por um longo tempo e finalmente disse:

— Eu não poderia imaginar que houvesse uma princesa tão linda no mundo!

— Na verdade, ela é cem vezes mais bonita — acrescentaram os irmãos.

— Acho que vocês devem estar zombando de mim — respondeu o Rei dos Pavões.

— Senhor — disse o príncipe —, meu irmão é um rei, como vós. Ele é chamado de "O Rei" e eu de "O Príncipe" e esse é o retrato de nossa irmã, a princesa Rosette. Viemos perguntar-lhe se não gostaria de se casar com ela. Ela é tão bondosa quanto bonita, e vamos conceder-lhe um alqueire em moedas de ouro como dote.

— Oh! De todo o coração — respondeu o rei —, e eu a farei muito feliz. Ela terá o que quiser e eu a amarei profundamente. Mas previno-os que, se ela não for tão bonita como disseram, mandarei cortar suas cabeças.

— Oh! Certamente, estamos em total acordo com isso — disseram os irmãos prontamente.

— Muito bem. Vocês serão levados para a prisão e lá permanecerão até que a princesa seja trazida a mim — disse o Rei dos Pavões.

Os príncipes tinham tanta certeza de que Rosette era muito mais bonita do que seu retrato que foram sem protestar. Foram tratados com muita bondade e, para que não se sentissem entediados, o rei vinha visitá-los com frequência. Quanto ao retrato de Rosette, esse foi levado ao palácio, e o rei não fazia nada além de ficar olhando para ele, noite e dia.

Como o rei e o príncipe ficariam na prisão, enviaram uma carta à princesa dizendo-lhe que empacotasse todos os seus tesouros o mais rápido possível e viesse até eles, pois o Rei dos Pavões a aguardava para se casarem. Porém, não mencionaram que estavam na prisão, por medo de preocupá-la.

Quando Rosette recebeu a carta, ficou tão feliz que correu contando a todos que o Rei dos Pavões fora encontrado e que se casaria com ele.

Salvas de tiros e fogos de artifício foram disparados. Todos puderam comer tantos bolos e doces quanto quiseram. E por três dias todos que iam visitar a princesa eram presenteados com uma fatia de pão com geleia, um ovo de rouxinol e vinho aromatizado. Depois de entreter seus amigos, ela distribuiu suas bonecas entre eles e deixou o reino de seu irmão aos cuidados dos mais sábios anciãos da cidade, recomendando que cuidassem de tudo, não gastassem o dinheiro, mas, ao contrário, economizassem ao máximo até que o rei retornasse e, acima de tudo, não esquecessem de alimentar seu pavão. Então, ela partiu levando apenas sua dama de companhia, a filha dela e o cachorrinho esverdeado Frisk.

Eles pegaram um barco e partiram pelo mar, levando consigo o alqueire de moedas de ouro e vestidos suficientes para que a princesa usasse durante dez anos, e não fizeram nada além de rir e cantar. A dama de companhia perguntou ao barqueiro:

— Você pode nos levar ao Reino dos Pavões?

Mas ele respondeu:

— Ah, não!

Então ela disse:

— Você deve nos levar.

E ele respondeu:

— Muito em breve.

Então a mulher disse:

— Você vai nos levar?

E o barqueiro respondeu:

— Sim, sim.

Então, ela sussurrou em seu ouvido:

— Você quer ficar rico?

E ele disse:

— Certamente que sim.

— Eu posso lhe dizer como conseguir uma bolsa de ouro — disse ela.

— Não poderia querer nada melhor — disse o barqueiro.

— Bem — disse a dama de companhia —, esta noite, quando a princesa estiver dormindo, você deve me ajudar a jogá-la no mar e, quando ela se afogar, vestirei suas lindas roupas em minha filha e nós a levaremos ao Rei dos Pavões, que ficará muito feliz em se casar com ela e, como recompensa, você terá seu barco cheio de diamantes.

O barqueiro ficou muito surpreso com a proposta e disse:

— Mas que pena afogar uma princesa tão bonita!

No entanto, a mulher o convenceu a ajudá-la e, quando a noite chegou e a princesa adormeceu profundamente como de costume, com Frisk enrolado em sua almofada ao pé da cama, a dama de companhia malvada foi buscar o barqueiro e a sua filha. Eles pegaram a princesa, com a cama de penas, colchão, travesseiros, cobertores e tudo, e a jogaram no mar, sem nem mesmo acordá-la. Bom, felizmente, a cama da princesa era totalmente estofada com penas de fênix, que são muito raras e têm a propriedade de sempre flutuar sobre a água, assim, Rosette continuou flutuando como se estivesse em um barco. Depois de algum tempo, ela começou a sentir muito frio e a se virar com tanta frequência que acordou Frisk. O cachorrinho se levantou e, tendo um faro muito bom, sentiu o cheiro dos linguados e dos arenques que estavam bem perto e começou a latir. Ele latiu tanto e tão alto que acordou todos os outros peixes, que subiram nadando em volta da cama da princesa, cutucando-a com suas grandes cabeças. Quanto a ela, disse a si mesma:

— Como nosso barco balança na água! Estou muito feliz por não ter que enfrentar desconforto tão grande com frequência.

A mulher malvada e o barqueiro, que já estavam longe, ouviram Frisk latir e disseram um ao outro:

— Aquele animalzinho horrível e a sua dona devem estar bebendo à nossa saúde com a água do mar agora. Vamos nos preparar para desembarcar, pois devemos estar bem perto da cidade do Rei dos Pavões.

O rei havia enviado cem carruagens para encontrá-los, puxadas por todos os tipos de animais estranhos. Havia leões, ursos, lobos, veados, cavalos, búfalos, águias e pavões. A carruagem destinada à princesa Rosette tinha seis macacos azuis, que sabiam como dar saltos mortais, dançar na corda bamba e fazer muitos outros truques encantadores. Seus arreios eram de veludo carmesim com fivelas de ouro, e atrás da carruagem caminhavam sessenta belas damas escolhidas pelo rei para servir Rosette e entretê-la.

A dama de companhia havia feito todo o possível para enfeitar a filha. Ela a vestiu com o vestido mais bonito de Rosette e a cobriu com diamantes da cabeça aos pés. Mas a moça era tão feia que nada a deixava bonita e, o que é pior, era carrancuda e mal-humorada e não fazia nada além de resmungar o tempo todo.

Quando ela desceu do barco e a escolta enviada pelo Rei dos Pavões a avistou, ficaram tão surpresos que não puderam dizer uma única palavra.

— Agora, prestem atenção — gritou a falsa princesa —, se não me trouxerem algo para comer, mandarei cortar suas cabeças!

Então, eles sussurraram entre si:

— Que bela situação temos aqui! Ela é tão má quanto feia. Que noiva para o nosso pobre rei! Certamente não valeu a pena trazê-la do outro lado do mundo!

Mas ela continuou mandando em todos eles e, sem culpa alguma, dava tapas e beliscões em todos que conseguia pôr as mãos.

Como a comitiva era muito longa, avançava lentamente, e a filha da dama de companhia sentou-se em sua carruagem tentando parecer uma rainha. Mas os pavões — que haviam pousado em todas as árvores, aguardavam para saudá-la e haviam decidido gritar "Vida longa à nossa bela rainha!" — quando avistaram a falsa noiva, não puderam evitar o coro de:

— Oh! Como ela é feia!

Tal atitude a ofendeu tanto que ela disse aos guardas:

— Apressem-se e matem todos esses pavões insolentes que ousaram me insultar.

Mas os pavões apenas voaram para longe, rindo dela.

O barqueiro trapaceiro, percebendo tudo isso, disse baixinho para a dama de companhia:

— Essa situação é ruim para nós; sua filha deveria ser mais bonita.

Ela retrucou:

— Fique quieto, estúpido, ou você vai estragar tudo.

Avisaram ao rei que a princesa se aproximava.

— Bem — disse ele —, os irmãos dela disseram a verdade? Ela é mais bonita do que seu retrato?

— Senhor — responderam —, se ela for tão bonita quanto, já será o suficiente.

— Isso é verdade — disse o rei —, eu, pelo menos, ficarei bastante satisfeito se ela for. Vamos encontrá-la.

Eles sabiam, pelo alvoroço, que ela havia chegado, mas não sabiam dizer o motivo de toda aquela gritaria. O rei achou que podia ouvir as palavras:

— Como ela é feia! Como ela é feia!

E ele imaginou que deviam se referir a alguma anã que a princesa trouxera com ela. Nunca lhe ocorreu que eles pudessem estar se referindo à sua noiva.

O retrato da princesa Rosette foi carregado à frente da comitiva e, na sequência, vinha o rei caminhando cercado por seus cortesãos. Ele estava impaciente para ver a adorável princesa, mas, quando avistou a filha da dama de companhia, ficou furioso e não deu mais um passo. Ela era feia o suficiente para assustar qualquer um.

— O quê! — gritou ele. — Os dois patifes que são meus prisioneiros ousaram me pregar uma peça como esta? Eles propõem que me case com esta criatura horrível? Que ela seja encarcerada em minha grande torre com sua dama de companhia e aqueles que a trouxeram aqui. Quanto aos dois, ordenarei que cortem suas cabeças.

Enquanto isso, o rei e o príncipe, presumindo que sua irmã havia chegado, aprumaram-se e aguardaram minuto a minuto serem chamados para saudá-la. Portanto, quando o carcereiro veio com soldados e os carregou para uma masmorra negra que fervilhava de sapos e morcegos e na qual eles foram mergulhados em água até o pescoço, não puderam ficar mais surpresos e consternados.

— Este é um casamento lúgubre — disseram eles. — O que pode ter acontecido para sermos tratados assim? Eles devem estar querendo nos matar.

E essa ideia os incomodou muito. Três dias se passaram antes que eles ouvissem qualquer notícia, e então o Rei dos Pavões veio e os repreendeu através de um buraco na parede.

— Vocês se autodenominaram rei e príncipe — gritou ele — para tentar me fazer casar com sua irmã, mas vocês não são nada além de mendigos, não merecem a água que bebem. Pretendo abreviar o transtorno que estão me causando. A espada já está sendo afiada para cortar suas cabeças!

— Rei dos Pavões — respondeu o rei com raiva —, é melhor você tomar cuidado com o que diz. Sou um rei tão bom quanto você, tenho um reino esplêndido, mantos e coroas e bastante ouro para fazer o que quero. Você se regozija em dizer que cortará nossas cabeças. Por acaso acha que roubamos algo de você?

A princípio, o Rei dos Pavões ficou surpreso com esse discurso ousado e quase decidiu mandá-los embora, mas seu primeiro-ministro o aconselhou que não seria bom deixar uma trapaça como aquela ficar impune, pois todos ririam dele. Então, a acusação contra eles foi formalizada: que eram impostores e que haviam prometido ao rei uma bela princesa em casamento, que, por sua vez, quando chegou, revelou-se uma camponesa desprovida de beleza.

A acusação foi lida aos prisioneiros, que gritaram que haviam dito a verdade: que sua irmã era realmente uma princesa mais bonita do que o dia e que havia algum mistério que eles não podiam compreender por trás de tudo aquilo. Assim, exigiram sete dias para provar sua inocência. O Rei dos Pavões ficou tão zangado que quase recusou-lhes o favor, mas finalmente foi persuadido a fazê-lo.

Enquanto isso acontecia na corte, vamos ver o que estava acontecendo com a verdadeira princesa. Quando o dia amanheceu, ela e Frisk ficaram igualmente surpresos ao se verem sozinhos no mar, sem barco e sem ninguém para ajudá-los. A princesa chorou e chorou, até que até os peixes ficaram com pena dela.

— Ai! — disse ela. — O Rei dos Pavões deve ter ordenado que eu fosse jogada ao mar porque ele mudou de ideia e não queria se casar comigo. Mas que estranho da parte dele, quando eu poderia tê-lo amado tanto e teríamos sido tão felizes juntos!

E então ela chorou ainda mais, pois não conseguia deixar de amá-lo. Por dois dias, eles flutuaram à deriva no mar, molhados, tremendo de frio e com tanta fome que, quando a princesa viu algumas ostras, pegou-as, e ela e Frisk as comeram, embora não gostassem nada delas. Quando anoiteceu, a princesa ficou tão assustada que disse a Frisk:

— Oh! Continue latindo, estou com medo de que os linguados venham nos devorar!

Acontece que estavam flutuando perto da costa, onde um pobre velho morava sozinho em uma pequena cabana. Quando ouviu o latido de Frisk, pensou consigo mesmo:

— Deve ter havido algum naufrágio! Nenhum cão jamais passou por aqui. — E ele saiu para ver se poderia ser útil. Logo viu a princesa e Frisk flutuando à deriva, e Rosette, estendendo-lhe as mãos, gritou:

— Oh! Bom velho, salve-me ou morrerei de frio e fome!

Quando ele a ouviu gritar tão desesperadamente, ficou muito triste por ela e correu de volta para casa para buscar um longo anzol. Em seguida, entrou na água até o queixo e, depois de quase se afogar por uma ou duas vezes, finalmente conseguiu agarrar a cama da princesa e arrastá-la para a margem.

Rosette e Frisk ficaram muito felizes por se encontrarem mais uma vez em terra firme, e a princesa agradeceu ao velho de todo o coração. Então, enrolando-se em cobertores, ela delicadamente tomou o caminho até a cabana com seus pequenos pés descalços. Lá, o velho acendeu uma fogueira com palha e, em seguida, tirou de uma velha caixa o vestido e os sapatos de sua esposa. Quando a princesa se vestiu, ainda que de maneira humilde, parecia tão charmosa quanto possível, e Frisk dançou freneticamente para diverti-la.

O velho percebeu que Rosette devia ser uma importante senhora, pois os lençóis de sua cama eram de cetim e ouro. Ele implorou que ela lhe contasse toda a sua história, pois ela seguramente poderia confiar nele. A princesa contou-lhe tudo, chorando amargamente ao pensar que foi por ordem do rei que ela havia sido jogada ao mar.

— E agora, minha filha, o que faremos? — disse o velho. — A senhorita é uma grande princesa, acostumada a comer com delicadeza, e não tenho nada para lhe oferecer além de pão preto e rabanetes, que não são dignos de alguém como a senhorita. Devo dizer ao Rei dos Pavões que está aqui? Se ele a vir, certamente desejará se casar.

— Oh, não! — exclamou Rosette. — Ele deve ser perverso, pois tentou me afogar. Não conte nada a ele, mas, se tiver uma pequena cesta, entregue-a a mim.

O velho deu-lhe um cesto e, amarrando-o ao pescoço de Frisk, ela disse-lhe:

— Vá e ache a melhor panela da cidade e traga todo o conteúdo para mim.

Frisk obedeceu e, como não havia melhor jantar em toda a cidade do que o do rei, ele habilmente tirou a tampa da panela e trouxe tudo o que continha para a princesa, que disse:

— Agora volte para a despensa e traga o melhor de tudo que encontrar por lá.

Então, Frisk voltou e encheu sua cesta com pão branco, vinho tinto e todo tipo de doce, até que ficou quase pesado demais para que ele carregasse.

Quando o Rei dos Pavões pediu seu jantar, não havia nada na panela e nada na despensa. Todos os cortesãos se entreolharam consternados, e o rei ficou terrivelmente irritado.

— Ah, bem! — disse ele. — Se não houver comida, não posso jantar, providenciem para que muita comida seja assada para a ceia.

Ao anoitecer, a princesa disse a Frisk:

— Vá para a cidade, descubra a melhor cozinha e traga-me as melhores peças que estejam sendo assadas no espeto.

Frisk fez exatamente o que lhe foi dito e, como não conhecia nenhuma cozinha melhor do que a do rei, entrou sorrateiramente e, quando o cozinheiro virou de costas, pegou tudo o que estava no espeto. Acontece que tudo fora feito de uma só vez e parecia tão bom que o deixou com fome só de olhar. Ele levou a cesta para a princesa, que imediatamente o mandou de volta à despensa para trazer todas as tortas e ameixas cristalizadas que haviam sido preparadas para a ceia do rei.

O rei, como não comera nada até aquele momento, estava com muita fome e queria cear logo, mas, quando pediu que lhe trouxessem a comida, eis que tudo havia sumido novamente, e ele teve de ir para a cama faminto e de péssimo humor. No dia seguinte, aconteceu a mesma coisa e no seguinte também, de modo que, durante três dias, o rei não conseguiu nada para comer, porque, justamente quando o jantar ou a ceia estavam prontos para serem servidos, desapareciam misteriosamente. Por fim, o primeiro-ministro começou a temer que o rei morresse de fome e, assim, resolveu se esconder em algum canto escuro da cozinha e não tirar os olhos da panela. Levou uma bela de uma surpresa ao ver um cachorrinho esverdeado, com uma só orelha, entrar despercebido na cozinha, descobrir a panela, transferir todo o seu conteúdo para uma cesta e sair correndo. O primeiro-ministro o seguiu apressadamente e o acompanhou por toda a cidade até a cabana do bom velho. Em seguida, correu de volta ao encontro do rei e disse-lhe que descobrira para onde iam todos os seus jantares e ceias. O rei, muito surpreso, disse que gostaria de ir e ver com seus próprios olhos. Então, ele partiu, acompanhado de seu primeiro-ministro e de uma guarda de arqueiros, e chegou bem a tempo de encontrar o velho e a princesa terminando seu jantar.

O rei ordenou que todos fossem presos e amarrados com cordas, inclusive Frisk.

Quando foram trazidos de volta ao palácio, o rei foi avisado e disse:

— Hoje é o último dia da trégua concedida a esses impostores. Eles terão suas cabeças cortadas junto desses ladrões que roubaram meu jantar.

Então, o velho ajoelhou-se diante do rei e implorou para lhe contar tudo. Enquanto falava, o rei, pela primeira vez, olhou atentamente para a princesa porque ficou triste ao ver como ela chorava e, quando ouviu o velho dizer que o nome dela era Rosette e que ela fora traiçoeiramente jogada ao mar, ele deu três piruetas e, apesar de estar muito fraco de fome, correu para abraçá-la, desatando as cordas que a prendiam com as próprias mãos e declarando que a amava de todo o coração.

Os mensageiros foram enviados para libertar os príncipes da prisão e eles vieram com muita tristeza, acreditando que seriam executados imediatamente. A dama de companhia, sua filha e o barqueiro também foram trazidos. Assim que entraram, Rosette correu para abraçar seus irmãos, enquanto os traidores se ajoelharam diante dela e imploraram por misericórdia. O rei e a princesa ficaram tão felizes que os perdoaram e, quanto ao bom velho, foi esplendidamente recompensado, passando o resto de seus dias no palácio. O Rei dos Pavões compensou generosamente o rei e o príncipe pela forma como foram tratados e fez tudo o que estava ao seu alcance para demonstrar o quanto lamentava.

A dama de companhia devolveu para Rosette todos os seus vestidos, joias e o alqueire de peças de ouro. O casamento foi realizado imediatamente, e todos viveram felizes para sempre — até mesmo Frisk, que desfrutou do maior luxo e nunca teve nada menos delicioso do que uma asa de perdiz em seu jantar pelo resto de sua vida.

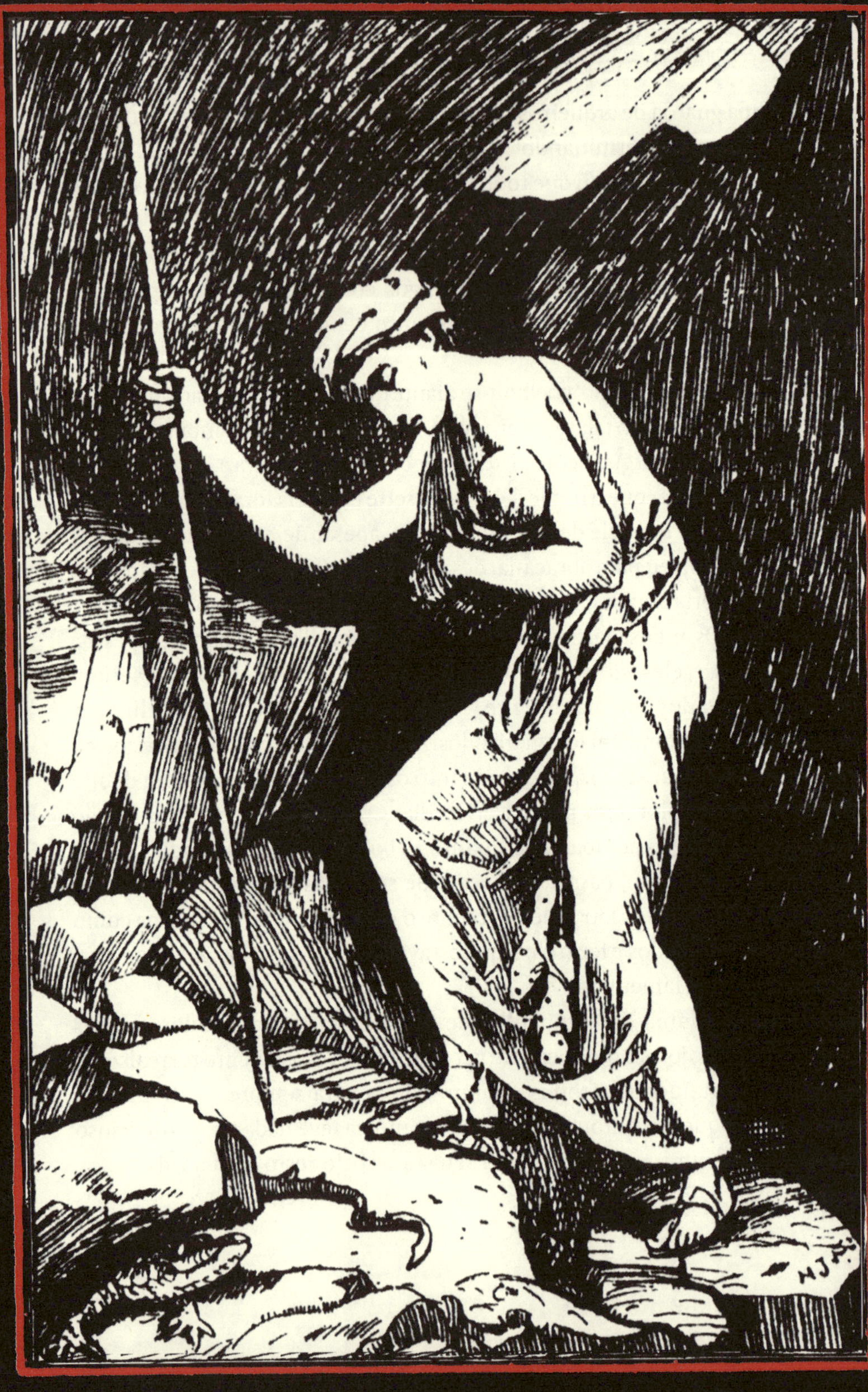

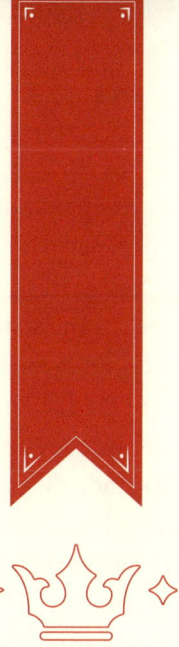

O PORCO ENCANTADO

(Contos de Fadas Romenos traduzidos por Nite Kremnitz)

Era uma vez um rei que tinha três filhas. Certa vez, o rei teve que partir para uma batalha e chamou suas filhas, dizendo-lhes:

— Minhas queridas filhas, sou obrigado a ir para a guerra. O inimigo se aproxima de nós com um grande exército. É uma grande dor para mim ter que deixá-las. Durante minha ausência, cuidem-se e sejam boas meninas, comportem-se bem e tomem conta de tudo aqui em casa. Vocês podem caminhar no jardim, entrar em todas as salas do palácio, exceto na sala dos fundos, do lado direito. Lá não devem entrar, pois um grande mal recairia sobre vocês.

— Pode ficar tranquilo, pai — responderam elas. — Nunca fomos desobedientes. Vá em paz e que o céu lhe conceda uma vitória gloriosa!

Quando tudo estava pronto para sua partida, o rei entregou-lhes as chaves de todos os quartos e lembrou-as, mais uma vez, de suas recomendações. Suas filhas beijaram-lhe as mãos com lágrimas nos olhos e desejaram-lhe prosperidade, e ele entregou as chaves à mais velha.

Quando as meninas se viram sozinhas, ficaram tão tristes e entediadas que não sabiam o que fazer. Então, para passar o tempo, elas decidiram trabalhar parte do dia, ler parte do dia e se divertir no jardim parte do dia. Contanto que seguissem essa rotina, tudo estava bem para elas. Mas esse feliz estado de coisas não durou muito. A cada dia, elas ficavam mais e mais curiosas, e logo veremos o que aconteceu.

— Irmãs — disse a princesa mais velha —, todo dia costuramos, fiamos e lemos. Há vários dias que estamos sozinhas e não há nenhum canto do jardim que já não tenhamos explorado. Estivemos em todas as salas do palácio de nosso pai e admiramos a mobília rica e bonita. Por que não deveríamos explorar também a sala que nosso pai nos proibiu de entrar?

— Irmã — disse a mais nova —, não consigo acreditar que você esteja nos tentando a desobedecer a ordem de nosso pai. Quando ele nos disse para não entrarmos naquela sala, ele devia saber o que estava dizendo e ter um bom motivo para isso.

— Certamente o céu não vai cair sobre nossas cabeças se entrarmos — disse a princesa do meio. — Dragões e monstros, que poderiam nos devorar, certamente não ficariam escondidos naquela sala. E como nosso pai descobriria que entramos?

Enquanto falavam assim, encorajando-se mutuamente, chegaram à sala. A mais velha enfiou a chave na fechadura e ouviu-se um estalo! A porta estava aberta.

As três meninas entraram, e o que acha que elas viram?

A sala estava completamente vazia e sem nenhum ornamento, mas no meio havia uma grande mesa, com uma linda toalha e, sobre ela, havia um grande livro aberto.

As princesas ficaram curiosas para saber o que estava escrito no livro, principalmente a mais velha, e ela leu:

— A filha mais velha deste rei vai se casar com um príncipe do Oriente.

Então, a segunda garota deu um passo à frente e virou a página, na qual leu:

— A segunda filha deste rei vai se casar com um príncipe do Ocidente.

As meninas ficaram maravilhadas, riram e provocaram-se umas às outras.

Mas a princesa mais jovem não queria chegar perto da mesa nem abrir o livro. Suas irmãs mais velhas, entretanto, não a deixaram em paz e a arrastaram até a mesa. Com medo e tremendo, ela virou a página e leu:

— A filha mais nova deste rei vai se casar com um porco do Norte.

Agora, se um raio caísse do céu sobre ela, não a teria assustado mais.

Ela quase morreu de angústia e, se suas irmãs não a tivessem segurado, ela teria se espatifado no chão e aberto sua cabeça.

Quando voltou a si, depois de ter desmaiado de terror, suas irmãs tentaram consolá-la, dizendo:

— Como você pode acreditar em tal absurdo? Quando é que a filha de um rei se casou com um porco?

— Que bebezinho você é! — disse a outra irmã. — Nosso pai por acaso não possui soldados suficientes para protegê-la, mesmo que a criatura nojenta venha para cortejá-la?

A princesa mais jovem teria se deixado convencer pelas palavras de suas irmãs e acreditado no que diziam, mas seu coração estava pesado. Seus pensamentos se voltavam para o livro, no qual estava escrito que uma grande felicidade esperava por suas irmãs, mas que um destino como nunca antes se ouvira falar estava reservado para ela.

Além disso, o pensamento de que ela era culpada por desobedecer seu pai pesava em seu coração. Ela começou a ficar muito doente e, em poucos dias, estava tão mudada que era difícil reconhecê-la. Antes tinha a pele rosada e era muito alegre, agora estava pálida e nada lhe dava prazer. Ela desistiu de brincar com as irmãs no jardim, parou de colher flores para colocar no cabelo e não cantava quando se sentavam juntas para fiar e costurar.

Nesse ínterim, o rei obteve uma grande vitória e, tendo derrotado completamente e expulsado o inimigo, correu para casa, para suas filhas, às quais seus pensamentos se voltavam constantemente. Todas foram ao seu encontro com címbalos, pífanos e tambores, e houve grande alegria por seu retorno vitorioso. O primeiro ato do rei ao chegar em casa foi agradecer aos céus pela vitória que obtivera sobre os inimigos que se insurgiram contra ele. Ele então entrou em seu palácio, e as três princesas avançaram para encontrá-lo. Grande foi sua alegria ao constatar que estavam todas bem, pois a mais jovem fazia o possível para não parecer triste.

Apesar disso, porém, não demorou muito para que o rei percebesse que sua terceira filha estava muito magra e parecia triste. E, de repente, ele sentiu como se um ferro quente estivesse entrando em sua alma, pois lhe ocorreu que ela desobedecera às suas ordens. Ele estava convencido de que esse era o caso, mas, para ter certeza, chamou suas filhas, questionou-as e ordenou que falassem a verdade. Elas confessaram tudo, mas tiveram o cuidado de não dizer o que havia levado as outras duas à tentação.

O rei ficou tão angustiado ao ouvir aquilo que quase foi dominado pela dor. Mas ele se animou e tentou consolar as filhas, que pareciam mortas de medo. Ele percebeu que o que estava feito estava feito e nem mil palavras poderiam mudar as coisas.

Bem, esses eventos quase foram totalmente esquecidos quando, em um belo dia, um príncipe do Oriente apareceu na corte e pediu ao rei a mão de sua filha mais velha. O rei deu seu consentimento de bom grado. Um grande banquete de casamento foi preparado e, após três dias de festa, o feliz casal foi acompanhado até a fronteira com muita cerimônia e alegria.

Depois de algum tempo, a mesma coisa aconteceu com a segunda filha, que foi cortejada e conquistada por um príncipe do Ocidente.

Quando a jovem princesa viu que tudo estava acontecendo exatamente como descrito no livro, ficou muito triste. Ela se recusou a comer, não quis colocar suas finas roupas, nem sair para passear, e declarou que preferia morrer a se tornar motivo de chacota para o mundo. Mas o rei não permitiria que ela fizesse algo tão errado e a confortou de todas as maneiras possíveis.

Assim, o tempo passou até que vejam só: um belo dia, um enorme porco do Norte entrou no palácio e, indo direto ao rei, disse:

— Salve! Oh, rei. Que sua vida seja tão próspera e brilhante quanto o nascer do sol em um dia claro!
— Estou feliz em vê-lo bem, amigo — respondeu o rei —, mas que ventos o trazem aqui?
— Estou em busca de uma noiva — respondeu o porco.
O rei ficou surpreso ao ouvir um discurso tão belo vindo de um porco e imediatamente ocorreu-lhe que algo estranho estava acontecendo. Ele teria alegremente desviado os pensamentos do porco para outra direção, uma vez que ele não queria dar-lhe a princesa como esposa. Mas quando soube que a corte e a rua inteira estavam repletas com todos os porcos do mundo, viu que não havia como escapar e que precisava dar seu consentimento. O porco não ficou satisfeito com meras promessas e insistiu que o casamento deveria ocorrer dentro de uma semana e não iria embora até que o rei fizesse um juramento real sobre isso.

O rei, então, mandou buscar sua filha e aconselhou-a a submeter-se ao destino, pois não havia mais nada a ser feito. E ele acrescentou:

— Minha filha, as palavras e todo o comportamento deste porco são muito diferentes dos outros porcos. Eu mesmo não acredito que ele sempre tenha sido um porco. Pode ter certeza de que alguma magia ou feitiçaria está em ação. Obedeça-o e faça tudo o que desejar, e tenho certeza de que o céu em breve enviará sua libertação.

— Se você deseja que eu faça isso, querido pai, eu farei — respondeu a menina.

O dia do casamento chegou e, após a cerimônia, o porco e a sua noiva partiram para sua casa em uma das carruagens reais. No caminho, eles passaram por um grande pântano, e o porco ordenou que a carruagem parasse. Ele saltou e chafurdou na lama até ficar coberto da cabeça aos pés. Então, voltou para a carruagem e disse à sua esposa para beijá-lo. O que a pobre garota poderia fazer? Ela lembrou-se das palavras de seu pai e, tirando o lenço do bolso, limpou suavemente o focinho do porco e o beijou.

Quando chegaram à casa do porco, que ficava em uma floresta densa, estava bastante escuro. Eles sentaram-se em silêncio por algum tempo, pois estavam cansados da viagem. Em seguida, jantaram juntos e se deitaram para descansar. Durante a noite, a princesa percebeu que o porco havia se transformado em homem. Ela não ficou nem um pouco surpresa, mas, ao lembrar das palavras de seu pai, tomou coragem, determinada a esperar e ver o que aconteceria.

Ela percebeu que todas as noites o porco se transformava em um homem e todas as manhãs ele se transformava em um porco novamente, antes que ela acordasse. Isso aconteceu várias noites seguidas, e a princesa não conseguia entender a razão daquilo. Obviamente, seu marido deveria estar enfeitiçado. Com o tempo, ela passou a gostar muito dele, que era tão atencioso e gentil.

Um belo dia, quando estava sentada sozinha, viu uma velha bruxa passar. Ela se sentiu muito animada, pois fazia muito tempo que não via um ser humano, e chamou a velha para conversar. Entre outras coisas, a bruxa disse a ela que entendia de todas as artes mágicas, que podia prever o futuro e conhecia os poderes curativos das ervas e plantas.

— Serei grata a você por toda a minha vida, velha senhora — disse a princesa —, se me contar o que está acontecendo com meu marido. Por que ele é um porco de dia e um ser humano à noite?

— Só vou lhe dizer uma coisa, minha querida, para provar que sou uma boa adivinha. Se quiser, vou lhe dar uma erva para quebrar o feitiço.

— Se você fizer isso — disse a princesa—, vou lhe dar qualquer coisa que pedir, pois não suporto vê-lo nesse estado.

— Aqui, então, minha querida criança — disse a bruxa —, pegue este fio, mas não deixe que ele saiba disso, pois do contrário ele perderá seu poder de cura. À noite, quando ele estiver dormindo, você deve se levantar sem fazer barulho e amarrar o fio ao redor de seu pé esquerdo o mais firme que puder. Você verá pela manhã que ele não terá se transformado novamente em um porco e ainda será um homem. Eu não quero recompensa alguma, serei recompensada por saber que você é feliz. Quase parte meu coração pensar em tudo que você sofreu, e eu só gostaria de ter sabido disso antes, porque eu teria vindo em seu auxílio imediatamente.

Depois que a velha bruxa foi embora, a princesa escondeu o fio com muito cuidado e, à noite, levantou-se silenciosamente e, com o coração disparado, amarrou o fio no pé do marido. No momento em que ela apertava o nó, houve uma rachadura, e a linha se quebrou, pois estava podre.

Seu marido acordou assustado e disse-lhe:

— Mulher infeliz, o que você fez? Mais três dias e esse feitiço profano teria sido desfeito, e agora quem sabe quanto tempo terei para continuar nessa forma nojenta? Devo deixá-la imediatamente e não nos encontraremos novamente até que você tenha gasto três pares de sapatos de ferro e quebrado um cajado de aço, buscando por mim. — Dizendo isso, ele desapareceu.

Agora, quando a princesa se viu sozinha, começou a chorar e gemer de uma forma que era muito triste de ser ver. Mas quando ela viu que suas lágrimas e seus gemidos não adiantariam de nada, levantou-se, determinada a ir aonde o destino a conduzisse.

Ao chegar à cidade, a primeira coisa que fez foi encomendar três pares de sandálias de ferro e um cajado de aço e, depois de providenciar os preparativos para a viagem, saiu em busca do marido. Ela vagou sem parar pelos nove mares e por nove continentes, por florestas com árvores cujos troncos eram grossos como barris de cerveja, tropeçando e esbarrando nos galhos caídos, levantando-se e seguindo em frente. Os galhos das árvores atingiram seu rosto e os arbustos rasgaram suas mãos, mas ela continuou e nunca olhou para trás. Por fim, cansada de sua longa jornada e esgotada e vencida pela tristeza, mas ainda com esperança no coração, ela chegou a uma casa.

Agora, quem você acha que vivia lá? A Lua.

A princesa bateu à porta e implorou que a deixassem entrar para descansar um pouco. A mãe da Lua, quando viu sua triste situação, sentiu uma grande pena dela e a acolheu, alimentou-a e cuidou dela. E enquanto ela estava lá, a princesa teve um filho.

Um dia a mãe da Lua perguntou a ela:

— Como foi possível para você, uma mortal, chegar aqui na casa da Lua?

Em seguida, a pobre princesa contou a ela tudo o que lhe acontecera e acrescentou:

— Serei sempre grata aos céus por me conduzir até aqui e grata a você por ter tido pena de mim e do meu bebê e não nos deixar para morrer. Agora lhe imploro um último favor: sua filha, a Lua, pode me dizer onde está meu marido?

— Ela não pode lhe dizer isso, minha filha — respondeu a Deusa —, mas, se você viajar para o Leste até chegar à morada do Sol, talvez ele possa lhe dizer algo.

Em seguida, deu à princesa um frango assado para comer e avisou-a para ter muito cuidado a fim de não perder nenhum dos ossos, pois poderiam lhe ser de grande utilidade.

Depois de a princesa lhe agradecer mais uma vez pela hospitalidade e pelos bons conselhos, jogou fora um par de sapatos gastos e calçou um segundo, amarrou os ossos de galinha em uma trouxa, pegou o bebê nos braços, o cajado na mão e partiu mais uma vez para suas andanças.

Ela continuou a atravessar desertos de areia, nos quais os caminhos eram tão pesados que, a cada dois passos que dava para frente, dava outro para trás. Mas ela lutou até ter passado por essas planícies sombrias. Em seguida, cruzou altas montanhas rochosas, pulando de rochedo em rochedo e de pico em pico. Às vezes, ela descansava um pouco em uma montanha e então recomeçava seguindo sempre mais e mais adiante. Ela teve que cruzar pântanos e escalar picos de montanhas cobertos de pederneiras, de modo que seus pés, joelhos e cotovelos ficaram feridos e sangrando. Às vezes, ela chegava a um precipício que não conseguia pular e tinha que rastejar com as mãos e os joelhos, usando o cajado para auxiliá-la. Por fim, fatigada quase até a morte, ela chegou ao palácio em que vivia o Sol. Ela bateu e implorou para deixá-la entrar. A mãe do Sol abriu a porta e ficou surpresa ao ver uma mortal de terras longínquas e chorou de pena ao saber de tudo que havia sofrido. Então, tendo prometido perguntar ao filho sobre o marido da princesa, ela escondeu-a no porão, para que o Sol não notasse nada em seu retorno para casa, pois ele estava sempre de mau humor quando chegava à noite. No dia seguinte, a princesa temeu que as coisas não haviam corrido muito bem, pois o Sol notara que alguém do outro mundo estivera no palácio. Mas sua mãe o acalmara com palavras suaves, garantindo-lhe que não era assim. Por isso, a princesa animou-se ao ver como era tratada com bondade e perguntou:

— Mas como é possível para o Sol ficar com raiva? Ele é tão bonito e tão bom para os mortais.

— É assim que acontece — respondeu a mãe do Sol. — De manhã, quando ele está às portas do paraíso, ele é feliz e sorri para o mundo inteiro, mas durante o dia ele se irrita, porque vê todas as maldades dos homens e é por isso que seu calor se torna tão ardente. À noite, ele fica triste e zangado, pois está às portas da morte; esse é o seu curso natural. De lá, ele retorna para cá.

Ela, então, disse à princesa que havia perguntado sobre seu marido, mas que seu filho respondera que não sabia nada sobre ele e que sua única esperança seria perguntar ao Vento.

Antes de a princesa partir, a mãe do Sol deu-lhe um frango assado para comer e aconselhou-a a cuidar muito bem dos ossos, o que ela fez, embrulhando-os em uma trouxa. Ela então jogou fora seu segundo par de sapatos, que estavam bastante gastos e, com seu filho nos braços e seu cajado na mão, partiu para encontrar o Vento.

Nessas andanças, ela encontrou dificuldades ainda maiores do que antes, pois se deparou com uma montanha de pederneiras atrás da outra, das quais línguas de fogo estavam prestes a explodir. Ela passou por bosques que nunca haviam sido pisados por pés humanos e teve que cruzar campos de gelo e avalanches de neve. A pobre mulher quase morreu em decorrência dessas dificuldades, mas manteve o coração corajoso e, por fim, chegou a uma enorme caverna na encosta de uma montanha. Era ali que o Vento morava. Havia uma portinha na frente da caverna, e a princesa bateu, implorando para entrar. A mãe do Vento teve pena dela e a acolheu para que pudesse descansar um pouco. Também aqui ela ficou escondida, para que o Vento não a notasse.

Na manhã seguinte, a mãe do Vento disse-lhe que o marido vivia em uma floresta densa, tão densa que nenhum machado conseguiria abrir caminho. Ali, ele construíra para si uma espécie de casa, juntando alguns troncos de árvores e prendendo-os com junco e lá vivia sozinho, evitando a humanidade.

Depois que a mãe do Vento deu um frango para a princesa comer e a avisou para cuidar dos ossos, ela a aconselhou a ir pela Via Láctea, que à noite fica no céu, e nela permanecer até alcançar seu destino.

Depois de agradecer à velha senhora com lágrimas nos olhos pela sua hospitalidade e pelas boas novas que lhe dera, a princesa partiu e não descansou nem de noite, nem de dia, tão grande era a sua vontade de voltar a ver o marido. Ela andou sem parar até que seu último par de sapatos se despedaçou. Ela os jogou fora e seguiu descalça, sem dar atenção nem aos brejos, nem aos espinhos, nem às pedras que a feriam. Por fim, alcançou um belo prado verde nos arredores de uma floresta. Seu coração se alegrou ao ver as flores e a grama fresca e macia, então, ela se sentou e descansou um pouco. Mas ouvir os pássaros cantando para seus parceiros entre as árvores a fez lembrar com saudade de seu marido e ela chorou amargamente. Pegando seu filho nos braços e colocando a trouxa de ossos de galinha no ombro, ela entrou na floresta.

Por três dias e três noites, ela lutou para abrir caminho por entre as árvores, mas não conseguiu encontrar nada. Ela estava exausta e faminta, e até mesmo seu cajado não a ajudava mais, pois em suas muitas andanças se desgastara demais. Quase desistiu em desespero, mas fez um último grande esforço e, de repente, em um matagal, encontrou o tipo de casa que a mãe do Vento lhe descrevera. Não tinha janelas, e a porta ficava no telhado. Ela deu a volta na casa em busca de degraus, mas não encontrou nenhum. O que ela deveria fazer? Como iria entrar? Ela pensou, pensou e tentou em vão subir até a porta. Então, de repente, ela se lembrou dos ossos de galinha que tanto esforço tinham lhe custado para carregar até ali e disse a si mesma:

— Elas não teriam me dito para cuidar tão bem desses ossos se não tivessem um bom motivo para isso. Talvez agora, em uma hora de necessidade, eles possam me ser úteis.

Então, ela tirou os ossos de sua trouxa e, pensando por um momento, juntou as duas pontas. Para sua surpresa, eles ficaram unidos. Depois, acrescentou os outros ossos, até ter duas longas estacas da altura da casa. Em seguida, ela as apoiou contra a parede, a uma distância de um metro uma da outra. Sobre elas, colocou os outros ossos, um por um, como os degraus de uma escada. Assim que um degrau ficou pronto, ela subiu nele e fez o próximo, e então o próximo, até que chegou perto da porta. Mas assim que chegou perto do topo, percebeu que não havia mais ossos para o último degrau da escada. O que ela deveria fazer? Sem esse último degrau, toda a escada era inútil. Ela devia ter perdido um dos ossos. Então, de repente, uma ideia lhe ocorreu. Pegando uma faca, ela cortou o dedo mínimo e, colocando-o no último degrau, este ficou preso como os demais. A escada estava pronta e, com o filho nos braços, ela entrou pela porta da casa. Ali, ela encontrou tudo em perfeita ordem. Depois de comer um pouco, ela deitou a criança para dormir em um cocho que estava no chão e sentou-se para descansar.

Quando seu marido, o porco, voltou para casa, assustou-se com o que viu. A princípio, ele não acreditou no que estava vendo e, olhando para a escada de ossos e para o dedo mínimo em cima dela, sentiu que alguma nova magia devia estar em ação e, em seu terror, quase deu as costas para a casa. Mas então uma ideia melhor lhe ocorreu: ele se transformou em uma pomba para que nenhuma bruxaria pudesse ter poder sobre ele e voou para dentro da casa sem tocar na escada. Ali, encontrou uma mulher embalando uma criança. Ao vê-la, parecendo tão mudada por tudo que havia sofrido, seu coração foi tomado por tanto amor e saudade e, ao mesmo tempo, por tanta pena que, de repente, transformou-se em homem.

A princesa levantou-se ao vê-lo, e seu coração bateu acelerado de medo, pois ela não o conhecia. Mas, quando ele lhe disse quem era, em meio à grande alegria, ela esqueceu todos os seus sofrimentos, que pareciam ser nada naquele momento. Ele era um homem muito bonito, alto como um abeto. Eles sentaram-se lado a lado, e ela lhe contou todas as suas aventuras, e ele chorou de pena com a história. Depois disso, foi a vez de ele contar-lhe sua própria história.

— Sou filho de um rei. Uma vez, quando meu pai estava lutando contra alguns dragões, que eram o flagelo de nosso país, eu matei o dragão mais jovem. A mãe dele, que era bruxa, lançou um feitiço sobre mim e me transformou em porco. Foi ela que, disfarçada de velha, deu-lhe o fio para amarrar no meu pé. Assim, em vez dos três dias que teriam de transcorrer antes que o feitiço fosse quebrado, fui forçado a permanecer como porco por mais três anos. Agora que sofremos um pelo outro e nos encontramos novamente, vamos esquecer o passado.

E em sua alegria eles se beijaram.

Na manhã seguinte, eles partiram cedo para retornar ao reino de seu pai. Imensa foi a alegria de todos quando viram ele e a sua esposa. Seu pai e sua mãe abraçaram os dois, e houve festa no palácio por três dias e três noites.

Então, eles foram visitar o pai da princesa. O velho rei quase enlouqueceu de alegria ao ver sua filha novamente. Quando ela lhe contou todas as suas aventuras, ele lhe disse:

— Eu não disse que tinha certeza de que aquela criatura que a cortejou e conquistou como esposa não nasceu como porco? Veja, minha filha, como você foi sábia ao fazer o que lhe disse.

E como o rei era velho e não tinha herdeiros, colocou-os no trono em seu lugar. E eles governaram da maneira que fazem apenas reis que sofreram muito em suas vidas. E, se não estão mortos, eles ainda vivem e governam felizes.

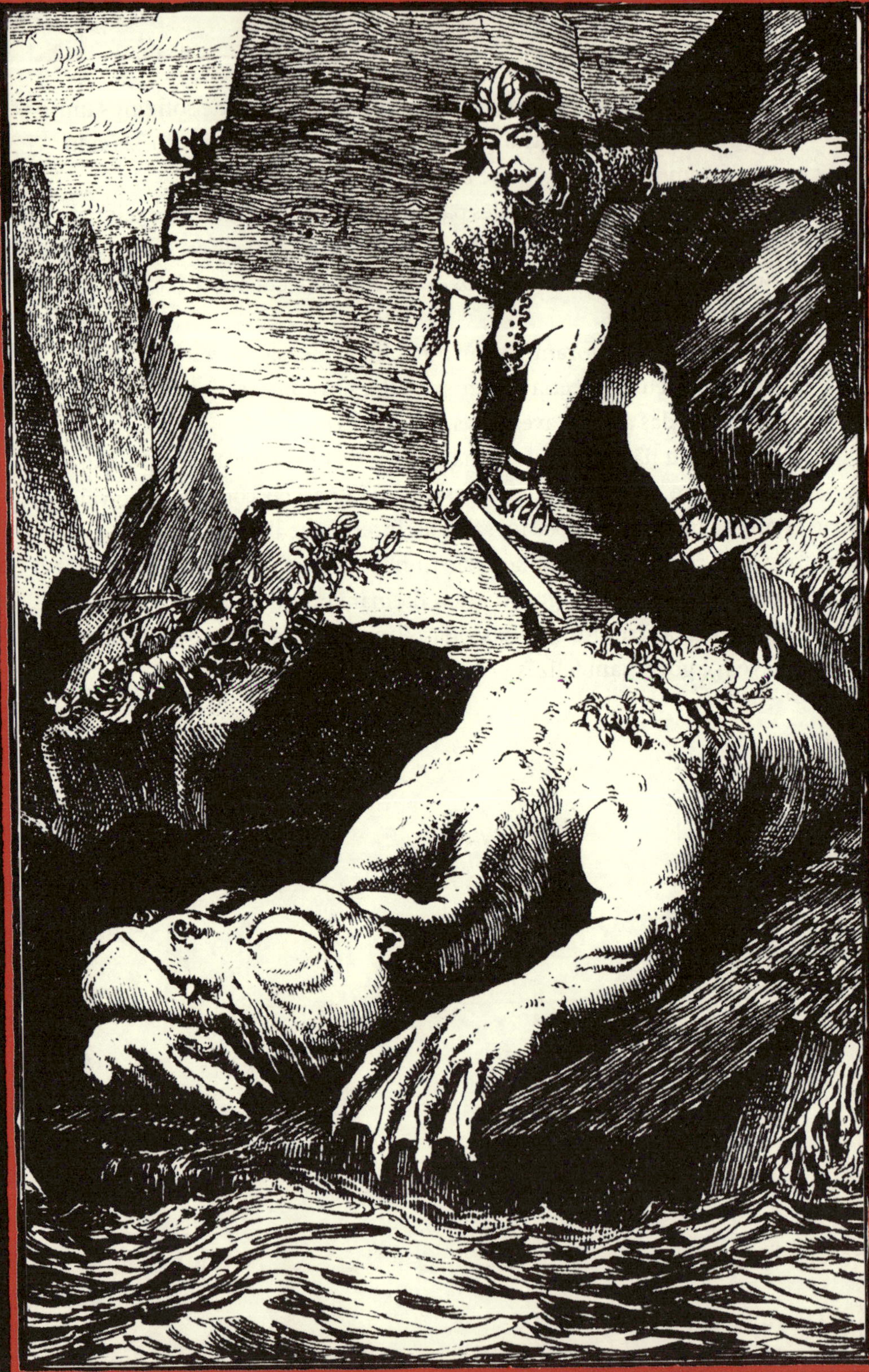

O NORKA

(Andrew Lang)

Era uma vez um rei e uma rainha que tiveram três filhos, dois deles dotados de muita inteligência, mas o terceiro era um tolo. O rei possuía um campo de caça em que havia uma grande quantidade de animais selvagens de diferentes tipos. Havia uma fera enorme — Norka era o seu nome — que costumava entrar naquele campo todas as noites e fazer travessuras terríveis, devorando alguns dos animais. O rei fez tudo o que pôde, mas não foi capaz de matá-lo. Então, finalmente, reuniu seus filhos e disse:

— Quem quer que destrua o Norka terá a metade do meu reino.

Bem, o filho mais velho assumiu a tarefa. Assim que amanheceu, ele pegou suas armas e partiu. Mas antes de chegar ao campo, entrou em uma taverna e lá passou a noite inteira na folia. Quando voltou a si, era tarde demais, o dia já havia amanhecido. Ele se sentiu desgraçado aos olhos do pai, mas não havia nada mais a ser feito. No dia seguinte, o segundo filho foi e fez exatamente o mesmo. O pai repreendeu os dois severamente, pondo um fim em suas pretensões de herdar metade do reino.

No terceiro dia, o filho mais novo assumiu a tarefa. Todos riram dele com desprezo porque era tão estúpido que certamente não teria qualquer sucesso. Mas ele pegou suas armas e rumou direto para o campo. Lá chegando, sentou-se na grama em uma posição tal que, no momento em que adormecesse, suas armas o furariam e ele acordaria.

Logo, bateu meia-noite. A terra começou a tremer, e o Norka veio correndo. Era tão grande que rebentou a cerca ao entrar no campo. O príncipe se recompôs, levantou-se de um salto, benzeu-se e foi direto na direção da besta. Ele fugiu, e o príncipe correu atrás dele. Mas ele logo viu que não poderia pegá-lo a pé, então correu para o estábulo, pegou o melhor cavalo que havia e saiu em sua perseguição. Ele logo alcançou a besta, e eles começaram uma luta. Lutaram, lutaram e o príncipe feriu a besta três vezes. Por fim, os dois estavam tão exaustos que se deitaram para descansar um pouco. Mas, no momento em que o príncipe fechou os olhos, a besta deu um salto e alçou voo. O cavalo do príncipe o despertou e ele partiu novamente em sua perseguição, alcançando a fera e travando novo embate com ela. Mais uma vez, o príncipe feriu a besta três vezes, e então ambos se deitaram novamente para descansar. Em seguida, a besta fugiu como antes. O príncipe a alcançou e novamente feriu-a três vezes. Mas, de repente, assim que o príncipe começou a persegui-la pela quarta vez, a besta fugiu para uma grande pedra branca, ergueu-a e escapou para o outro mundo, clamando ao príncipe:

— Só então poderá me superar, quando entrar aqui.

O príncipe foi para casa, contou tudo o que acontecera ao pai e pediu-lhe que fizesse uma corda de couro trançada, longa o suficiente para chegar ao outro mundo. Seu pai ordenou que isso fosse feito. Quando ficou pronta, o príncipe chamou os irmãos, e os três, acompanhados de servos e munidos de provisões suficientes para um ano inteiro, partiram para o lugar onde a besta havia desaparecido sob a pedra. Quando chegaram lá, construíram um palácio no local e nele moraram por algum tempo. Mas, quando tudo estava pronto, o irmão mais novo disse aos outros:

— Agora, irmãos, quem vai levantar esta pedra?

Nenhum dos dois conseguiu movê-la do lugar, mas, assim que o príncipe a tocou, ela voou para longe, mesmo sendo grande como uma colina. E depois de jogar a pedra para o lado, dirigiu-se uma segunda vez a seus irmãos, dizendo:

— Quem irá para o outro mundo derrotar o Norka?

Nenhum deles se ofereceu para fazer aquilo, e o príncipe riu por serem tão covardes, dizendo-lhes:

— Bem, irmãos, adeus! Segurem a corda enquanto desço por ela para o outro mundo e não saiam daqui. Assim que perceberem um puxão na corda, icem-me de volta.

Seus irmãos o baixaram preso à corda e, quando ele alcançou o outro mundo, debaixo da terra, seguiu adiante em sua jornada. Ele caminhou e caminhou e, depois de algum tempo, avistou um cavalo com belos ornamentos, o qual lhe disse:

— Salve, príncipe Ivan! Há muito o aguardo!

Ele montou no cavalo e cavalgou, cavalgou e cavalgou até que viu diante de si um palácio feito de cobre. Ele adentrou o pátio, amarrou o cavalo e entrou. Em uma das salas, havia um jantar servido sobre a mesa. Ele sentou-se, jantou e depois foi para um quarto. Lá, encontrou uma cama, na qual se deitou para descansar. Logo veio uma jovem, mais bonita do que se poderia imaginar existir, exceto em um conto de fadas, e disse:

— Você que está em minha casa, identifique-se! Se você for velho, será meu pai, se for um homem de meia-idade, meu irmão, mas, se for jovem, será meu querido marido. E você for mulher e velha, será minha avó, se for de meia-idade, será minha mãe e, se for menina, será minha própria irmã.

Então, ele aproximou-se e, quando ela o viu, ficou encantada e disse:

— Pois bem, príncipe Ivan, meu querido marido será! Por que veio aqui?

Ele lhe contou tudo o que tinha acontecido, e ela disse:

— Aquela besta que você deseja matar é meu irmão. Neste momento, ele está hospedado com minha segunda irmã, que mora não muito longe daqui em um palácio de prata. Eu mesma cuidei de três das feridas que você lhe causou.

Bem, depois disso, eles beberam, divertiram-se e mantiveram uma agradável conversa. Em seguida, o príncipe despediu-se dela e partiu em busca da segunda irmã, que morava no palácio de prata e, na companhia dela, passou mais algum tempo. Ela lhe contou que seu irmão Norka estava com sua irmã mais nova. Então, ele foi até a irmã mais nova, que morava em um palácio de ouro. Ela lhe disse que seu irmão estava dormindo no mar azul e lhe deu uma espada de aço e um gole da Água da Força, instruindo-o a cortar a cabeça de seu irmão com um único golpe. E, após ouvir tudo atentamente, ele seguiu seu caminho.

Quando o príncipe chegou ao mar azul, viu que o Norka dormia em uma pedra no meio do oceano e que, quando roncava, a água ficava agitada por onze quilômetros ao redor. O príncipe benzeu-se, aproximou-se dele e golpeou-o na cabeça com a espada. A cabeça saltou ao mesmo tempo que dizia:

— Bem, fui derrotado por agora! — e rolou para longe nas águas do mar.

Depois de matar a besta, o príncipe voltou, passando antes para buscar as três irmãs, com a intenção de levá-las para o mundo superior, pois todas o amavam e não se separariam dele. Cada uma delas transformou seu palácio em um ovo, pois todas eram feiticeiras e o ensinaram como transformar os ovos em palácios, e vice-versa, e os entregaram aos seus cuidados. Então, todos rumaram para o lugar onde deveriam ser içados para o mundo superior. Quando chegaram onde estava a corda, o príncipe a segurou e fez as donzelas amarrarem-se nela. Então, ele puxou a corda, e seus irmãos começaram a içá-la. Quando puseram os olhos nas maravilhosas donzelas, afastaram-se e disseram:

— Vamos baixar a corda, puxar nosso irmão até metade do caminho e, em seguida, cortá-la. Talvez ele seja morto na queda, mas, se não for, nunca nos concederá essas belezas como esposas.

Assim, depois de entrarem em acordo sobre o que seria feito, baixaram a corda. Mas seu irmão não era tolo, ele pressentiu o que estavam tramando e amarrou a corda a uma pedra antes de dar o puxão. Seus irmãos içaram a pedra a uma grande altura e, então, cortaram-na. A pedra caiu e se partiu em pedaços. O príncipe, vendo aquilo, derramou muitas lágrimas e foi embora. Ele caminhou, caminhou e logo veio uma tempestade. O relâmpago fulgurou, o trovão rugiu e a chuva caiu torrencialmente. Ele subiu em uma árvore para se abrigar e, naquela árvore, viu alguns pássaros jovens que estavam completamente encharcados. Então, ele tirou o casaco e os cobriu com ele, permanecendo junto deles debaixo da árvore. Em seguida, um pássaro tão grande que cobria totalmente a luz veio voando na direção deles. Já estava escuro antes, mas ficou ainda mais escuro. Ora, aquele pássaro era a mãe dos pequenos passarinhos que o príncipe cobrira. Quando o pássaro chegou, percebeu que seus filhos estavam cobertos e disse:

— Quem cobriu meus filhotes?

E, vendo o príncipe, acrescentou:

— Você fez isso? Obrigado! Em troca, peça-me tudo o que desejar. Eu farei qualquer coisa por você.

— Então me leve para o outro mundo — respondeu ele.

— Providencie um grande recipiente com uma divisória no meio — disse ela. — Pegue todos os tipos de presas e coloque-as em uma metade e, na outra metade, despeje água para que haja comida e bebida para mim.

O príncipe fez tudo, conforme solicitado. Então, o pássaro, colocando o recipiente nas costas e o príncipe sentado no meio dele, começou a voar. Depois de voar alguma distância, ela o levou ao seu destino, despediu-se e voou de volta. Ele, então, rumou para a casa de certo alfaiate e lá foi contratado como servo. Ele estava tão maltrapilho, sua aparência tão diferente do que já fora um dia, que ninguém teria suspeitado de que se tratava de um príncipe.

Assim que começou a trabalhar a serviço do alfaiate, o príncipe perguntou o que se passava naquele país. E seu mestre respondeu:

— Nossos dois príncipes, pois o terceiro desapareceu, trouxeram noivas do outro mundo e querem se casar com elas, mas as jovens se recusam. Mesmo assim, eles insistem em mandar confeccionar os vestidos do casamento, exatamente como aqueles que costumavam ter no outro mundo, e isso sem tirar suas medidas. O rei reuniu todos os profissionais, mas nenhum deles se comprometera a realizar tal tarefa.

Depois de ouvir aquele relato, o príncipe disse:

— Vá até o rei, mestre, e diga-lhe que você fornecerá todos os trajes.

— Mas como posso me comprometer a fazer roupas desse tipo? Trabalho apenas para pessoas comuns — disse seu mestre.

— Vá em frente, mestre! Vou providenciar tudo — garantiu o príncipe.

Então, o alfaiate foi até o palácio. O rei ficou muito satisfeito por ter encontrado pelo menos um bom profissional que aceitasse a tarefa e deu-lhe todo o dinheiro que queria. Depois que o alfaiate providenciou tudo, ele foi para casa. E o príncipe disse-lhe:

— Agora, ore a Deus e deite-se para dormir, amanhã tudo estará pronto. — O alfaiate seguiu o conselho do rapaz e foi para a cama.

Bateu meia-noite. O príncipe levantou-se, saiu da cidade em direção ao campo, tirou do bolso os ovos que as donzelas lhe haviam dado e, como lhe ensinaram, transformou-os em três palácios. Em cada um, ele entrou, pegou as vestes das donzelas, saiu, transformou-os novamente em ovos e foi para casa. Quando chegou lá, pendurou as vestes na parede e deitou-se para dormir.

Cedo pela manhã, seu mestre acordou, e eis que lá estavam penduradas vestes como ele nunca vira antes, todas brilhavam com ouro, prata e pedras preciosas. Ele ficou encantado e as levou para o rei. Quando as princesas viram que as roupas eram as mesmas que tinham no outro mundo, adivinharam que o príncipe Ivan estava neste mundo, trocaram olhares, mas permaneceram caladas. O mestre, tendo entregue as roupas, foi para casa, mas não encontrou mais seu querido servo lá. O príncipe fora a um sapateiro e o instruíra a trabalhar para o rei. Da mesma forma, aconselhou os demais artífices, que lhe agradeceram, visto que, por intermédio dele, todos ficaram ricos com as encomendas do rei.

No momento em que o principesco operário deixou o círculo dos artífices, as princesas receberam tudo o que pediram. Todas as roupas eram exatamente iguais às que possuíam no outro mundo. Então, as jovens choraram amargamente porque o príncipe não chegara e era impossível que postergassem por mais tempo. Havia chegado a hora de se casar. Mas quando estavam prontas para o casamento, a noiva mais jovem disse ao rei:

— Permita-me, meu pai, dar esmolas aos mendigos.

Ele a autorizou, e ela começou a lhes dar esmolas e a examiná-los de perto. Quando chegou mais próximo de um deles para dar-lhe algum dinheiro, viu o anel que ela dera ao príncipe no outro mundo, bem como os anéis de suas irmãs. Então, ela o agarrou pela mão, trouxe-o para o salão e disse ao rei:

— Aqui está aquele que nos tirou do outro mundo. Seus irmãos nos proibiram de dizer que ele estava vivo, ameaçando nos matar se o fizéssemos.

Então, o rei ficou irado com aqueles filhos e os puniu como lhe aprouve. Em seguida, três casamentos foram celebrados.

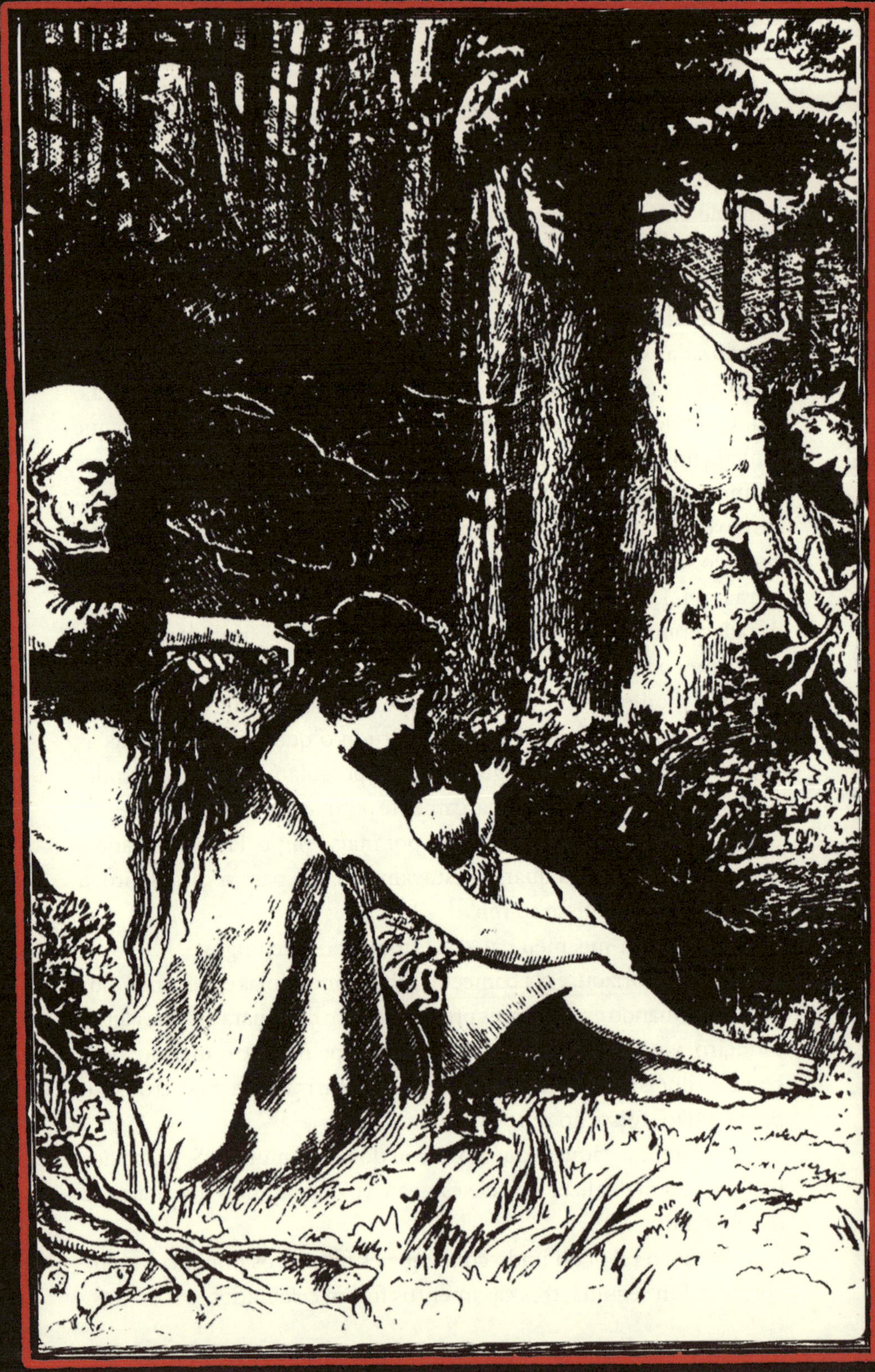

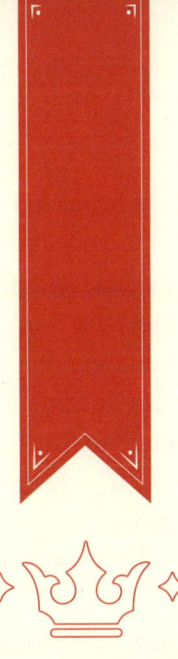

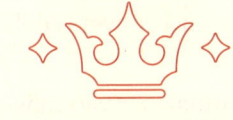

A BÉTULA MARAVILHOSA

(Da Tradição Russo-Carélia)

Era uma vez um homem e uma mulher que tinham uma única filha. Certa vez, uma de suas ovelhas se desviou do caminho e eles saíram para procurá-la. Procuraram e procuraram, cada um em uma parte diferente do bosque. Então, a boa esposa encontrou uma bruxa, que lhe disse:

— Se você cuspir, sua criatura miserável, na bainha da minha faca ou se correr entre as minhas pernas, vou transformá-la em uma ovelha negra.

A mulher não cuspiu nem correu entre as pernas, mas, mesmo assim, a bruxa a transformou em uma ovelha. Então, ela assumiu a aparência da mulher e gritou para o bom homem:

— Olá, velho! Eu encontrei a ovelha!

O homem pensava que a bruxa era realmente sua esposa e não imaginava que sua esposa fosse a ovelha. Assim, ele foi para casa com ela, muito feliz porque sua ovelha havia sido encontrada. Quando estavam seguros em casa, a bruxa disse ao homem:

— Olhe aqui, velho, devemos realmente matar aquela ovelha para que ela não fuja para a floresta novamente.

O homem, que era um sujeito pacífico e quieto, não fez objeções, apenas disse:

— Bom, vamos fazer isso.

A filha, no entanto, ouviu a conversa deles, correu para o rebanho e lamentou em voz alta:

— Oh, querida mãezinha, eles vão massacrar você!

— Bem, então, se me massacrarem — foi a resposta da ovelha negra —, não coma nem a carne nem o caldo que for feito de mim, mas reúna todos os meus ossos e enterre-os na beira do campo.

Pouco depois, eles tiraram a ovelha negra do rebanho e a mataram. A bruxa preparou uma sopa de ervilhas e colocou-a diante da filha. Mas a menina se lembrou do aviso de sua mãe. Ela não tocou na sopa, mas carregou os ossos até a beira do campo e os enterrou lá. No local, surgiu uma bétula adorável.

Algum tempo se passou — quem pode dizer quanto tempo eles estavam vivendo lá? — quando a bruxa, de quem uma criança havia nascido nesse ínterim, começou a nutrir um sentimento de ranço pela filha do homem e a atormentá-la de todas as maneiras.

Aconteceu que um grande festival seria realizado no palácio, e o rei ordenou que todo o povo fosse convidado e que esta proclamação fosse feita: "Venham, todos! Pobres e miseráveis, todos! Cegos ou a coxear. Venham em seus corcéis ou pelo mar".

E então vieram para a festa do rei todos os rejeitados, os mutilados, os paralisados e os cegos. Na casa do bom homem, também foram feitos preparativos para ir ao palácio. A bruxa disse ao homem:

— Vá indo na frente, velho, com a nossa mais nova. Vou dar algumas tarefas à menina mais velha para evitar que fique entediada em nossa ausência.

Então, o homem pegou a criança e saiu. Mas a feiticeira acendeu o fogo na lareira, jogou uma panela cheia de grãos de cevada entre as cinzas e disse à menina:

— Se você não pegar todos os grãos de cevada do meio das cinzas e os colocar de volta na panela antes do anoitecer, vou comê-la!

Em seguida, ela foi ao encontro dos outros, e a pobre garota ficou em casa chorando. Ela tentou certificar-se de pegar todos os grãos de cevada, mas logo percebeu que seu esforço era inútil. Atormentada por sua dolorosa situação, ela foi até a bétula no túmulo de sua mãe e chorou e chorou, porque sua mãe estava morta sob o gramado e não podia ajudá-la. Em meio à sua dor, ela, de repente, ouviu a voz de sua mãe falar do túmulo e lhe perguntar:

— Por que chora, filhinha?

— A bruxa espalhou grãos de cevada na lareira e me pediu para tirá-los do meio das cinzas — respondeu a garota. — É por isso que choro, querida mãezinha.

— Não chore — disse a mãe, consoladora. — Quebre um dos meus galhos e bata na lareira transversalmente e tudo ficará bem.

A menina assim o fez. Ela atingiu a lareira com o galho de bétula, e eis que os grãos de cevada voaram para a panela e a lareira ficou limpa. Ela, então, voltou para a bétula e colocou o galho sobre o túmulo. Em seguida, sua mãe ordenou-lhe que tomasse banho de um lado do tronco, se enxugasse do outro e se vestisse no terceiro. Quando a garota fez tudo isso, ficou tão linda que ninguém na terra poderia rivalizar com ela. Foram-lhe dadas roupas esplêndidas e um cavalo com crina parte de ouro, parte de prata e parte de algo ainda mais precioso. A garota saltou para a sela e cavalgou tão rápido quanto uma flecha rumo ao palácio. Quando entrou no pátio do castelo, o filho do rei veio ao seu encontro, amarrou o corcel a um pilar e a conduziu para dentro. Ele nunca saiu de seu lado enquanto passavam pelas salas do castelo. Todas as pessoas olhavam para ela e se perguntavam quem seria a adorável donzela e de que castelo teria vindo, mas ninguém a conhecia e ninguém sabia nada sobre ela. Durante o banquete, o príncipe a convidou a sentar-se ao seu lado, no lugar de honra, e a filha da bruxa, vendo aquilo, roeu os ossos debaixo da mesa. O príncipe não a viu e, pensando tratar-se de um cachorro, deu-lhe um chute tão forte que quebrou seu braço. Você não sente pena da filha da bruxa? Não era culpa dela se sua mãe era uma bruxa.

    Ao anoitecer, a filha do bom homem achou que era hora de voltar para casa. Mas quando deixou o castelo, seu anel prendeu-se na fechadura da porta, pois o filho do rei a untara com alcatrão. Ela não quis perder tempo tentando puxá-lo de volta e, em vez disso, saiu apressadamente, desamarrou seu cavalo e cavalgou além dos limites do castelo tão rápido como uma flecha. Chegando em casa, tirou a roupa perto da bétula, deixou o cavalo parado ali e correu para seu lugar atrás do fogão. Em pouco tempo, o homem e a mulher voltaram para casa também, e a bruxa disse à menina:

— Ah! Coitadinha, aí está você! Você não sabe como passamos bons momentos no palácio! O filho do rei carregava minha filha quando a pobrezinha caiu e quebrou o braço.

A garota sabia bem como as coisas realmente haviam acontecido, mas fingiu não saber de nada e sentou-se muda atrás do fogão.

No dia seguinte, eles foram convidados novamente para o banquete do rei.

— Ei! Velho — disse a bruxa —, vista suas roupas o mais rápido que puder, somos convidados para a festa. Leve você a criança, vou dar apenas uma tarefa à outra, para que não se canse.

Ela acendeu o fogo, jogou um pote cheio de sementes de cânhamo entre as cinzas e disse à menina:

— Se você não separar todas as sementes e colocá-las de volta no pote, vou matá-la!

A menina chorou amargamente, depois foi até a bétula, lavou-se de um lado, enxugou-se do outro e, desta vez, roupas ainda melhores lhe foram dadas, bem como um lindo corcel. Ela quebrou um galho da bétula, bateu na lareira com ele, de modo que as sementes voaram para o pote, e, então, correu para o castelo.

Mais uma vez, o filho do rei veio ao seu encontro, amarrou seu cavalo a um pilar e a conduziu para o salão principal. No banquete, a moça sentou-se ao seu lado, no lugar de honra, como havia feito no dia anterior. Mas a filha da bruxa roeu novamente ossos debaixo da mesa, e o príncipe deu-lhe outro chute por engano, quebrando sua perna. Ele não percebeu que ela engatinhava entre os pés do povo. Ela teve muito azar!

Em dado momento, a filha do bom homem voltou apressadamente para casa, mas o filho do rei untara as molduras da porta com alcatrão, e a tiara de ouro da garota ficou grudada nela. Ela não teve tempo de procurá-la e saltou para a sela, cavalgando como uma flecha em direção a bétula. Lá ela deixou seu cavalo e suas roupas finas e disse à sua mãe:

— Eu perdi minha tiara no castelo. A moldura da porta estava alcatroada e a prendeu com firmeza.

— Mesmo que tivesse perdido duas delas — respondeu sua mãe —, eu lhe daria outras melhores.

Então a menina correu para casa e, quando seu pai voltou do banquete com a bruxa, ela estava em seu lugar habitual atrás do fogão. Então a bruxa assim lhe disse:

— Pobrezinha! O que há para ver aqui comparado com o que vimos no palácio? O filho do rei carregou minha filha de uma sala para outra. Ele a deixou cair, é verdade, e ela quebrou o pé.

A filha do homem manteve-se calma o tempo todo e se ocupou da lareira.

A noite passou e, quando o dia começou a raiar, a bruxa acordou o marido gritando:

— Oh! Levante-se, meu velho! Fomos convidados para o banquete real.

Então o velho se levantou, e a bruxa deu-lhe a criança, dizendo:

— Leve você a mais nova. Vou dar o que fazer à outra garota, do contrário, ficará cansada de permanecer em casa sozinha.

Ela fez como de costume. Desta vez, foi um prato de leite que ela derramou sobre as cinzas, dizendo:

— Se você não colocar todo o leite no prato novamente antes de eu voltar para casa, vai sofrer por isso.

A garota ficou muito assustada dessa vez! Ela correu para a bétula e, por meio de seus poderes mágicos, a tarefa pôde ser cumprida. Então, ela partiu para o palácio como de costume. Quando chegou ao pátio, encontrou o príncipe esperando por ela. Ele a conduziu pelo corredor, onde ela foi altamente reverenciada. Mas a filha da bruxa chupou os ossos debaixo da mesa e, agachada aos pés das pessoas, levou um chute no olho, coitadinha! Ninguém sabia nada sobre a filha do bom homem, nem de onde ela vinha, mas o príncipe mandou untar a soleira com alcatrão e, quando ela fugiu, suas sandálias de ouro ficaram presas nela. Ela chegou à bétula e, deixando de lado suas roupas elegantes, disse:

— Ai, minha querida mãezinha, perdi minhas sandálias de ouro!

— Deixe estar — foi a resposta de sua mãe. — Se você precisar delas, lhe darei outras melhores.

Ela mal chegara a seu lugar habitual atrás do fogão, quando seu pai voltou para casa com a bruxa. Imediatamente, a bruxa começou a zombar dela, dizendo:

— Ah! Coitadinha, não há nada para você ver aqui, enquanto *nós*, que coisas maravilhosas vimos no palácio! Minha garotinha foi carregada de novo, mas teve o azar de cair e ferir o olho. Sua criatura estúpida, o que você sabe sobre qualquer coisa?

— Sim, de fato, o que posso saber? — respondeu a menina. — Estive ocupada limpando a lareira.

O príncipe guardara todas as coisas que a garota perdera e logo começou a procurar pela dona. Com esse propósito, um grande banquete foi oferecido no quarto dia, e todas as pessoas foram convidadas ao palácio. A bruxa se preparou para ir também. Ela amarrou um besouro de madeira onde deveria estar o pé de sua filha, um tronco de madeira no lugar do braço, enfiou um pouco de terra na órbita vazia do olho e levou a criança consigo para o castelo. Quando todas as pessoas estavam reunidas, o filho do rei entrou no meio da multidão e anunciou:

— A donzela em cujo dedo este anel entrar, em cuja cabeça esta tiara dourada couber e em cujo pé esta sandália calçar será minha noiva.

Quantas provas foram feitas em todos os presentes! No entanto, as peças não serviram em ninguém.

— A moça das cinzas não está aqui — disse o príncipe por fim. — Vão buscá-la e deixe-a experimentar as peças.

Então, a garota foi trazida, e o príncipe já ia lhe entregar as peças quando a bruxa o segurou, dizendo:

— Não dê a ela, ela suja tudo com cinzas. Em vez disso, dê-as à minha filha.

O príncipe, então, deu o anel à filha da bruxa, e a mulher lixou e aparou o dedo da menina até que o anel coubesse. Aconteceu o mesmo com a tiara e os sapatos de ouro. A bruxa não permitiu que eles fossem entregues à moça das cinzas e ela forçou a cabeça e os pés de sua própria filha até que as peças coubessem. O que deveria ser feito agora? O príncipe teve que tomar a filha da bruxa como noiva, quisesse ou não. Ele, no entanto, seguiu para a casa do pai da garota, pois tinha vergonha de realizar as festividades de casamento no palácio com uma noiva tão estranha. Alguns dias se passaram, e finalmente ele teve que levar sua noiva para casa, para o palácio, e se preparou para isso. No momento em que se despediam, a filha do homem saiu de seu lugar ao lado do fogão, a pretexto de buscar algo no curral, e ao passar sussurrou no ouvido do príncipe enquanto ele estava no quintal:

— Oh! Querido príncipe, não roube minha prata e meu ouro.

Em seguida, o filho do rei reconheceu a moça das cinzas. Ele levou as duas garotas com ele e partiu. Depois de terem percorrido uma curta distância, chegaram à margem de um rio, e o príncipe usou a filha da bruxa como ponte e, assim, atravessou com a moça das cinzas. Lá permaneceu a filha da bruxa, como uma ponte sobre o rio, e não conseguia se mexer, embora seu coração estivesse consumido pela dor. Nenhuma ajuda havia por perto, então ela finalmente gritou em sua angústia:

— Que cresça de meu corpo uma cicuta dourada! Talvez minha mãe me conheça dessa forma.

Ela mal havia falado quando uma cicuta dourada brotou dela sobre a ponte.

Agora que o príncipe se livrara da filha da bruxa, ele saudou a moça das cinzas como sua noiva, e eles rumaram juntos até a bétula que crescia sobre o túmulo da mãe. Lá receberam todos os tipos de tesouros e riquezas, três sacos cheios de ouro, a mesma quantidade de prata e um esplêndido corcel, que os levou para o palácio. Lá eles viveram juntos por muito tempo, e a jovem esposa deu à luz um filho do príncipe. Imediatamente foi comunicado à bruxa que sua filha tinha dado à luz um filho, pois todos eles acreditavam que a esposa do jovem rei era filha da bruxa.

— Então — disse a bruxa para si mesma —, é melhor que eu leve meu presente para o bebê.

E assim dizendo, partiu. Quando chegou à margem do rio, lá viu a bela cicuta dourada crescendo no meio da ponte e, quando começou a cortá-la para levar para seu neto, ouviu uma voz gemendo:

— Ai! Querida mãe, não me corte assim!

— Você está aqui? — inquiriu a bruxa.

— Estou sim, querida mãezinha — respondeu a filha. — Eles me jogaram sobre o rio para fazer de mim uma ponte.

Imediatamente, a bruxa reduziu a ponte a átomos e, em seguida, correu para o palácio. Aproximando-se da cama da jovem rainha, ela começou a usar seus feitiços contra ela, dizendo:

— Cuspa, sua desgraçada, na lâmina da minha faca. Enfeitice minha lâmina e eu a transformarei em uma rena da floresta.

— Você está tentando me fazer mal novamente? — disse a jovem.

Ela não cuspiu na lâmina, nem fez qualquer outro gesto, mas, mesmo assim, a bruxa a transformou em uma rena e colocou a própria filha em seu lugar como esposa do príncipe. Mas o bebê ficou inquieto e chorou, porque sentia falta dos cuidados de sua mãe. Eles o levaram ao pátio e tentaram acalmá-lo de todas as maneiras possíveis, mas seu choro não cessava.

— O que deixa esta criança tão inquieta? — perguntou o príncipe, e ele foi até uma sábia viúva para pedir-lhe seu conselho.

— Sim, sim, sua própria esposa não está em casa — disse a viúva. — Ela está vivendo como uma rena na floresta. Você tem a filha da bruxa como esposa agora e a própria bruxa como sogra.

— Existe alguma maneira de trazer minha verdadeira esposa de volta da floresta novamente? — perguntou o príncipe.

— Dê-me a criança — respondeu a viúva. — Vou carregá-la comigo amanhã quando for levar as vacas para a floresta. Farei um farfalhar entre as folhas da bétula e um tremor entre os álamos, talvez o menino fique quieto quando ouvir isso.

— Sim, leve a criança para a floresta com você para acalmá-la — disse o príncipe, e conduziu a viúva para o castelo.

— Como, agora? Você vai mandar a criança embora para a floresta? — disse a bruxa em um tom suspeito, e tentou interferir.

Mas o filho do rei manteve-se firme em sua decisão e disse:

— Carregue a criança para a floresta, talvez isso o acalme.

A viúva levou a criança para a floresta. Ela chegou à beira de um pântano e, vendo uma manada de renas ali, começou a cantar de repente:

"Olhos brilhantes, pequena pele vermelha,
Venha cuidar da criança que gerou!
Aquele monstro sanguinário,
Aquele comedor de homens sombrio,
Dele não deve mais cuidar.
Elas podem ameaçar e forçar como quiserem,
Ele ssempre se afasta e se esquiva."

Imediatamente a rena se aproximou, amamentou e cuidou da criança durante todo o dia. Mas, ao cair da noite, teve que seguir o rebanho e disse à viúva:

— Traga-me a criança amanhã e novamente no dia seguinte. Depois disso, terei que seguir com o rebanho para longe, para outras terras.

Na manhã seguinte, a viúva voltou ao castelo para buscar a criança. A bruxa interferiu, é claro, mas o príncipe disse:

— Pegue-o e leve-o ao ar livre. Certamente, o menino fica mais quieto à noite quando passa o dia todo na floresta.

A viúva pegou a criança nos braços e carregou-a para o pântano na floresta. Lá ela cantou como no dia anterior:

"Olhos brilhantes, pequena pele vermelha,
Venha cuidar da criança que gerou!
Aquele monstro sanguinário,
Aquele comedor de homens sombrio,
Dele não deve mais cuidar.
Elas podem ameaçar e forçar como quiserem,
Ele sempre se afasta e se esquiva."

Imediatamente a rena deixou o rebanho e veio até a criança, cuidando dela como no dia anterior. E foi assim que a criança cresceu e não se viu menino melhor em parte alguma. Mas o príncipe, ponderando sobre todas essas coisas, disse à viúva:

— Não há como transformar a rena em um ser humano novamente?

— Não sei bem — foi a resposta. — Venha comigo para a floresta. Quando a mulher tirar a pele de rena, pentearei seus cabelos. Enquanto estiver fazendo isso, você deve queimar a pele.

Em seguida, os dois foram para a floresta com a criança. Mal haviam chegado, quando a rena apareceu e cuidou da criança como antes. Então a viúva disse à rena:

— Como você está partindo para longe amanhã e não a verei novamente, deixe-me pentear seus cabelos pela última vez para que eu fique com uma lembrança sua.

A jovem tirou a pele de rena e deixou a viúva fazer o que queria. Nesse ínterim, o filho do rei jogou a pele de rena no fogo sem ser visto.

— O que cheira a queimado aqui? — perguntou a jovem e, olhando em volta, viu seu próprio marido. — Ai de mim! Você queimou minha pele. Por que você fez isso?

— Para devolver-lhe sua forma humana.

— Céus! Não tenho nada para me cobrir agora, pobre de mim! — gritou a jovem, e se transformou primeiro em uma roca, depois em um besouro de madeira, depois em um fuso e em outras formas imagináveis. Mas o filho do rei continuou destruindo todas aquelas formas até que ela assumiu a forma humana diante dele novamente.

— Ai de mim! Leve-me para casa com você novamente — exclamou a jovem —, pois a bruxa com certeza me comerá!

— Ela não vai comer você — respondeu o marido, e eles foram para casa com a criança.

Mas quando a bruxa os viu, fugiu com a filha e, se não parou, ainda corre, embora em idade avançada. E o príncipe, sua esposa e o bebê

VIVERAM FELIZES PARA SEMPRE.

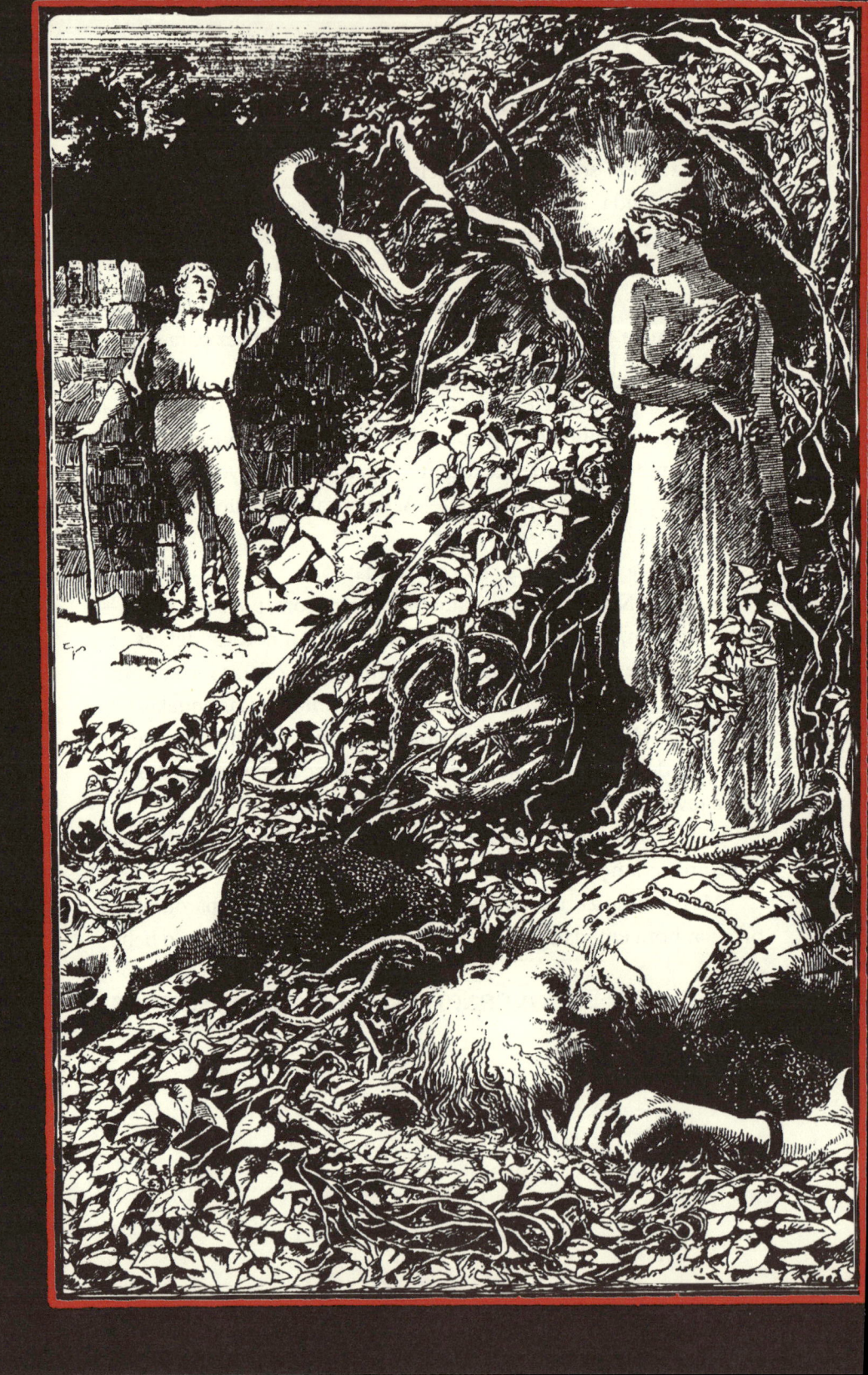

JOÃO E O PÉ DE FEIJÃO

(Andrew Lang)

A VENDA DA VACA

Era uma vez uma viúva pobre que morava em uma pequena cabana com seu único filho, João.

João era um garoto tolo e imprudente, mas muito bondoso e afetuoso. O inverno fora rigoroso e a pobre mulher estava com muita febre e calafrios. João ainda não trabalhava e, aos poucos, eles foram ficando terrivelmente pobres. A viúva sabia que não havia meios de evitar que ela e João morressem de fome a não ser vendendo a vaca que possuíam. Assim, certa manhã, ela disse ao filho:

— Estou muito fraca para ir sozinha, João. Então, você deve levar a vaca para o mercado e vendê-la.

João gostou muito da ideia de ter que ir ao mercado para vender a vaca, mas, quando estava a caminho, encontrou um açougueiro que possuía belos feijões. João parou para olhar para eles, e o açougueiro disse ao menino que eles possuíam grande valor e convenceu o menino tolo a trocar a vaca por eles.

Quando ele os entregou para sua mãe em vez do dinheiro que ela esperava receber por sua bela vaca, ela ficou muito irritada e derramou muitas lágrimas, repreendendo João por sua imprudência. Ele ficou muito triste, e mãe e filho foram para a cama desolados naquela noite, pois sua última esperança parecia ter sido perdida.

Ao amanhecer, João se levantou e saiu para o jardim.

— Pelo menos — pensou ele —, vou plantar esses feijões maravilhosos. Minha mãe diz que eles são apenas feijões comuns e nada mais, mas posso semeá-los.

Então, ele pegou um pedaço de pau, fez alguns buracos no chão e colocou os feijões.

Naquele dia, jantaram muito pouco e foram tristes para a cama mais uma vez, sabendo que no dia seguinte não haveria nada para comer. João, incapaz de dormir de tristeza e aborrecimento, levantou-se de madrugada e saiu para o jardim.

Imaginem seu espanto ao descobrir que os feijões haviam crescido durante a noite e subiam cada vez mais até ultrapassarem o alto penhasco que protegia a cabana e desapareceriam acima dele! Os caules se entrelaçavam e se retorciam até formarem uma verdadeira escada.

— Seria fácil escalá-lo — pensou João.

E, assim pensando, resolveu tentar, pois era um bom escalador. No entanto, considerando o erro que cometera com a vaca, achou melhor consultar sua mãe primeiro.

O ESPETACULAR CRESCIMENTO DO PÉ DE FEIJÃO

Jack chamou sua mãe, e os dois olharam em silêncio e maravilhados para o pé de feijão, que não era apenas muito alto, mas grosso o suficiente para suportar o peso de João.

— Eu me pergunto onde isso vai dar — disse João à sua mãe. — Acho que vou subir e descobrir.

Sua mãe preferia que ele não se aventurasse a subir aquela escada estranha, mas João a persuadiu a consentir na tentativa, pois tinha certeza de que haveria algo maravilhoso no topo do pé de feijão. Então, finalmente, ela cedeu aos desejos dele.

João imediatamente começou a subir e subiu cada vez mais alto no pé de feijão em forma de escada até que tudo o que deixara para trás: a cabana, a aldeia e até a alta torre da igreja, pareciam muito pequenos, e ainda assim ele não conseguia ver o topo do pé de feijão.

João estava um pouco cansado e pensou por um momento em retornar, mas era um garoto muito perseverante e sabia que a melhor maneira de ter sucesso em qualquer coisa é não desistir. Então, depois de descansar por um momento, ele retomou a escalada.

Depois de escalar cada vez mais alto, até ficar com medo de olhar para baixo e ficar tonto, João finalmente alcançou o topo do pé de feijão e se viu em uma bela região arborizada, com belos prados cobertos de ovelhas. Um riacho de águas cristalinas corria no meio das pastagens e, não muito longe do lugar onde ele havia descido do pé de feijão, erguia-se um belo e imponente castelo.

João se perguntou como nunca ouvira falar ou mesmo vira aquele castelo antes. Mas após refletir um pouco mais sobre o assunto, percebeu que ele estava separado da aldeia pela rocha perpendicular sobre a qual se erguia, como se estivesse em outra terra.

Enquanto João olhava para o castelo, uma mulher de aparência muito estranha saiu da floresta e avançou em sua direção.

Ela usava um chapéu pontudo de cetim vermelho forrado de pele de arminho, tinha o cabelo solto caindo sobre os ombros e carregava um cajado. João tirou seu chapéu e fez-lhe uma reverência.

— Por favor, senhora — disse ele —, esta casa é sua?

— Não — disse a senhora. — Ouça, e vou lhe contar a história deste castelo.

"Era uma vez um nobre cavaleiro que vivia naquele castelo, que fica nos limites do reino das fadas. Ele tinha uma bela e amada esposa e muitos filhos adoráveis. Como seus vizinhos, o povo pequeno, eram muito amigáveis com ele, deram-lhe muitos presentes, todos excelentes e preciosos.

"A notícia sobre esses tesouros se espalhou, e um gigante monstruoso, que vivia a pouca distância dali e que era um ser muito perverso, resolveu tomar posse deles.

"Ele subornou um servo desonesto para deixá-lo entrar no castelo. Quando o cavaleiro estava dormindo em sua cama, ele o matou. Em seguida, dirigiu-se para a parte do castelo onde ficava o quarto das crianças e matou todos os pequeninos que lá encontrou.

"Felizmente para ela, a senhora não foi encontrada. Ela fora com o filho pequeno, de apenas dois ou três meses, visitar a velha ama que morava no vale e ficara retida a noite toda por causa de uma tempestade.

"Na manhã seguinte, bem cedo, uma das servas do castelo, que havia conseguido escapar, veio contar à pobre senhora sobre o triste destino de seu marido e seus lindos bebês. Ela mal podia acreditar no início e ficou ansiosa para voltar e compartilhar o destino de seus entes queridos, mas a velha ama, em meio a muitas lágrimas, rogou-lhe que se lembrasse de que ainda tinha um filho e que era seu dever preservar sua vida pelo bem do pobre inocente.

"A senhora cedeu ao apelo e consentiu em permanecer na casa de sua ama, pois aquele era o melhor esconderijo, uma vez que a serva contara que o gigante havia jurado que, se pudesse encontrá-la, mataria tanto ela como seu filho. Anos se passaram. A velha ama morreu, deixando seu chalé e os poucos móveis que continha para sua pobre senhora, que nele habitava trabalhando como camponesa para conseguir o pão de cada dia. A roda de fiar e o leite da vaca, que comprara com o pouco dinheiro que tinha consigo, bastavam para a escassa subsistência dela e do filho pequeno. Havia um pequeno e agradável jardim anexo à casa, no qual cultivavam ervilhas, feijões e repolhos, e a senhora não tinha vergonha de sair na época da colheita para os campos a fim de suprir as necessidades de seu filho."

— João, aquela pobre senhora é sua mãe. Este castelo já foi de seu pai e deve ser seu novamente — disse a senhora.

João soltou um grito de surpresa:

— Minha mãe! Oh, senhora, o que devo fazer? Meu pobre pai! Minha querida mãe!

— Seu dever exige que você reconquiste o que é seu de direito e também de sua mãe. Mas a tarefa é muito difícil e repleta de perigos, João. Você tem coragem de empreendê-la?

— Não tenho medo de nada quando estou fazendo a coisa certa — afirmou João.

— Então — disse a senhora de chapéu vermelho —, você é um dos matadores de gigantes. Você deve entrar no castelo e, se possível, pegar uma galinha que bote ovos de ouro e uma harpa que fala. Lembre-se: tudo o que o gigante possui lhe pertence.

Assim dizendo, a senhora de chapéu vermelho desapareceu de repente, e ficou claro para João que se tratava de uma fada.

João decidiu iniciar sua aventura imediatamente. Ele avançou e tocou a corneta que estava pendurada na porta do castelo. A porta foi aberta em um ou dois minutos por uma gigante terrível, com um grande olho no meio da testa.

Assim que João a viu, ele se virou para fugir, mas ela o segurou e arrastou-o para o castelo.

— Ha, ha! — Ela riu terrivelmente. — Você não esperava me ver aqui, não é mesmo? Não, eu não vou deixar você escapar. Estou cansada da minha vida. Estou tão sobrecarregada de trabalho e não vejo por que não posso ter um pajem como outras senhoras. E você será meu servo. Você deve limpar as facas, engraxar as botas, acender as fogueiras e me ajudar em tudo enquanto o gigante estiver fora. Quando ele estiver em casa, devo escondê-lo, pois ele comeu todos os meus pajens até agora, e você seria uma pequena iguaria aos olhos dele, meu garotinho.

Enquanto falava, ela arrastou João direto para o castelo. O pobre menino estava muito assustado, e tenho certeza de que você e eu, no lugar dele, também estaríamos. Mas ele se lembrou de que o medo desgraça o homem, então lutou para ser corajoso e fazer o melhor que pudesse.

— Estou pronto para ajudá-la e fazer tudo o que puder para servi-la, senhora — disse ele —, mas imploro que seja boa e me esconda de seu marido, pois não gostaria de servir de comida para ninguém.

— Que bom menino — disse a gigante, acenando com a cabeça —, para sua sorte, você não gritou quando me viu, como fizeram os outros meninos que estiveram aqui, pois, se tivesse feito isso, meu marido teria acordado e comido você, como fez com os outros, no café da manhã. Venha aqui, criança, entre no meu guarda-roupa. Ele nunca se aventura a abrir *aquilo* e você estará seguro lá.

Ela abriu um guarda-roupa enorme que ficava no grande quarto e trancou-o nele. Mas o buraco da fechadura era tão grande que deixava entrar bastante ar e ele podia ver tudo o que se passava através dele. Em dado momento, ele ouviu o barulho de algo pesado na escada, como o barulho de um grande canhão, e então uma voz, como um trovão, gritou:

— Fe, fa, fi-fo-fum, sinto hálito de um Inglês. Quer ele esteja vivo ou morto, vou moer seus ossos para fazer meu pão.

— Esposa — gritou o gigante —, há um homem no castelo. Deixe-me comê-lo no café da manhã.

— Você está velho e estúpido — exclamou a senhora em alto e bom som. — O cheiro que você sente é apenas um bom bife de carne fresca de elefante que cozinhei para você. Vá, sente-se e coma um bom café da manhã.

Ela colocou diante dele um prato enorme com carne saborosa e fumegante que o agradou muito e o fez esquecer da ideia de que um inglês estaria no castelo. Depois de tomar o desjejum, ele saiu para dar um passeio e, então, a gigante abriu a porta e fez João sair para ajudá-la. Ele a ajudou o dia todo. Ela o alimentou bem e, ao anoitecer, colocou-o de volta no guarda-roupa.

A GALINHA QUE BOTAVA OVOS DE OURO

O gigante voltou para o jantar. João o observou pelo buraco da fechadura e ficou surpreso ao vê-lo pegar um osso de lobo e colocar meia ave de cada vez em sua grande boca.

Quando a ceia terminou, ele pediu à esposa que trouxesse a galinha que botava os ovos de ouro.

— Ela bota tanto quanto botava quando pertencia àquele cavaleiro miserável — disse ele. — Na verdade, acho que os ovos estão mais pesados do que nunca.

A gigante saiu e logo depois retornou trazendo uma pequena galinha marrom, que colocou na mesa diante do marido.

— E agora, meu querido — disse ela —, vou dar um passeio, se você não precisar mais de mim.

— Vá — disse o gigante. — Ficarei feliz em tirar uma soneca daqui a pouco.

Então, ele pegou a galinha marrom e disse a ela:

— Bote! — E ela imediatamente pôs um ovo de ouro.

— Bote! — disse o gigante novamente. E ela colocou outro.

— Bote! — repetiu ele pela terceira vez. E novamente um ovo de ouro foi colocado sobre a mesa.

Agora João tinha certeza de que a galinha da qual a fada lhe falara era aquela.

Lentamente, o gigante colocou a galinha no chão e logo adormeceu, roncando tão alto que parecia um trovão.

Assim que João teve certeza de que o gigante estava dormindo profundamente, abriu a porta do guarda-roupa e saiu sorrateiramente. Com todo o cuidado, ele se esgueirou pela sala e, pegando a galinha, apressou-se em deixar o aposento. Ele conhecia bem o caminho para a cozinha, cuja porta estava entreaberta. Ele a abriu e, em seguida, fechou e trancou atrás de si e correu de volta para o pé de feijão, descendo por ele tão rapidamente quanto seus pés podiam descer.

Quando sua mãe o viu entrar em casa chorou de alegria, pois temia que as fadas o tivessem levado embora ou que o gigante o tivesse encontrado. Mas João colocou a galinha marrom diante dela e contou como estivera no castelo do gigante e todas as aventuras que lá viveu. Ela ficou muito feliz em ver a galinha que os tornaria ricos mais uma vez.

AS SACOLAS DE OURO

Certo dia, enquanto sua mãe havia ido ao mercado, João fez outra escalada pelo pé de feijão até o castelo do gigante, mas, primeiro, tingiu o cabelo e se disfarçou. A velha não o reconheceu e arrastou como antes para ajudá-la no trabalho doméstico. Mas, quando ouviu o marido chegando, escondeu-o no guarda-roupa, sem imaginar que se tratava do mesmo menino que roubara a galinha. Ela mandou que ele ficasse bem quieto ou o gigante o comeria.

Então, o gigante entrou dizendo:

— Fe, fa, fi-fo-fum, sinto o hálito de um inglês. Quer ele esteja vivo ou morto, vou moer seus ossos para fazer meu pão.

— Bobagem! — disse a esposa. — É apenas um novilho assado que pensei que seria uma iguaria para seu jantar. Sente-se e trarei o assado imediatamente.

O gigante sentou-se e logo sua esposa trouxe um novilho assado em um grande prato e eles começaram a jantar. João ficou surpreso ao vê-los pegar os ossos do novilho como se fossem os de uma cotovia. Assim que terminaram a refeição, a gigante se levantou e disse:

— Agora, meu querido, com sua licença, vou subir para o meu quarto para terminar a história que estou lendo. Se você precisar, me chame.

— Primeiro — respondeu o gigante —, traga-me minhas sacolas de dinheiro para que possa contar minhas peças de ouro antes de dormir. A gigante obedeceu. Ela saiu e logo retornou com duas sacolas grandes sobre os ombros, que colocou no chão ao lado do marido.

— Pronto — disse ela —, isso é tudo o que resta do dinheiro do cavaleiro. Quando você tiver gastado tudo, deve ir e tomar o castelo de outro barão.

— Isso ele não vai fazer, se eu puder evitar — pensou João.

Quando sua esposa se retirou, o gigante tirou montes e montes de peças de ouro da sacola e contou-as, arrumou-as em pilhas, até se cansar daquela diversão. Então, ele colocou todas de volta nas sacolas e recostando-se na cadeira caiu no sono, roncando tão alto que nenhum outro som era audível.

João saiu furtivamente do guarda-roupa e, pegando as sacolas de dinheiro (que eram suas, pois o gigante as roubara de seu pai), saiu correndo e, com grande dificuldade, descendo pelo pé de feijão, colocou as sacolas de ouro na mesa de sua mãe. Ela acabara de voltar da cidade e chorava por não o encontrar em casa.

— Pronto, mãe, eu lhe trouxe o ouro que meu pai perdeu.

— Oh, João! Você é um menino muito bom, mas gostaria que não arriscasse sua preciosa vida no castelo do gigante. Diga-me, como voltou para lá novamente?

E João contou tudo a ela.

A mãe de João ficou muito feliz em receber o dinheiro, mas não gostava que ele corresse qualquer risco por ela.

Mas depois de um tempo, João decidiu retornar novamente ao castelo do gigante.

A HARPA FALANTE

Assim, ele escalou o pé de feijão mais uma vez e tocou a corneta no portão do gigante. A gigante logo abriu a porta e, sendo estúpida como era, não o reconheceu novamente, mas parou um minuto antes de prendê-lo. Ela temia outro roubo, mas o rosto puro de João parecia tão inocente que ela não conseguiu resistir a ele e o mandou entrar novamente no guarda-roupa.

Mais tarde, o gigante voltou para casa e, assim que cruzou a soleira, rugiu:

— Fe, fa, fi-fo-fum, sinto o hálito de um inglês. Quer ele esteja vivo ou morto, vou moer seus ossos para fazer meu pão.

— Seu velho gigante estúpido — disse a esposa —, o que você está sentindo é o cheiro de uma bela ovelha que preparei para o seu jantar.

E o gigante se sentou, e a esposa trouxe uma ovelha inteira para seu jantar. Depois de comer tudo, ele disse:

— Agora traga-me minha harpa, vou ouvir um pouco de música enquanto você dá seu passeio.

A gigante obedeceu e voltou com uma bela harpa. A estrutura brilhava com diamantes e rubis, e as cordas eram todas de ouro.

— Esta é uma das coisas mais bonitas que roubei do cavaleiro — disse o gigante. — Gosto muito de música e minha harpa é uma serva fiel.

Então, ele puxou a harpa em sua direção e disse:

— Toque!

E a harpa tocou uma melodia muito suave e triste.

— Toque algo melhor! — disse o gigante.

E a harpa tocou uma melodia alegre.

— Agora toque uma canção de ninar, rugiu o gigante. E a harpa tocou uma doce canção de ninar, ao som da qual seu mestre adormeceu.

Então, João saiu sorrateiramente do guarda-roupa e foi até a enorme cozinha para ver se a gigante havia saído. Ele não encontrou ninguém por lá, então, foi até a porta e abriu-a suavemente, pois pensou que não poderia fazer isso com a harpa na mão.

Em seguida, ele entrou na sala do gigante, agarrou a harpa e fugiu com ela. Mas, quando ele pulou a soleira, a harpa gritou:

— MESTRE! MESTRE!

E o gigante acordou.

Com um tremendo rugido, ele saltou de sua cadeira e, em duas passadas, alcançou a porta.

Mas João era muito ágil. Ele fugiu como um relâmpago com a harpa, falando com ela enquanto caminhava (pois viu que era uma fada) e dizendo-lhe que era filho de seu antigo mestre, o cavaleiro.

Mesmo assim, o gigante avançou tão rápido que já estava bem perto do pobre João e estendeu sua grande mão para pegá-lo. Mas, felizmente, exatamente naquele momento, ele pisou em uma pedra solta, tropeçou e caiu no chão, estatelando-se por completo.

Este acidente deu a João tempo para alcançar o pé de feijão e apressar-se em descer por ele. Mas, assim que chegou ao jardim de sua casa, viu o gigante descendo atrás dele.

— Mãe, mamãe! — gritou João. — Corra e me traga o machado.

Sua mãe correu trazendo um machado na mão, e João, com um tremendo golpe, cortou todos os caules do pé de feijão, exceto um.

— Agora, mãe, saia do caminho! — disse ele.

O GIGANTE QUEBRA O PESCOÇO

A mãe de João se afastou e foi bom que ela o fez, pois, assim que o gigante segurou o último galho do pé de feijão, João cortou o caule completamente e correu do local.

O gigante despencou com um terrível estrondo e, ao cair de cabeça, quebrou o pescoço e morreu aos pés da mulher que tanto prejudicara.

Antes que João e sua mãe se recuperassem do susto e da agitação, uma bela senhora apareceu diante deles.

— João — disse ela —, você agiu como filho de um valente cavaleiro e merece que sua herança lhe seja devolvida. Cave uma cova, enterre o gigante e, então, mate a gigante.

— Mas — disse João —, não poderia matar ninguém a menos que estivesse lutando com essa pessoa. Eu não conseguiria desembainhar minha espada contra uma mulher. Além disso, a gigante sempre foi muito gentil comigo.

A fada sorriu para João.

— Estou muito satisfeita com sua generosidade — disse ela. — No entanto, volte para o castelo e aja como for necessário.

João perguntou à fada se ela lhe mostraria o caminho para o castelo, uma vez que o pé de feijão fora cortado. Ela lhe disse que o levaria até lá em sua carruagem, que era puxada por dois pavões. João a agradeceu e sentou-se na carruagem ao seu lado.

A fada o conduziu por uma longa viagem, até que chegaram a uma aldeia que ficava no sopé da colina. Ali, eles encontraram vários homens de aparência miserável reunidos. A fada parou sua carruagem e se dirigiu a eles dizendo:

— Meus amigos — disse ela —, o gigante cruel que os oprimiu e devorou seus rebanhos está morto e este jovem cavalheiro foi o responsável por libertá-los dele. Ele é o filho de seu amável velho mestre, o cavaleiro.

Os homens aplaudiram ruidosamente ao ouvirem essas palavras e apressaram-se em dizer que serviriam a João tão fielmente como haviam servido a seu pai. A fada ordenou que a seguissem até o castelo e eles marcharam juntos até lá. João tocou a corneta e exigiu que os deixassem entrar.

A velha gigante os vira chegando através de um buraco na torre. Ela estava muito assustada, pois deduziu que algo acontecera ao seu marido. Enquanto descia rápido pelas escadas, enroscou o pé no próprio vestido, caiu de cabeça e quebrou o pescoço.

Quando as pessoas do lado de fora descobriram que a porta não fora aberta, pegaram pés de cabra e forçaram o portão. Ninguém estava à vista, mas, ao entrarem pelo corredor, encontraram o corpo da gigante ao pé da escada.

Assim, João tomou posse do castelo. A fada trouxe sua mãe, bem como a galinha e a harpa. Ele enterrou a gigante e fez tudo o que estava ao seu alcance para compensar aqueles que o gigante roubara.

Antes de sua partida para o país das fadas, a fada explicou a João que ela havia enviado o açougueiro para encontrá-lo com os feijões, a fim de testar que tipo de garoto ele era.

Se você tivesse olhado para o pé de feijão gigante e apenas se perguntado estupidamente o que era aquilo — disse ela —, eu o deixaria onde o infortúnio o colocou, apenas devolvendo a vaca para sua mãe. Mas você demonstrou possuir uma mente inquiridora, além de grande coragem e iniciativa, portanto, você mereceu vencer. Quando escalou o pé de feijão, você subiu a escada da fortuna.

Ela, então, despediu-se de João e sua mãe.

L Speed

S. Kraków

O RATINHO BOM

(Madame d'Aulnoy)

Era uma vez um rei e uma rainha que se amavam tanto que não se sentiam felizes a menos que estivessem juntos. Todos os dias, saíam para caçar ou pescar e todas as noites iam a bailes ou óperas. Eles cantavam, dançavam, comiam ameixas cristalizadas e eram os mais alegres entre os alegres e todos os seus súditos seguiam seu exemplo, de modo que o reino era chamado de reino da alegria. Agora, no reino próximo, tudo era tão diferente quanto poderia ser. O rei era mal-humorado e feroz e nunca se divertia. Tinha aparência tão feia e zangada que todos os súditos o temiam. Ele odiava a mera visão de um rosto alegre e, assim, se flagrava alguém sorrindo, ordenava que lhe cortassem a cabeça imediatamente. Seu reino era muito apropriadamente chamado de reino das lágrimas. Quando este rei perverso soube da felicidade do rei Jolly, ficou com tanta inveja que reuniu um grande exército e partiu para lutar contra ele. A notícia de sua chegada logo foi levada ao conhecimento do rei e da rainha. Quando soube, a rainha perdeu o controle de tanto medo e começou a chorar amargamente.

— Senhor — disse ela —, vamos reunir todas as nossas riquezas e fugir o mais longe que pudermos, para o outro lado do mundo.

Mas o rei respondeu:

— Que vergonha, senhora! Sou corajoso demais para isso. É melhor morrer do que ser covarde.

Dizendo isso, ele reuniu todos os seus homens armados e, depois de se despedir da rainha com ternura, montou em seu esplêndido cavalo e partiu. Quando ele se perdeu de vista, a rainha nada pôde fazer a não ser chorar, torcer as mãos e lamentar.

— Ai! Se o rei for morto, o que será de mim e de minha filhinha? — E ela estava tão triste que não conseguia comer nem dormir.

O rei enviava-lhe uma carta todos os dias, mas finalmente, uma manhã, quando olhou pela janela do palácio, ela viu um mensageiro se aproximando apressadamente.

— Quais são as notícias, mensageiro? Quais são as notícias? — exclamou a rainha. E ele respondeu:

— A batalha está perdida e o rei está morto. Muito em breve o inimigo estará aqui.

A pobre rainha caiu inconsciente, e suas damas a carregaram para a cama e ficaram em volta dela, chorando e lamentando. Então, ouviu-se um tremendo barulho e confusão, e elas sabiam que o inimigo havia chegado. Em seguida, ouviram o próprio rei marchar pelo palácio em busca da rainha. Suas damas, então, colocaram a pequena princesa em seus braços e a cobriram, cabeça e tudo, com lençóis, e correram para salvar suas vidas. A pobre rainha ficou ali tremendo e esperando que não fosse encontrada. Mas logo o perverso rei entrou ruidosamente no quarto e, em fúria porque a rainha não respondera quando a chamou, rasgou seus lençóis de seda, arrancou sua toca de renda e, quando seu lindo cabelo caiu sobre os ombros, ele o enrolou três vezes em sua mão e a jogou por cima do ombro, carregando-a como se fosse um saco de farinha.

A pobre rainha segurou sua filha em seus braços e gritou por misericórdia, mas o rei perverso apenas zombou dela e implorou que ela continuasse gritando, pois isso o divertia. Em seguida, ele montou em seu grande cavalo preto e cavalgou de volta para seu próprio país. Ao chegar lá, declarou que penduraria a rainha e a princesinha na árvore mais próxima, mas seus cortesãos disseram que seria uma pena, pois, quando a bebê crescesse, seria uma esposa muito boa para seu único filho.

O rei ficou bastante satisfeito com a ideia e trancou a rainha no cômodo mais alto de uma torre alta, que era muito pequeno e miseravelmente mobiliado com uma mesa e um colchão muito duro no chão. Em seguida, ele mandou chamar uma fada que morava perto de seu reino e, depois de recebê-la com mais educação do que geralmente demonstrava e entretê-la em um suntuoso banquete, levou-a para ver a rainha. A fada ficou tão comovida com a visão de sua miserável situação que, ao beijar sua mão, sussurrou:

— Coragem, senhora! Acho que vejo uma maneira de ajudá-la.

A rainha, sentindo-se um pouco mais confortada com aquelas palavras, recebeu-a graciosamente e implorou-lhe que tivesse pena da pobre princesa, que sofrera uma reviravolta tão repentina em seu destino. Mas o rei ficou muito zangado ao vê-las sussurrando e gritou duramente:

— Dê um fim a essa conversa, senhora. Eu a trouxe aqui para me dizer se a criança vai crescer bonita e afortunada.

Então, a fada respondeu que a princesa seria tão bonita, inteligente e bem-educada quanto possível. O velho rei rosnou para a rainha dizendo que era uma sorte para ela que assim o fosse, pois, do contrário, elas certamente seriam enforcadas. Em seguida, ele saiu batendo o pé no chão, levando a fada consigo e deixando a pobre rainha em lágrimas.

— Como posso desejar que minha filha cresça bonita se vai se casar com aquele anão horrível, o filho do rei — disse a si mesma —, e ainda, se ela for feia, nós duas seremos mortas. Se eu pudesse escondê-la em algum lugar para que o cruel rei nunca a encontrasse.

Com o passar dos dias, a rainha e a princesinha foram ficando cada vez mais magras, pois seu carcereiro de coração duro dava-lhes apenas três ervilhas cozidas e um pedacinho de pão preto todos os dias, de modo que estavam sempre com uma fome terrível. Por fim, uma noite, enquanto a rainha se sentava à sua roda de fiar, pois o rei era tão avarento que ela era obrigada a trabalhar dia e noite, ela viu um pequeno e lindo ratinho saindo de um buraco e disse a ele:

— Ai, pequena criatura! O que você vem procurar aqui? Eu só tenho três ervilhas para o meu dia, então, a menos que você queira jejuar, deve ir para outro lugar.

Mas o rato correu de um lado para outro, dançou e saltou tão lindamente que finalmente a rainha deu-lhe a última ervilha que guardava para a ceia, dizendo:

— Aqui, pequenino, coma. Não tenho nada melhor para lhe oferecer, mas dou-lhe isso de bom grado em troca da diversão que me proporcionou.

Ela mal havia dito essas palavras quando viu sobre a mesa uma deliciosa perdiz assada e duas compotas de frutas em conserva.

— Verdadeiramente — disse ela —, uma boa ação nunca fica sem recompensa. E assim, ela e a princesinha comeram o jantar com grande satisfação.

Em seguida, a rainha deu o que sobrou ao ratinho, que dançou melhor do que antes. Na manhã seguinte, o carcereiro trouxe a refeição da rainha, composta de três ervilhas dispostas em um grande prato para fazê-las parecer ainda menores. Mas assim que colocou o prato sobre a mesa, o ratinho veio e comeu todas as três, de modo que, quando a rainha quis seu jantar, não lhe sobrara mais nada. Ela ficou bastante contrariada e disse:

— Que pequena besta malvada deve ser esse rato! Se continuar assim, passarei fome.

Mas quando ela olhou para o prato novamente, ele estava repleto com todos os tipos de coisas boas para comer, e a rainha desfrutou de um delicioso jantar, ficando mais alegre do que o normal. Mas depois, enquanto se sentava à sua roda de fiar, ela começou a considerar o que aconteceria se a pequena princesa não crescesse bonita o suficiente para agradar ao rei e disse a si mesma:

— Oh! Se eu pudesse apenas pensar em uma maneira de escapar.

Enquanto falava, viu o ratinho brincando em um canto com alguns fiapos de palha. A rainha os pegou e começou a trançá-los, dizendo:

— Se eu tivesse palha suficiente, faria um cesto e desceria meu bebê pela janela para que algum transeunte pudesse cuidar dela.

Em pouco tempo, a palha estava toda trançada, pois o ratinho trouxera mais e mais, até que a rainha tivesse o suficiente para fazer seu cesto. Ela trabalhou dia e noite, enquanto o ratinho dançava para diverti-la. No jantar e na hora da ceia, a rainha dava-lhe as três ervilhas e o pedaço de pão preto e, em seu lugar, sempre encontrava algo bom no prato. Ela realmente não conseguia imaginar de onde vinham todas aquelas delícias. Certo dia, quando a cesta estava terminada, a rainha estava olhando pela janela para ver qual comprimento a corda deveria ter para chegar até a base da torre, quando percebeu uma velhinha apoiada em sua bengala olhando para ela. Passado pouco tempo, ela lhe disse:

— Eu sei do seu problema, senhora. Se quiser, eu a ajudarei.

— Oh! Minha cara amiga — disse a rainha. — Se realmente deseja me ser útil, venha na hora que eu designar, pois vou baixar meu pobre bebê em um cesto. Se você a criar para mim, quando for rica, vou recompensá-la generosamente.

— Não me importo com a recompensa — disse a velha —, mas há uma coisa que eu gostaria. Você deve saber que sou muito exigente quanto ao que como e, se há uma coisa que me agrada entre todas as outras, é um ratinho gorducho e meigo. Se existe tal animal em seu sótão, apenas jogue-o para mim e, em troca, prometo que sua filhinha será bem cuidada.

Ao ouvir aquilo, a rainha começou a chorar, mas não respondeu, e a velha, depois de esperar alguns minutos, perguntou-lhe o que estava acontecendo.

— Ora — disse a rainha —, só há um rato neste sótão e é uma criatura tão querida e linda que não suporto pensar que será morto.

— O quê! — exclamou a velha, com raiva. — Você se importa mais com um rato miserável do que com seu próprio bebê? Adeus, senhora! Deixo-a para desfrutar de sua companhia e, de minha parte, agradeço aos céus por poder conseguir muitos ratos sem incomodá-la em dá-los para mim.

E ela saiu mancando, resmungando e rosnando. Quanto à rainha, ela ficou tão decepcionada que, apesar de encontrar um jantar melhor do que de costume e de ver o ratinho dançando no seu melhor humor, não conseguiu fazer nada além de chorar. Naquela noite, quando seu bebê estava dormindo profundamente, ela a colocou no cesto e escreveu em um pedaço de papel:

"Esta menina infeliz se chama Delícia."

Em seguida, ela a envolveu no manto e quando, muito tristemente, começava a fechar o cesto, o ratinho entrou, deu um salto e sentou-se sobre o travesseiro do bebê.

— Ah! Pequenino — disse a rainha —, custou-me caro salvar sua vida. Como saberei agora se minha Delícia será bem cuidada ou não? Qualquer outra pessoa teria deixado a velha gananciosa possuí-lo e comê-lo, mas eu não suportaria fazer isso. Em seguida, o ratinho lhe respondeu:

— Acredite, senhora, nunca se arrependerá de sua gentileza.

A rainha ficou imensamente surpresa quando o ratinho começou a falar e ainda mais quando viu seu pequeno nariz pontudo transformar-se em um belo rosto e suas patas em mãos e pés. Então, subitamente, a rainha reconheceu a fada que viera com o rei malvado para visitá-la.

A fada sorriu ao seu olhar atônito e disse:

— Eu queria ver se você era leal e capaz de nutrir uma verdadeira amizade por mim, pois, como sabe, nós fadas somos ricas em tudo, exceto em amigos, que são muito difíceis de encontrar.

— Não é possível que *você* deseje amigos, sendo uma criatura tão encantadora — disse a rainha, beijando-a.

— Realmente assim o é — disse a fada. — Aqueles que são afáveis comigo apenas pensando em seu próprio benefício não levo em consideração. Mas, quando você cuidou do pobre ratinho, não poderia saber se haveria algo a receber em troca. E fui ainda mais longe, tomei a forma da velha com quem você falou pela janela e então fiquei convencida de que você realmente me amava.

Assim, voltando-se para a princesinha, ela beijou seus lábios rosados três vezes, dizendo:

— Querida pequenina, prometo que você será mais rica do que seu pai e viverá cem anos, sempre bonita e feliz, sem temer a velhice ou as rugas.

A rainha, muito satisfeita, agradeceu à fada e rogou-lhe que tomasse conta da pequena Delícia e a criasse como sua própria filha. Ela concordou e, então, elas fecharam o cesto e o baixaram com cuidado, com o bebê e tudo, até o chão ao pé da torre. A fada, então, mudou para a forma de um rato novamente, o que a atrasou alguns segundos. Em seguida, ela desceu agilmente pela corda de palha, mas apenas para descobrir, quando chegou ao chão, que o bebê havia desaparecido.

Tomada pelo terror, ela correu novamente para a rainha, chorando:

— Tudo está perdido! Minha inimiga Cancaline roubou a princesa. Você deve saber que ela é uma fada cruel que me odeia e, como é mais velha do que eu e tem mais poder, não posso fazer nada contra ela. Não conheço nenhuma maneira de resgatar Delícia de suas garras.

Quando a rainha ouviu aquela terrível notícia, ficou com o coração partido e implorou à fada que fizesse tudo o que pudesse para trazer a pobre princesinha de volta. Nesse momento, o carcereiro entrou e, quando deu por falta da pequena princesa, imediatamente contou ao rei, que entrou furioso perguntando o que a rainha fizera com a criança. Ela respondeu que uma fada, cujo nome não sabia, viera e a levara à força. Ao ouvir aquilo, o rei gritou com uma voz terrível:

— Você será enforcada! Eu sempre soube que já deveria ter feito isso.

E sem outra palavra, arrastou a desafortunada rainha para a floresta mais próxima e subiu em uma árvore para procurar um galho no qual pudesse pendurá-la. Mas quando ele estava bem alto, a fada, que se tornara invisível e os seguia, deu-lhe um empurrão repentino, que o fez perder o equilíbrio, cair no chão com grande estrondo e quebrar quatro de seus dentes. Enquanto ele tentava consertá-los, a fada levou a rainha em sua carruagem voadora até um belo castelo, no qual a fada foi tão gentil com ela que, se não fosse pela perda de Delícia, a rainha teria se sentido perfeitamente feliz. Mas, embora o bom ratinho tivesse feito o possível, elas não conseguiram descobrir onde Cancaline escondera a pequena princesa.

Assim, quinze anos se passaram, e a rainha havia se recuperado um pouco de sua dor, quando chegou a notícia de que o filho do ímpio rei queria se casar com uma pequena donzela que criava perus e ela o recusara. Apesar disso, os trajes para o casamento haviam sido confeccionados e as festividades prometiam ser tão esplêndidas que todas as pessoas em um raio de muitos quilômetros se aglomeravam para assistir. A rainha ficou bastante curiosa para saber mais sobre a pequena criadora de perus que não queria ser rainha. Então, o ratinho transportou-se ao criadouro para descobrir como ela era.

Ele encontrou a jovem sentada sobre uma grande pedra, descalça e miseravelmente vestida com um velho vestido de linho áspero e um chapéu. O chão a seus pés estava coberto de mantos de ouro e prata, fitas e laços, diamantes e pérolas, sobre os quais os perus andavam de um lado para o outro, enquanto o filho feio e desagradável do rei, parado diante dela, declarava furiosamente que, se ela não quisesse se casar com ele, seria executada.

A criadora de perus respondeu-lhe com orgulho:

— Nunca me casarei com você! Você é muito feio e tão cruel quanto seu pai. Deixe-me em paz com meus perus dos quais gosto muito mais do que todos os seus belos presentes.

O ratinho a observava com a maior admiração, pois ela era tão bela quanto a primavera. E assim que o malvado príncipe se foi, ela assumiu a forma de uma velha camponesa e disse-lhe:

— Bom dia, minha linda! Você tem um ótimo bando de perus aqui.

A jovem voltou seus olhos gentis para a velha e respondeu:

— No entanto, eles desejam que eu os deixe para me tornar uma rainha miserável! Qual é o seu conselho sobre isso?

— Minha filha — disse a fada —, uma coroa é uma coisa muito bonita, mas você não sabe o preço nem o peso dela.

— Eu sei muito bem, por isso me recusei a usar uma — disse a donzela —, embora não saiba quem foi meu pai ou minha mãe e não tenha um único amigo neste mundo.

— Você é dotada de grande bondade e beleza, que valem mais do que dez reinos — disse a sábia fada. — Mas diga-me, criança, como você veio parar aqui e como é que não tem pai, nem mãe, nem amigos?

— Uma fada chamada Cancaline é a causa de minha presença aqui — respondeu ela —, pois enquanto vivi com ela não recebi nada além de surras e palavras ásperas, até que finalmente não pude mais suportar e fugi dela sem saber para onde estava indo. Quando passei por um bosque, o perverso príncipe veio ao meu encontro e ofereceu-me o comando do aviário. Aceitei de bom grado, sem saber que, em troca, teria que vê-lo todos os dias. E agora ele quer se casar comigo, mas nunca vou consentir.

Ao ouvir aquilo, a fada se convenceu de que a pequena criadora de perus não era outra senão a princesa Delícia.

— Qual é o seu nome, minha pequenina? — perguntou ela.

— Eu me chamo Delícia — respondeu ela.

Então, a fada colocou os braços em volta do pescoço da princesa e quase a sufocou de beijos, dizendo:

— Ah, Delícia! Sou uma velha amiga e estou realmente feliz por finalmente encontrá-la. Mas você pode ficar melhor do que parece nesse vestido velho, que só serve para uma copeira. Pegue este lindo vestido e deixe-nos ver a diferença que fará.

Então Delícia tirou o feio chapéu, sacudiu seus cabelos louros e brilhantes e banhou suas mãos e rosto em água limpa vinda da fonte mais próxima até que suas bochechas ficassem como rosas. Quando ela se adornou com os diamantes e o esplêndido manto que a fada lhe dera, ficou parecendo a princesa mais bonita do mundo, e a fada com grande alegria chorou:

— Agora você está com a aparência que deveria ter, Delícia. O que você achou?

E Delícia respondeu:

— Sinto-me como se fosse a filha de um grande rei.

— E você ficaria feliz se fosse? — perguntou a fada.

— Sim, muito — respondeu ela.

— Ah, bem — disse a fada —, amanhã talvez tenha notícias agradáveis para você.

Então, ela correu de volta para seu castelo, onde a rainha estava ocupada com seus bordados, e exclamou:

— Bem, senhora! Pode apostar seu dedal e sua agulha de ouro que lhe trago as melhores notícias que poderia ouvir.

— Ai! — suspirou a rainha —, desde a morte do rei Jolly e a perda de minha Delícia, nem todas as notícias do mundo valem um alfinete para mim.

— Pronto, pronto, não fique melancólica — consolou a fada. — Eu lhe garanto que a princesa está muito bem e que nunca a vi tão bela. Ela poderia tornar-se uma rainha amanhã, se quisesse.

E ela lhe contou tudo o que acontecera. A rainha primeiro se alegrou com a ideia da beleza de Delícia e então chorou com a ideia de ela ser uma criadora de perus.

— Não quero mais ouvir falar dela sendo obrigada a se casar com o filho do rei malvado — negou-se ela. — Vamos trazê-la para cá imediatamente.

Nesse ínterim, o perverso príncipe, que estava muito zangado com Delícia, sentou-se debaixo de uma árvore, chorou e uivou de raiva e rancor até que o rei o ouviu e gritou da janela:

— Qual é o problema com você? Por que está causando toda essa confusão?

O príncipe respondeu:

— É tudo porque nossa criadora de perus não me ama!

— Não o ama? — disse o rei. — Vamos ver isso muito em breve!

Ele, então, chamou seus guardas e disse-lhes para irem buscar Delícia.

— Vamos ver se não a faço mudar de ideia bem rápido! — exclamou o rei malvado com uma risada.

Os guardas começaram a vasculhar o aviário e não encontraram ninguém além de Delícia, que, com seu esplêndido vestido e sua coroa de diamantes, parecia uma princesa tão linda que mal ousaram falar com ela. Mas ela se dirigiu a eles muito educadamente:

— Por favor, digam-me o que procuram aqui?

— Senhora — responderam —, fomos enviados para buscar uma insignificante menina chamada Delícia.

— Ai! — disse ela. — Esse é o meu nome. O que querem comigo?

Então, os guardas amarraram suas mãos e seus pés com cordas grossas, com medo de que ela fugisse, e a levaram ao rei, que a aguardava com seu filho.

Quando ele a viu, ficou muito surpreso com sua beleza, o que teria feito qualquer pessoa menos cruel ter pena dela. Mas o malvado rei apenas riu e zombou dela, gritando:

— Bem, pequeno sapinho medroso! Por que não ama meu filho, que é bonito demais e bom demais para você? Apresse-se e comece a amá-lo neste instante ou você ficará coberta de alcatrão e penas.

Então, a pobre princesa, tremendo de medo, caiu de joelhos, chorando:

— Oh, não me cubra de alcatrão e penas, por favor! Seria tão desconfortável. Dê-me dois ou três dias para me decidir e então poderá fazer o que quiser comigo.

O perverso príncipe gostaria muito de vê-la coberta de alcatrão e penas, mas o rei ordenou que ela fosse trancafiada em uma masmorra escura. Foi exatamente naquele momento que a rainha e a fada chegaram na carruagem voadora. A rainha ficou terrivelmente angustiada com o rumo que os acontecimentos haviam tomado e disse que estava destinada a ser infeliz pelo resto de sua vida. Mas a fada pediu-lhe para ter coragem.

— Ainda vão me pagar por tudo isso — disse ela, balançando a cabeça com ar de grande determinação.

Naquela mesma noite, assim que o rei malvado foi para a cama, a fada se transformou no ratinho e, subindo em seu travesseiro, mordiscou sua orelha, de modo que ele gritou bem alto e se virou do outro lado. Mas isso não adiantou, pois o ratinho apenas começara e roeu a segunda orelha até doer mais do que a primeira.

Então, o rei gritou:

— Assassino! Ladrões!

E todos os guardas correram para ver o que estava acontecendo, mas não encontraram nada nem ninguém, pois o ratinho fugira para o quarto do príncipe e estava se servindo dele exatamente da mesma maneira. Durante toda a noite, ele correu de um para o outro até que, finalmente, bastante atormentado pelo terror e pela falta de sono, o rei saiu correndo do palácio gritando:

— Socorro! Socorro! Sou perseguido por ratos.

O príncipe, quando soube disso, também se levantou e correu atrás do rei, e eles não tinham ido muito longe quando ambos caíram no rio e nunca mais se ouviu falar deles.

Então, a boa fada correu para contar à rainha e elas foram juntas para a masmorra escura onde Delícia estava presa. A fada tocou cada porta com sua varinha, e elas se abriram instantaneamente, mas tiveram que passar por quarenta delas antes de chegarem à princesa, que estava sentada no chão parecendo muito abatida. Quando a rainha entrou correndo e a beijou vinte vezes em um minuto, riu, chorou e contou a Delícia toda a sua história, a princesa ficou extasiada de alegria. Então, a fada mostrou-lhe todos os vestidos e joias maravilhosas que lhe trouxera e disse:

— Não desperdicemos mais tempo, devemos ir e saudar o povo.

Assim, ela caminhou na frente, parecendo muito séria e digna, usando um vestido cuja cauda tinha pelo menos dez metros de comprimento. Atrás dela vinha a rainha vestindo um manto de veludo azul bordado com ouro e uma coroa de diamantes que era mais brilhante do que o próprio Sol. Por último, vinha Delícia, que era tão bonita que parecia simplesmente radiante.

Elas prosseguiram pelas ruas, retribuindo as saudações de todos que encontravam, ricos ou pobres, e todas as pessoas as seguiram, perguntando-se quem seriam aquelas nobres damas.

Quando a sala de audiências ficou repleta de pessoas, a fada disse aos súditos do rei malvado que se eles aceitassem Delícia, que era a filha do rei Jolly, como sua rainha, ela se comprometeria a encontrar um marido adequado e prometeria que, durante seu reinado, não haveria nada além de alegria e celebrações, e ainda que todas as coisas sombrias seriam banidas para sempre. Diante disso, o povo gritou unanimemente:

— Aceitamos, aceitamos! Já vivemos tristes e miseráveis por tempo demais.

E todos deram as mãos e dançaram em volta da rainha, Delícia, e da boa fada, cantando: "Sim, sim! Nós aceitamos, nós aceitamos!".

Em seguida, houve festas e fogos de artifício em todas as ruas da cidade. Na manhã seguinte, a fada, que percorrera o mundo todo durante a noite, trouxe em sua carruagem voadora o príncipe mais bonito e bem-humorado que pôde encontrar. Ele era tão encantador que Delícia o amou no momento em que seus olhos se encontraram e, quanto a ele, é claro que não podia deixar de se considerar o príncipe mais afortunado do mundo. A rainha sentiu que realmente havia chegado ao fim de seus infortúnios, e todos

VIVERAM FELIZES PARA SEMPRE.

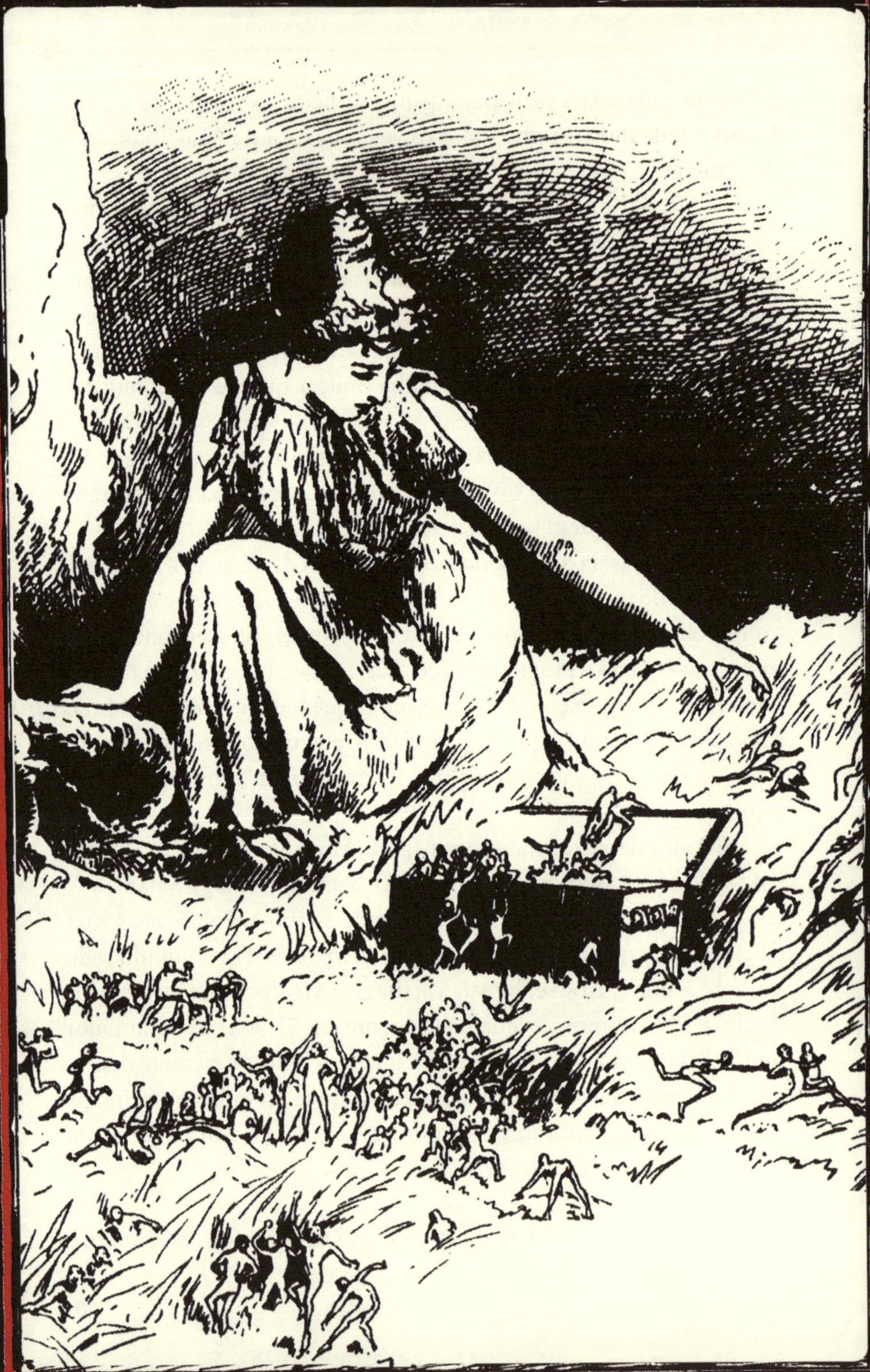

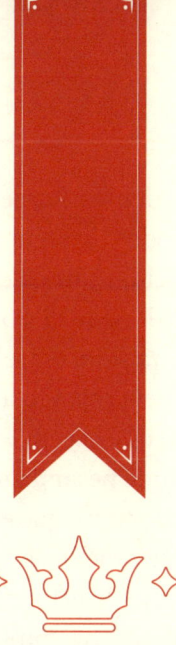

GRACIOSA E PERCINET

(Madame d' Aulnoy)

Era uma vez um rei e uma rainha que possuíam uma filha encantadora. Ela era tão graciosa, bonita e inteligente que se chamava Graciosa, e a rainha gostava tanto dela que não conseguia pensar em mais nada.

Todos os dias, ela dava à princesa um lindo vestido novo brocado de ouro, ou cetim, ou veludo, e quando estava com fome ela recebia tigelas cheias de ameixas e pelo menos vinte potes de geleia. Todos diziam que ela era a princesa mais feliz do mundo. Ocorre que, naquela mesma corte, vivia uma velha duquesa muito rica, cujo nome era Resmungona. Ela era mais assustadora do que se pode descrever, seu cabelo era ruivo como fogo e ela tinha apenas um olho, que não era nada bonito! Seu rosto era largo como a lua cheia, e sua boca era tão grande que todos que a conheciam tinham medo de serem engolidos por ela, só que ela não tinha dentes. Por ser tão mal-humorada quanto feia, não suportava ouvir todos dizerem como Graciosa era bonita e encantadora. Assim, ela decidiu sair da corte e viver em seu próprio castelo, que não ficava muito longe dali. Porém, se alguém fosse visitá-la e mencionasse a encantadora princesa, ela gritava de raiva:

— Não é verdade que ela seja tão adorável. Tenho mais beleza em meu dedo mindinho do que ela em todo o seu corpo.

Logo depois, para grande pesar da princesa, a rainha adoeceu e morreu, e o rei ficou tão melancólico que por um ano inteiro se trancou em seu palácio. Por fim, seus médicos, temendo que ele adoecesse, recomendaram que saísse e se divertisse. Assim, foi organizada uma caçada, mas, como o tempo estava muito quente, o rei logo se fatigou e disse que desmontaria e descansaria em um castelo pelo qual estavam passando.

Tratava-se do castelo da duquesa Resmungona e, quando ela soube que o rei estava chegando, saiu para encontrá-lo e disse que o porão era o lugar mais fresco de todo o castelo caso ele concordasse em descer até lá. Assim, eles desceram juntos e o rei, vendo cerca de duzentos grandes tonéis enfileirados lado a lado, perguntou se aquele imenso estoque de vinho destinava-se apenas ao seu consumo pessoal.

— Sim, senhor — respondeu ela —, é apenas para meu consumo, mas ficarei muito feliz em deixá-lo provar um pouco. De qual gostaria, das ilhas Canárias, St. Julien, champanhe, eremitério, uva-passa ou cidra?

— Bem — disse o rei —, uma vez que você fez a gentileza de me perguntar, eu prefiro champanhe a qualquer outra coisa.

Então, a duquesa Resmungona pegou um pequeno martelo e bateu no barril duas vezes, e dele saíram pelo menos mil coroas.

— Qual é o significado disso? — disse ela sorrindo.

Em seguida, bateu no próximo barril, e dele saiu um alqueire de moedas de ouro.

— Não consigo entender — disse a duquesa, sorrindo mais do que antes.

Então, ela se dirigiu para o terceiro barril, bateu, bateu, e dele saiu uma tal torrente de diamantes e pérolas que o chão ficou coberto com eles.

— Ah! — gritou ela. — Isto está além da minha compreensão, senhor. Alguém deve ter roubado meu bom vinho e colocado todo esse lixo em seu lugar.

— Lixo, você diz, madame Resmungona? — exclamou o rei. — Lixo? Há o suficiente aqui para comprar dez reinos.

— Bem — disse ela —, você deve saber que todos aqueles tonéis estão cheios de ouro e joias e, se aceitar se casar comigo, tudo será seu.

O rei amava o dinheiro mais do que qualquer outra coisa no mundo, então gritou de alegria:

— Casar-me com você? De todo o meu coração! Amanhã, se quiser.

— Mas há uma condição — alertou a duquesa —, devo ter controle total sobre sua filha para fazer o que quiser com ela.

— Oh, certamente, faça como preferir. Vamos dar as mãos para selar essa negociação — concordou o rei.

Então, eles apertaram as mãos e saíram juntos do porão do tesouro, a duquesa trancou a porta e entregou a chave para o rei.

Quando voltou ao palácio, Graciosa correu ao seu encontro e perguntou-lhe se havia gostado da caçada.

— Eu peguei uma pomba — respondeu ele.

— Oh! Dê para mim — disse a princesa —, e eu a alimentarei e cuidarei dela.

— Eu dificilmente poderia fazer isso — disse ele —, pois, para falar mais claramente, eu quis dizer que conheci a duquesa Resmungona e prometi me casar com ela.

— E você a chama de pomba?! — exclamou a princesa. — Eu a chamaria de coruja.

— Cuidado com a língua — repreendeu o rei, muito zangado. — Quero que você se comporte muito bem com ela. Portanto, agora vá e arrume-se de maneira apropriada, pois vou levá-la para visitá-la.

A princesa foi então para o seu quarto com muita tristeza, e a ama, vendo suas lágrimas, perguntou o que a estava incomodando.

— Ai! Quem não ficaria aborrecido? — respondeu ela. — O rei pretende se casar novamente e escolheu como sua noiva minha inimiga, a odiosa duquesa Resmungona.

— Oh, bem! — respondeu a ama. — Você deve se lembrar de que é uma princesa e deve dar bom exemplo ao procurar fazer o melhor em todas as situações. Prometa-me que não deixará a duquesa perceber o quanto não gosta dela.

A princípio, a princesa não quis prometer, mas a ama mostrou-lhe tantos bons motivos para isso que ela acabou concordando em ser amável com a madrasta.

Então, a ama vestiu-a com uma capa de brocado verde-claro e dourado, penteou seus longos cabelos louros até que flutuassem em volta dela como um manto dourado e colocou em sua cabeça uma coroa de rosas e jasmim com folhas de esmeralda.

Quando ela ficou pronta, não havia ninguém mais bonita, mas, ainda assim, não conseguia deixar de parecer triste.

Enquanto isso, a duquesa Resmungona também estava ocupada em se vestir. Ela mandou fazer sapatos com um dos saltos dois centímetros mais alto que o outro para não mancar tanto e colocou um olho de vidro habilmente confeccionado no lugar do que havia perdido. Ela tingiu o cabelo ruivo de preto e maquiou o rosto. Então, vestiu um lindo manto de cetim lilás forrado de azul e uma anágua amarela enfeitada com fitas violetas. Como ela ouvira dizer que as rainhas sempre cavalgavam por seus novos domínios, ordenou que um cavalo fosse preparado para que cavalgasse.

Enquanto Graciosa esperava que o rei estivesse pronto para partir, desceu sozinha pelo jardim até um pequeno bosque, onde se sentou sobre uma margem musgosa e começou a pensar. E seus pensamentos eram tão tristes que logo ela começou a chorar. Chorou, chorou e se esqueceu de voltar ao palácio, até que, de repente, viu um belo pajem parado diante dela. Ele estava vestido de verde e o chapéu que segurava na mão estava adornado com plumas brancas. Quando Graciosa olhou para ele, o jovem ajoelhou-se e disse:

— Princesa, o rei vos aguarda.

A princesa ficou surpresa e, para dizer a verdade, muito impressionada com o aparecimento daquele pajem encantador, que ela não lembrava de ter visto antes. Pensando que ele poderia pertencer à casa da duquesa, ela disse:

— Há quanto tempo você é um dos pajens do rei?

— Não estou a serviço do rei, senhora — respondeu ele —, mas ao seu.

— Ao meu? — questionou a princesa, muito surpresa. — Então como é que nunca o vi antes?

— Ah, princesa! — exclamou ele. — Nunca antes ousei apresentar-me a ti, mas agora o casamento do rei a ameaça com tantos perigos que resolvi dizer-lhe o quanto já a amo e espero que, com o tempo, possa conquistar sua estima. Sou o príncipe Percinet, de cuja riqueza você deve ter ouvido falar e cujo dom mágico lhe será, espero, útil em todas as suas dificuldades, se me permitir acompanhá-la sob esse disfarce.

— Ah, Percinet! — exclamou a princesa. — É mesmo você? Já ouvi falar tantas vezes de você e quis conhecê-lo. Se você realmente for meu amigo, não terei mais medo daquela velha duquesa perversa.

Assim, eles voltaram juntos ao palácio. Lá Graciosa encontrou um lindo cavalo que Percinet trouxera para ela cavalgar. Como era muito agitado, ele o conduziu pela rédea e esse artifício permitiu-lhe virar-se e olhar para a princesa com frequência, o que não deixou de fazer. Na verdade, ela era tão bonita que era um verdadeiro prazer olhar para ela. Quando o cavalo que a duquesa iria montar apareceu ao lado do de Graciosa, não parecia melhor do que um velho pangaré puxador de carroças e, quanto aos arreios, simplesmente não havia comparação entre eles, uma vez que a sela e o freio da princesa eram um conjunto cintilante de diamantes. O rei tinha tantas outras coisas em que pensar que não percebeu que todos os seus cortesãos estavam inteiramente absorvidos admirando a princesa e seu encantador pajem vestido de verde, que era mais bonito e de aparência mais distinta do que todo o resto da corte junta.

Quando encontraram a duquesa Resmungona, ela estava sentada em uma carruagem aberta, tentando, em vão, parecer digna. O rei e a princesa a saudaram, e seu cavalo foi trazido para que montasse. Mas quando viu o de Graciosa, chorou de raiva:

— Se essa criança quiser ter um cavalo melhor do que o meu, voltarei para o meu castelo neste mesmo minuto. Qual é a vantagem de ser uma rainha e ser menosprezada dessa forma?

Diante daquilo, o rei mandou Graciosa desmontar e implorar à duquesa que a honrasse montando seu cavalo. A princesa obedeceu em silêncio, e a duquesa, sem olhar para ela nem agradecer, subiu no lindo cavalo. Montou parecendo uma trouxa de trapos velhos, e oito oficiais tiveram de segurá-la com medo de que caísse.

Mesmo assim, ela não estava satisfeita e ainda resmungava e resmungava e lhe perguntaram qual era o problema.

— Desejo que o pajem de verde conduza o cavalo como fazia quando Graciosa o montava — disse muito bruscamente.

E o rei ordenou que o pajem viesse e conduzisse o cavalo da rainha. Percinet e a princesa se entreolharam, mas não disseram uma palavra, ele fez o que o rei ordenou, e a comitiva avançou com grande pompa. A duquesa ficou muito exultante e, estando ali sentada, não desejava mudar de lugar nem mesmo com Graciosa. Mas, no momento em que menos se esperava, o belo cavalo começou a precipitar-se, empinando e dando coices e finalmente disparou em um ritmo tal que foi impossível detê-lo.

A princípio, a duquesa agarrou-se à sela, mas logo foi jogada longe, caindo em um monte entre pedras e espinhos. Eles a encontraram tremendo como gelatina e juntaram o que restava dela como se fosse cacos de vidro. Seu chapéu estava de um lado e seus sapatos do outro, seu rosto estava arranhado e suas finas roupas estavam cobertas de lama. Nunca uma noiva fora vista em situação tão deplorável. Eles a carregaram de volta para o palácio e a colocaram na cama. Mas assim que se recuperou o suficiente para poder falar, começou a ralhar, ficando colérica e declarando o que era tudo culpa de Graciosa, que havia planejado tentar se livrar dela e, se o rei não a punisse, ela voltaria para seu castelo e desfrutaria de suas riquezas sozinha.

Diante daquilo, o rei ficou terrivelmente assustado, pois não queria perder todos aqueles barris de ouro e joias. Então, ele se apressou em apaziguar a duquesa e disse-lhe que ela poderia punir Graciosa da maneira que quisesse.

Em seguida, mandou chamar Graciosa, que empalideceu e estremeceu à convocação, pois pressentiu que não lhe seria nada agradável. Ela procurou por Percinet, mas ele não estava em lugar algum e ela não teve escolha a não ser ir para o quarto da duquesa Resmungona. Ela mal havia passado pela porta quando foi agarrada por quatro mulheres que a aguardavam e que pareciam tão altas, fortes e cruéis que a princesa estremeceu ao vê-las. Ela ficou ainda mais assustada quando as viu se armando com grandes feixes de varas e ouviu a duquesa ordenar de sua cama que batessem na princesa sem piedade. A pobre Graciosa desejou ardentemente que Percinet soubesse o que estava acontecendo e viesse resgatá-la. Mas, assim que começaram a espancá-la, ela descobriu, para seu grande alívio, que as hastes haviam se transformado em feixes de penas de pavão e, embora as servas da duquesa continuassem a chicoteá-la até ficarem tão cansadas que não conseguiam mais erguer os braços, ela não tinha um único ferimento. A duquesa, no entanto, pensava que, àquela altura, ela devia estar toda roxa após tal surra. Então, Graciosa, ao ser liberada, fingiu estar se sentindo muito mal e foi para o seu quarto, onde contou à ama tudo o que havia acontecido. A ama, então, a deixou por um momento e, quando a princesa se virou, viu Percinet ao seu lado. Ela lhe agradeceu imensamente por tê-la ajudado tão habilmente e eles riram e ficaram muito contentes com a maneira como haviam enganado a duquesa e suas criadas. Mas Percinet aconselhou-a a fingir que estava doente por alguns dias e, depois de prometer que iria ajudá-la sempre que precisasse, ele desapareceu tão repentinamente quanto apareceu.

A duquesa estava tão encantada com a ideia de que Graciosa estava realmente doente que ela própria se recuperou duas vezes mais rápido do que o esperado, e o casamento foi celebrado com grande magnificência. Como o rei sabia que, acima de todas as coisas, a rainha gostava que lhe dissessem o quanto era bonita, ele ordenou que seu retrato fosse pintado e que fosse realizado um torneio, no qual todos os mais bravos cavaleiros de sua corte deveriam vencer seus oponentes para defender a reputação de que Resmungona era a rainha mais bonita do mundo.

Inúmeros cavaleiros vieram de longe para aceitar o desafio, e a hedionda rainha sentou-se em grande pompa em uma varanda forrada com tecido de ouro para assistir às competições. Graciosa teve que permanecer em pé, atrás dela, onde sua beleza era tão evidente que os combatentes não conseguiam tirar os olhos dela. Mas a rainha era tão vaidosa que pensava que todos os olhares de admiração eram direcionados para ela mesma, especialmente porque, apesar da maldade de sua causa, os cavaleiros do rei eram tão valentes que derrotavam todos os oponentes.

No entanto, quando quase todos os desafiantes haviam sido derrotados, um jovem cavaleiro desconhecido se apresentou. Ele carregava um retrato, envolto em um arco incrustado de diamantes, e declarou-se disposto a defender contra todos que a rainha era a criatura mais feia do mundo e que a princesa cujo retrato ele carregava era a mais bela.

Assim, um a um, os cavaleiros combateram contra ele e, um a um, foram todos derrotados. Então, ele abriu a caixa e disse que, para consolá-los, iria mostrar-lhes o retrato de sua rainha da beleza e, quando ele assim o fez, todos reconheceram a princesa Graciosa. O cavaleiro desconhecido a saudou gentilmente e retirou-se, sem dizer seu nome a ninguém. Mas Graciosa não teve dificuldade de adivinhar que se tratava de Percinet.

Quanto à rainha, ela estava tão furiosa que mal conseguia falar, mas logo recuperou a voz e oprimiu Graciosa com uma torrente de censuras.

— O quê! — disse ela. — Você se atreve a disputar comigo o prêmio da beleza e espera que eu suporte esse insulto aos meus cavaleiros? Pois não vou suportar, princesa orgulhosa. Eu terei minha vingança.

— Asseguro-lhe, senhora — disse a princesa —, que não tive nada a ver com isso e, de boa vontade, reconheço que seja declarada rainha da beleza.

— Ah! Você tem o prazer de zombar, papagaio! — exclamou a rainha. — Mas minha vez chegará em breve!

O rei foi imediatamente informado sobre o que havia acontecido e de como a princesa estava com medo da ira da rainha, mas ele limitou-se a dizer:

— A rainha pode fazer o que lhe aprouver, pois Graciosa lhe pertence!

A malvada rainha esperou impacientemente até a noite cair e, então, ordenou que sua carruagem fosse trazida. Graciosa, muito contra vontade, foi forçada a acompanhá-la e elas partiram e não pararam até chegar a uma grande floresta, a quinhentos quilômetros do palácio. Essa floresta era tão sombria e tão cheia de leões, tigres, ursos e lobos que ninguém ousava passar por ela, nem mesmo à luz do dia, e nela eles largaram a infeliz princesa, no meio da noite negra, e a deixaram em meio a lágrimas e súplicas. A princípio, a princesa ficou quieta por pura perplexidade, mas, quando o som das carruagens em retirada não pôde ser mais ouvido, ela começou a correr sem rumo de um lado para outro, às vezes batendo-se contra uma árvore, às vezes tropeçando em uma pedra, temendo a cada minuto ser devorada pelos leões. Ela estava cansada demais para avançar mais um passo, então, jogou-se no chão e chorou miseravelmente:

— Oh, Percinet! Onde você está? Você se esqueceu de mim completamente?

Ela mal pronunciara aquelas palavras quando toda a floresta se iluminou com um brilho repentino. Cada árvore parecia emitir um brilho suave que era mais claro que a luz da lua e mais suave que a luz do dia e, no final de uma longa fileira de árvores à sua frente, a princesa viu um palácio de cristal transparente que brilhava como o Sol. Naquele momento, um leve som atrás dela a fez virar-se, e lá estava o próprio Percinet.

— Assustei você, minha princesa? — disse ele. — Venho dar-lhe as boas-vindas ao nosso palácio das fadas, em nome da rainha, minha mãe, que está disposta a amá-la tanto quanto eu. A princesa sentou-se alegremente com ele em um pequeno trenó puxado por dois cervos, que saltaram e os conduziram rapidamente ao maravilhoso palácio, no qual a rainha a recebeu com a maior gentileza e um esplêndido banquete, que foi servido imediatamente. Graciosa ficou tão feliz por ter encontrado Percinet e por ter escapado da floresta sombria e de todos os seus perigos que ficou cheia de apetite e contentamento, e eles festejaram alegremente. Depois do jantar, todos foram para outra sala adorável, na qual as paredes de cristal estavam cobertas de quadros, e a princesa viu, com grande surpresa, que sua própria história estava representada até o momento em que Percinet a encontrara na floresta.

— Seus pintores devem ser realmente diligentes — disse ela, apontando o último quadro para o príncipe.

— Eles são obrigados a ser, pois não deixarei que nada do que aconteceu com você seja esquecido — respondeu ele.

Quando a princesa adormeceu, vinte e quatro encantadoras donzelas a colocaram na cama dentro do quarto mais bonito que ela já vira e cantaram com tanta doçura que seus sonhos foram todos com sereias, ondas do mar e cavernas por onde ela caminhou ao lado de Percinet. Mas quando ela acordou, seu primeiro pensamento foi que, por mais encantador que o palácio de fadas lhe parecesse, ela ainda não poderia permanecer ali, pois deveria voltar para junto de seu pai.

Quando ela foi vestida pelas vinte e quatro donzelas com um manto encantador que a rainha lhe mandara e no qual ela parecia mais bonita do que nunca, o príncipe Percinet veio vê-la e ficou amargamente desapontado quando ela lhe contou o que pretendia. Ele implorou que ela considerasse o quão infeliz a perversa rainha a faria e como, se ela se casasse com ele, todo o palácio das fadas seria dela e seu único objetivo seria agradá-la. Mas, apesar de tudo o que ele lhe disse, a princesa estava bastante determinada a voltar. Ainda assim, ele acabou por persuadi-la a ficar oito dias, que foram tão repletos de prazer e diversão e que passaram tão rápido como se fossem algumas horas. No último dia, Graciosa, que muitas vezes ficava ansiosa para saber o que se passava no palácio do pai, disse a Percinet que tinha certeza de que ele poderia descobrir que justificativa a rainha dera ao pai para explicar seu súbito desaparecimento. Percinet, a princípio, ofereceu-se para enviar seu mensageiro para descobrir, mas a princesa disse:

— Oh! Não existe uma maneira mais rápida do que essa?

— Muito bem — disse Percinet —, você verá por si mesma.

Então, eles subiram juntos até o topo de uma torre muito alta, que, como o resto do castelo, foi construída inteiramente de rocha cristalina.

Ali o príncipe segurou a mão de Graciosa e a fez colocar a ponta do dedo mínimo na boca e olhasse para a cidade, e imediatamente ela viu a maldosa rainha ir até o rei e a ouviu dizer-lhe:

— A miserável princesa está morta e não foi uma grande perda. Ordenei que ela fosse enterrada imediatamente.

E, então, a princesa viu como ela enfeitou um tronco de madeira e o enterrou, como o velho rei chorou e como todo o povo murmurou que a rainha matara Graciosa com suas crueldades e que ela deveria ter a cabeça decepada. Quando a princesa viu que o rei estava tão triste por sua pretensa morte que não podia comer e nem beber, ela chorou:

— Ah, Percinet! Leve-me de volta rapidamente, se você me ama.

E assim, embora contra sua vontade, ele foi obrigado a prometer que a deixaria ir.

— Você pode não se arrepender de me deixar, princesa — disse ele com tristeza —, pois temo que não me ame o suficiente, mas prevejo que vai se arrepender mais de uma vez por ter deixado este palácio de fadas, no qual teríamos sido tão felizes.

Mas, a despeito de tudo o que lhe disse, ela se despediu da rainha, sua mãe, e se preparou para partir. Percinet, muito contra a vontade, trouxe-lhe o pequeno trenó com os cervos e ela montou ao lado dele. Mas mal haviam percorrido vinte metros quando um barulho tremendo atrás deles fez Graciosa olhar para trás e ver o palácio de cristal se estilhaçar em um milhão de cacos, como o jato de uma fonte, e desaparecer.

— Oh, Percinet! — gritou. — O que aconteceu? O palácio se foi.

— Sim — respondeu ele —, meu palácio é coisa do passado. Você o verá novamente, mas não antes de ser enterrada.

— Agora você está bravo comigo — disse Graciosa em sua voz mais persuasiva —, embora, afinal, eu seja mais digna de pena do que você.

Quando chegaram perto do palácio, o príncipe fez com que eles e o trenó ficassem invisíveis e, assim, a princesa pôde entrar sem ser vista e correr para o grande salão no qual o rei estava sentado sozinho. A princípio, ele ficou muito surpreso com a aparição repentina de Graciosa, mas ela contou-lhe como a rainha a deixara na floresta e como ela fizera com que um tronco de árvore fosse enterrado. O rei, que não sabia o que pensar, mandou rapidamente que desenterrassem o tronco e teve a certeza de que a princesa havia lhe dito a verdade. Depois, acariciou Graciosa e a fez se sentar para jantar com ele, e sentiram-se tão felizes quanto possível. Mas a essa altura alguém contara à malvada rainha que Graciosa havia retornado e estava jantando com o rei e lá ela entrou em uma fúria terrível. O pobre e velho rei estremeceu diante dela, que declarou que Graciosa não era a princesa de jeito nenhum, mas uma perversa impostora, e que, se o rei não desistisse dela imediatamente, ela voltaria para o seu próprio castelo e ele nunca a veria novamente. O rei não tinha uma palavra a dizer e parecia realmente acreditar que afinal não era Graciosa. Assim, a rainha, em grande triunfo, mandou buscar as mulheres que aguardavam. Elas, arrastaram a infeliz princesa e a trancaram em um sótão. Tiraram todas as suas joias e seu lindo vestido e deram-lhe um vestido de algodão áspero, sapatos de madeira e uma pequena touca de pano. Havia um pouco de palha em um canto, que era tudo o que ela tinha para dormir, e elas lhe deram um pouco de pão preto para comer. Naquela situação miserável, Graciosa, de fato, lamentou ter deixado o palácio das fadas e teria chamado Percinet em seu auxílio, mas tinha certeza de que ele ainda estava aborrecido com ela por tê-lo deixado e pensou que não poderia esperar que ele viesse.

Enquanto isso, a rainha mandou chamar uma velha fada, tão maliciosa quanto ela, e lhe disse:

— Você deve encontrar alguma tarefa para esta bela princesa que não possa ser realizada, pois pretendo puni-la e, se ela não fizer o que lhe ordenar, não poderá dizer que sou injusta. A velha fada disse que pensaria sobre o assunto e retornaria no dia seguinte. Quando voltou, trouxe consigo um novelo de linha três vezes maior do que ela, cujo fio era tão fino que uma lufada de ar poderia parti-lo e tão emaranhado que era impossível ver o começo ou o fim dele.

A rainha mandou chamar Graciosa e disse-lhe:

— Vê esta meada? Coloque seus dedos desajeitados para trabalhar nisso, pois deve desemaranhá-la até o pôr do sol e, se quebrar um único fio, será pior para você.

Dizendo isso, ela a deixou, trancando a porta atrás de si com três chaves.

A princesa ficou consternada ao ver a terrível meada. Se ela a virasse para ver por onde começar, quebraria mil fios, e nenhum deles poderia ser desenredado. Por fim, ela a jogou no chão, chorando:

— Oh, Percinet! Esta meada será a minha morte se você não me perdoar e me ajudar mais uma vez.

E imediatamente Percinet entrou com tanta facilidade como se tivesse todas as chaves em sua posse.

— Aqui estou, princesa, como sempre, ao seu serviço — disse ele —, embora você realmente não seja muito gentil comigo.

Então, ele apenas tocou a meada com sua varinha e todos os fios quebrados se juntaram, e a meada inteira se soltou suavemente, de maneira que o príncipe, voltando-se para Graciosa, perguntou se não havia mais nada que ela desejasse que ele fizesse por ela e se nunca chegaria o momento em que ela o desejaria, para o seu próprio bem.

— Não fique chateado comigo, Percinet — pediu ela. — Já sou infeliz o suficiente sem isso.

— Mas por que você deveria estar infeliz, minha princesa? — exclamou ele. — Venha comigo e seremos tão felizes quanto longos forem os dias.

— Mas imagine se você se cansar de mim? — disse Graciosa.

O príncipe ficou tão triste com essa falta de confiança que a deixou sem dizer mais nada.

A maldosa rainha tinha tanta pressa em castigar Graciosa que pensou que o sol nunca se poria. De fato, foi antes da hora marcada que ela veio com suas quatro fadas e, enquanto encaixava as três chaves nas fechaduras, disse:

— Atrevo-me a dizer que a sirigaita ociosa não fez nada, ela prefere sentar-se com as mãos cruzadas para mantê-las brancas.

Mas, assim que entrou, Graciosa presenteou-a com o novelo em perfeita ordem. Como não encontrara um só defeito e só pudesse fingir que o descobrira sujo, tal defeito imaginário rendeu à Graciosa um tapa em cada face, que fez sua pele branca e rosa ficar verde e amarela. E, então, ela a mandou de volta para ser trancada no sótão mais uma vez.

A rainha mandou chamar a fada novamente e a repreendeu furiosamente.

— Não cometa esse erro outra vez. Encontre algo que seja totalmente impossível para ela fazer — ordenou ela.

Então, no dia seguinte, a fada apareceu com um enorme barril cheio de penas de todos os tipos de pássaros. Havia rouxinóis, canários, pintassilgos, pintarroxos, chapins-azuis, papagaios, corujas, pardais, pombas, avestruzes, abetardas, pavões, cotovias, perdizes e tudo mais que se possa imaginar. Essas penas estavam misturadas em tal confusão que os próprios pássaros não poderiam encontrar as suas próprias.

— Aqui — disse a fada —, temos uma pequena tarefa que vai exigir toda a habilidade e paciência de sua prisioneira para ser realizada. Diga a ela para escolher e colocar em uma pilha separada as penas de cada ave. Ela precisaria ser uma fada para fazer isso.

A rainha ficou mais do que satisfeita ao imaginar o desespero que essa tarefa causaria à princesa. Mandou chamá-la e, com as mesmas ameaças de antes, trancou-a com as três chaves, ordenando que todas as penas fossem organizadas até o pôr do sol. Graciosa pôs-se a trabalhar imediatamente, mas antes de tirar uma dúzia de penas descobriu que era totalmente impossível distinguir uma da outra.

— Ah! Pois bem — suspirou —, a rainha deseja me matar, se devo morrer, que assim seja. Não posso pedir a Percinet que me ajude novamente porque, se ele realmente me amasse, não esperaria até eu chamá-lo, ele viria sem isso.

— Estou aqui, minha Graciosa — gritou Percinet, saltando para fora do barril onde estivera escondido todo o tempo. — Como ainda pode duvidar que a amo de todo o coração?

Então, ele deu três golpes de sua varinha no barril, e todas as penas voaram em uma nuvem e se acomodaram em pequenos montes separados por toda a sala.

— O que faria sem você, Percinet? — disse Graciosa, com gratidão.

Mas ainda assim ela não conseguia se decidir a ir com ele e deixar o reino de seu pai para sempre. Então, ela implorou que ele lhe desse mais tempo para pensar no assunto e ele teve que partir desapontado, mais uma vez.

Quando a perversa rainha veio ao pôr do sol, ficou surpresa e furiosa ao descobrir que a tarefa fora cumprida. No entanto, ela reclamou que os montes de penas estavam mal arrumados e, por isso, a princesa foi espancada e mandada de volta para o sótão. Então, a rainha mandou chamar a fada mais uma vez, repreendeu-a até que ficasse bastante apavorada e ela prometeu voltar para casa e pensar em outra tarefa para Graciosa, pior do que as outras.

No final de três dias, ela voltou, trazendo uma caixa.

— Diga à sua prisioneira — disse ela — para carregar isto para onde quiser, mas que de forma alguma deverá abri-la. Ela não resistirá e fará isso, e você ficará bastante satisfeita com o resultado.

Então, a rainha foi até Graciosa e disse-lhe:

— Leve esta caixa para o meu castelo e coloque-a sobre a mesa no meu quarto. Mas eu proíbo você, sob pena de morte, de olhar o que ela contém.

Graciosa partiu vestindo a pequena touca, os sapatos de madeira e a velha túnica de algodão, mas, mesmo com aquele disfarce, ela era tão bonita que todos que passavam se perguntavam quem poderia ser. Ela não tinha ido muito longe quando o calor do sol e o peso da caixa a cansaram tanto que ela se sentou para descansar à sombra de uma pequena árvore que ficava ao lado de um prado verde. Ela segurava cuidadosamente a caixa no colo quando, de repente, sentiu um grande desejo de abri-la.

— O que poderia acontecer se eu o fizesse? — disse ela para si mesma. — Eu não tiraria nada dela. Apenas veria o que contém.

E, sem hesitar mais, ela levantou a tampa.

Imediatamente surgiram enxames de pequenos elfos e elfas, não maiores do que seu dedo, que se espalharam pela campina, cantando, dançando e jogando os jogos mais alegres, de modo que, a princípio, Graciosa se deliciou e os observou divertindo-se. Mas agora, quando ela estava descansada e desejava seguir seu caminho, descobriu que, não importava o que fizesse, não seria capaz de colocá-los de volta na caixa. Se ela os perseguisse na campina, eles fugiriam para a floresta e, se ela os perseguisse até a floresta, eles se esquivariam em volta das árvores e atrás de ramos de musgo e, com gargalhadas élficas, correriam de volta para a campina.

Por fim, cansada e apavorada, ela se sentou e chorou.

— É tudo minha culpa — disse ela com tristeza. — Percinet, se você ainda pode cuidar de uma princesa tão imprudente, venha me ajudar mais uma vez.

Imediatamente Percinet parou diante dela.

— Ah, princesa! — exclamou ele. — Não fosse pela rainha má, temo que você nunca se lembraria de mim.

— É verdade — disse Graciosa. — Mas não sou tão ingrata quanto pensa. Espere um pouco e acredito que o amarei muito.

Percinet ficou satisfeito ao ouvir aquilo e, com um golpe de sua varinha, obrigou todos os pequeninos obstinados a voltarem aos seus lugares na caixa. Em seguida, tornando a princesa invisível, levou-a em sua carruagem para o castelo.

Quando a princesa se apresentou à porta e disse que a rainha lhe ordenara que colocasse a caixa em seu próprio quarto, o governador riu muito da ideia.

— Não, não, minha pequena pastora — disse ele —, esse não é lugar para você. Nenhum sapato de madeira já pisou naquele chão até hoje.

Graciosa implorou-lhe que lhe desse uma mensagem por escrito dizendo à rainha que ele se recusara a recebê-la. Ele o fez, e ela voltou para Percinet, que a aguardava, e eles partiram juntos para o palácio. Você pode imaginar que eles não percorreram o caminho mais curto, mas a princesa não o achou tão longo e, antes que se separassem, ela lhe prometeu que, se a rainha ainda fosse cruel com ela e tentasse novamente aplicar-lhe algum truque maldoso, iria deixá-la e voltar para junto de Percinet para sempre.

Quando a rainha a viu retornando, lançou-se sobre a fada, a quem mantinha ao seu lado, e puxou seu cabelo, arranhou seu rosto e quase a matou, embora uma fada não pudesse realmente ser morta. E, quando a princesa apresentou a carta e a caixa, ela lançou os dois ao fogo sem abri-los e parecia que gostaria de jogar a princesa com eles. No entanto, o que ela realmente fez foi ordenar que um grande buraco, tão profundo quanto um poço, fosse cavado em seu jardim e o topo coberto com uma pedra lisa. Em seguida, caminhou em volta dele e disse à Graciosa e a todas as damas que estavam com ela:

— Disseram-me que um grande tesouro está sob aquela pedra, vamos ver se conseguimos erguê-la.

Então, todas começaram a empurrar e puxar, e Graciosa entre elas, que era exatamente o que a rainha queria. Pois assim que a pedra foi levantada a certa altura, ela deu um empurrão na princesa e a fez cair no fundo do poço. A pedra foi colocada novamente sobre o buraco e lá ela permaneceu prisioneira. Graciosa sentia que agora realmente estava perdida, certamente nem mesmo Percinet poderia encontrá-la no seio da terra.

— É como ser enterrada viva — disse ela estremecendo. — Oh, Percinet! Se soubesse como estou sofrendo pela minha falta de confiança em você! Mas como eu poderia ter certeza de que não seria como os outros homens e se cansaria de mim a partir do momento em que tivesse certeza de que eu o amava?

Enquanto falava, ela, de repente, viu uma pequena porta se abrir e o sol brilhar no poço sombrio. Graciosa não hesitou um instante e entrou em um jardim encantador. Flores e frutas cresciam por todos os lados, fontes jorravam e pássaros cantavam nos galhos altos. Quando ela alcançou uma grande avenida de árvores e olhou para ver aonde isso a levaria, viu-se perto do palácio de cristal. Sim! Não havia dúvida, a rainha e Percinet estavam vindo para encontrá-la.

— Ah, princesa! — chamou a rainha. — Não deixe o pobre Percinet em suspense. Você nem imagina a ansiedade que tomou conta dele enquanto você estava no poder daquela miserável rainha.

A princesa beijou-a com gratidão, prometeu fazer o que quisesse dali em diante e, estendendo a mão a Percinet, com um sorriso, disse:

— Você se lembra de ter me dito que eu não poderia ver seu palácio novamente até ser enterrada? Pergunto-me se você também anteviu que, quando isso acontecesse, eu lhe diria que o amo de todo o meu coração e que me casaria com você quando quisesse.

 O príncipe Percinet segurou com alegria a mão que ela lhe estendia e, por medo de que a princesa mudasse de ideia, o casamento foi celebrado imediatamente com o maior esplendor, e Graciosa e Percinet

viveram felizes para sempre.

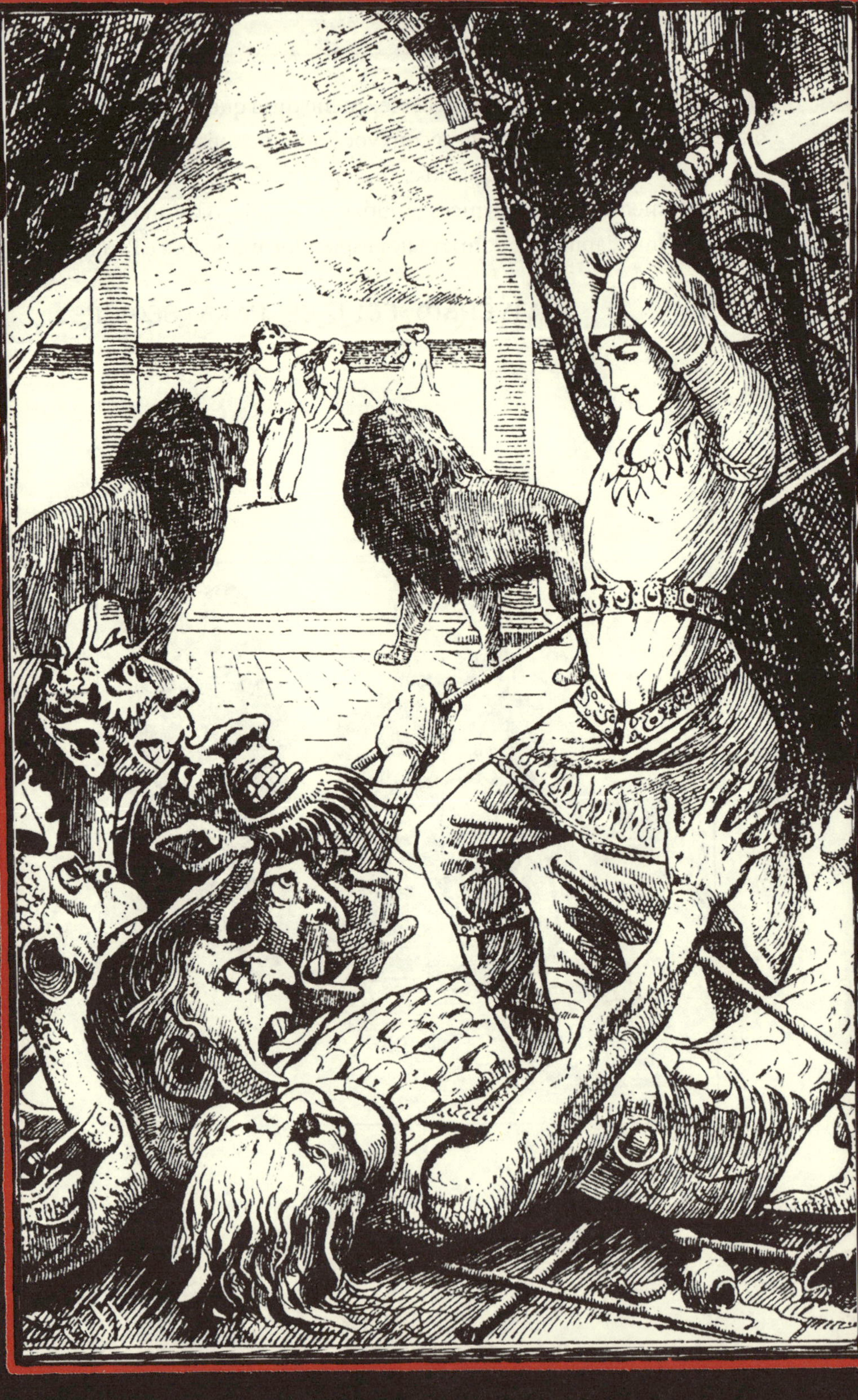

AS TRÊS PRINCESAS DA TERRA BRANCA

(J. Moe)

Era uma vez um pescador que vivia muito perto de um palácio e pescava para abastecer a mesa do rei. Um dia, ele saiu para pescar, mas não conseguiu fisgar nada. Ele fez o que pôde com sua vara e linha, mas nem mesmo uma espadilha ficou presa em seu anzol. Porém, quando o dia estava quase terminando, uma cabeça se ergueu da água e lhe disse:

— Se você me der o que sua esposa lhe mostrar quando retornar para casa, poderá pescar o quanto quiser.

Então, o homem respondeu:

— Sim

E no mesmo instante conseguiu pescar muitos peixes. Mas quando ele chegou em casa naquela noite e sua esposa lhe mostrou um bebê que tinha acabado de nascer, ele caiu em prantos, lamentando muito e lhe contou sobre a promessa que fizera e o quanto estava infeliz.

A notícia chegou aos ouvidos do rei no palácio e, quando ele soube da tristeza em que a mulher se encontrava e a razão daquilo, disse que ele mesmo tomaria conta da criança e faria o que pudesse para salvá-la. O bebê era um menino, que o rei trouxe para o palácio imediatamente e o criou como seu próprio filho até que crescesse. Então, um dia, o jovem implorou pela permissão do rei para sair para pescar com seu pai, pois tinha um forte desejo de fazê-lo. O rei não estava disposto a permitir, mas, por fim, o rapaz obteve sua licença. Ele, então, saiu com seu pai e tudo correu maravilhosamente bem com eles o dia todo até que voltaram para terra firme, à tarde. O rapaz descobriu que havia perdido o lenço de bolso e quis voltar ao barco para pegá-lo. Mas, assim que entrou no barco, esse começou a se mover tão rapidamente que a água espumava ao redor. Todas as tentativas do rapaz em usar os remos para trazer o barco de volta foram em vão e duraram a noite toda até que, finalmente, ele chegou a uma praia de areias brancas que ficava muito, muito longe. Lá ele desceu e, depois de caminhar um pouco, encontrou um velho com uma longa barba branca.

— Qual é o nome deste país? — disse o jovem.

— Terra Branca — respondeu o homem, que implorou ao jovem que lhe dissesse de onde vinha e o que fazia, e o jovem lhe contou.

— Bem — disse o homem —, se você caminhar mais adiante à beira-mar, encontrará três princesas que estão ali paradas de tal forma que somente suas cabeças estão para fora da terra. A primeira delas irá chamá-lo, ela é a mais velha, e lhe implorará muito graciosamente para aproximar-se dela e ajudá-la. A segunda fará o mesmo, mas você não deve chegar perto de nenhuma das duas. Continue adiante, como se não as visse nem ouvisse e vá diretamente até a terceira e faça exatamente o que ela lhe disser, isso lhe trará boa sorte.

Quando o jovem se aproximou da primeira princesa, ela o chamou e implorou muito graciosamente que se aproximasse, mas ele caminhou como se nem a visse, passou pela segunda da mesma maneira e foi diretamente até a terceira.

— Se quiser fazer o que lhe digo, deverá escolher entre nós três — disse a princesa.

Então, o rapaz garantiu que estava disposto a obedecê-la e ela lhe contou que três *trolls* haviam plantado as três ali na terra, mas que antes elas moravam em um castelo que podia ser visto a alguma distância na floresta.

— Agora — disse ela —, você deve ir ao castelo e deixar que os *trolls* lhe espanquem por três noites, uma para cada uma de nós e, se você puder suportar isso, você nos libertará.

— Sim — respondeu o rapaz —, certamente tentarei fazê-lo.

— Quando você entrar — continuou a princesa —, dois leões estarão na porta, mas, se você simplesmente passar direto por eles, não lhe farão mal. Em seguida, vá direto para uma pequena câmara escura, lá deverá deitar-se. O *troll* virá e baterá em você, então, deverá pegar o frasco que está pendurado na parede e ungir-se onde quer que ele tenha lhe ferido, ao fazer isso você ficará tão bem como antes. Em seguida, pegue a espada que está pendurada ao lado do frasco e mate o *troll*.

Ele fez exatamente o que a princesa lhe disse. Caminhou direto entre os leões, como se não os visse, entrou no pequeno quarto e se deitou na cama.

Na primeira noite, um *troll* com três cabeças e três varas veio e o espancou da forma mais impiedosa, mas ele resistiu até que o troll acabasse e, então, pegou o frasco e passou nas feridas. Tendo feito isso, ele agarrou a espada e matou o *troll*.

Na manhã seguinte, quando ele foi até a praia, as princesas estavam fora da terra até a cintura.

Na segunda noite, tudo aconteceu da mesma maneira, mas o *troll* que veio tinha seis cabeças e seis varas, e ele o espancou muito mais severamente do que o primeiro. Quando o jovem saiu na manhã seguinte, as princesas estavam fora da terra até os joelhos.

Na terceira noite, um *troll* veio com nove cabeças e nove varas, bateu no jovem e o açoitou por tanto tempo que ele finalmente desmaiou. Então, o *troll* o pegou e o jogou contra a parede, e isso fez o frasco de pomada cair, espalhar-se por em cima dele, até que ficou forte como antes.

Sem perda de tempo, ele agarrou a espada e matou o *troll* e, pela manhã, quando saiu do castelo, as princesas estavam lá inteiramente fora da terra. Ele escolheu a mais jovem para ser sua rainha e viveu com ela muito feliz por um longo tempo.

Certa vez, ele decidiu ir para casa por um breve período para ver seus pais. A rainha não gostou da ideia, mas, quando seu desejo cresceu tanto que ele disse que iria de qualquer forma, ela lhe disse:

— Uma coisa deverá me prometer: faça o que seu pai mandar, mas não o que sua mãe disser. — E isso ele prometeu.

Então, ela lhe deu um anel que permitia a quem o usasse obter dois desejos.

Ele desejou estar em casa e imediatamente se viu lá. Seus pais ficaram tão maravilhados com o esplendor de suas roupas que sua admiração não tinha fim.

Depois de alguns dias em casa, sua mãe quis que ele fosse ao palácio para mostrar ao rei que grande homem havia se tornado.

O pai disse:

— Não, ele não deve fazer isso, pois se o fizer não teremos mais o prazer de sua companhia aqui.

Mas ele falou em vão, pois a mãe implorou e rogou tanto que finalmente ele cedeu à sua vontade.

Quando ele chegou ao palácio, estava mais esplêndido, tanto em vestes quanto em tudo mais, do que o próprio rei, que não gostou daquilo e disse:

— Bem, você pode ver que tipo de rainha é a minha, mas não consigo ver a sua. Não acredito que você tenha uma rainha tão bonita como eu.

— Quisera eu que ela estivesse aqui e, então, seria capaz de vê-la! — disse o jovem rei, e em um instante ela estava lá.

A rainha ficou muito triste e disse-lhe:

— Por que não se lembrou das minhas palavras e ouviu o que seu pai lhe recomendou? Agora devo voltar para casa imediatamente e você desperdiçou ambos os seus desejos.

Então, ela prendeu um anel em seu cabelo, que trazia seu nome gravado, e desejou estar em casa novamente.

O jovem rei ficou muito aflito e, dia após dia, não conseguiu pensar em outra coisa que não fosse uma maneira de voltar para sua rainha.

— Tentarei achar um lugar onde possam me dizer como encontrar a Terra Branca novamente — pensou. E partiu para viajar pelo mundo.

Depois de percorrer alguma distância, ele chegou a uma montanha, em que encontrou um homem que era o senhor de todos os animais da floresta. Sempre que ele soprava certo chifre que possuía, todos os animais vinham até ele. Então, o rei lhe perguntou onde ficava a Terra Branca.

— Isso eu não sei — respondeu ele —, mas vou perguntar aos meus animais. Ele, então, soprou o chifre e perguntou se algum deles sabia onde ficava a Terra Branca, mas nenhum deles soube dizer.

Então, o homem deu-lhe um par de sapatos de neve.

— Quando você os calçar — disse ele —, vá até meu irmão, que mora a centenas de quilômetros daqui e é o senhor de todos os pássaros do ar, e pergunte a ele. Quando chegar lá, apenas gire os sapatos de forma que os dedos dos pés apontem para este lado e eles voltarão para casa por conta própria.

Quando o rei chegou lá, girou os sapatos como o senhor dos animais lhe ordenara e eles voltaram.

E lá ele perguntou mais uma vez pela Terra Branca, e o homem convocou todos os pássaros e perguntou se algum deles sabia onde ficava tal lugar. Mas não, nenhum sabia de nada. Muito tempo depois, uma velha águia veio até ele. Ela estivera ausente por dez anos, mas também não sabia mais do que os outros.

— Bem, bem — disse o homem —, então lhe emprestarei um par de sapatos de neve que me pertencem. Se você os calçar, chegará ao meu irmão, que mora a centenas de quilômetros daqui. Ele é o senhor de todos os peixes do mar, você poderá perguntar a ele. Mas não se esqueça de virar os sapatos.

O rei agradeceu, calçou os sapatos e, quando chegou até aquele que era o senhor de todos os peixes do mar, girou os sapatos de neve e eles voltaram exatamente como os outros haviam feito, e ele perguntou uma vez mais onde ficava a Terra Branca.

O homem chamou o peixe com seu chifre, mas nenhum deles sabia de nada. Por fim, apareceu um peixe lúcio muito velho, que ele teve grande dificuldade de trazer até lá.

Quando perguntou ao peixe lúcio, ele respondeu:

— Sim, a Terra Branca é bem conhecida por mim, pois sou cozinheiro lá há dez anos. Amanhã pela manhã, tenho que voltar lá, pois agora a rainha, cujo rei está ausente, vai se casar com outra pessoa.

— Se for esse o caso, vou lhe dar um conselho — disse o homem. — Não muito longe daqui, em um pântano, há três irmãos que estão lá há cem anos lutando por um chapéu, uma capa e um par de botas. Se alguém tomar posse desses três objetos, poderá se tornar invisível e, se quiser ir a qualquer lugar, só tem que desejar e estará lá. Você pode dizer a eles que deseja experimentar as peças e que, depois disso, poderá decidir qual dos homens ficará com eles.

Então, o rei agradeceu e fez conforme ele lhe instruiu.

— O que é isso por que lutam desde sempre? — disse ele aos irmãos. — Deixe-me experimentar essas peças e, então, julgarei a questão entre vocês.

Eles consentiram de boa vontade, mas, quando ele pegou o chapéu, a capa e as botas, disse:

— Da próxima vez que nos encontrarmos saberão minha decisão. — E, então, ele desejou sair dali.

Enquanto movia-se rapidamente pelo ar, ele encontrou o Vento Norte.

— E para onde você está indo? — perguntou o Vento Norte.

— Para a Terra Branca — respondeu o rei e relatou o que lhe acontecera.

— Bem — disse o Vento Norte —, você pode facilmente ir mais rápido do que eu, pois tenho que soprar e soprar em todos os cantos. Mas quando chegar lá, aguarde na escada ao lado da porta e, então, entrarei ruidosamente como se quisesse derrubar todo o castelo. Quando o príncipe que se casará com sua rainha sair para ver o que está acontecendo, basta pegá-lo pelo pescoço e jogá-lo para fora e eu tentarei levá-lo para longe da corte.

E assim fez o Vento Norte e o rei também. Ele se posicionou na escada e, quando o Vento Norte chegou uivando e rugindo, atingindo o telhado e as paredes do castelo até que tremessem, o príncipe saiu para ver o que estava acontecendo. Assim que saiu, o rei o agarrou pelo pescoço, o atirou para fora e o Vento Norte o agarrou e o carregou para longe. Depois de se livrar dele, o rei foi para o castelo. A princípio, a rainha não o reconheceu porque estava muito magro e pálido por ter viajado tanto e com tanta tristeza. Mas quando ela viu seu anel, ficou profundamente emocionada. O casamento legítimo foi realizado de tal forma que foi motivo de comentários por toda parte.

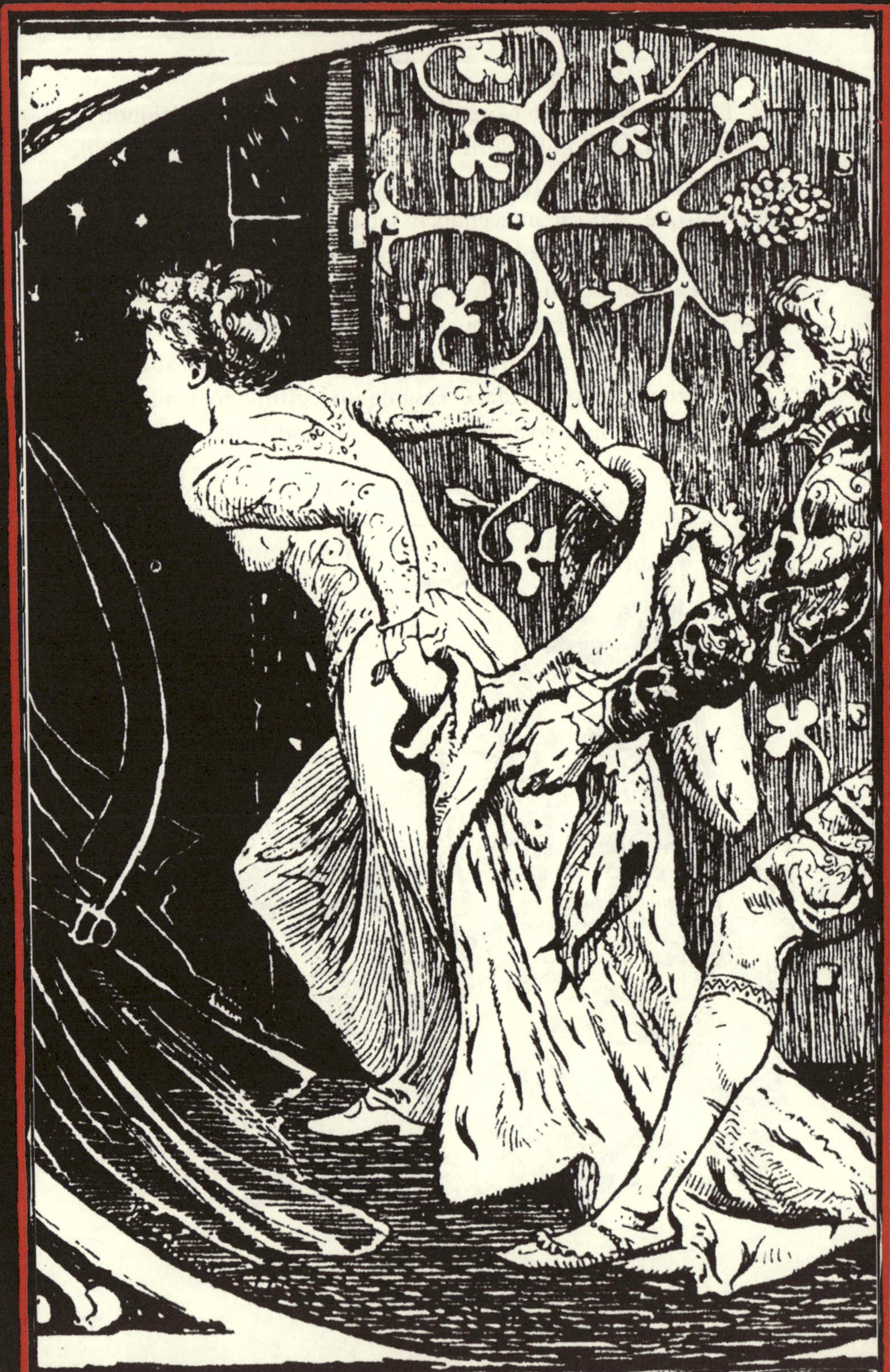

A VOZ DA MORTE

(Contos de Fadas Romenos traduzidos para o Alemão por Mite Kremnitz)

Era uma vez um homem cujo único desejo era enriquecer. Dia e noite, ele não pensava em outra coisa até que, um dia, suas orações foram atendidas e ele ficou muito rico. Agora que se tornara tão rico e tendo tanto a perder, ele sentiu que seria terrível morrer e deixar todos os seus bens para trás. Assim, ele decidiu sair em busca de uma terra onde a morte não existisse. Ele se preparou para a viagem, despediu-se da esposa e partiu. Sempre que chegava a um novo país, a primeira pergunta que fazia era se pessoas morriam naquela terra e, quando ouvia que sim, partia imediatamente e retomava sua busca. Por fim, ele chegou a um país onde lhe disseram que as pessoas nem mesmo sabiam o significado da palavra morte. Nosso viajante ficou encantado ao ouvir isso e disse:

— Mas certamente deve haver um grande número de pessoas vivendo aqui, considerando que ninguém morre.

— Não — responderam —, não há muitas pessoas, pois, de vez em quando, uma voz é ouvida chamando primeiro um e depois outro. Quem ouve essa voz se levanta e vai embora e nunca mais retorna.

— E eles veem a pessoa que os chama — perguntou ele — ou apenas ouvem sua voz?

— Ambos: veem e ouvem — foi a resposta.

O homem ficou surpreso ao saber que as pessoas eram estúpidas o suficiente para seguir a voz, mesmo sabendo que, se fossem quando ela os chamasse, nunca mais retornariam. Ele voltou para sua própria casa, reuniu todos os seus bens e, levando sua esposa e família, decidiu morar naquele país onde o povo não morria, mas onde, em vez disso, eles ouviam uma voz chamando-os e a seguiam para uma terra da qual nunca mais voltavam. Ele havia decidido que, quando ele ou qualquer membro de sua família ouvisse aquela voz, eles não prestariam atenção, por mais alta que fosse.

Depois de se estabelecer em sua nova casa e tudo estar em ordem, ele avisou sua esposa e família que, a menos que quisessem morrer, não deveriam de forma alguma ouvir uma voz que algum dia poderia chamá-los.

Por alguns anos, tudo correu bem e eles viveram felizes em sua nova casa. Mas um dia, enquanto estavam todos sentados em volta da mesa, sua esposa subitamente se levantou, exclamando em alta voz:

— Estou indo! Estou indo!

E ela começou a olhar ao redor em busca de seu casaco de pele, mas seu marido deu um salto e, agarrando-a pela mão, segurou-a firmemente e repreendeu-a, perguntou:

— Você não se lembra do que lhe disse? Fique onde está, a menos que queira morrer.

— Mas você não ouve a voz me chamando? — respondeu ela. — Vou apenas ver por que estão me procurando. Voltarei logo.

Ela, então, lutou e se esforçou para se livrar do marido e ir para onde a voz a chamava. Mas ele não a deixou ir e todas as portas da casa foram fechadas e trancadas. Quando viu o que ele havia feito, ela disse:

— Muito bem, querido marido, farei o que deseja e permanecerei aqui.

Seu marido acreditou que estava tudo bem e que ela havia pensado melhor e superado seu impulso insano de obedecer à voz. Mas alguns minutos depois ela correu repentinamente em direção a uma das portas, abriu-a e saiu em disparada, seguida pelo marido. Ele a agarrou pelo casaco de pele e implorou que ela não fosse, pois, se o fizesse, certamente nunca mais voltaria. Ela não disse nada, mas deixou os braços caírem para trás e, de repente, inclinando-se para a frente, tirou o casaco, deixando-o nas mãos do marido. O pobre homem parecia petrificado enquanto observava ela se afastar e gritar com toda a força, enquanto corria:

— Estou indo! Estou indo!

Quando ela já estava completamente fora de vista, seu marido recuperou o juízo e voltou para sua casa, murmurando:

— Se ela é tão tola a ponto de querer morrer, nada posso fazer. Eu avisei e implorei que ela não desse atenção a essa voz, por mais alto que ela chamasse.

Dias, semanas, meses e anos se passaram e nada aconteceu para perturbar a paz da casa. Mas um dia, o homem estava no barbeiro, como de costume, sendo barbeado. A loja estava cheia de gente e seu queixo acabara de ser coberto com uma espuma de sabão quando, de repente, levantando-se da cadeira, gritou em voz alta:

— Eu não vou, está ouvindo? Eu não irei!

O barbeiro e as outras pessoas na loja o ouviram com espanto. Mas, novamente, olhando para a porta, ele exclamou:

— Eu lhe digo, de uma vez por todas, que não pretendo ir, então vá embora.

E alguns minutos depois, ele gritou novamente:

— Vá embora, estou dizendo, ou será pior para você. Você pode chamar o quanto quiser, mas nunca vai me convencer a ir.

Ele estava tão bravo que parecia que alguém realmente estava parado na porta, atormentando-o. Por fim, ele deu um pulo e pegou a navalha da mão do barbeiro, exclamando:

— Dê-me essa navalha e vou ensiná-lo a deixar as pessoas em paz daqui para frente.

E ele saiu correndo da barbearia como se estivesse correndo atrás de alguém que ninguém mais via. O barbeiro, decidido a não perder a navalha, perseguiu o homem, e os dois continuaram correndo a toda velocidade até saírem da cidade. De repente, o homem caiu de cabeça em um precipício e nunca mais foi visto. Então, ele também, como os outros, fora forçado contra sua vontade a seguir a voz que o chamava.

O barbeiro, que voltou para casa assobiando e se felicitando por ter escapado, descreveu o ocorrido e foi noticiado até fora do país que as pessoas que haviam partido e nunca mais retornaram tinham todas caído naquele abismo. Até então eles nunca haviam sabido o que, de fato, ocorrera com aqueles que ouviram a voz e obedeceram ao seu chamado.

Mas quando multidões saíram da cidade para examinar o poço malfadado que engoliu tantos e, ainda assim, parecia nunca estar cheio, não conseguiram descobrir nada. Tudo o que eles puderam ver foi uma vasta planície que parecia estar lá desde o início os tempos. E, a partir daí, as pessoas do país começaram a morrer como todos os mortais comuns.

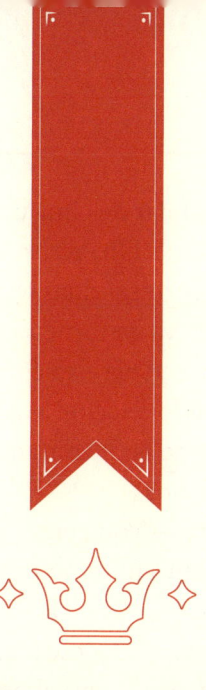

OS SEIS TOLOS

(M. Lemoine. La Tradition. Nº 34)

Era uma vez uma jovem que chegara aos 37 anos sem nunca ter tido um amor, pois era tão tola que ninguém queria se casar com ela. Um dia, um jovem rapaz chegou para visitá-la e sua mãe, radiante de alegria, mandou a filha ao porão para pegar uma jarra de cerveja.

Como a menina não retornava, a mãe desceu para ver o que estava acontecendo e a encontrou sentada na escada, a cabeça entre as mãos, enquanto ao seu lado a cerveja escorria pelo chão, pois ela havia esquecido de fechar a torneira.

— O que faz aí? — perguntou a mãe.

— Eu estava pensando no nome que darei ao meu primeiro filho depois de me casar com aquele jovem. Todos os nomes no calendário já foram escolhidos.

A mãe sentou-se na escada ao lado da filha e disse:

— Vou pensar nisso com você, minha querida.

O pai, que ficara no andar de cima com o jovem, ficou surpreso ao ver que nem a esposa nem a filha retornavam e, por sua vez, desceu para procurá-las. Ele encontrou as duas sentadas na escada, enquanto ao lado delas a cerveja jorrava da torneira, que estava aberta.

— O que fazem aí? A cerveja está correndo por toda a adega.

— Estávamos pensando em como deveríamos chamar os filhos que nossa filha terá quando se casar com aquele jovem. Todos os nomes no calendário já foram usados.

— Bem — disse o pai. — Vou pensar sobre isso com vocês.

Como nem a mãe, nem a filha, nem o pai subiam, o pretendente ficou impaciente e desceu ao porão para ver o que estavam fazendo. Ele encontrou os três sentados na escada, enquanto ao lado deles a cerveja fluía pela torneira, que estava aberta, inundando o chão.

— O que diabos vocês estão fazendo que não voltam e estão deixando a cerveja escorrer por toda a adega?

— Sim, eu sei, meu jovem — disse o pai —, mas se você se casar com nossa filha, que nomes darão aos seus filhos? Todos os nomes do calendário já foram usados.

Quando o jovem ouviu aquela justificativa, respondeu:

— Bem! Adeus, estou indo embora. Quando encontrar três pessoas mais tolas do que vocês, voltarei e me casarei com sua filha.

Então, ele iniciou sua jornada e depois de caminhar por um longo tempo chegou a um pomar. Ali, ele viu algumas pessoas derrubando nozes da árvore e tentando jogá-las dentro de uma carroça com um garfo.

— O que fazem aí? — perguntou ele.

— Queremos carregar a carroça com nossas nozes, mas não estamos conseguindo fazer isso.

O rapaz aconselhou-os a pegar um cesto, colocar as nozes dentro dele e depois levá-las para a carroça.

— Bem — disse a si mesmo —, já encontrei alguém mais tolo do que aqueles três.

Ele continuou seu caminho e, pouco depois, chegou a um bosque. Lá, viu um homem que queria dar ao seu porco algumas nozes para comer e tentava de todas as maneiras fazê-lo subir no carvalho.

— O que você está fazendo, meu bom homem? — perguntou ele.

— Quero fazer meu porco comer algumas nozes, mas não consigo fazê-lo subir na árvore.

— Se você subisse na árvore e sacudisse as nozes, o porco as pegaria.

— Oh, nunca pensei nisso.

— Aqui está o segundo idiota — disse o rapaz para si mesmo.

Um pouco mais adiante na estrada, ele encontrou um homem que nunca usara calças e tentava colocar uma. Ele a amarrou a uma árvore e pulava com todas as suas forças para que caísse dentro das duas pernas ao descer.

— Seria muito melhor se você as segurasse em suas mãos — disse o jovem — e colocasse suas pernas uma após a outra em cada buraco.

— Claro, com certeza! Você é mais esperto do que eu, pois isso nunca me ocorreu.

E tendo encontrado três pessoas mais tolas que sua noiva, seu pai e sua mãe, o rapaz voltou e se casou com a jovem.

E com o passar do tempo eles tiveram muitos filhos.

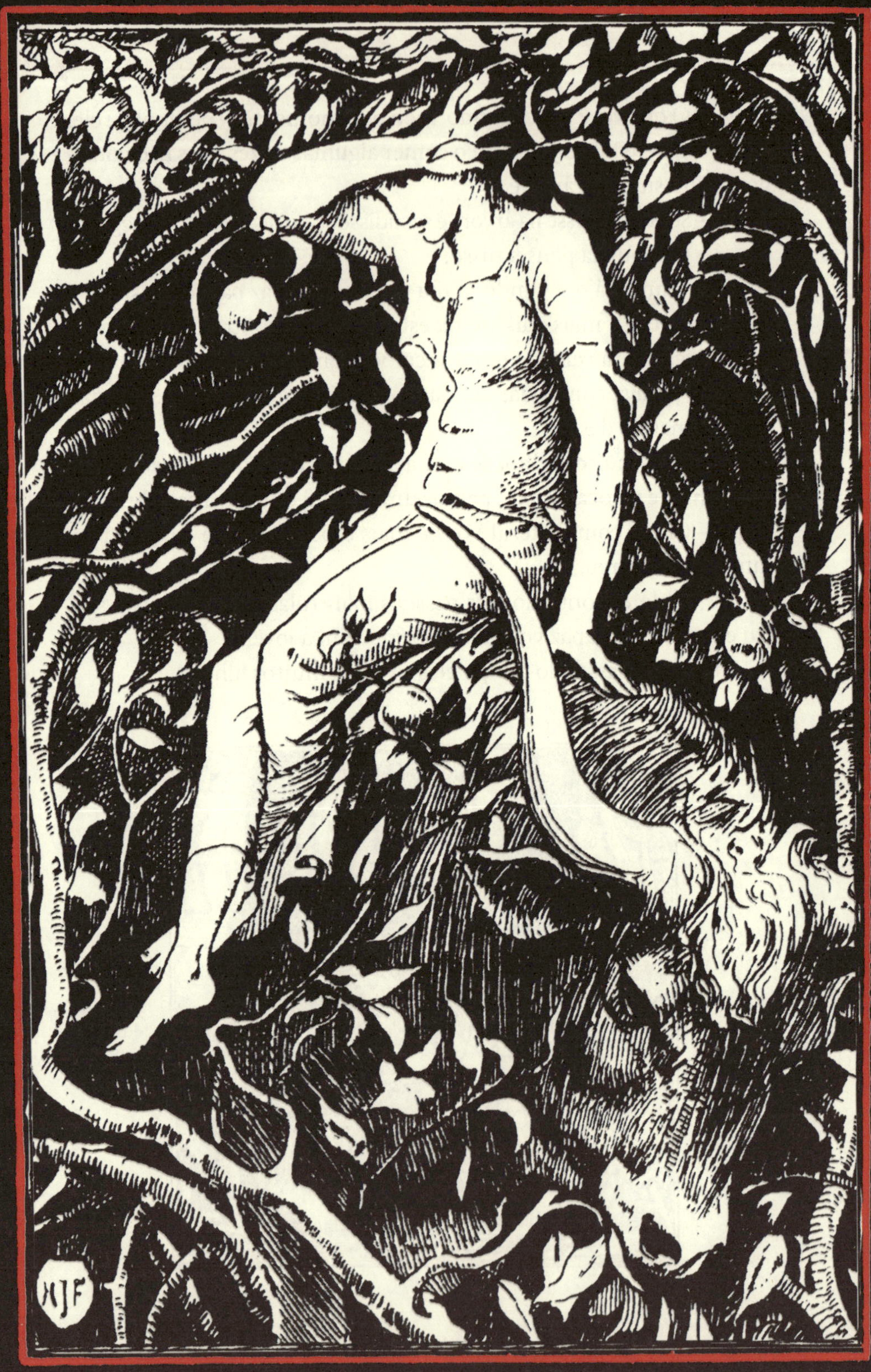
HJF

KARI VESTIDO DE MADEIRA

(P. C. Asbjørnsen)

Era uma vez um rei que ficara viúvo. A rainha havia partido deixando-lhe uma filha tão sábia e bonita que era impossível que alguém se igualasse a ela. Por muito tempo, o rei lamentou a perda de sua esposa, pois a amava muito, mas finalmente ele se cansou de viver sozinho e se casou com uma rainha viúva. Ela também tinha uma filha que era tão perversa e pouco favorecida em termos de beleza quanto a outra era boa e bela. A madrasta e sua filha tinham inveja da filha do rei por causa de sua beleza, mas, enquanto o rei estava em casa, elas não ousavam fazer mal a ela, porque sabiam que o amor do pai pela filha era imenso.

Um dia, ele declarou guerra a outro rei e partiu para lutar. A nova rainha pensou que poderia aproveitar sua ausência para fazer o que bem quisesse e, então, obrigou a filha do rei a passar fome, espancou-a e a perseguiu de todas as formas. Mas ela pensou que tudo aquilo ainda era bom demais para a jovem e a obrigou a trabalhar cuidando do gado. Ela levava o gado e o pastoreava nas matas e nos campos. Recebia pouca ou nenhuma comida e ficava cada dia mais pálida e magra, quase sempre triste e chorando muito. No rebanho, havia um grande touro azul, que sempre se mantinha muito esguio e alerta e que, muitas vezes, vinha até a filha do rei e a deixava acariciá-lo. Então, um dia, quando ela estava sentada chorando e sofrendo muito, o touro veio até ela e perguntou por que estava sempre tão preocupada. Ela não respondeu, mas apenas continuou a chorar.

— Bem — disse o touro. — Eu sei qual o motivo, embora você não queira me dizer. Você está chorando porque a rainha é má e deseja que você morra de fome. Mas você não precisa se preocupar com comida, pois em meu ouvido esquerdo há uma toalha e, se você apenas pegá-la e estendê-la, poderá ter quantos pratos quiser.

A jovem fez conforme o touro a instruiu, pegou a toalha, estendeu-a sobre a grama e imediatamente ela ficou repleta com os pratos mais saborosos que qualquer pessoa poderia desejar e havia também vinho, hidromel e bolo. Ao comer aquelas delícias, ela sentiu-se alegre e bem disposta novamente, sua pele ficou rosada, ela engordou e ficou tão bela quanto antes. Quando a rainha e sua filha esquelética a viram, ficaram verdes de raiva. A madrasta não podia imaginar como sua enteada podia parecer tão bem disposta comendo uma comida tão ruim, então, ordenou a uma de suas servas que a seguisse até a floresta e a observasse, pois achava que alguma criada devia estar lhe dando comida. A serva a seguiu até o bosque e viu quando a enteada tirou a toalha da orelha do touro azul, estendeu-a e como ela ficou repleta dos pratos mais delicados com os quais a filha do rei se regalou. A criada voltou para casa e contou tudo o que vira à rainha.

Enquanto isso, o rei voltara para casa, pois vencera a guerra que travara com o outro rei. Houve grande alegria no palácio, mas ninguém estava mais feliz do que sua filha. A rainha, entretanto, fingiu estar doente e deu ao médico muito dinheiro para dizer que ela não ficaria boa a menos que comesse um pouco de carne de touro azul. Tanto a filha do rei como as pessoas do palácio perguntaram ao médico se não havia outro meio de salvá-la e imploraram pela vida do touro, pois todos gostavam dele e sabiam que não havia outro touro como aquele no país inteiro. Mas foi tudo em vão, ele iria ser morto, precisava ser morto e nada poderia ser feito. Quando a filha do rei soube daquilo, ficou muito triste e foi até o estábulo para ver o touro. Ele também estava parado ali, de cabeça baixa, parecendo tão abatido que ela caiu no choro quando o viu.

— Por que você está chorando? — disse o touro.

Então, ela lhe disse que o rei voltara para casa, que a rainha fingira estar doente, que fizera o médico dizer que ela não poderia ficar boa novamente a menos que comesse um pouco da carne de touro azul e que agora ele estava prestes a ser abatido.

— Quando tirarem minha vida, logo vão querer matá-la também — disse o touro. — Se você é da mesma opinião que eu, partiremos ainda esta noite.

A filha do rei achou que era ruim partir e deixar seu pai, mas que seria ainda pior permanecer na mesma casa com a rainha e, então, prometeu ao touro que iria.

À noite, quando todos já haviam se recolhido, a filha do rei desceu furtivamente até o estábulo do touro, montou em suas costas e eles saíram do pátio o mais rápido que puderam. Assim, quando o galo cantou na manhã do dia seguinte e o povo veio matar o touro, viram que ele havia partido e, quando o rei se levantou e perguntou por sua filha, foi-lhe dito que ela também havia desaparecido. Ele enviou mensageiros a todas as partes do reino para procurá-los e divulgou sua perda em todas as igrejas paroquiais, mas não havia ninguém que os tivesse visto.

Nesse ínterim, o touro viajara por muitas terras levando a filha do rei nas costas e, um dia, eles chegaram a um grande bosque de cobre, no qual as árvores, os galhos, as folhas, as flores e tudo o mais era feito de cobre.

Mas antes de entrarem na floresta, o touro disse à filha do rei:

— Quando entrarmos nesta floresta, você deve ter o maior cuidado para não tocar em nenhuma folha ou tudo estará acabado para nós, pois um *troll* com três cabeças, que é o dono da floresta, vive aqui.

Ela disse que ficaria alerta e não tocaria em nada. De fato, ela foi muito cuidadosa e se inclinou para desviar dos galhos, afastando-os com as mãos, porém a todo instante um galho vinha de encontro aos seus olhos. A floresta era tão densa que era quase impossível avançar e, mesmo tomando todo o cuidado possível, ela acabou arrancando uma folha que ficou presa em sua mão.

— Oh! Oh! O que você fez? — disse o touro. — Isso vai nos custar uma batalha de vida ou morte, mas tenha cuidado e continue segurando a folha.

Logo depois, eles chegaram ao fim do bosque, e o *troll* com três cabeças veio correndo atrás deles.

— Quem se atreve a tocar nas minhas árvores? — disse o *troll*.

— A madeira é tão minha quanto sua! — disse o touro.

— Travaremos uma batalha por isso! — gritou o *troll*.

— De acordo — disse o touro.

Assim, eles correram um em direção ao outro e lutaram. O touro deu uma cabeçada e coiceou com toda a força, mas o *troll* lutou tão bem quanto ele e um dia inteiro se passou antes que o touro acabasse com o monstro. O pobre animal estava tão cheio de feridas e tão desgastado que mal conseguia se mover. Eles tiveram que esperar por um dia, e o touro disse à filha do rei que pegasse um chifre cheio de unguento que estava pendurado no cinto do *troll* e o esfregasse em suas feridas. Então, ele voltou a ser ele mesmo e, no dia seguinte, partiram mais uma vez. Eles viajaram por muitos, muitos dias, e depois de muito, muito tempo, chegaram a um bosque prateado. As árvores, os galhos, as folhas, as flores e tudo o mais era feito de prata.

Antes entrarem na floresta, o touro disse à filha do rei:

— Quando entrarmos nesta floresta, você deve, pelo amor de Deus, tomar muito cuidado para não tocar em nada e não arrancar nem mesmo uma folha ou, então, tudo estará acabado para nós. Um *troll* com seis cabeças, que é dono da madeira, mora aqui e não creio que possa vencê-lo.

— Sim — disse a filha do rei. — Vou tomar todo o cuidado para não tocar em nada que você não deseje que eu toque.

Mas quando eles entraram na floresta, ela era tão densa e as árvores tão próximas umas das outras que eles mal conseguiram avançar. A jovem foi o mais cuidadosa que pôde, inclinou-se para se desviar dos galhos e afastou-os com as mãos, mas a todo momento um galho batia em seus olhos e, apesar de todo o cuidado, ela acabou arrancando uma folha.

— Oh! Oh! O que fez agora? — disse o touro. Isso vai nos custar uma batalha de vida ou morte, pois este *troll* tem seis cabeças e é duas vezes mais forte que o outro, mas tome cuidado e segure a folha.

Assim que disse isso, o *troll* se aproximou.

— Quem é aquele que está tocando na minha madeira? — disse ele.

— É tão minha quanto sua!

— Vamos travar uma luta por isso! — gritou o *troll*.

— Que assim seja — disse o touro, e avançou contra o *troll*, feriu seus olhos e enfiou os chifres nele de modo que suas entranhas jorraram para fora. Mas o *troll* lutou tão bem quanto ele e foram necessários três dias inteiros até que o touro tirasse sua vida por completo. O touro, no entanto, ficou tão fraco e exausto que foi apenas às custas de muita dor e esforço que conseguiu se mover. Ele estava tão coberto de feridas que o sangue fluía dele. Então, ele pediu à filha do rei que pegasse o chifre cheio de unguento que estava pendurado no cinto do *troll* e ungisse suas feridas com ele. Assim que ela fez isso, ele voltou a si, mas eles tiveram que ficar lá e descansar por uma semana antes que o touro tivesse condições de seguir viagem.

Por fim, eles partiram novamente, mas o touro ainda estava fraco e a princípio não podia andar muito rápido. A filha do rei queria poupá-lo e disse que era tão jovem e leve que andaria de boa vontade, mas ele não lhe deu permissão e ela foi forçada a sentar-se em suas costas. Eles viajaram por um longo tempo e por muitas terras, e a filha do rei não sabia para onde ele a estava levando, mas depois de muito, muito tempo eles chegaram a um bosque de ouro. Era tão dourado que o ouro pingava dele, e as árvores, os galhos, as flores e as folhas eram feitos de ouro puro. Ali, tudo aconteceu exatamente como na floresta de cobre e na de prata. O touro disse à filha do rei que, em hipótese alguma, deveria tocar nas árvores, pois havia um *troll* com nove cabeças que era o dono daquele lugar e que ele era muito maior e mais forte do que os outros dois juntos, e disse ainda que ele não acreditava que poderia vencê-lo. Então, ela prometeu que tomaria muito cuidado para não tocar em nada e que ele poderia acreditar em suas palavras. Mas, quando eles entraram na floresta, ela era ainda mais densa do que a floresta de prata e, quanto mais eles entravam, pior ficava. A floresta ficou cada vez mais densa, o caminho cada vez mais estreito e, por fim, ela pensou que não havia maneira de eles avançarem. Ela estava com tanto medo de quebrar alguma coisa que se inclinou e se contorceu, virando-se para um lado e para outro para se desviar dos galhos, empurrando-os para longe com as mãos, mas a todo momento eles batiam em seus olhos, de forma que ela não podia ver o que estava segurando, e, antes que percebesse, tinha uma maçã dourada em suas mãos. Ela ficou tão aterrorizada que começou a chorar e quis jogá-la fora, mas o touro disse que ela devia conservar e cuidar dela ao máximo. Ele tentou confortá-la o melhor que pôde, mas ele acreditou que seria uma luta difícil e duvidava de que poderia vencer.

Só então o *troll* com nove cabeças apareceu e ele era tão assustador que a filha do rei mal ousava olhar para ele.

— Quem é que está quebrando minha madeira? — gritou.

— É tanto minha quanto sua! — disse o touro.

— Vamos travar uma luta por isso! — gritou o *troll*.

— Pode ser — disse o touro. Eles correram um na direção do outro e lutaram. Foi uma visão tão terrível que a filha do rei quase desmaiou. O touro feriu os olhos do *troll* e enfiou seus chifres nele, mas o *troll* lutou tão bem quanto ele. Quando o touro feriu uma das cabeça até a morte, as outras cabeças deram-lhe vida novamente e, assim, não foi antes de uma semana inteira que o touro foi capaz de derrotá-lo. Mas ele ficou tão exausto e fraco que não conseguia se mexer. Seu corpo era só ferimento e ele não tinha forças nem mesmo de dizer à filha do rei que tirasse o chifre cheio de unguento do cinto do *troll* e esfregasse nele. Mas ela fez isso sem que o pobre animal precisasse lhe dizer nada e, quando voltou a si, ele teve que permanecer deitado por três semanas e descansar bastante antes que tivesse condições de se mover.

Em seguida, eles viajaram em ritmo mais lento, pois o touro disse que ainda tinham uma certa distância a percorrer e, assim, atravessaram muitas colinas altas e bosques densos. Isso levou um tempo e, então, eles chegaram às colinas.

— Você está vendo alguma coisa? — perguntou o touro.

— Não, não vejo nada além do céu acima de nós e a floresta selvagem — disse a filha do rei.

Em seguida, eles subiram ainda mais alto e a vista ficou mais nivelada, de modo que podiam ver mais longe ao redor.

— Consegue ver alguma coisa agora? — disse o touro.

— Sim, vejo um pequeno castelo, muito, muito longe — disse a princesa.

— Não é tão pequeno, na verdade — disse o touro.

Depois de muito, muito tempo, eles chegaram a uma colina alta, onde havia uma parede de rocha bem íngreme.

— Você vê algo agora? — perguntou o touro.

— Sim, vejo o castelo bem perto e, agora, ele me parece muito, muito maior — respondeu a filha do rei.

— É para lá que deve ir — disse o touro. — Imediatamente abaixo do castelo há um chiqueiro, no qual você deve morar. Ao chegar lá, encontrará um vestido feito de madeira que deverá vestir e, em seguida, vá ao castelo, diga que se chama Kari Vestido de Madeira e que está procurando por um lugar para ficar. Agora, porém, você deve pegar sua pequena faca e cortar minha cabeça com ela. Em seguida, você deve me esfolar, enrolar minha pele e colocá-la sob a rocha e, sob a pele, deve colocar a folha de cobre, a folha de prata e a maçã dourada. Perto da rocha, há um pedaço de pau. Quando você precisar de mim para qualquer coisa, basta bater na parede de pedra com ele.

A princípio ela não quis fazer nada daquilo, mas, quando o touro disse que essa seria a única recompensa que ele receberia pelo que fizera por ela, ela não pôde recusar. Então, embora achasse aquilo muito cruel, ela cortou o grande animal com a faca até que retirasse sua cabeça e pele. Em seguida, ela dobrou a pele, colocou-a sob a rocha e depositou a folha de cobre, a folha de prata e a maçã dourada dentro dela.

Depois de fazer isso, foi para o chiqueiro, mas durante todo o caminho chorou e ficou muito triste. Então, vestiu o vestido de madeira e caminhou até o palácio do rei. Ao chegar lá, foi até a cozinha e implorou por um lugar para ficar, dizendo que seu nome era Kari Vestido de Madeira.

O cozinheiro disse-lhe que poderia ficar lá e se lavar, pois a garota que ocupava aquele lugar antes dela acabara de partir.

— Assim que se cansar de ficar aqui, você também vai embora — afirmou ele.

— Não — negou ela —, isso não acontecerá.

E então ela se lavou e o fez muito bem.

No domingo, alguns estrangeiros viriam ao palácio do rei, e Kari implorou para ter licença para carregar a água para o banho do príncipe, mas os outros riram dela e disseram:

— O que você quer lá? Acha que o príncipe algum dia vai olhar para algo pavoroso como você?

Ela, porém, não desistiu e continuou implorando até que finalmente conseguiu permissão. Quando estava subindo as escadas, seu vestido de madeira fez tanto barulho que o príncipe saiu e disse:

— Que tipo de criatura é você?

— Devo levar essa água para seu banho — disse Kari.

— Você acha que vou usar uma água trazida por você? — disse o príncipe, e esvaziou todo o recipiente sobre ela.

Ela teve que suportar aquela humilhação. Em seguida, ela pediu permissão para ir à igreja, o que lhe foi concedido, uma vez que a igreja ficava bem próxima dali. Mas, primeiro, ela foi até a pedra e bateu nela com a vara conforme o touro havia lhe instruído. Instantaneamente, um homem apareceu e perguntou o que ela desejava. A filha do rei disse que tivera licença para ir à igreja e ouvir o padre, mas que não tinha roupas adequadas para aquilo. Então, ele lhe trouxe um vestido que era tão brilhante quanto madeira de cobre, além de um cavalo e uma sela. Quando chegou à igreja, ela estava tão bonita e esplendidamente vestida que todos se perguntaram quem ela poderia ser. Quase ninguém deu atenção ao que o padre dizia, pois todos ficaram olhando fixamente em sua direção, e o próprio príncipe gostou tanto que não conseguia tirar os olhos dela nem por um instante. Quando estava saindo da igreja, o príncipe a seguiu, fechou a porta da igreja atrás dela e, assim, conseguiu pegar uma de suas luvas que ficou presa. Ela seguiu adiante, montou em seu cavalo, e o príncipe novamente a seguiu e perguntou de onde ela vinha.

— Oh! Eu sou da Terra do Banho — disse Kari.

E, quando o príncipe tirou a luva do bolso e quis devolvê-la, ela disse:

Escuridão atrás de mim, luz à minha frente;
Que o príncipe não veja para onde vou no presente!

O príncipe nunca vira nada igual àquela luva e foi por toda a parte perguntando onde ficava o país que a dama altiva, que cavalgava sem a luva, dissera que vinha, mas não houve quem pudesse lhe dar aquela informação.

No domingo seguinte, alguém tinha que levar uma toalha ao príncipe.

— Ah! Posso ter permissão para levar a toalha? — disse Kari.

— Qual seria a razão disso? — disseram os outros que estavam na cozinha. — Você viu o que aconteceu da última vez.

Kari não desistiu e continuou implorando pela permissão até conseguir. Ela, então, subiu correndo as escadas de modo que seu vestido de madeira estrepitou novamente. O príncipe saiu e, quando viu que era Kari, arrancou a toalha de sua mão e jogou-a bem nos seus olhos.

— Vá embora imediatamente, seu *troll* feio — disse ele. — Você acha que usarei uma toalha que foi tocada por seus dedos sujos?

Depois disso, o príncipe foi à igreja, e Kari também pediu licença para ir. Todos perguntaram como ela poderia querer ir à igreja quando não tinha nada para vestir, exceto aquele vestido de madeira, que estava pretejado e horrível. Mas Kari disse que achava o padre um homem muito bom na pregação e que ela se beneficiara muito com o que ele disse. E, finalmente, ela conseguiu permissão.

Ela foi até a pedra e bateu, então o homem saiu e deu-lhe um vestido que era muito mais magnífico do que o primeiro. Ele era todo bordado com prata e brilhava como a madeira de prata. Ela recebeu ainda um cavalo belíssimo, com sela bordada em prata e um freio de prata também.

Quando a filha do rei chegou à igreja, todas as pessoas estavam do lado de fora e se perguntavam quem diabos ela seria. O príncipe, que estava em alerta, veio rapidamente e quis segurar seu cavalo enquanto ela desmontava, mas ela saltou e disse que não havia necessidade, pois o cavalo era tão bem treinado que parava quando ela ordenava e vinha quando ela o chamava. Então, todos entraram na igreja, mas quase ninguém ouviu o que o padre dizia, pois todos estavam olhando insistentemente em sua direção, e o príncipe se apaixonou por ela muito mais profundamente do que antes.

Quando o sermão acabou, ela deixou a igreja e já ia montar em seu cavalo quando o príncipe novamente se aproximou e perguntou-lhe de onde vinha.

— Eu sou da Terra das Toalhas — disse a filha do rei, e, enquanto falava, ela deixou cair o chicote de montaria.

O príncipe já se abaixava para pegá-lo, quando ela disse:

Escuridão atrás de mim, luz à minha frente;
Que o príncipe não veja para onde vou no presente!

Ela se foi mais uma vez, e o príncipe não pôde ver que direção tomara. Ele foi por toda a parte perguntando por aquele país de onde ela havia dito que vinha, mas não houve ninguém que pudesse lhe dizer onde ficava e ele não teve outra alternativa a não ser ter paciência mais uma vez.

No domingo seguinte, alguém tinha que levar um pente para o príncipe, e Kari implorou mais uma vez para poder levá-lo. Os outros a lembraram do que havia acontecido da última vez e a repreenderam por permitir que o príncipe a visse quando estava tão suja e feia em seu vestido de madeira, mas ela insistiu até que lhe deram permissão para ir. Quando ela, mais uma vez, subiu as escadas com estrépito, o príncipe saiu, pegou o pente, atirou-o contra ela e ordenou que fosse embora o mais rápido possível. Depois disso, o príncipe foi à igreja, e Kari também pediu licença para ir. Como nos domingos anteriores, todos questionavam o que ela faria lá, considerando que estava tão suja e feia e não tinha roupas adequadas para a ocasião. Disseram ainda que o príncipe ou outra pessoa poderia facilmente vê-la e, então, todos seriam castigados por aquilo. Mas Kari disse que as pessoas na igreja tinham coisa melhor a fazer do que olhar para ela e continuou a implorar para ter permissão de ir.

Tudo aconteceu exatamente como já havia acontecido nas duas vezes anteriores. Ela foi até a pedra, bateu com a vara e, então, o homem saiu e lhe deu um vestido que era muito mais magnífico do que os anteriores, pois era quase inteiramente feito de ouro puro e diamantes. Além do vestido, ela também ganhou um cavalo nobre com sela bordada em ouro e um freio de ouro.

Quando a filha do rei chegou à igreja, o padre e as pessoas estavam todos parados esperando por ela, e o príncipe correu e quis segurar o cavalo, mas ela saltou, dizendo:

— Não, obrigada, não há necessidade. Meu cavalo é tão bem treinado que ficará parado quando eu pedir.

Então, todos correram para a igreja juntos, e o padre subiu ao púlpito, mas ninguém ouviu o que ele dizia, pois estavam olhando para ela e se perguntando de onde ela vinha. O príncipe estava muito mais apaixonado do que em qualquer uma das ocasiões anteriores e não se importava com nada além de olhar para ela.

Quando o sermão acabou e a filha do rei estava prestes a deixar a igreja, o príncipe fez com que um barril de alcatrão fosse derramado na entrada para que ele pudesse ajudá-la. Ela, entretanto, não se preocupou minimamente com o alcatrão, colocou o pé bem no meio dele, saltou e, assim, um de seus sapatos de ouro ficou grudado. Quando ela montou no cavalo, o príncipe saiu correndo da igreja e perguntou de onde ela vinha.

— Da Terra dos Pentes — disse Kari.

Mas quando o príncipe quis pegar seu sapato de ouro que ficara preso no alcatrão, ela disse:

Escuridão atrás de mim, luz à minha frente;
Que o príncipe não veja para onde vou no presente!

O príncipe não sabia o que tinha acontecido com ela, então, ele viajou por um longo e cansativo tempo, por todo o mundo, perguntando onde era a Terra dos Pentes. Ninguém soube lhe dizer onde ficava aquele país e ele fez saber a todos que se casaria com a mulher que calçasse o sapato de ouro. Assim, as donzelas formosas e as feias também vieram de todas as regiões, mas não havia nenhuma que tivesse um pé tão pequeno que pudesse calçar o sapato de ouro. Depois de muito, muito tempo, a madrasta malvada de Kari Vestido de Madeira veio trazendo sua filha também, e o sapato lhe serviu. Mas ela era tão feia e parecia tão odiosa que o príncipe não quis cumprir o que prometera. No entanto, tudo estava pronto para o casamento, e ela estava enfeitada como uma noiva, mas, enquanto eles iam para a igreja, um passarinho sentou-se em uma árvore e cantou:

Um pedaço de seu calcanhar;
Um pedaço de seus dedos;
Sapato de Kari Vestido de Madeira, ao andar
Encha-se de sangue, sem arremedos

E, quando olharam para ele, o pássaro havia falado a verdade, pois o sangue escorria do sapato. Assim, todas as donzelas que aguardavam e todas as mulheres do castelo tiveram que vir experimentar o sapato novamente, mas não havia ninguém em quem servisse.

— Mas onde está Kari Vestido de Madeira, então? — perguntou o príncipe depois que todas haviam experimentado o sapato. Ele entendia o canto dos pássaros e veio à sua mente o que o pássaro havia cantado.

— Oh! Aquela criatura! — disseram os outros. Não há a menor utilidade de ela vir aqui, pois tem pés que são como cascos de um cavalo!

— Pode ser — disse o príncipe —, mas como todas as outras tentaram, Kari poderá tentar também.

— Kari! — chamou ele através do vão da porta.

Kari subiu as escadas, e seu vestido de madeira estalou como se um regimento inteiro de dragões estivesse subindo.

— Agora, você deve experimentar o sapato de ouro e ser uma princesa — disseram os outros servos, rindo e zombando dela.

Kari pegou o sapato, calçou o pé com a maior facilidade possível e depois tirou o vestido de madeira e lá estava ela com o vestido dourado que brilhava como raios de sol e no outro pé ela tinha o par do sapato de ouro. O príncipe a reconheceu imediatamente e ficou tão feliz que correu, tomou-a nos braços e a beijou. Quando soube que ela era filha de um rei, ficou ainda mais feliz e, então, eles celebraram um lindo casamento.

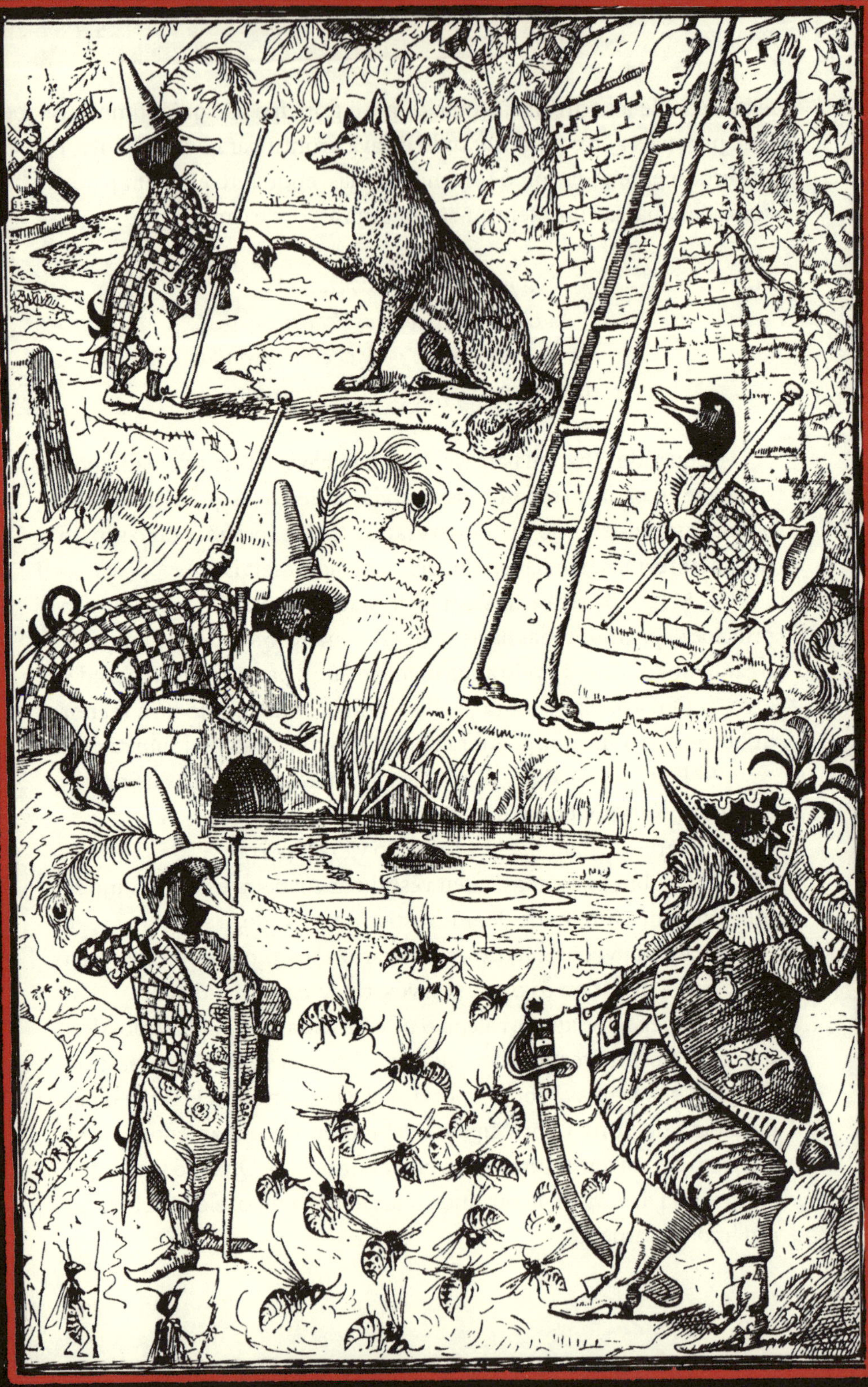

RABO DE PATO

(*Contes* de Ch. Marelles)

Rabo de Pato era muito pequeno, por isso, tinha esse nome. Apesar de minúsculo, era muito inteligente e sabia o que fazia, pois, tendo começado do nada, acabou acumulando uma fortuna de cem coroas. O rei, que era muito extravagante e nunca economizava nem um centavo, tendo ouvido que Rabo de Pato tinha algum dinheiro, decidiu ir até ele para pedir emprestadas suas reservas. Naquela ocasião, Rabo de Pato não ficou nem um pouco lisonjeado por ter emprestado dinheiro ao rei. Depois do primeiro e do segundo anos, vendo que o rei nem cogitava lhe pagar juros, começou a ficar muito inquieto e, por fim, decidiu ir pessoalmente ver sua majestade para receber seu dinheiro de volta. Então, numa bela manhã, Rabo de Pato, muito alegre e bem disposto, pegou a estrada, cantando: "Quack, quack, quack, quando terei meu dinheiro de volta?".

Ele não tinha ido muito longe quando encontrou sua amiga raposa, que andava na mesma estrada.

— Bom dia, vizinho — cumprimentou a amiga —, para onde vai tão cedo?

— Estou indo ver o rei para receber o que ele me deve.

— Oh! Leva-me contigo!

Rabo de Pato disse a si mesmo: "Não se pode ter muitos amigos...".

— Posso levá-la — afirmou ele —, mas andando sobre quatro patas em breve você ficará cansada. Diminua até ficar bem pequena, entre na minha garganta, depois na minha moela e carregarei você.

— Bem pensado! — disse a amiga raposa.

Ela foi de mala e cuia e pronto! Sumiu como uma carta no correio.

Rabo de Pato retomou sua jornada, todo alegre e bem disposto, cantando: "Quack, quack, quack, quando terei meu dinheiro de volta?".

Ele não tinha ido muito longe quando encontrou sua amiga escada, encostada na parede.

— Bom dia, patinho — saudou a amiga —, para onde vai tão determinado?

— Estou indo ver o rei para receber o que ele me deve.

— Oh! Leva-me contigo!

Rabo de Pato disse a si mesmo: "Não se pode ter muitos amigos...".

— Posso levá-la — afirmou ele —, mas com suas pernas de pau logo ficará cansada. Diminua até ficar bem pequena, entre na minha garganta, depois na minha moela e carregarei você.

— Bem pensado! — disse a amiga escada, e ligeira, com mala e cuia, foi fazer companhia para a amiga raposa.

— Quack, quack, quack — disse Rabo de Pato, que retomou sua jornada, aprumado e cantando como antes. Um pouco mais adiante, ele encontrou seu amado amigo rio, correndo silenciosamente sob o sol.

— Você, meu querubim — disse ele —, para onde está indo tão solitário e com a cauda arqueada, nesta estrada lamacenta?

— Estou indo ver o rei para receber o que ele me deve.

— Oh! Leva-me contigo!

Rabo de Pato disse a si mesmo: "Não se pode ter muitos amigos...".

— Posso levá-lo — afirmou ele —, mas você dorme enquanto corre e logo ficará cansado. Diminua até ficar bem pequeno, entre na minha garganta, depois na minha moela e carregarei você.

— Bem pensado! — disse o amigo rio.

Ele entrou de mala e cuia e glou, glou, glou, tomou seu lugar entre a amiga raposa e a amiga escada.

— Quack, quack, quack — disse Rabo de Pato, e colocou-se a caminho novamente, cantando.

Um pouco mais adiante, ele encontrou o camarada ninho de vespa, manipulando suas vespas.

— Bem, bom dia, amigo Rabo de Pato — disse o camarada ninho de vespa —, para onde vamos assim tão alegres e aprumados?

— Estou indo ver o rei para receber o que ele me deve.

— Oh! Leva-me contigo!

Rabo de Pato disse a si mesmo: "Não se pode ter muitos amigos...".

— Posso levá-lo — afirmou ele —, mas, com o seu batalhão para carregar, você logo ficará cansado. Diminua até ficar bem pequeno, entre na minha garganta, depois na minha moela e carregarei você.

— Por Deus, que ótima ideia! — exclamou o camarada ninho de vespa.

Ele seguiu o mesmo caminho para se juntar aos outros levando consigo todo o seu batalhão de vespas. Não havia muito mais espaço, mas se espremendo um pouco eles conseguiram se ajeitar.

E Rabo de Pato colocou-se a caminho novamente, cantando.

Assim que chegou à capital, abriu caminho seguindo pela rua principal, ainda correndo e cantando "Quack, quack, quack, quando terei meu dinheiro de volta?", para grande espanto da boa gente de lá, até que chegou ao palácio do rei.

Ele bateu com a aldraba: "Toc! toc!".

— Quem está aí? — perguntou o porteiro, colocando a cabeça para fora do postigo.

— Sou eu, Rabo de Pato. Desejo falar com o rei.

— Falar com o rei!... Como se fosse fácil. O rei está jantando e não será incomodado.

— Diga a ele que sou eu e ele sabe bem por que vim.

O porteiro fechou a portinhola e subiu para avisar o rei, que acabara de se sentar para jantar com um guardanapo no pescoço, na companhia de todos os seus ministros.

— Bom, bom! — disse o rei rindo. — Sei exatamente do que se trata! Faça-o entrar e coloque-o com os perus e as galinhas.

O porteiro desceu.

— Tenha a bondade de entrar.

— Bom! — disse Rabo de Pato para si mesmo. — Agora verei como se alimentam na corte.

— Por aqui, por aqui — orientou o porteiro. — Um passo adiante... Pronto, aí está.

— Como? O quê? No aviário?

Imagine como Rabo de Pato ficou aborrecido!

— Ah! Então é assim — gritou ele. — Espere! Vou obrigar você a me receber. Quack, quack, quack, quando terei meu dinheiro de volta?

Mas perus e galinhas são criaturas que não gostam de pessoas que não são como eles. Quando viram o recém-chegado e o ouviram gritar, começaram a olhá-lo sombriamente.

— Do que se trata? O que ele quer?

Finalmente, todos eles correram em sua direção para dominá-lo com suas bicadas.

— Estou perdido! — lamentou Rabo de Pato para si mesmo, mas, de repente, para sua sorte, lembrou-se de sua amiga raposa e gritou:

— *Raposa, raposa, saia de sua toca designada ou a vida de Rabo de Pato não valerá de nada!*

Então, a amiga raposa, que só esperava por aquelas palavras, saiu ligeira, lançou-se sobre as aves malvadas e, rápida como um quack, ela os despedaçou de tal forma que, ao final de cinco minutos, não havia mais nenhuma ave viva. Rabo de Pato, bastante satisfeito, começou a cantar novamente "Quack, quack, quack, quando terei meu dinheiro de volta?".

Quando o rei, que ainda estava à mesa, ouviu aquele refrão e a mulher que cuidava das aves veio lhe contar o que se passara no quintal, ele ficou terrivelmente aborrecido.

Ele ordenou que jogassem aquele Rabo de Pato no poço para acabar com ele.

E foi feito como ele ordenou. Rabo de Pato estava desesperado para sair daquele poço tão profundo e, então, lembrou-se de sua amiga escada.

— *Escada, escada, saia de sua fortificação ou os dias de Rabo de Pato logo contados estarão.*

A amiga escada, que estava apenas aguardando por aquelas palavras, saiu rapidamente, encostou seus dois braços na beira do poço e, então, Rabo de Pato subiu agilmente por seus degraus e pulou! Uma vez no quintal, ele começou a cantar mais alto do que nunca.

Quando o rei, que ainda estava à mesa rindo da boa peça que pregara no credor, o ouviu exigindo novamente receber o dinheiro, ficou lívido de raiva.

Ele ordenou que a fornalha fosse aquecida e aquele Rabo de Pato fosse atirado nela, pois só podia se tratar de um feiticeiro.

A fornalha logo aqueceu, mas desta vez Rabo de Pato não estava com tanto medo, pois contava com seu amigo rio.

— *Rio, rio, precisa fluir ou para a morte Rabo de Pato deverá ir.*

O amigo rio saiu apressado e chuá! Lançou-se sobre a fornalha, inundando-a completamente e encharcando todas as pessoas que a acenderam. Depois disso, ele fluiu ruidosamente para o corredor do palácio até a altura de mais de um metro.

Rabo de Pato, bastante satisfeito, começou a nadar, cantando a plenos pulmões: "Quack, quack, quack, quando terei meu dinheiro de volta?".

O rei ainda estava à mesa e achava-se bastante seguro com sua artimanha, mas, quando ouviu Rabo de Pato cantando novamente e quando lhe contaram tudo o que acontecera, ficou furioso e se levantou da mesa brandindo os punhos.

— Traga-o aqui e eu mesmo cortarei sua garganta! Traga-o aqui rápido! — gritou ele.

E rapidamente dois lacaios correram para buscar Rabo de Pato.

— Até que enfim — disse o pobre rapaz, subindo as grandes escadas —, eles decidiram me receber.

Imagine seu terror ao entrar e ver o rei vermelho como um peru e todos os seus ministros de espada em punho. Ele pensou que daquela vez estava tudo perdido. Felizmente, ele se lembrou de que ainda havia um amigo remanescente e gritou com voz moribunda:

— *Ninho de vespa, ninho de vespa, precisa atacar ou Rabo de Pato nunca mais poderá se recuperar.*

Em seguida, a situação mudou completamente.

— Bzz, bzz, atacar!

O corajoso ninho de vespas atacou com todas as suas vespas. Elas voaram sobre o rei enfurecido e seus ministros e os picaram tão ferozmente no rosto que eles ficaram ensandecidos e, sem saber onde se esconder, pularam desordenados da janela e quebraram o pescoço na calçada.

Rabo de Pato, muito surpreso, viu-se sozinho no grande salão e dono da situação. Ele não conseguia lidar com aquilo.

Mesmo assim, ele logo se lembrou do motivo de sua visita ao palácio e, aproveitando a ocasião, pôs-se a procurar seu precioso dinheiro. Mas em vão vasculhou todas as gavetas. Nada foi encontrado, tudo fora gasto.

E assim, vasculhando cômodo por cômodo, ele finalmente chegou àquele com o trono e, sentindo-se cansado, sentou-se nele para pensar sobre sua aventura. Nesse ínterim, o povo havia encontrado o rei e seus ministros com os pés para cima na calçada e foi ao palácio para saber como aquilo havia acontecido. A multidão, ao entrar na sala do trono e ver que já havia alguém sentado no trono real, soltou gritos de surpresa e alegria:

— O rei está morto, vida longa ao rei! Os céus nos enviaram este aqui!

Rabo de Pato, que já não se surpreendia com mais nada, recebeu as aclamações do povo como se nunca tivesse feito outra coisa em toda a sua vida.

Alguns poucos certamente murmuraram que um Rabo de Pato não seria um bom rei. No entanto, aqueles que o conheciam responderam que o conhecido Rabo de Pato seria um rei mais digno do que um perdulário como aquele que estava deitado na calçada. Em suma, eles correram, tiraram a coroa da cabeça do falecido e a colocaram na de Rabo de Pato, na qual caiu como uma luva.

Assim, ele se tornou rei.

— E agora — disse ele após a cerimônia —, senhoras e senhores, vamos jantar. Estou com muita fome!

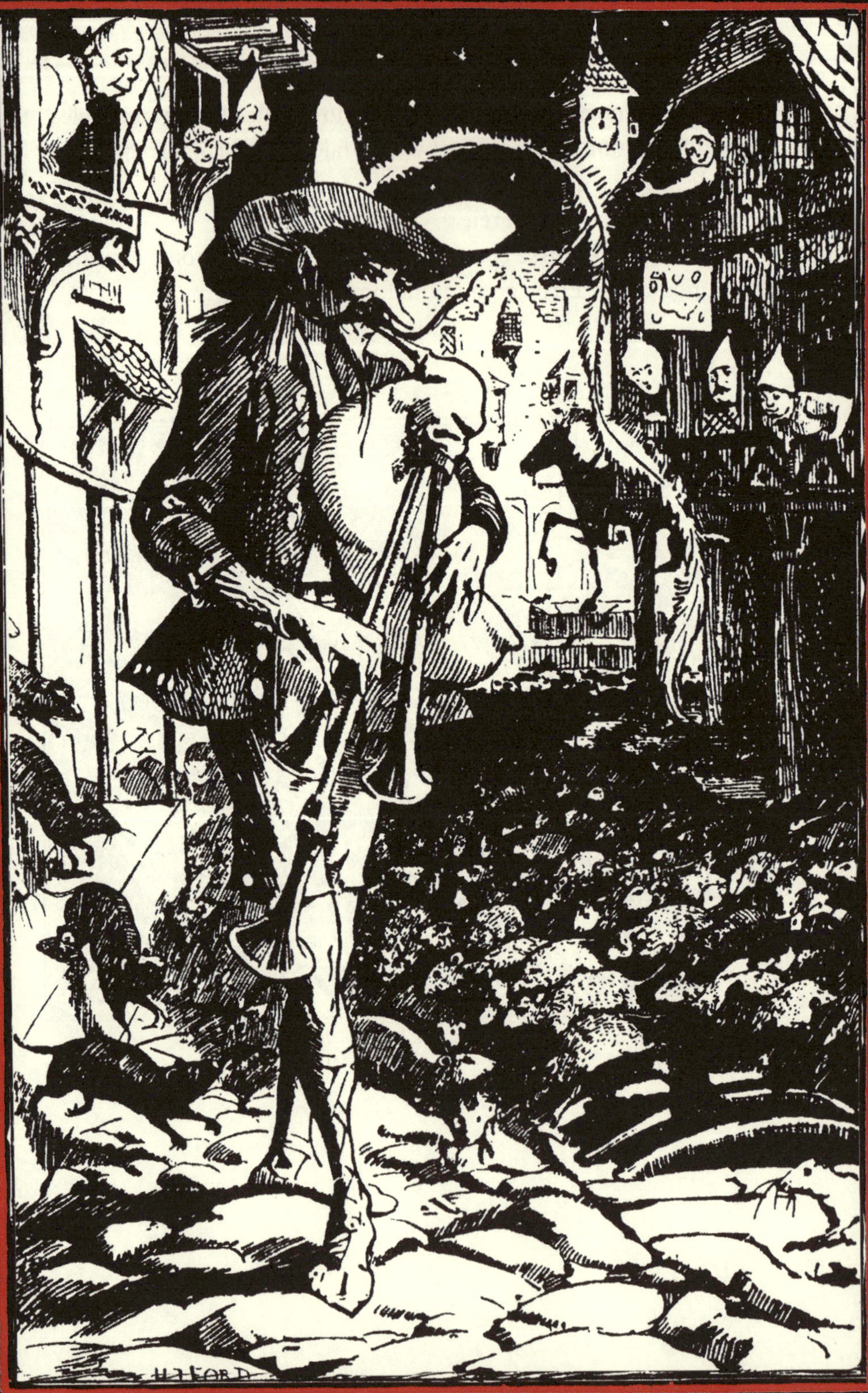
H. J. FORD

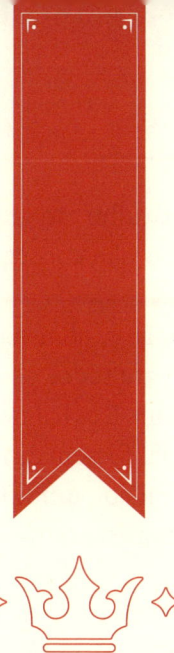

O APANHADOR DE RATOS

(Ch. Marelles)

Muito tempo atrás, a cidade de Hamelin, na Alemanha, foi invadida por bandos de ratos, de uma espécie que nunca fora vista antes e nunca será novamente.

Eles eram grandes criaturas negras que corriam audaciosamente em plena luz do dia pelas ruas e se aglomeravam de tal forma em todas as casas que as pessoas não podiam colocar as mãos ou os pés em qualquer lugar sem tocar em um deles. Ao se vestirem pela manhã, os encontravam nas calças e anáguas, nos bolsos e nas botas e, quando queriam um pedaço de algo para comer, a horda voraz já havia varrido tudo, do porão ao sótão. À noite, era ainda pior. Assim que as luzes se apagavam, esses incansáveis mordiscadores começavam a trabalhar. E por toda parte, no teto, no chão, nos armários, nas portas, ouviam-se buscas, reviravoltas e um barulho tão grande de verrumas, alicates e serras que mesmo um surdo não conseguiria descansar nem sequer por uma hora completa.

Nem gatos, nem cachorros, nem veneno, nem armadilhas, nem orações, nem velas acesas para todos os santos adiantavam. Quanto mais matavam, mais apareciam. E os habitantes de Hamelin começaram a usar cachorros (não que eles fossem de muita utilidade), até que, em uma sexta-feira, chegou à cidade um homem de cara esquisita, que tocava gaita de foles e cantava este refrão: "Quem viver verá, aqui está o caçador de ratos".

Ele era um sujeito bem desajeitado, seco e bronzeado, com um nariz torto, um longo bigode de cauda de rato, dois grandes olhos amarelos penetrantes e zombeteiros, sob um grande chapéu de feltro enfeitado com uma pena de galo escarlate. Ele vestia uma jaqueta verde com cinto de couro e calça vermelha e nos pés usava sandálias presas por tiras passadas em volta das pernas à moda cigana.

É assim que ele pode ser visto até hoje, pintado em uma janela da catedral de Hamelin.

Ele parou no grande mercado em frente à prefeitura, deu as costas para a igreja e continuou com sua música, cantando: "Quem viver verá, aqui está o caçador de ratos".

O conselho da cidade acabara de se reunir para deliberar mais uma vez sobre aquela praga do Egito, da qual ninguém conseguia livrar a cidade.

O estranho mandou uma mensagem aos conselheiros dizendo que, desde que fosse bem recompensado, ele os livraria de todos os ratos, até o último deles, antes do cair da noite.

— Então, trata-se de um feiticeiro! — gritaram os cidadãos em uníssono. — Devemos ter cuidado com ele.

O conselheiro municipal, considerado uma pessoa inteligente, tranquilizou-os.

Ele disse:

— Feiticeiro ou não, se este flautista fala a verdade, foi ele mesmo quem nos enviou esta praga horrível da qual quer nos livrar agora, por dinheiro. Bem, devemos aprender a pegar o diabo em suas próprias armadilhas. Deixem isso comigo.

— Deixe isso nas mãos do conselheiro municipal — disseram os cidadãos uns aos outros.

E o estranho foi trazido diante deles.

— Antes do cair da noite — assegurou ele —, terei despachado todos os ratos de Hamelin, se me pagarem uma moeda de prata por cabeça.

— Uma moeda de prata por cabeça! — gritaram os cidadãos. — Mas isso custará milhões de florins!¹

O conselheiro municipal simplesmente encolheu os ombros e disse ao estranho:

— Uma pechincha! Se eliminar os ratos, receberá uma moeda de prata por cabeça, como pediu.

O flautista anunciou que agiria naquela mesma noite, quando a lua surgisse no céu. Acrescentou que os habitantes deveriam, naquela hora, deixar as ruas livres e contentar-se em olhar pelas janelas o que se passaria e que seria um espetáculo agradável. Quando o povo de Hamelin ouviu falar da barganha, eles também exclamaram:

— Uma moeda de prata por cabeça! Mas isso vai nos custar uma fortuna!

— Deixe isso para o conselheiro municipal — retrucou o conselho municipal com um ar malicioso. E o bom povo de Hamelin repetiu com seus conselheiros:

— Deixe isso para o conselheiro da cidade.

Por volta das 9 horas da noite, o flautista reapareceu no mercado. Ele se virou, como a princípio, de costas para a igreja, e no momento em que a lua surgiu no horizonte: "Trarira, trari!", ressoou a gaita de foles.

Foi primeiro um som lento e calmo, depois foi ficando cada vez mais vivo e frenético e tão sonoro e penetrante que invadiu até os becos e recantos mais distantes da cidade.

Logo, do fundo dos porões, do alto dos sótãos, debaixo de todos os móveis, de todos os cantos e recantos das casas, os ratos saíram,

---

1. Florim era uma antiga moeda de ouro que adquiriu esse nome porque tradicionalmente era batida com a estampa de uma flor de lis.

procuraram a porta, jogaram-se na rua e tropeçaram, tropeçaram, tropeçaram e começaram a correr em fila para a frente da prefeitura. Eles estavam tão amontoados que cobriam a calçada como as águas de uma inundação.

Quando a praça ficou bem cheia, o flautista olhou em volta e, ainda tocando com energia, voltou-se na direção do rio, que corria ao pé das muralhas de Hamelin.

Chegando lá, ele se virou e os ratos continuavam seguindo.

— Pulem! Pulem! — gritou ele, apontando com o dedo para o meio do riacho, onde a água girava e era puxada para baixo como se por um funil. — Pulem! Pulem!

Sem hesitar, os ratos deram um salto, nadaram direto para o funil, mergulharam de cabeça e desapareceram. E continuaram pulando na água sem parar até a meia-noite.

Por fim, arrastando-se com dificuldade, veio um rato grande, branco pela idade, que parou na margem.

Era o rei do bando.

— Estão todos lá, amigo Blanchet? — perguntou o flautista.

— Sim, todos lá — respondeu o amigo Blanchet.

— E quantos eram?

— Novecentos e noventa mil, novecentos e noventa e nove.

— Bem contados?

— Bem contados.

— Então vá e junte-se a eles, senhor, adeus.

Então, o velho rato branco também saltou para o rio, nadou até o redemoinho e desapareceu.

Quando o flautista concluiu seu trabalho, foi para a cama em sua estalagem. E pela primeira vez em três meses, o povo de Hamelin dormiu silenciosamente durante a noite.

Na manhã seguinte, às 9 horas, o flautista dirigiu-se à prefeitura, onde o conselho municipal o aguardava.

— Todos os ratos pularam no rio ontem — disse ele aos conselheiros —, e garanto que nenhum deles voltará. Eram novecentos e noventa mil, novecentos e noventa e nove, a uma moeda de prata por cabeça. Bem contados!

— Vamos contar as cabeças primeiro. Uma moeda de prata por cabeça equivale a uma cabeça por moeda. Onde estão as cabeças?

O caçador de ratos não esperava esse golpe traiçoeiro. Ele empalideceu de raiva e seus olhos brilharam.

— As cabeças! — gritou ele. — Se você está preocupado com elas, vá e encontre-as no rio.

— Então — respondeu o conselheiro municipal —, você se recusa a cumprir os termos de nosso acordo? Nós poderíamos recusar-lhe todo o pagamento. Mas você nos tem sido útil e não vamos deixá-lo partir sem uma recompensa. — E ofereceu-lhe cinquenta coroas.

— Guarde sua recompensa para si mesmo — respondeu o caçador de ratos com orgulho. — Se você não me pagar, serei pago por seus herdeiros.

Em seguida, ele puxou o chapéu sobre os olhos, saiu às pressas do salão e deixou a cidade sem falar com ninguém.

Quando o povo de Hamelin soube como o caso havia terminado, esfregaram as mãos e, sem demonstrarem ter mais escrúpulos do que o conselheiro municipal, riram do caçador de ratos, que, segundo eles, foi pego em sua própria armadilha. Mas o que os fez rir acima de tudo foi a ameaça de ser pago por seus herdeiros. Eles desejavam ter somente credores assim para o resto de suas vidas.

No dia seguinte, que era um domingo, todos foram alegres para a igreja, pensando que depois da missa finalmente poderiam comer alguma coisa boa que os ratos não haviam provado antes.

Eles não poderiam suspeitar da terrível surpresa que os aguardava na volta para casa. Não havia filhos em lugar algum, todos haviam desaparecido!

— Nossos filhos! Onde estão nossos pobres filhos? — Foi o grito que logo se ouviu em todas as ruas.

Então, pelo portão leste da cidade, vieram três meninos, que choravam e choravam, e isto foi o que disseram:

— Enquanto os pais estavam na igreja, uma música maravilhosa ressoou. Logo, todos os meninos e meninas que ficaram em casa saíram, atraídos pelos sons mágicos, e correram para o grande mercado. Lá, eles encontraram o caçador de ratos tocando sua gaita de foles no mesmo local da noite anterior. Então, o estranho começou a caminhar rapidamente e eles o seguiram, correndo, cantando e dançando ao som da música, até o sopé da montanha que se vê ao entrar em Hamelin. Quando se aproximaram, a montanha se abriu um pouco e o flautista entrou com eles, depois se fechou novamente.

Só os três pequeninos que contaram a aventura ficaram do lado de fora, como que por milagre. Um tinha as pernas tortas e não conseguiu correr rápido o suficiente, o outro, que saíra de casa às pressas, com um pé calçado e o outro descalço, havia se machucado batendo em uma grande pedra e só conseguiu andar com dificuldade, o terceiro havia chegado a tempo, mas, ao se esforçar para entrar com os outros, bateu tão violentamente contra a parede da montanha que caiu para trás no momento em que se aproximou de seus camaradas.

Ao ouvirem aquela história, os pais lamentaram ainda mais. Eles correram armados com lanças e picaretas para a montanha e procuraram até o anoitecer a abertura pela qual seus filhos haviam desaparecido, mas sem encontrar nada. Por fim, ao cair da noite, eles voltaram desolados para Hamelin.

Mas o mais infeliz de todos era o conselheiro municipal, pois perdera três meninos e duas lindas meninas e, para piorar, o povo de Hamelin o oprimiu com censuras, esquecendo-se de que na noite anterior todos haviam concordado com ele.

O que aconteceu com todas aquelas crianças infelizes?

Os pais sempre esperaram que não estivessem mortas e que o caçador de ratos, que certamente devia ter saído da montanha, tivesse levado elas consigo para seu país. É por isso que durante vários anos eles os buscaram em diversos países, mas ninguém jamais encontrou qualquer rastro dos pobres pequeninos.

Só muito tempo depois é que se ouviu falar deles.

Cerca de cento e cinquenta anos após o ocorrido, quando não havia mais nenhum dos pais, mães, irmãos ou irmãs daquela época, alguns mercadores de Bremen, voltando do Oriente, chegaram uma noite a Hamelin e pediram para falar com os cidadãos. Contaram que, ao cruzarem a Hungria, haviam peregrinado em um país montanhoso chamado Transilvânia, onde os habitantes só falavam alemão, enquanto ao redor deles nada se falava exceto húngaro. Essas pessoas também declararam que vieram da Alemanha, mas não sabiam dizer como chegaram àquele país estranho.

— Agora — disseram os mercadores de Bremen — esses alemães não podem ser outros que os descendentes dos filhos perdidos de Hamelin.

O povo de Hamelin não duvidou e, desde aquele dia, considera que os habitantes da Transilvânia, na Hungria, são seu povo, cujos ancestrais, quando crianças, foram levados para lá pelo caçador de ratos. Há coisas mais difíceis de acreditar do que isso.

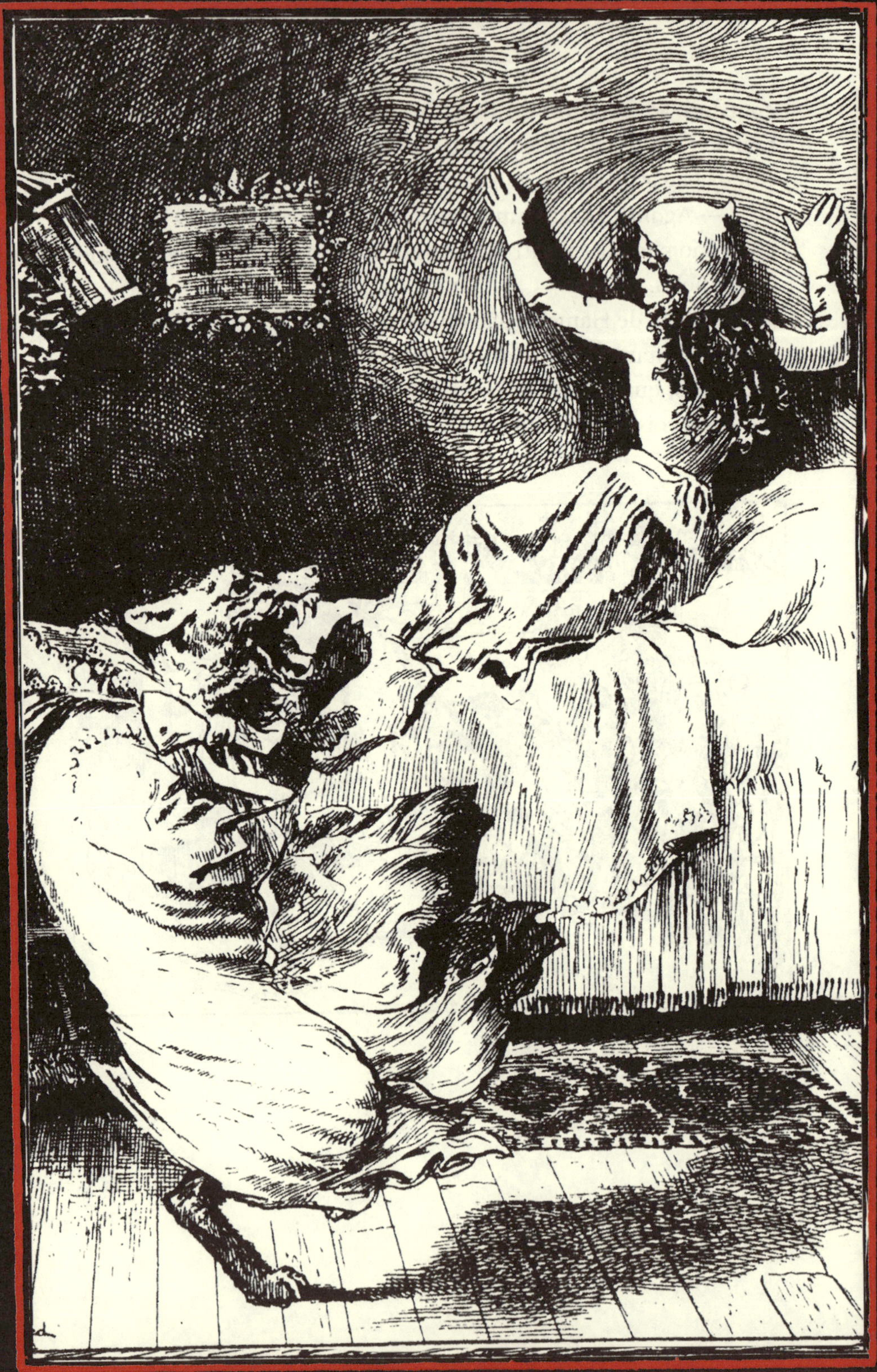

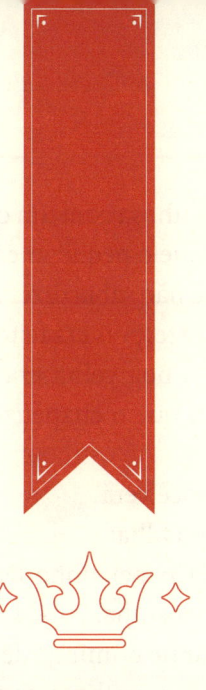

A VERDADEIRA HISTÓRIA DE CHAPEUZINHO DOURADO

(Ch. Marelles)

Você conhece a história da pobre Chapeuzinho Vermelho, que o lobo enganou e devorou, com seu bolo, sua lata de manteiga e sua avó. Bem, a verdadeira história aconteceu de maneira bem diferente, como veremos agora. Em primeiro lugar, a menininha era e ainda é chamada de Chapeuzinho Dourado, em segundo lugar, não foi ela, nem a boa avó, mas sim o lobo perverso que, no final, foi capturado e devorado.

Apenas ouça.

A história começa de forma semelhante à outra.

Era uma vez uma pequena camponesa, bonita e simpática como uma estrela da estação. Seu verdadeiro nome era Blanchette, mas ela era mais conhecida como Chapeuzinho Dourado, por causa de uma pequena capa maravilhosa com um capuz dourado e cor de fogo que ela sempre usava. Aquele pequeno capuz lhe fora dado por sua avó, que era tão velha que não sabia dizer ao certo qual era sua idade, e deveria trazer-lhe boa sorte, pois era feito de um raio de sol, segundo sua própria avó. Como a boa velha era considerada uma espécie de bruxa, todos achavam que o chapeuzinho era um tanto enfeitiçado também.

E assim era, como você verá.

Um dia, a mãe disse à filha:

— Vamos ver, meu Chapeuzinho Dourado, se você sabe como encontrar o seu caminho sozinha. Você deve levar este belo pedaço de bolo para sua avó degustar no domingo de manhã. Você vai perguntar como ela está e voltar na mesma hora, sem parar para conversar com nenhum estranho no caminho. Você entendeu bem?

— Sim, entendi muito bem — respondeu Blanchette alegremente. E lá se foi ela com o bolo, muito orgulhosa de sua missão.

Mas a avó morava em outra vila e havia um grande bosque para atravessar antes de chegar lá. Em uma curva na estrada sob as árvores, de repente:

— Quem está aí?

— O amigo lobo.

Ele tinha visto a criança andando sozinha e o vilão estava esperando para devorá-la quando, no mesmo instante, percebeu alguns lenhadores que poderiam vê-lo e mudou de ideia. Em vez de cair sobre Blanchette, ele se aproximou dela como um bom cachorro.

— É você! Minha simpática Chapeuzinho Dourado — disse ele.

Então a menina parou para conversar com o lobo apesar de nunca o ter conhecido antes.

— Você me conhece, então! — disse ela. — Qual é o seu nome?

— Meu nome é amigo lobo. E onde você vai assim, minha linda, carregando sua cestinha no braço?

— Eu vou para casa de minha avó para levar um belo pedaço de bolo para o seu deleite de domingo de manhã.

— E onde mora sua avó?

— Ela mora do outro lado da floresta, na primeira casa da vila, perto do moinho de vento, sabe?

— Ah! Sim! Eu sei agora — afirmou o lobo. — Bem, é exatamente para onde estou indo. Vou chegar lá antes de você, sem dúvida, andando com suas pequenas perninhas, e vou dizer a ela que você está vindo para visitá-la. Ela vai esperar por você.

Em seguida, o lobo cortou caminho pela floresta e, em cinco minutos, chegou à casa da avó.

Ele bateu na porta: "Toc, toc".

Ninguém respondeu.

Ele bateu com mais força.

Nada.

Então, ele se levantou, colocou as duas patas dianteiras no trinco e a porta se abriu.

Não havia nenhuma alma na casa.

A velha havia se levantado cedo para vender ervas na cidade e saíra com tanta pressa que deixara a cama desfeita, com a touca de dormir sobre o travesseiro.

— Bom! — disse o lobo para si mesmo. — Já sei o que vou fazer.

Ele fechou a porta, puxou a touca de dormir da avó até os olhos, depois se deitou na cama e fechou as cortinas.

Nesse ínterim, a boa Blanchette seguia em silêncio, como fazem as menininhas, divertindo-se aqui e ali colhendo margaridas da Páscoa, observando os passarinhos fazendo seus ninhos e correndo atrás das borboletas que voavam ao sol.

Por fim, ela chegou à porta.

"Toc, toc".

— Quem está aí? — disse o lobo, suavizando sua voz áspera o melhor que pôde.

— Sou eu, vovó, sua pequena Chapeuzinho Dourado. Estou lhe trazendo um grande pedaço de bolo para que possa degustar no domingo.

— Pressione a trava, empurre e abra a porta.

— Ora, você está resfriada, vovó — observou ela, entrando.

— Aham! Um pouco, um pouco... — respondeu o lobo, fingindo tossir. — Feche bem a porta, meu cordeirinho. Ponha sua cesta na mesa, tire o vestido e venha deitar-se comigo: você precisa descansar um pouco.

A boa criança tirou a roupa, mas veja isso! Ela manteve o pequeno capuz sobre a cabeça. Quando viu a aparência da avó na cama, a pobrezinha ficou muito surpresa.

— Oh! — gritou ela. — Como você está parecida com o amigo lobo, vovó!

— Isso é por causa da minha touca de dormir, criança — respondeu o lobo.

— Oh! Que braços peludos você tem, vovó!

— São para abraçá-la melhor, minha filha.

— Oh! Que língua grande você tem, vovó!

— São para melhor lhe responder, criança.

— Oh! Que boca cheia de grandes dentes brancos você tem, vovó!

— Isso é para triturar crianças pequenas! — E o lobo abriu bem as mandíbulas para engolir Blanchette.

Mas ela baixou a cabeça gritando:

— Mamãe! Mamãe! — E o lobo só conseguiu pegar seu pequeno capuz.

Então, meu Deus! Oh, céus! Ele recuou, chorando e sacudindo a mandíbula como se tivesse engolido carvão em brasa.

Era o pequeno capuz cor de fogo que queimara sua língua e garganta.

O capuz era um daqueles gorros mágicos que costumavam existir nos tempos antigos, nas histórias, para tornar uma pessoa invisível ou invulnerável.

Assim, lá estava o lobo com a garganta queimada, pulando da cama e tentando encontrar a porta, uivando e uivando como se todos os cães do país estivessem em seu encalço.

Naquele exato momento, a avó chegou, voltando da cidade com seu longo saco vazio no ombro.

— Ah, salteador! —gritou ela. — Espere um pouco!

Rapidamente ela abriu o saco na porta e o lobo enlouquecido saltou para dentro de cabeça para baixo.

Era ele agora que havia sido capturado, engolido como uma carta no correio.

A corajosa senhora fechou o saco e, em seguida, correu e esvaziou o saco no poço, onde o vagabundo, ainda uivando, caiu e se afogou.

— Ah, canalha! Você pensou que iria triturar minha netinha! Bem, amanhã faremos um presente para ela com sua pele e você é que será triturado, pois daremos sua carcaça aos cães.

Em seguida, a avó apressou-se em vestir a pobre Blanchette, que ainda tremia de medo na cama.

— Bem — disse à neta —, se não fosse pelo meu capuz, onde você estaria agora, querida?

E, para fazer a criança se recuperar daquele susto, ela a fez comer um bom pedaço de seu bolo e beber um bom gole de vinho, depois disso, pegou-a pela mão e a conduziu de volta para casa.

E então quem foi que a repreendeu quando soube de tudo o que havia acontecido?

A mãe.

Mas Blanchette prometeu repetidas vezes que nunca mais pararia para ouvir um lobo, de modo que finalmente a mãe a perdoou.

E Blanchette, a pequena Chapeuzinho Dourado, manteve sua palavra. E, quando o clima está bom, ela ainda pode ser vista pelos campos com seu lindo capuz da cor do sol.

Mas para vê-la você precisa acordar cedo.

REX
FLOREAT GRVMRE

O RAMO DOURADO

(Madame d'Aulnoy)

Era uma vez um rei que era tão taciturno e desagradável que era temido por todos os seus súditos, e com razão, pois pelas ofensas mais insignificantes ele mandava cortar suas cabeças. O rei Rabugento, como era chamado, tinha um filho, que era tão diferente de seu pai quanto poderia ser. Nenhum príncipe se igualava a ele em inteligência e bondade de coração, mas infelizmente ele era terrivelmente feio. O jovem tinha pernas tortas e olhos vesgos, uma boca grande e torta de um lado, além de uma corcunda. Nunca houve uma alma tão bonita habitando um corpo tão assustador, mas, apesar de sua aparência, todos o amavam. A rainha, sua mãe, o chamava de Arabesco, porque era um nome de que ela gostava bastante e parecia combinar com ele.

O rei Rabugento, que se importava muito mais com sua própria grandeza do que com a felicidade de seu filho, desejava casar o príncipe com a filha de um rei vizinho, cujas grandes propriedades se juntariam às suas, e aquela aliança o tornaria mais poderoso do que nunca e, quanto à princesa, ela faria muito bem ao príncipe Arabesco, pois era tão feia quanto ele. Na verdade, embora ela fosse a criatura mais adorável do mundo, não havia como esconder o fato de que ela era assustadora e tão manca que sempre andava com uma muleta, e as pessoas a chamavam de princesa Talo de Repolho.

O rei, tendo pedido e recebido um retrato da princesa, mandou colocá-lo em seu grande salão sob um dossel e mandou chamar o príncipe Arabesco, a quem disse que, como este era o retrato de sua futura noiva, esperava que o príncipe o achasse encantador.

O príncipe, após o contemplar, virou-se com ar desdenhoso, o que ofendeu profundamente seu pai.

— Devo entender que não está satisfeito? — perguntou ele muito rispidamente.

— Não estou, senhor — respondeu o príncipe. — Como eu poderia ter o prazer de me casar com uma princesa feia e manca?

— Certamente *lhe* convém bastante se opor a isso — disse o rei Rabugento —, uma vez que você mesmo é feio o suficiente para assustar qualquer um.

— Essa é exatamente a razão — disse o príncipe — pela qual desejo me casar com alguém que não seja feio. Estou bastante cansado da minha aparência.

— Pois eu lhe digo que você deve se casar com ela — exclamou o rei Rabugento com raiva.

E o príncipe, vendo que não adiantava protestar, curvou-se e retirou-se.

Como o rei Rabugento não estava acostumado a ser contrariado, ficou muito descontente com seu filho e ordenou que ele fosse preso na torre especialmente construída para príncipes rebeldes, mas que não tinha sido usada por cerca de duzentos anos, já que não havia nenhum. O príncipe achou que todos os aposentos pareciam estranhamente antiquados, com seus móveis antigos, mas, como havia uma boa biblioteca, ele ficou satisfeito, pois gostava muito de ler e logo obteve permissão para ter quantos livros desejasse. Mas, quando olhou para eles, descobriu que estavam escritos em uma língua esquecida e ele não conseguia entender uma única palavra, embora se divertisse tentando.

O rei Rabugento estava tão convencido de que o príncipe Arabesco logo se cansaria de ficar na prisão e consentiria em se casar com a princesa Talo de Repolho que enviou embaixadores ao pai dela propondo que ela viesse e se casasse com seu filho, que a faria perfeitamente feliz.

O rei ficou encantado por receber uma proposta tão boa para sua filha infeliz, embora, para dizer a verdade, ele achasse impossível admirar o retrato do príncipe que lhe fora enviado. No entanto, ele o colocou sob a luz mais favorável possível e mandou chamar a princesa, mas, no momento em que ela o viu, virou o rosto e começou a chorar. O rei, que ficou muito irritado ao ver o quanto ela não gostara do príncipe, pegou um espelho e, segurando-o diante da infeliz princesa, disse:

— Vejo que você não acha o príncipe bonito, mas olhe para si mesma e veja se tem o direito de reclamar disso.

— Senhor — respondeu ela —, não quero reclamar, apenas imploro que não me obrigue a casar. Eu preferia ser a infeliz princesa Talo de Repolho por toda a minha vida do que infligir a visão da minha feiura a qualquer outra pessoa.

Mas o rei não lhe deu ouvidos e mandou-a embora com os embaixadores.

Nesse ínterim, o príncipe era mantido trancado em segurança em sua torre e, para que pudesse ficar o mais entediado possível, o rei Rabugento ordenou que ninguém falasse com ele e que não lhe dessem quase nada para comer. Mas todos os guardas do príncipe gostavam tanto dele que faziam tudo o que podiam, apesar das ordens do rei, para que o tempo passasse agradavelmente.

Um dia, enquanto o príncipe andava de um lado para outro na grande galeria, pensando em como era miserável por ser tão feio e ser forçado a se casar com uma princesa igualmente assustadora, ele olhou para cima, de repente, e percebeu que as janelas pintadas eram particularmente brilhantes e lindas, e, na tentativa de fazer algo que desviasse seus tristes pensamentos, ele começou a examiná-las com mais atenção. Ele descobriu que as imagens pareciam cenas da vida de um homem que aparecia em todas as janelas, e o príncipe, imaginando ver naquele homem alguma semelhança com ele mesmo, começou a se interessar profundamente. Na primeira janela, havia uma imagem dele em uma das torres; mais adiante, ele procurava algo em uma fenda na parede; na próxima pintura, ele abria um armário antigo com uma chave de ouro e assim passou por várias cenas; e logo o príncipe percebeu que outra figura ocupava o lugar mais importante em cada cena, e desta vez era um jovem alto bonito. O pobre príncipe Arabesco achou prazeroso contemplar aquele jovem, que era tão esguio e forte. Àquela altura, já havia escurecido, e o príncipe teve que voltar para seu quarto e, para se divertir, pegou um livro antigo e curioso e começou a olhar as fotos. Mas sua surpresa foi grande ao descobrir que representavam as mesmas cenas das janelas da galeria e, além disso, pareciam estar vivas. Ao olhar as imagens dos músicos, ele viu seus movimentos de mãos e ouviu doces sons, havia a imagem de um baile, e o príncipe podia ver as pessoas dançando, entrando e saindo. Ele virou uma página e havia um cheiro excelente de um jantar saboroso e uma das figuras que estavam sentadas no banquete olhou para ele e disse:

— Bebemos à sua saúde, Arabesco. Tente nos dar nossa rainha novamente, pois, se o fizer, será recompensado. Se não, será pior para você.

Ao ouvir aquelas palavras, o príncipe, que estava cada vez mais surpreso, ficou bastante apavorado e, largando o livro com estrondo, caiu inconsciente. O barulho que fez trouxe os guardas em seu auxílio e, assim que ele se recuperou, eles lhe perguntaram o que havia acontecido. Ele respondeu que estava tão fraco e tonto de fome que imaginou ter visto e ouvido todo tipo de coisas estranhas. Então, apesar das ordens do rei, os guardas lhe trouxeram uma excelente ceia e, quando ele a comeu, abriu novamente o livro, mas não conseguiu ver nenhuma das imagens maravilhosas, o que o convenceu de que deveria ter sido apenas um sonho.

No entanto, quando ele entrou na galeria no dia seguinte e olhou para as janelas pintadas novamente, descobriu que elas se moviam, e as figuras iam e vinham como se estivessem vivas. Depois de observar aquele que era parecido consigo encontrar a chave na rachadura da parede da torre e abrir o antigo armário, ele decidiu ir examinar o lugar pessoalmente e tentar descobrir qual era o mistério. Ele subiu na torre e começou a procurar e a bater nas paredes e, de repente, encontrou um lugar que parecia oco. Pegando um martelo, ele quebrou um pedaço da pedra e encontrou atrás dela uma pequena chave de ouro. A próxima coisa a fazer era encontrar o armário, e o príncipe rapidamente o encontrou, escondido em um canto escuro. Estava tão velho e parecia tão desgastado que ele nunca o teria notado por conta própria. A princípio, ele não conseguiu ver nenhum buraco de fechadura, mas depois de uma busca cuidadosa encontrou um buraco escondido na escultura, no qual a chave dourada encaixou perfeitamente. Então, o príncipe a girou vigorosamente, e as portas se abriram.

Por mais feio e velho que o armário fosse do lado de fora, nada poderia ser mais rico e bonito do que aquilo que os olhos atônitos do príncipe viram dentro dele. Cada gaveta era feita de cristal, âmbar ou alguma pedra preciosa e estava cheia de todo tipo de tesouros. O príncipe Arabesco ficou encantado e abriu uma após a outra até que, finalmente, encontrou uma gaveta minúscula que continha apenas uma chave esmeralda.

— Acredito que isso deve abrir aquela portinha dourada no meio — disse o príncipe para si mesmo.

E ele encaixou a pequena chave e girou-a. A pequena porta se abriu e uma suave luz carmesim brilhou sobre todo o armário. O príncipe descobriu que a luz procedia de uma imensa pedra brilhante, transformada em uma caixa, que estava diante dele. Ele não perdeu tempo em abri-la, mas imaginem seu horror ao descobrir que continha a mão de um homem, que segurava um retrato. Seu primeiro pensamento foi colocar a caixa terrível de volta no lugar e sair correndo dali, mas uma voz em seu ouvido disse:

— Esta mão pertencia a alguém a quem você pode ajudar e restabelecer. Olhe este lindo retrato, o seu original foi a causa de todos os meus infortúnios e, se quiser me ajudar, vá sem demora à grande galeria, observe onde os raios de sol brilham mais intensamente e, se procurar naquele local, você encontrará meu tesouro.

A voz cessou e, embora o príncipe, em sua perplexidade, fizesse várias perguntas, não obteve resposta. Ele, então, colocou a caixa de volta e trancou o armário novamente e, recolocando a chave na fenda na parede, correu para a galeria.

Quando entrou, todas as janelas sacudiram e estalaram de maneira muito estranha, mas o príncipe não lhes deu atenção. Ele procurou com todo cuidado o lugar onde o sol brilhava mais forte e parecia-lhe que era sobre o retrato de um jovem de aparência esplêndida.

Ele subiu, examinou-o e descobriu que estava apoiado sobre um painel de ébano e ouro, assim como os outros retratos da galeria. Ele ficou intrigado, sem saber o que fazer, até que lhe ocorreu verificar se as janelas o ajudariam e, olhando para a mais próxima, viu uma imagem sua levantando o quadro da parede.

O príncipe entendeu a mensagem e, levantando a pintura sem dificuldade, encontrou-se em um salão de mármore adornado com estátuas. Ele passou por várias salas esplêndidas até que finalmente chegou a uma toda coberta de gaze azul. As paredes eram revestidas de turquesa e, em um sofá baixo, havia uma adorável senhora, que parecia estar dormindo. Seu cabelo, preto como ébano, estava espalhado sobre os travesseiros, fazendo seu rosto parecer branco-marfim, e o príncipe percebeu que ela estava inquieta e, quando avançou suavemente, temendo acordá-la, ele pôde ouvi-la suspirar e murmurar para si mesma:

— Ah! Como você se atreveu a pensar em conquistar meu amor separando-me de meu amado Florimond e, na minha presença, cortar aquela mão querida que até mesmo você deveria ter temido e honrado?

E, então, as lágrimas rolaram lentamente pelo rosto da adorável senhora, e o príncipe Arabesco começou a compreender que ela estava sob o efeito de um encantamento e que foi a mão de seu amado que ele encontrara.

Naquele exato momento, uma enorme águia voou para dentro da sala, segurando em suas garras um ramo dourado sobre o qual cresciam o que pareciam ser cachos de cerejas e cada cereja era um rubi brilhante.

Ela presenteou com o galho o príncipe, o qual concluiu que, de alguma forma, poderia quebrar o encantamento que acometia a senhora adormecida. Pegando o galho, ele a tocou levemente, dizendo:

— Bela senhora, não sei sob qual encantamento está, mas, em nome de seu amado Florimond, eu ordeno que volte à vida que foi perdida, mas não esquecida.

Instantaneamente, a senhora abriu seus olhos brilhantes e viu a águia pairando perto.

— Ah! Fique, querido amor, fique — ela gritou, mas a águia, dando um grito doloroso, agitou suas largas asas e desapareceu. Então, a senhora voltou-se para o príncipe Arabesco e disse:

— Sei que é a você que devo a libertação do encantamento que me prendeu por duzentos anos. Se houver algo que eu possa fazer em retribuição, basta me dizer, e todo o meu poder de fada será usado para fazê-lo feliz.

— Senhora — disse o príncipe Arabesco —, desejo ter permissão para restaurar seu amado Florimond à sua forma natural, pois não consigo esquecer as lágrimas que derramou por ele.

— Isso é muito amável de sua parte, querido príncipe — disse a fada —, mas essa tarefa está reservada a outra pessoa. Não posso explicar mais no momento. Mas não há nada que você deseje para si mesmo?

— Madame — chorou o príncipe, jogando-se aos seus pés —, apenas olhe para a minha feiura. Chamo-me Arabesco e sou objeto de escárnio. Eu lhe imploro que me torne menos ridículo.

— Levante-se, príncipe — disse a fada, tocando-o com o ramo dourado. — Seja tão talentoso quanto bonito e receba o nome de príncipe Incomparável, uma vez que esse é o único título que combina com você agora.

Em silêncio por tanta alegria, o príncipe beijou sua mão para expressar seu agradecimento e, quando se levantou e viu seu novo reflexo nos espelhos que o cercavam, compreendeu que Arabesco realmente havia partido para sempre.

— Como eu gostaria — disse a fada — de poder ousar dizer o que está reservado para você e lhe avisar das armadilhas que estão em seu caminho, mas não devo. Parta da torre, príncipe, e lembre-se de que a fada Douceline sempre será sua amiga.

Quando ela terminou de falar, o príncipe, para seu grande espanto, não estava mais na torre, mas sim em uma densa floresta a pelo menos quinhentos quilômetros de distância. E lá devemos deixá-lo por enquanto e ver o que estava acontecendo em outro lugar.

Quando os guardas descobriram que o príncipe não pedira o jantar como de costume, entraram em seu quarto e, não o encontrando lá, ficaram muito alarmados e vasculharam a torre de masmorra em masmorra, mas sem sucesso. Sabendo que o rei certamente mandaria cortar suas cabeças por permitirem a fuga do príncipe, eles, então, concordaram em dizer que ele estava doente e, depois de fazer o menor entre eles se parecer o máximo possível com o príncipe Arabesco, eles o colocaram em sua cama e foram avisar o rei.

O rei Rabugento ficou muito feliz em saber que seu filho estava doente, pois pensava que isso o levaria a fazer o que desejava e se casar com a princesa. Então, ele mandou dizer aos guardas que o príncipe deveria ser tratado tão severamente como antes, isso era exatamente o que eles esperavam que ele dissesse. Nesse ínterim, a princesa Talo de Repolho havia chegado ao palácio, viajando em uma liteira.

O rei Rabugento foi ao seu encontro, mas, quando a viu, com uma pele como a de uma tartaruga, sobrancelhas grossas encontrando-se acima do grande nariz e uma boca que ia de orelha a orelha, ele não pôde deixar de exclamar:

— Bem, devo dizer que Arabesco é bastante feio, mas acho que você não precisa pensar duas vezes antes de consentir se casar com ele.

— Senhor — respondeu ela —, sei muito bem como suas palavras têm a intenção de me ferir, mas asseguro-lhe que não desejo me casar com seu filho. Preferia ser chamada de princesa Talo de Repolho do que rainha Arabesco.

Aquilo deixou o rei Rabugento muito zangado.

— Seu pai a enviou aqui para se casar com meu filho — disse ele — e pode ter certeza de que não vou ofendê-lo alterando seus planos.

Assim, a pobre princesa foi despachada em desgraça para seus próprios aposentos, e as senhoras que a atendiam foram encarregadas de fazê-la pensar melhor.

Naquele momento, os guardas, que temiam muito serem descobertos, mandaram avisar ao rei que seu filho estava morto, o que o incomodou muito. Ele imediatamente decidiu que era inteiramente culpa da princesa e deu ordens para que ela fosse presa na torre no lugar do príncipe Arabesco. A princesa Talo de Repolho ficou imensamente surpresa com aquela decisão injusta e enviou muitas mensagens de protesto ao rei Rabugento, mas ele estava tão mal-humorado que ninguém ousou entregá-las ou enviar as cartas que a princesa escreveu a seu pai. No entanto, como ela não sabia disso, vivia na esperança de voltar em breve para seu próprio país e tentou se entreter o melhor que pôde até que chegasse o momento de partir. Todos os dias, ela caminhava de um lado para outro na longa galeria, até que também se sentiu atraída e fascinada pelas imagens em constante movimento nas janelas e se reconheceu em uma das figuras.

— Eles parecem ter tido um grande prazer em me pintar desde que vim para este país — disse para si mesma. — Alguém poderia pensar que eu e minha muleta fomos colocadas com o propósito de fazer aquela jovem pastora magra e charmosa na pintura seguinte parecer ainda mais bonita, em contraste. Ah! Como seria bom ser tão bonita assim.

E, então, ela se olhou no espelho e virou o rosto rapidamente com lágrimas nos olhos por causa da triste visão. De repente, ela percebeu que não estava sozinha, pois atrás dela havia uma velhinha de capuz, que era tão feia e manca quanto ela mesma.

— Princesa — disse ela —, suas lamentações são tão tristes que vim para lhe oferecer a escolha entre a bondade ou a beleza. Se deseja ser bonita, terá o que quer, mas também será vaidosa, caprichosa e frívola. Se permanecer como está agora, será sábia, amável e modesta.

— Ai, senhora — exclamou a princesa —, é impossível ser sábia e bela ao mesmo tempo?

— Não, criança — respondeu a velha senhora —, apenas para você está decretado que deve escolher entre os dois. Veja, eu trouxe meu regalo branco e amarelo. Respire sobre o lado amarelo e você se tornará como a bela pastora que tanto admira e conquistará o amor do belo pastor cujo quadro já vi você admirar com interesse. Respire no lado branco e sua aparência não se alterará, mas você ficará melhor e mais feliz a cada dia. Agora pode escolher.

— Ah, bem — disse a princesa —, suponho que não se pode ter tudo e certamente é melhor ser bom do que bonito.

E, então, ela respirou no lado branco do regalo e agradeceu à velha fada, que imediatamente desapareceu. A princesa Talo de Repolho sentiu-se muito desamparada quando ela se foi e começou a pensar que já era hora de seu pai mandar um exército para resgatá-la.

— Se eu pudesse ao menos subir na torre — pensou ela — para ver se alguém está vindo.

Mas subir parecia impossível. Mesmo assim, ela pensou em um plano. O grande relógio estava na torre, como ela sabia, embora os pesos estivessem pendurados na galeria. Tirando um deles da corda, ela se amarrou no lugar e, quando o relógio deu corda, ela subiu triunfantemente na torre. Primeiro, ela olhou para o campo, mas, não vendo nada, sentou-se para descansar um pouco e, sem querer, encostou-se na parede que Arabesco, ou melhor, o príncipe Incomparável havia remendado tão apressadamente. A pedra quebrada caiu e com ela a chave de ouro. O barulho que fez no chão atraiu a atenção da princesa Talo de Repolho.

Ela pegou a chave e, após um momento de consideração, concluiu que devia pertencer ao curioso armário antigo no canto, que não tinha fechadura visível. E, então, não demorou muito até que o abrisse e pudesse admirar os tesouros que continha, tanto quanto o príncipe Incomparável fizera antes dela e, por fim, ela encontrou a caixa de pedra. Assim que a abriu, com um estremecimento de horror, tentou jogá-la no chão, mas descobriu que algum poder misterioso a compelia a segurá-la contra sua vontade. E, naquele momento, uma voz em seu ouvido disse suavemente:

— Tenha coragem, princesa, desta aventura sua felicidade futura depende.

— O que devo fazer? — disse a princesa tremendo.

— Pegue a caixa — respondeu a voz — e esconda-a debaixo do seu travesseiro e, quando vir uma águia, dê a ela sem perda de tempo.

Aterrorizada como estava, ela não hesitou em obedecer e apressou-se em colocar de volta todas as outras coisas preciosas exatamente como as havia encontrado. Àquela altura, os guardas a estavam procurando por toda parte e ficaram surpresos ao encontrá-la na torre, pois disseram que ela só poderia ter chegado lá por magia. Durante três dias, nada aconteceu, mas por fim, à noite, a princesa ouviu algo bater contra sua janela e, abrindo as cortinas, viu ao luar que era uma águia.

Mancando tão rápido quanto pôde, ela abriu a janela e a grande águia voou batendo suas asas com alegria. A princesa não perdeu tempo em lhe mostrar a caixa de pedra, que ela tomou em suas garras e desapareceu instantaneamente, deixando em seu lugar o príncipe mais bonito que ela já vira, esplendidamente vestido e com uma coroa de diamantes.

— Princesa — disse ele —, por duzentos anos um feiticeiro malvado me manteve aqui. Nós dois amávamos a mesma fada, mas ela preferiu a mim. No entanto, ele era mais poderoso do que eu e conseguiu, quando por um momento baixei a guarda, transformar-me em uma águia, enquanto minha rainha foi colocada em um sono encantado. Eu sabia que depois de duzentos anos um príncipe a chamaria de volta à luz do dia e uma princesa me devolveria a mão que meu inimigo havia cortado, restabelecendo minha forma natural. A fada que zela por seu destino me disse isso e foi ela que a guiou até o armário da torre, no qual ela guardou minha mão. É ela também que me permite mostrar minha gratidão a você, concedendo-lhe qualquer favor que me peça. Diga-me, princesa, o que mais deseja? Devo torná-la tão bonita quanto merece ser?

— Ah, se você pudesse! — exclamou a princesa, e no mesmo momento ela ouviu um estalo em todos os seus ossos. Ela tornou-se alta, esguia e bonita, com olhos como estrelas brilhantes e uma pele branca como leite.

— Oh, maravilhoso! Pode ser este realmente meu pobre ser? — exclamou ela, olhando para baixo com espanto para sua minúscula muleta desgastada caída no chão.

— Certamente, princesa — respondeu Florimond —, é realmente você, mas deve ter um novo nome, pois o antigo não lhe faz mais jus agora. Será chamada de princesa Raio de Sol, pois você é brilhante e charmosa o suficiente para merecer esse nome.

E assim dizendo ele desapareceu, e a princesa, sem saber como chegou lá, viu-se caminhando sob a sombra de árvores perto de um rio de águas transparentes. Claro, a primeira coisa que fez foi olhar para seu próprio reflexo na água e ficou extremamente surpresa ao descobrir que ela era exatamente como a pastora que tanto admirava e usava o mesmo vestido branco e a coroa de flores que ela vira nas janelas pintadas. Para completar a semelhança, seu rebanho de ovelhas apareceu, pastando em volta dela e ela ainda encontrou um cajado adornado com flores na margem do rio. Bastante cansada após vivenciar tantas experiências novas e maravilhosas, a princesa sentou-se ao pé de uma árvore para descansar e ali adormeceu. Ocorre que fora naquele mesmo país que o príncipe Incomparável fora levado e, enquanto a princesa Raio de Sol ainda dormia pacificamente, ele se aproximou em busca de um pasto sombreado para suas ovelhas.

No momento em que avistou a princesa, ele a reconheceu como a pastora encantadora cujo quadro ele vira tantas vezes na torre e, como ela era muito mais bonita do que ele se lembrava, ficou encantado com o fato de o acaso o haver conduzido até lá.

Ele ainda olhava para ela com admiração quando a princesa abriu os olhos e, como ela também o reconhecera, logo se tornaram grandes amigos. A princesa pediu ao príncipe Incomparável, visto que ele conhecia melhor o país do que ela, que lhe contasse sobre um camponês que lhe daria abrigo e ele disse que conhecia uma velha senhora cujo chalé seria o lugar ideal para ela, pois era bom e muito bonito. Eles foram juntos até lá, e a princesa ficou encantada com a velha senhora e tudo que lhe dizia respeito. A ceia foi logo servida sob uma árvore frondosa, e ela convidou o príncipe a partilhar o pão preto com creme que a velha senhora lhe oferecera. Ele ficou muito satisfeito em poder fazer aquilo, tendo primeiro apanhado em seu próprio jardim todos os morangos, cerejas, nozes e flores que pôde encontrar. Assim, eles se sentaram juntos e ficaram muito felizes.

Depois disso, eles passaram a se encontrar todos os dias enquanto protegiam seus rebanhos e sentiam-se tão felizes na companhia um do outro que o príncipe Incomparável implorou à princesa que se cassasse com ele para que nunca mais tivessem que se separar. Embora a princesa Raio de Sol parecesse ser apenas uma simples pastora, ela nunca se esqueceu de que era uma princesa de verdade e não tinha certeza se deveria se casar com um humilde pastor, embora soubesse que gostaria muito de fazer aquilo.

Ela resolveu, então, consultar um feiticeiro de quem tinha ouvido falar muito desde que se tornara pastora e, sem dizer nada a ninguém, saiu em busca do castelo em que ele vivia com sua irmã, uma fada poderosa. O caminho era longo e passava por um bosque denso, em que a princesa ouviu vozes estranhas chamando por ela de todos os lados, mas ela estava com tanta pressa que não parou para verificar de quem eram e, por fim, chegou ao pátio do castelo do feiticeiro.

A grama e as sarças estavam crescendo tão alto como se houvesse passado cem anos desde que alguém colocara os pés lá, mas a princesa conseguiu passar, embora tenha lhe custado muitos arranhões pelo caminho. Ela, então, entrou em um escuro e sombrio corredor, no qual havia apenas um minúsculo buraco na parede por onde a luz do dia podia entrar. As cortinas eram todas de asas de morcego e do teto pendiam doze gatos, que enchiam o salão com seus gritos penetrantes. Sobre uma mesa comprida, doze ratos estavam presos pelo rabo e, bem na frente do nariz de cada um, mas muito além de seu alcance, havia um tentador pedaço de bacon gordo. Assim, os gatos sempre podiam ver os ratos, mas não podiam tocá-los, e os ratos famintos eram atormentados pela visão e pelo cheiro dos deliciosos pedaços que eles nunca poderiam agarrar.

A princesa estava olhando para as pobres criaturas com desânimo, quando o feiticeiro entrou de repente, vestindo uma longa túnica preta e trazendo um crocodilo na cabeça. Ele carregava nas mãos um chicote feito de vinte longas cobras, todas vivas e se contorcendo, e a princesa ficou tão apavorada com aquela visão que desejou de todo coração nunca ter vindo. Sem dizer uma palavra, ela correu para a porta, mas esta estava coberta com uma teia de aranha grossa, e, quando ela desfez a teia, encontrou outra, e outra, e outra. Na verdade, as teias não tinham fim, os braços da princesa doíam de tanto derrubá-las, mas ela não ficava mais perto de sair dali, e o feiticeiro malvado atrás dela riu maliciosamente. Por fim, ele disse:

— Você pode passar o resto de sua vida sem fazer nada de bom, mas, como você é jovem e é a criatura mais bonita que eu vejo depois de muito tempo, irei casar-me com você se quiser e lhe darei aqueles gatos e ratos que você vê lá. Eles são príncipes e princesas que me ofenderam. Eles costumavam se amar tanto quanto agora se odeiam. É uma pequena vingança mantê-los assim!

— Oh! Se você ao menos me transformasse em um rato — gritou a princesa.

— Oh! Então não vai se casar comigo? — questionou ele. — Pequena insignificante, você deve ter tudo o que o coração pode desejar.

— Na verdade, não tenho e nada me fará casar com você. Acho que nunca vou amar ninguém — gritou a princesa.

— Neste caso — disse o feiticeiro, tocando-a —, é melhor você se tornar um tipo particular de criatura que não seja peixe nem ave, você será leve, delicada e tão verde quanto a grama em que vive. Saia daqui, madame gafanhoto.

E a princesa, regozijando-se por se ver livre novamente, saltou para o jardim, como o mais bonito gafanhoto verde do mundo. Mas assim que ela saiu em segurança, começou a sentir pena de si mesma.

— Ah! Florimond — suspirou ela —, este é o fim do seu presente? Certamente a beleza dura pouco, e um rostinho engraçado e um vestido de crepe verde são um fim cômico para mim. Seria melhor ter me casado com meu pastor amável. Deve ser por meu orgulho que estou condenada a ser um gafanhoto e cantar dia e noite na grama perto deste riacho, quando me sinto muito mais inclinada a chorar.

Nesse ínterim, o príncipe Incomparável havia descoberto a ausência da princesa e lamentava-se à beira do rio, quando, de repente, percebeu a presença de uma velhinha. Ela estava estranhamente vestida com um vestido com grandes abas em torno do quadril, uma gola em forma de babado e um capuz de veludo que cobria seu cabelo branco como a neve.

— Você parece triste, meu filho — observou ela. — Qual é o problema?

— Ai de mim, mãe! — respondeu o príncipe. — Perdi minha doce pastora, mas estou decidido a reencontrá-la, mesmo que tenha que percorrer o mundo inteiro em sua busca.

— Vá por ali, meu filho — disse a velha senhora, apontando para o caminho que levava ao castelo. — Tenho a impressão de que você logo a encontrará.

O príncipe agradeceu calorosamente e partiu. Como não encontrou nenhum obstáculo, ele logo alcançou a floresta encantada que cercava o castelo e lá pensou ter visto a princesa Raio de Sol deslizando diante dele por entre as árvores. O príncipe Incomparável correu atrás dela o mais rápido que pôde, mas não conseguiu chegar mais perto, então ele a chamou:

— Raio de Sol, minha querida, espere por mim um momento.

Mas o vulto passou mais rápido, e o príncipe despendeu o dia inteiro naquela perseguição em vão. Ao cair da noite, ele viu o castelo todo iluminado à sua frente e, como imaginou que a princesa deveria estar nele, apressou-se em chegar lá também. Ele entrou sem dificuldade e, no corredor, a terrível e velha fada o encontrou. Ela estava tão magra que a luz brilhava através dela, seus olhos cintilavam como lâmpadas, sua pele era como a de um tubarão, seus braços eram finos como ripas e seus dedos eram como fusos. Mesmo assim, ela usava ruge, um tapa-olho, um manto de brocado de prata e uma coroa de diamantes, e seu vestido era coberto com joias e fitas verdes e rosa.

— Finalmente você veio me ver, príncipe — disse ela. — Não perca mais tempo pensando naquela pequena pastora, que é indigna de sua atenção. Eu sou a rainha dos cometas e posso dar-lhe uma grande honra se você se casar comigo.

— Casar-me com você, senhora?! — exclamou o príncipe, horrorizado. — Não, eu nunca vou consentir com isso.

Em seguida, a fada, furiosa, deu dois golpes com sua varinha e encheu a galeria com gnomos horríveis, contra os quais o príncipe teve que lutar por sua vida. Embora tivesse apenas sua adaga, ele se defendeu tão bem que escapou sem nenhum dano e logo a velha fada interrompeu a briga e perguntou ao príncipe se ele ainda pensava da mesma forma. Quando ele respondeu com firmeza que sim, ela projetou uma aparição da princesa Raio de Sol no outro lado da galeria e disse:

— Você vê sua amada lá? Tome cuidado com o que você está fazendo, pois, se recusar novamente a se casar comigo, ela será despedaçada por dois tigres.

O príncipe estava distraído, pois imaginou ter ouvido sua querida pastora chorando e implorando para que a salvasse. Em desespero, ele chorou:

— Oh, fada Douceline, você me abandonou depois de tantas promessas de amizade? Ajude-nos agora!

Imediatamente, uma voz suave disse em seu ouvido:

— Seja firme, aconteça o que acontecer e busque o ramo dourado.

Assim encorajado, o príncipe perseverou em sua recusa e, por fim, a velha fada furiosa gritou:

— Suma da minha frente, príncipe obstinado. Torne-se um grilo!

E instantaneamente o belo príncipe Incomparável tornou-se um pobre grilo preto, cuja única ideia teria sido abrigar-se em um esconderijo aconchegante atrás de uma lareira acesa, se ele não tivesse felizmente se lembrado da recomendação da fada Douceline de buscar o ramo dourado.

Então, ele se apressou em sair do castelo fatal e buscou abrigo em uma árvore oca, onde encontrou um pequeno gafanhoto de aspecto desamparado agachado em um canto, sentindo-se miserável demais para cantar.

Sem esperar resposta, o príncipe perguntou:

— E aonde você pode estar indo, velho gafanhoto?

— Aonde você está indo, velho grilo? — retornou o gafanhoto.

— O quê! Você pode falar? — disse ele.

— Por que eu não deveria falar tão bem quanto você? Por acaso, um gafanhoto não é tão bom quanto um grilo? — perguntou ela.

— Eu posso falar porque fui um príncipe — explicou o grilo.

— Se é por esse motivo, eu deveria ser capaz de falar mais do que você, porque fui uma princesa — respondeu o gafanhoto.

— Então você teve o mesmo destino que eu — disse ele. — Mas para onde você está indo agora? Não podemos viajar juntos?

— Pensei ouvir uma voz no ar que dizia "seja firme, aconteça o que acontecer, e busque o ramo dourado" — respondeu o gafanhoto — e pensei que a ordem deveria ser para mim, então comecei a procurá-lo imediatamente, embora não saiba o caminho.

Naquele momento, a conversa foi interrompida por dois ratos, que, sem fôlego pela corrida, jogaram-se de cabeça pelo buraco na árvore, quase esmagando o gafanhoto e o grilo, embora tenham se desviado o mais rápido que puderam e posicionaram-se de pé em um canto escuro.

— Ah, senhora — disse o mais gordo dos dois —, estou com uma dor enorme aqui do lado por correr tão rápido. Como sua alteza está?

— Eu arranquei meu rabo — respondeu o camundongo mais jovem —, mas, como eu ainda deveria estar na mesa do feiticeiro se não o fizesse, não me arrependo. Será que estamos sendo perseguidos? Que sorte tivemos em escapar!

— Só espero que possamos escapar dos gatos e das armadilhas e chegar ao ramo dourado em breve — disse o rato gordo.

— Você sabe o caminho, então? — disse o outro.

— Oh, querida, sim! Assim como sei o caminho para minha própria casa, senhora. Este ramo dourado é realmente uma maravilha, uma única folha dele torna qualquer um rico para sempre. Ele quebra encantos e torna jovem e belo quem se aproxima dele. Devemos partir ao raiar do dia.

— Podemos ter a honra de viajar com vocês, este respeitável grilo e eu? — disse o gafanhoto, dando um passo à frente. — Também estamos em peregrinação em busca do ramo dourado.

Os ratos concordaram cortesmente e, depois de muitos discursos educados, todo o grupo adormeceu. Ao amanhecer, eles se puseram a caminho e, embora os ratos estivessem com medo constante de serem alcançados ou presos, eles chegaram ao ramo dourado em segurança.

Ele crescia no meio de um maravilhoso jardim, cujos caminhos estavam repletos de pérolas do tamanho de ervilhas. As rosas eram diamantes carmesim, com folhas de esmeralda. As romãs eram granadas, os malmequeres topázios, os narcisos diamantes amarelos, as violetas safiras, as centúrias turquesas, as tulipas ametistas, opalas e diamantes, de modo que as bordas do jardim resplandeciam como o sol. O próprio ramo dourado tinha se tornado tão grande quanto uma árvore da floresta e brilhava com cerejas rubi em seu galho mais alto. Assim que o gafanhoto e o grilo o tocaram, eles foram restaurados às suas formas naturais, e sua surpresa e alegria foram grandes quando se reconheceram. Naquele momento, Florimond e a fada Douceline apareceram em grande esplendor e a fada, ao descer de sua carruagem, disse com um sorriso:

— Então vocês dois se encontraram novamente pelo que vejo, mas ainda tenho uma surpresa para vocês. Não hesite, princesa, em dizer ao seu devotado pastor o quanto você o ama, pois ele é o próprio príncipe com quem seu pai a enviou para se casar. Então venha aqui e deixe-me coroá-lo e realizaremos o casamento imediatamente.

O príncipe e a princesa agradeceram de todo o coração e declararam que a ela deviam toda a sua felicidade, e então as duas princesas, que até então haviam sido ratos, chegaram e imploraram que a fada usasse seu poder para libertar seus amigos infelizes que ainda estavam sob o feitiço do feiticeiro.

— Realmente — disse a fada Douceline —, nesta feliz ocasião eu não consigo encontrar no meu coração lugar para recusar nada. E ela deu três golpes de sua varinha no ramo dourado, e imediatamente todos os prisioneiros no castelo do feiticeiro foram libertados e vieram rapidamente para o maravilhoso jardim, no qual um toque do ramo dourado restaurou cada um à sua forma natural, e eles se saudaram com muita alegria. Para completar seu generoso trabalho, a fada presenteou-os com o maravilhoso armário e todos os tesouros que ele continha e que valiam pelo menos o equivalente a dez reinos. Mas ao príncipe Incomparável e à princesa Raio de Sol ela deu o palácio e o jardim do ramo dourado, onde, imensamente ricos e muito amados por todos os seus súditos, eles

VIVERAM FELIZES PARA SEMPRE.

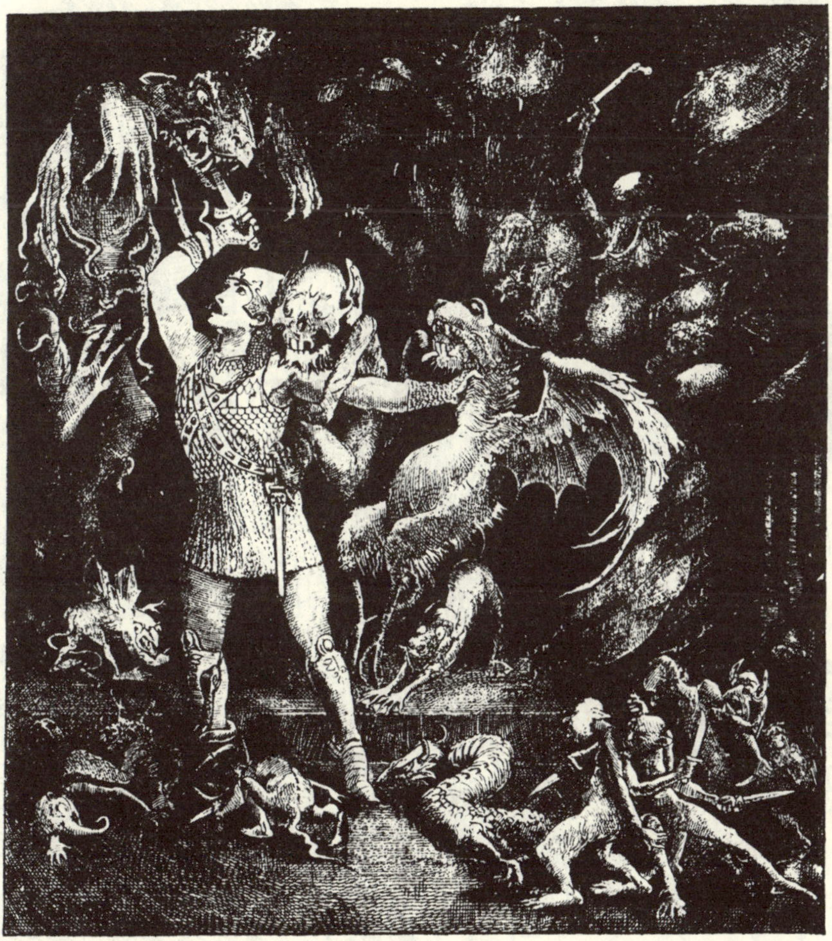

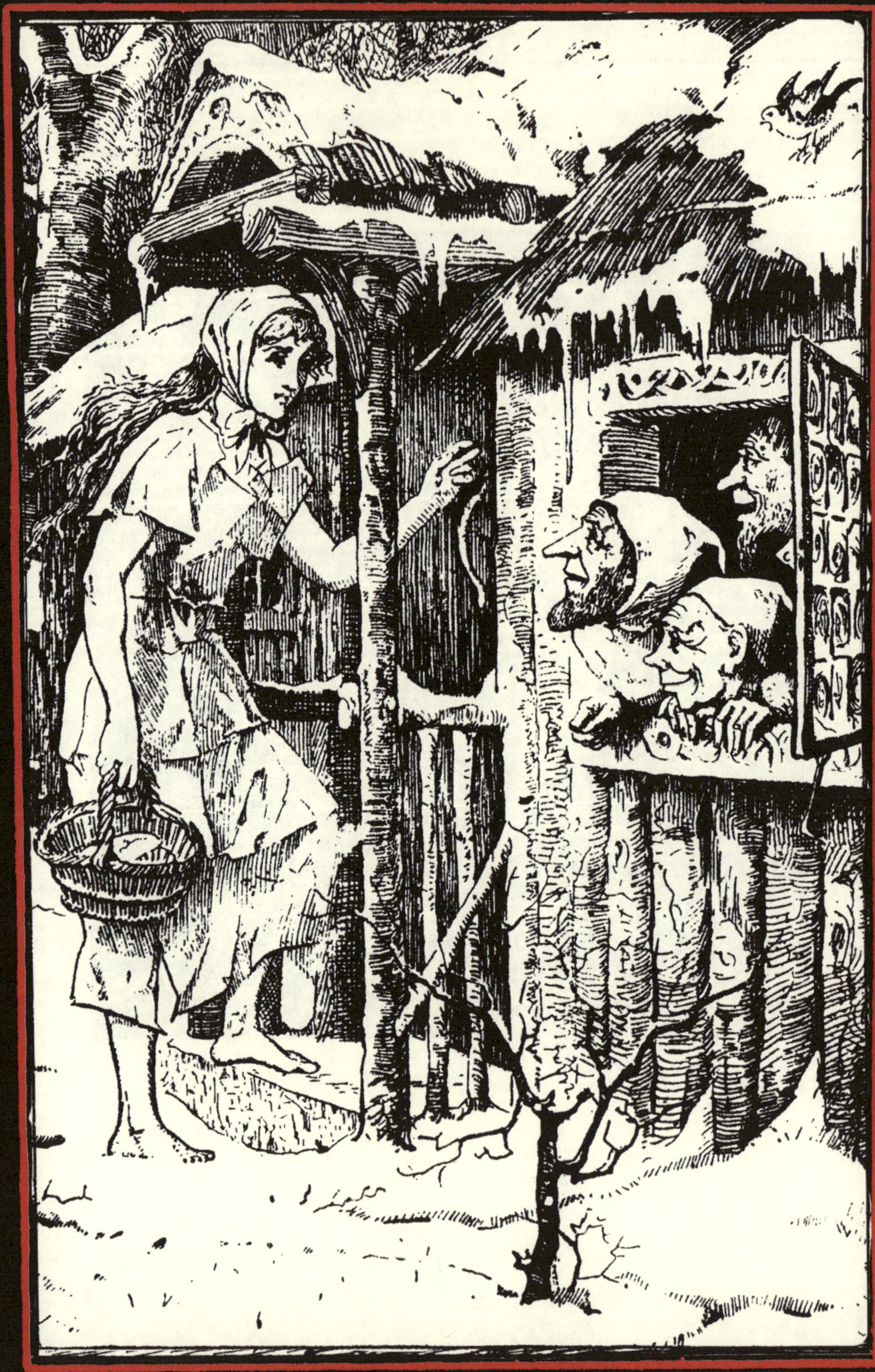

OS TRÊS ANÕES

(Irmãos Grimm)

Era uma vez um homem que perdeu sua esposa e uma mulher que perdeu seu marido. O homem tinha uma filha e a mulher também. As duas meninas eram grandes amigas e costumavam brincar juntas. Um dia a mulher voltou-se para a filha do homem e disse:

— Vá e diga a seu pai que vou me casar com ele e então você deverá se lavar com leite e beber vinho, mas minha própria filha deverá se lavar com água e beber água também.

A menina foi diretamente para casa e contou ao pai o que a mulher havia dito.

— O que devo fazer? — respondeu ele. — O casamento pode ser um sucesso ou um fracasso.

Por fim, por ter um caráter indeciso e sem poder chegar a uma conclusão, tirou a bota e, entregando-a para a filha, disse:

— Pegue esta bota que tem um furo na sola, pendure-a em um prego no palheiro e despeje água nela. Se ela retiver a água, casarei novamente, mas, se ela não reter, não irei.

A menina fez o que lhe foi pedido, mas a água fechou o buraco e a bota encheu-se até ao topo. Então, ela foi e contou ao pai o resultado. Ele se levantou e foi ver por si mesmo e, quando viu que era verdade e não havia engano, aceitou seu destino, pediu a viúva em casamento e se casaram imediatamente.

Na manhã seguinte ao casamento, quando as duas meninas acordaram, havia leite para a filha do homem se lavar e vinho para beber, mas, para a filha da mulher, apenas água para se lavar e água para beber. Na segunda manhã, água para se lavar e água para beber também aguardavam a filha do homem. E na terceira manhã, água para se lavar e água para beber estavam reservadas para a filha do homem, e leite para se lavar e vinho para beber para a filha da mulher, e assim continuou dali em diante. A mulher odiava a enteada do fundo do coração e fez tudo o que podia para tornar sua vida miserável. Ela era tão invejosa quanto poderia ser, pois a garota era muito bonita e charmosa, enquanto sua própria filha era feia e repulsiva.

Em um dia de inverno, quando havia uma forte geada e a montanha e o vale estavam cobertos de neve, a mulher fez um vestido de papel e, chamando a menina, disse:

— Pronto, coloque este vestido e vá até a floresta e traga uma cesta de morangos para mim!

— Que os céus me ajudem — respondeu sua enteada. — Morangos não crescem no inverno, a terra está congelada, a neve cobriu tudo e por que me enviar em um vestido de papel? Está tão frio lá fora que a própria respiração congela, o vento vai assobiar através do meu vestido e as amoreiras o arrancarão do meu corpo com seus galhos.

— Como ousa me contradizer! — exclamou a madrasta. — Saia imediatamente e não mostre seu rosto por aqui novamente até que tenha enchido a cesta com morangos.

Então, ela lhe deu uma casca dura de pão, dizendo:

— Isso será o suficiente para você hoje — e pensou consigo mesma: "a garota certamente morrerá de fome e frio lá fora e não terei mais que me incomodar com ela".

A menina era tão obediente que vestiu o vestido de papel e partiu com sua pequena cesta. Não havia nada além de neve por todos os lados e nem uma folha de grama verde podia ser vista em nenhum lugar. Quando ela chegou ao bosque, viu uma casinha e, através de sua janela, espiavam três pequenos anões. Ela desejou-lhes um bom dia e bateu modestamente à porta. Eles a convidaram para entrar e, então, ela entrou e sentou-se em uma cadeira perto do fogo, procurando se aquecer e comer seu café da manhã. Os anões disseram imediatamente:

— Dê-nos um pouco de sua comida!

— Com prazer — disse ela, e, partindo sua crosta em dois, deu a eles a metade.

Em seguida, eles perguntaram o que ela estava fazendo no auge do inverno com um vestido tão fino.

— Oh — respondeu ela —, fui enviada para colher uma cesta cheia de morangos e não me atrevo a mostrar meu rosto de novo em casa até que os leve comigo.

Quando ela terminou o pão, deram-lhe uma vassoura e disseram-lhe para varrer a neve da porta dos fundos. Assim que ela saiu da sala para fazê-lo, os três homenzinhos conversaram sobre o que deveriam dar-lhe como recompensa por ter sido tão doce e boa e por compartilhar seu último pedaço de pão com eles.

O primeiro disse:

— A cada dia ela ficará mais bonita.

O segundo disse:

— Toda vez que abrir a boca, uma peça de ouro sairá dela.

E o terceiro disse:

— Um rei virá e se casará com ela.

Nesse ínterim, a garota estava fazendo o que os anões haviam ordenado e varria a neve da porta dos fundos. E o que acham que ela encontrou lá? Montes de morangos maduros que se destacavam em vermelho escuro contra a neve branca. Com alegria, ela escolheu o suficiente para encher sua cesta, agradeceu aos homenzinhos por sua gentileza, apertou a mão deles e correu para casa para levar para sua madrasta o que ela havia pedido. Quando ela entrou, disse:

— Boa noite... — E uma peça de ouro saiu de sua boca.

Então, ela contou o que lhe acontecera na floresta e, a cada palavra, peças de ouro saíam de sua boca, de modo que a sala logo ficou coberta com elas.

— Ela certamente tem mais dinheiro do que inteligência para jorrar ouro assim — disse sua meia-irmã.

Mas no fundo de seu coração ela estava com muita inveja e decidiu que também iria para a floresta procurar morangos. Mas sua mãe se recusou a deixá-la ir dizendo:

— Minha querida criança, está frio demais e você pode congelar até a morte.

A menina, entretanto, não lhe deu paz e ela foi forçada a ceder, mas insistiu que ela vestisse uma bela capa de pele e lhe deu pão com manteiga e bolos para comer no caminho.

A menina foi diretamente para a casinha do bosque e, como antes, os três homenzinhos olhavam pela janela. Ela não prestou atenção neles e sem dizer nem "com sua licença" ou "por favor", entrou na sala, sentou-se perto do fogo e começou a comer seu pão com manteiga e os bolos.

— Dê-nos um pouco — gritaram os anões.

Mas ela respondeu:

— Não, não darei. Já não é quase nem o suficiente para mim, não lhes darei nem um pedaço.

Quando ela acabou de comer, eles disseram:

— Há uma vassoura para você, vá e limpe nossa porta dos fundos.

— Jamais farei isso — respondeu ela rudemente. — Façam vocês mesmos, não sou sua serva.

Quando viu que eles não lhe dariam nada, deixou a casa em um estado de espírito nada amigável. Então, os três homenzinhos conversaram sobre o que deveriam fazer com ela. Ela era tão má e tinha um coração tão maligno e ambicioso que invejava a boa sorte dos outros.

O primeiro disse:

— Ela ficará mais feia a cada dia.

O segundo disse:

— Toda vez que falar, um sapo sairá de sua boca.

E o terceiro disse:

— Ela terá uma morte terrível.

A garota procurou morangos, mas não encontrou nenhum e voltou para casa muito mal-humorada. Quando abriu a boca para contar à mãe o que havia acontecido na floresta, um sapo saltou de sua boca, de modo que todos ficaram com nojo dela.

A madrasta ficou mais furiosa do que nunca e não fez nada além de tramar contra a filha do homem, que ficava mais bonita a cada dia. Por fim, um dia a perversa pegou uma panela grande, colocou no fogo e ferveu alguns fios de lã nela. Quando estavam bem escaldados, ela os colocou no ombro da pobre garota e, dando-lhe um machado, ordenou que abrisse um buraco no rio congelado e enxaguasse os fios nele. Sua enteada obedeceu, como de costume, foi e quebrou um buraco no gelo. Quando estava torcendo a linha, uma carruagem magnífica passou e havia um rei sentado dentro dela. A carruagem parou, e o rei perguntou a ela:

— Minha criança, quem é você e o que diabos está fazendo aqui?

— Sou apenas uma pobre menina — respondeu ela — e estou enxaguando meus fios de lã no rio.

O rei ficou com muita pena dela e, quando viu como era bonita, disse:

— Gostaria de vir comigo?

— Com muito prazer — respondeu ela, pois sabia que de bom grado deixaria sua madrasta e irmã e como elas ficariam felizes em se livrar dela.

Então, ela entrou na carruagem e foi embora com o rei e, quando chegaram ao palácio, o casamento foi celebrado com muito esplendor. Assim, tudo acabou exatamente como os três pequenos anões haviam dito. Depois de um ano, a rainha deu à luz um filho pequeno. Quando sua madrasta soube de sua boa sorte, foi ao palácio com sua filha para fazer-lhe uma visita e ali passou a morar. Um dia, quando o rei estava fora e não havia ninguém mais por perto, a perversa mulher pegou a rainha pela cabeça, a filha a pegou pelos calcanhares e a arrastaram de sua cama e a jogaram pela janela para o córrego que fluía abaixo dele. Em seguida, a madrasta colocou sua filha feia no lugar da rainha e cobriu-a com as roupas, para que nada dela fosse visto. Quando o rei voltou para casa e desejou falar com sua esposa, a mulher gritou:

— Silêncio, silêncio, sua esposa está muito doente, deve deixá-la descansar o dia todo.

O rei não suspeitou de nada e não voltou até a manhã do dia seguinte. Quando ele falou com a esposa e ela respondeu, em vez da peça de ouro usual, um sapo saltou de sua boca. Ele perguntou o que aquilo significava, e a velha disse que não era nada além de fraqueza e que logo ela ficaria boa novamente.

Naquela mesma noite, o ajudante de cozinha notou um pato nadando pelo córrego, e ao passar dizia:

— Onde está o rei, imploro que me diga, ele está acordado ou dorme com prazer?

E não recebendo resposta, continuou:

— E todos os meus convidados, dormindo também?

E o ajudante de cozinha respondeu:

— Sim, todos dormindo se mantém.

Então, o pato continuou:

— E quanto ao meu bebê amado?

E ele respondeu:

— Oh, não tema, ele dorme profundamente e imaculado.

O pato assumiu a forma da rainha, foi até o quarto da criança, acomodou-o confortavelmente em seu berço e, em seguida, nadou de volta pela sarjeta, à semelhança de um pato. Isso repetiu-se por duas noites e, na terceira, o pato disse ao ajudante de cozinha:

— Vá e diga ao rei para brandir sua espada três vezes sobre mim na soleira.

O ajudante de cozinha fez o que a criatura lhe ordenou, e o rei veio com sua espada e a brandiu três vezes sobre o pássaro e, vejam só, sua esposa apareceu diante dele mais uma vez, viva e radiante como sempre.

O rei exultou de alegria, mas manteve a rainha escondida até o domingo em que a criança seria batizada. Após o batizado, ele disse:

— Que castigo merece uma pessoa que arrasta outra para fora da cama e a joga na água?

Então, a velha madrasta malvada respondeu:

— Não há melhor destino do que ser colocado em um barril forrado com pregos afiados e ser rolado colina abaixo até a água.

— Você acaba de pronunciar sua própria condenação — disse o rei, e mandou fazer um barril forrado com pregos afiados, no qual colocou a velha perversa e sua filha. Em seguida, o barril foi fechado com firmeza e atirado para que rolasse colina abaixo até cair no rio.

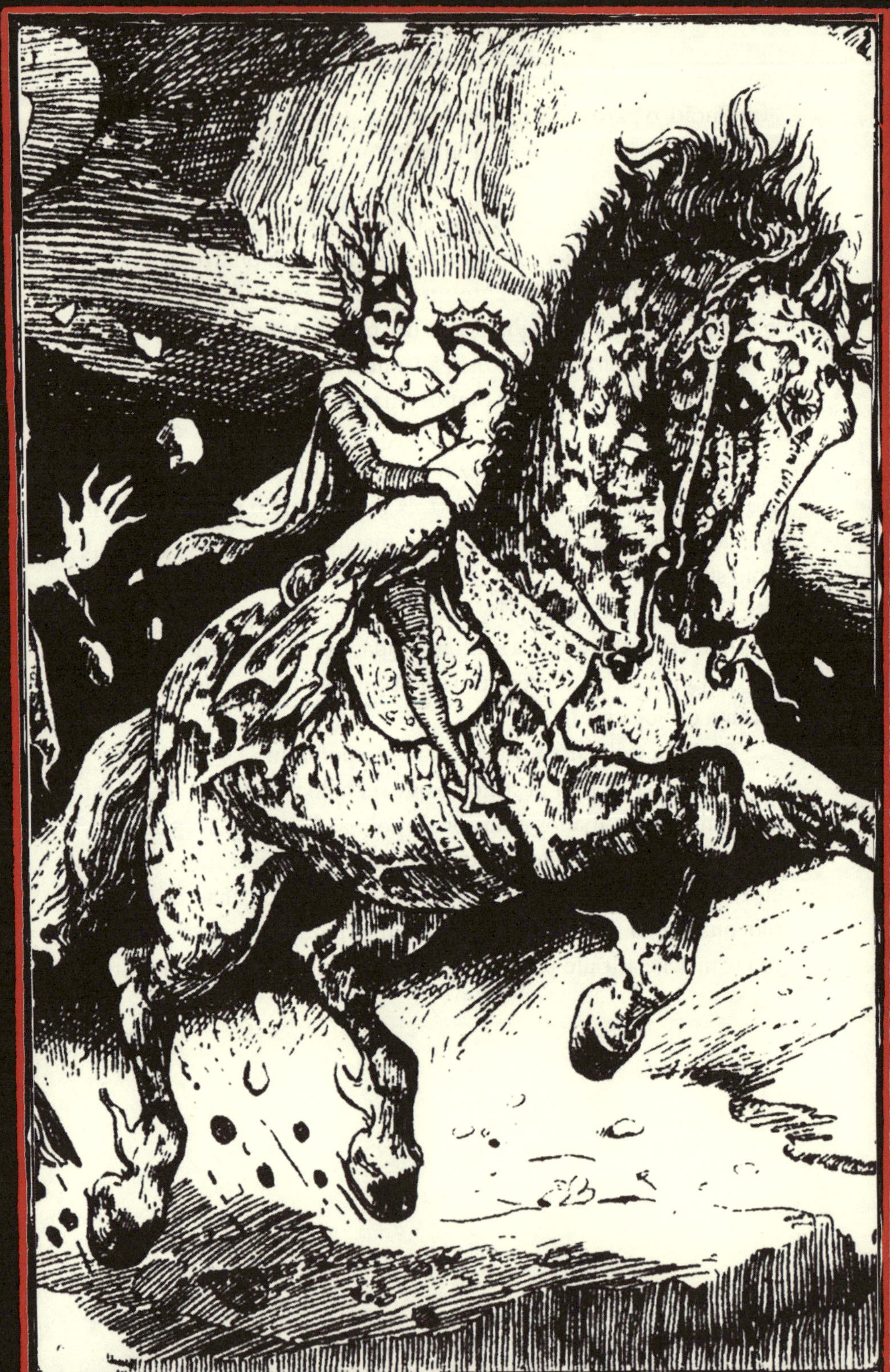

DAPPLEGRIM

(J. Moe)

Era uma vez um rico casal que tinha doze filhos. Quando o mais novo cresceu, não queria mais ficar mais em casa, mas, ao contrário, desejou sair pelo mundo para tentar a sorte. O pai e a mãe disseram que achavam que ele estava muito bem em casa e que era bem-vindo para permanecer com eles o quanto quisesse, mas ele não conseguia sossegar e disse que deveria ir e iria, por isso, tiveram de lhe dar sua permissão. Depois de caminhar muito, ele chegou ao palácio de um rei e lá pediu um lugar para ficar e conseguiu.

A filha do rei daquele país havia sido levada para as montanhas por um *troll* e, como o rei não tinha outros filhos, ele e todo o povo estavam tomados pela tristeza e aflição. O rei havia prometido a princesa e a metade de seu reino para qualquer um que pudesse libertá-la, mas não houve ninguém que conseguisse fazê-lo, embora vários tivessem tentado. Então, quando o jovem já estava ali havia mais ou menos um ano, ele quis voltar para casa para fazer uma visita aos pais. Mas quando ele chegou lá, soube que seu pai e sua mãe haviam morrido e seus irmãos haviam dividido entre si tudo o que seus pais possuíam, de modo que não havia mais nada para ele.

— Devo entender, então, que não receberei absolutamente nada da minha herança? — perguntou o jovem.

— Quem poderia saber se ainda estava vivo quando optou por ser um andarilho por tanto tempo? — responderam os irmãos. — No entanto, existem doze éguas nas colinas que ainda não dividimos entre nós e, se quiser, poderá ficar com elas como sua parte na herança.

O jovem, muito satisfeito, agradeceu-lhes e imediatamente partiu para a colina na qual as doze éguas estavam pastando. Quando chegou, viu que cada égua tinha um potro e, ao lado de uma delas, havia um grande potro cinza malhado, cujo pelo era tão lustroso que brilhava ao sol.

— Bem, meu potrinho, você é um belo sujeito! — disse o jovem.

— Sim, mas se você matar todos os outros potrinhos para que eu possa mamar em todas as éguas por um ano, verá como ficarei grande e bonito! — disse o potro.

Então, o jovem fez isso. Ele matou todos os doze potros e depois partiu.

No ano seguinte, quando voltou para casa para cuidar de suas éguas e do potro, ele estava tão gordo quanto possível, sua pelagem brilhava com esplendor e era tão grande que o jovem teve muita dificuldade em montar em suas costas. Além disso, cada uma das éguas dera à luz outro potro.

— Bem, é bem evidente que não perdi nada por deixá-lo mamar em todas as minhas éguas — disse o rapaz ao potro. — Mas agora você está bastante crescido e deve vir comigo.

— Não — disse o potro —, devo ficar aqui por mais um ano. Mate os doze potrinhos e, então, poderei mamar em todas as éguas também neste ano e verá como estarei grande e bonito no verão.

Então, o jovem fez isso novamente. Quando subiu a colina no ano seguinte para cuidar de seu potro e das éguas, viu que cada uma das éguas dera à luz novamente. O potro malhado, no entanto, estava tão grande que, quando o rapaz quis apalpar seu pescoço para ver o quanto estava gordo, não conseguiu alcançá-lo. Estava tão alto e tão brilhante que a luz refletia em seu pelo.

— Grande e bonito você já estava no ano passado, meu potro, mas este ano você está muito mais bonito — disse o jovem. — Em toda a corte do rei não se pode encontrar um cavalo desse tipo. Mas agora, deve vir comigo.

— Não — disse o potro malhado, mais uma vez. — Aqui devo permanecer por mais um ano. Basta matar os doze potrinhos novamente para que eu possa mamar nas éguas e depois venha e veja como estarei no verão.

Então o jovem fez isso. Matou todos os potrinhos e voltou para casa.

Mas no ano seguinte, quando voltou para cuidar do potro malhado e das éguas, ficou chocado. Ele nunca tinha imaginado que qualquer cavalo pudesse se tornar tão grande e desenvolvido. O cavalo malhado tinha que se deitar de quatro para que o jovem pudesse subir em suas costas e, mesmo assim, era muito difícil conseguir montar nele. Ele estava tão rechonchudo que sua pelagem brilhava e cintilava como se fosse um espelho. Desta vez, o cavalo malhado estava disposto a partir com o jovem. Então, ele o montou e, quando voltou cavalgando para casa, seus irmãos aplaudiram e se benzeram, pois nunca haviam visto ou ouvido falar de um cavalo como aquele em suas vidas.

— Se vocês me conseguirem as melhores ferraduras para meu cavalo, bem como uma sela e as rédeas mais magníficas que puderem encontrar — disse o jovem —, poderão ficar com todas as minhas doze éguas que estão na colina e seus doze potros, em troca. Naquele ano, cada égua dera à luz um potro novamente. Os irmãos ficaram bastante satisfeitos com o negócio, então, o rapaz comprou ferraduras para seu cavalo que faziam os gravetos e as pedras voarem longe enquanto cavalgava pelas colinas, e uma sela e rédeas de ouro que podiam ser vistas brilhando de longe.

— E agora iremos para o palácio do rei — disse Dapplegrim, esse era o nome do cavalo —, mas tenha em mente que você deve pedir ao rei um bom estábulo e excelente forragem para mim.

O rapaz prometeu não se esquecer de fazer aquilo. Ele cavalgou até o palácio e, como facilmente pode-se imaginar, com um cavalo como aquele, ele não demorou muito a chegar.

Quando chegou, o rei estava parado na escada e imediatamente olhou para o homem que vinha cavalgando!

— Não — disse ele —, nunca em toda a minha vida vi um homem e um cavalo como estes.

E quando o jovem perguntou se poderia ter um lugar no palácio, o rei ficou tão encantado que poderia ter dançado nos degraus onde estava. E ali mesmo o rapaz foi informado de que ele poderia ficar no palácio.

— Sim, mas devo ter um bom estábulo e excelente forragem para meu cavalo — disse ele.

Eles lhe disseram que ele comeria feno doce e aveia, tanto quanto desejasse, e todos os outros cavaleiros teriam que tirar seus cavalos do estábulo para que Dapplegrim pudesse ficar sozinho e desfrutar de bastante espaço.

Mas isso não durou muito, pois as outras pessoas na corte do rei ficaram com inveja do rapaz, e não houve tramas que eles não tenham tentado contra ele. Por fim, pensaram em contar ao rei que o jovem havia dito que, se quisesse, seria perfeitamente capaz de resgatar a princesa que havia sido carregada para a montanha há muito tempo pelo *troll*.

O rei imediatamente chamou o rapaz à sua presença e disse-lhe que fora informado de que tinha o poder de resgatar a princesa, por isso, deveria fazê-lo imediatamente. Se ele obtivesse sucesso, conforme já deveria ter sido informado, o rei concederia sua filha e metade do reino como recompensa por sua libertação, promessa essa que seria fiel e honradamente cumprida, mas, se ele falhasse, seria condenado à morte. O jovem negou que tivesse dito aquilo, mas em vão, pois o rei estava surdo a todas as suas palavras. Assim, não havia nada a ser feito a não ser dizer que tentaria.

Ele desceu para o estábulo e estava muito triste e preocupado. Então, Dapplegrim perguntou por que ele estava tão preocupado e o jovem lhe contou. Ele disse que não sabia o que fazer, pois libertar a princesa era absolutamente impossível.

— Oh, mas pode ser feito — disse Dapplegrim. — Vou ajudá-lo, mas primeiro deve me providenciar ferraduras especiais. Você deve pedir quatro quilos e meio de ferro e cinco quilos e meio de aço para a ferradura e um ferreiro para martelar e outro para segurar.

Então, o jovem fez isso e ninguém lhe negou nada. Ele conseguiu o ferro e o aço, bem como os ferreiros. Assim, Dapplegrim recebeu boas e fortes ferraduras e, quando o jovem deixou o palácio do rei, uma nuvem de poeira se levantou atrás dele. Mas quando chegou à montanha para a qual a princesa havia sido levada, a dificuldade foi subir a parede de rocha por meio da qual ele chegaria à montanha, pois a rocha era tão íngreme quanto a parede de uma casa e lisa como uma placa de vidro. A primeira vez que o jovem tentou, o cavalo subiu um pouco o precipício, mas, então, as duas patas dianteiras de Dapplegrim escorregaram e caíram, cavalo e cavaleiro, com um som parecido com o de trovão entre as montanhas. Na segunda tentativa, ele cavalgou, subiu um pouco mais, mas então uma das patas dianteiras de Dapplegrim escorregou e eles caíram com o som parecido com o de um deslizamento de terra. Mas, na terceira tentativa, Dapplegrim disse:

— Agora devemos mostrar do que somos capazes. — E subiu mais uma vez até as pedras surgirem no alto do céu e, assim, eles chegaram ao topo. O rapaz, então, entrou pela fenda da montanha a todo galope, colocou a princesa na sela e saiu novamente antes que o *troll* tivesse tempo de se levantar, e assim a princesa foi libertada.

Quando o jovem voltou ao palácio, o rei ficou ao mesmo tempo feliz e encantado por ter sua filha de volta, como se pode facilmente imaginar, mas, de uma forma ou de outra, as pessoas na corte haviam trabalhado tanto por ele que ele ficou com raiva do rapaz também.

— Terá os meus agradecimentos por libertar a minha princesa — disse ele, quando o jovem entrou no palácio com ela e estava prestes a partir novamente.

— Ela deveria ser minha princesa tanto quanto é sua agora, pois você é um homem de palavra — replicou o jovem.

— Sim, sim — disse o rei. — Você a terá, como eu disse, mas, antes de tudo, deverá fazer o sol brilhar em meu palácio.

Havia uma colina grande e alta do lado de fora que obscurecia o palácio de forma que o sol não conseguia penetrar.

— Isso não fazia parte do nosso acordo — respondeu o jovem. — Mas como nada do que eu possa dizer vai fazê-lo mudar de ideia, suponho que terei que tentar fazer o meu melhor para merecer a princesa.

Então, ele foi ao encontro de Dapplegrim novamente e disse-lhe o que o rei desejava. O cavalo pensou que aquilo poderia ser feito facilmente, mas antes de tudo ele precisaria de ferraduras novas feitas com quatro quilos e meio de ferro, cinco quilos e meio de aço e dois ferreiros também, um para martelar e outro para segurar. Assim, seria muito fácil fazer o sol brilhar no palácio do rei.

O rapaz pediu aquelas coisas e as obteve imediatamente, pois o rei pensou que seria uma vergonha recusá-las e, então, Dapplegrim ganhou ferraduras novas e da melhor qualidade. O jovem montou nele e, mais uma vez, eles seguiram seu caminho. Para cada salto que Dapplegrim dava, um metro de terra descia da colina e assim eles continuaram até que não houvesse mais nenhuma colina para o rei ver.

Quando o jovem retornou ao palácio do rei, perguntou se a princesa não deveria finalmente ser dele, pois agora ninguém poderia dizer que o sol não brilhava no palácio. Mas as outras pessoas no palácio haviam novamente incitado o rei e ele respondeu que o jovem poderia ficar com ela e que ele nunca teve a intenção de que assim não fosse, mas que, antes, ele precisaria arranjar até o casamento um cavalo tão bom para cavalgar quanto aquele que ele mesmo tinha. O jovem disse que o rei nunca mencionou que ele deveria fazer isso e parecia-lhe que agora realmente merecia a princesa. Mas o rei manteve o que havia dito e, se o jovem não conseguisse, ele perderia a vida. O jovem foi ao estábulo novamente e estava muito triste e pesaroso, como qualquer um pode imaginar. Então, ele contou a Dapplegrim que o rei agora exigia que ele comprasse para a princesa um cavalo tão bom quanto o que o noivo tinha ou ele perderia a vida.

— Mas isso não será nada fácil de conseguir — disse o jovem —, pois similar a você não pode ser encontrado em todo o mundo.

— Oh, sim, há um que se compara a mim — disse Dapplegrim. — Mas não será fácil capturá-lo, pois ele está no subterrâneo. No entanto, vamos tentar. Você deve ir até o rei e pedir ferraduras novas para mim e elas devem ser confeccionadas novamente com quatro quilos e meio de ferro, cinco quilos e meio de aço e dois ferreiros, um para martelar e outro para segurar, mas seja muito cuidadoso com os ganchos, que devem ser bem afiados. Você também deve pedir doze barris de centeio, e doze bois abatidos devemos ter conosco, bem como todas as doze peles de boi com mil e duzentas pontas fixadas em cada uma delas; todas essas coisas devemos ter conosco, além de um barril com doze toneladas de alcatrão. O jovem foi até o rei e pediu todas as coisas que Dapplegrim havia nomeado e, mais uma vez, como o rei pensava que seria uma vergonha recusá-las, ele obteve todas.

Então, ele montou Dapplegrim e cavalgou para longe da corte. Depois de cavalgar por muito, muito tempo sobre colinas e pântanos, Dapplegrim perguntou:

— Você ouviu alguma coisa?

— Sim, há um assobio terrível lá em cima no ar, que está me deixando alarmado — expressou o jovem.

— São todos pássaros selvagens voando pela floresta, eles foram enviados para nos impedir — disse Dapplegrim. — Mas basta abrir um buraco nos sacos de milho e eles ficarão tão ocupados que vão nos deixar em paz.

A jovem fez buracos nos sacos de milho para que a cevada e o centeio corressem por todos os lados, e todos os pássaros selvagens que estavam na floresta vieram em tal número que escureceram o sol. Mas, quando avistaram o milho, não puderam se conter, pousaram e começaram a ciscar e bicar o milho e o centeio, e finalmente começaram a brigar entre si, esquecendo-se por completo do jovem e de Dapplegrim, e não lhes causaram nenhum mal.

Em seguida, o jovem cavalgou por muito, muito tempo, por colinas e vales, por lugares rochosos e pântanos e, então, Dapplegrim começou a ouvir um som novamente e perguntou ao jovem se ele ouvia também.

— Sim, agora eu ouço um estalo tão terrível na floresta e por todos os lados que acho que ficarei com muito medo — disse o jovem.

— Essas são todas as feras da floresta — disse Dapplegrim. — Elas foram enviadas para nos impedir. Jogue fora as doze carcaças de bois e elas ficarão tão ocupadas que se esquecerão de nós. Então, o jovem jogou fora as carcaças dos bois e todos os animais selvagens da floresta, — ursos, lobos, leões e feras ameaçadoras de todos os tipos — vieram. Mas, quando avistaram as carcaças dos bois, começaram a lutar por elas até que o sangue fluísse e se esqueceram inteiramente de Dapplegrim e do jovem.

Assim, cavalgaram novamente, e muitos, muitos outros cenários diferentes eles avistaram, pois viajar nas costas de Dapplegrim não era viajar devagar, como pode-se imaginar, e então Dapplegrim relinchou.

— Você ouve alguma coisa? — disse ele.

— Sim, eu ouvi algo como um potro relinchando muito, muito longe — respondeu o jovem.

— É um potro adulto — disse Dapplegrim —, que pode ser ouvido tão claramente quando está tão longe de nós.

Assim, eles viajaram por muito tempo e viram um novo cenário após a outro mais uma vez. Então, Dapplegrim relinchou novamente.

— Você ouviu alguma coisa agora? — disse ele.

— Sim, agora eu ouvi claramente e relinchou como um cavalo adulto — respondeu o jovem.

— Sim, e você ouvirá novamente muito em breve — disse Dapplegrim. — E então poderá ouvir que voz tem. Eles viajaram por muitos outros tipos de países e, de repente, Dapplegrim relinchou pela terceira vez. Mas antes que ele pudesse perguntar ao jovem se ouvira alguma coisa, houve um tal relincho do outro lado da charneca que o jovem pensou que as colinas e rochas se despedaçariam.

— Agora ele está aqui! — disse Dapplegrim. — Seja rápido e jogue sobre mim as peles de boi com espinhos, jogue as doze toneladas de alcatrão sobre o campo e suba naquele grande abeto. Quando ele vier, o fogo jorrará de ambas as narinas e o alcatrão pegará fogo. Agora observe o que digo: se a chama subir, eu vencerei e, se ela diminuir, eu falharei. Mas, se você vir que estou vencendo, lance as rédeas, que você deve tirar de mim, sobre a cabeça dele, e então ele se tornará bastante dócil.

Assim que o jovem jogou todas as peles com os espinhos sobre Dapplegrim, o alcatrão sobre o campo e subiu em segurança para o abeto, um cavalo veio com chamas jorrando de suas narinas e o alcatrão pegou fogo no mesmo momento. Dapplegrim e o cavalo começaram a lutar até que as pedras voaram para o céu. Eles mordiam um ao outro e lutavam com as patas dianteiras e traseiras. Às vezes, o jovem olhava para eles e, às vezes, olhava para o alcatrão, mas, por fim, as chamas começaram a subir, pois onde quer que o estranho cavalo mordesse ou chutasse, ele batia nas pontas das peles e, por fim, teve de ceder. Quando o jovem viu aquilo, não demorou a descer da árvore e jogar as rédeas sobre a cabeça do cavalo e, então, ele se tornou tão manso que poderia ser conduzido com uma corda fina.

Este cavalo também era malhado e era tão parecido com Dapplegrim que ninguém conseguia distinguir um do outro. O jovem montou no cavalo malhado que havia capturado e cavalgou de volta para o palácio do rei, com Dapplegrim correndo solto ao seu lado. Quando chegou, o rei estava parado no pátio.

— Você pode me dizer qual é o cavalo que peguei e qual é o que eu tinha antes? — disse o jovem. — Se não puder, acho que sua filha é minha.

O rei aproximou-se e olhou para os dois cavalos malhados. Ele olhou de um lado, de outro, pela frente, por trás, mas não havia nem um pelo de diferença entre os dois.

— Não — disse o rei. — Isso não posso dizer e, como conseguiu um cavalo tão esplêndido para minha filha, você a terá. Mas primeiro devemos ter mais uma prova, apenas para ver se você está destinado a tê-la. Ela se esconderá duas vezes e você se esconderá duas vezes. Se puder encontrá-la cada vez que ela se esconder e, se ela não puder o encontrar em seus esconderijos, então está destinado a tê-la e ela será sua.

— Isso também não estava em nosso acordo — disse o jovem. — Mas faremos esse teste, pois assim deve ser.

Sendo assim, a filha do rei deveria se esconder primeiro.

Ela se transformou em um pato e nadou em um lago que ficava fora do palácio. Mas o jovem desceu ao estábulo e perguntou a Dapplegrim no que ela havia se transformado.

— Oh, tudo o que precisa fazer é pegar sua arma, ir até o lago e mirar no pato que está nadando por lá e ela logo se revelará — disse Dapplegrim.

O jovem agarrou sua arma e correu para o lago.

— Só vou tentar acertar aquele pato — disse ele, e começou a mirar no alvo.

— Oh, não, querido amigo, não atire! Sou eu! — gritou a princesa. Assim, ele a encontrou uma vez.

Na segunda vez, a princesa transformou-se em pão e deitou-se na mesa entre outros quatro pães. Ela estava tão parecida com os outros pães que ninguém conseguia ver qualquer diferença entre eles.

Mas o jovem foi novamente ao estábulo de Dapplegrim e disse-lhe que a princesa se escondera novamente e que ele não tinha a menor ideia de onde ela estava.

— Oh, basta pegar uma faca de pão muito grande, afiá-la e fingir que vai cortar o terceiro dos quatro pães que estão na mesa da cozinha no palácio do rei, conte-os da direita para a esquerda e logo a encontrará — disse Dapplegrim.

Então, o jovem foi até a cozinha e começou a afiar a maior faca de pão que encontrou. Em seguida, pegou o terceiro pão do lado esquerdo e colocou a faca nele como se quisesse cortá-lo em dois.

— Vou querer um pedaço deste pão para mim — disse ele.

— Não, querido amigo, não corte, sou eu! — exclamou a princesa novamente. Assim, ele a encontrou pela segunda vez.

E agora era sua vez de se esconder, mas Dapplegrim deu-lhe instruções tão boas que não foi fácil encontrá-lo. Primeiro, ele se transformou em uma mutuca e se escondeu na narina esquerda de Dapplegrim. A princesa vasculhou e procurou em todos os lugares, de cima a baixo, e também quis entrar na baia de Dapplegrim, mas ele começou a morder e coicear de modo que ela teve medo de ir até lá e não conseguiu encontrar o jovem.

— Bem — disse ela —, como não consigo encontrar você, deve se mostrar.

Então o jovem apareceu imediatamente em pé, no chão do estábulo.

Dapplegrim disse-lhe o que deveria fazer na segunda vez e ele se transformou em um pedaço de terra e se enfiou entre o casco e a ferradura da pata esquerda dianteira de Dapplegrim. Mais uma vez, a filha do rei procurou em todos os lugares, dentro e fora, até que finalmente veio ao estábulo e quis entrar na baia ao lado de Dapplegrim. Desta vez, ele permitiu que entrasse e ela espiou de cima a baixo, mas não conseguiu olhar sob os cascos dele, pois ele estava muito firme sobre suas pernas, assim, ela não conseguiu encontrar o jovem.

— Bem, você só terá que mostrar onde está, pois não consigo encontrá-lo — disse a princesa —, e, em um instante, o jovem estava de pé ao lado dela no chão do estábulo.

— Você é minha! — exclamou ele para a princesa. — Agora você pode ver que é o destino que ela seja minha — disse, voltando-se ao rei.

— Sim, é o seu destino — concordou o rei. — O que deve ser, deve ser.

Então, tudo foi preparado para o casamento com grande esplendor e prontidão, e o jovem cavalgou para a igreja em Dapplegrim, e a filha do rei no outro cavalo. Portanto, como todos devem imaginar, não demorou muito para que chegassem lá.

♦

(O conto a seguir apresenta trechos de cunho altamente racistas que não condizem com os valores e princípios da Editora Pandorga. Optou-se por manter fidelidade à obra, cabendo ao leitor dar o tratamento devido às passagens problemáticas. A Editora repudia quaisquer formas de discriminação.)

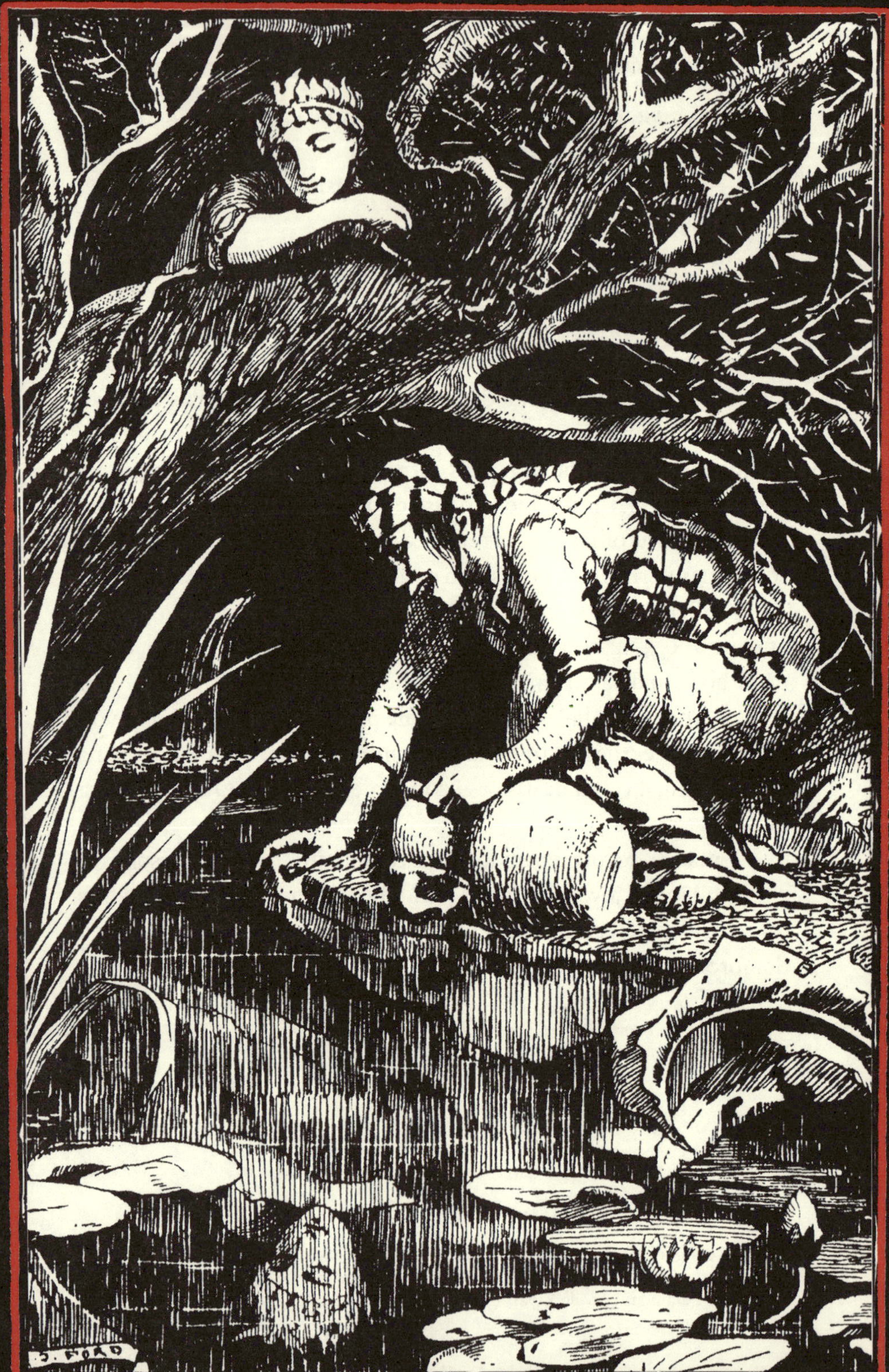
J. FORD

I

O CANÁRIO ENCANTADO

(Charles Deulin, Contes du Roi Gambrinus)

Era uma vez, no reinado do rei Cambrinus, um lorde que vivia em Avesnes e que era o homem mais fino — quero dizer, o mais gordo — em todo o país de Flandres. Ele comia quatro refeições por dia, dormia doze das vinte e quatro horas, e a sua única atividade era acertar passarinhos com seu arco e flecha.

Ainda assim, com toda a sua prática, ele atirava muito mal. Era tão gordo e pesado, e continuava a engordar mais a cada dia, que foi finalmente obrigado a desistir de andar e ser arrastado em uma cadeira de rodas. As pessoas riam dele e deram-lhe o nome de Lorde Gorducho.

O único problema que Lorde Gorducho tinha era com seu filho, a quem amava muito, embora não fossem em nada parecidos, pois o jovem príncipe era magro como um passarinho. E o que o irritava mais do que tudo era que, embora as jovens em todas as suas terras fizessem o possível para o príncipe se apaixonar por elas, ele não lhes dava qualquer atenção e dizia a seu pai que não desejava se casar.

Em vez de conversar com elas no pôr do sol, ele preferia vagar pela floresta, sussurrando para a Lua. Não admira que as jovens o considerassem muito estranho, mas gostavam ainda mais dele por causa disso e, como ele havia recebido o nome de Desejo quando nasceu, elas o chamavam de Desejo de Amor.

— Qual é o seu problema? — Seu pai costumava lhe dizer. — Você tem tudo o que pode desejar: uma boa cama, boa comida e tonéis cheios de cerveja. A única coisa que você pode desejar, para ficar tão gordo quanto um porco, é uma esposa que possa lhe trazer terras vastas e ricas. Portanto, case-se e você será perfeitamente feliz.

— Não peço nada além disso — respondeu Desejo —, mas nunca encontrei uma mulher que me agradasse. Todas as garotas aqui têm pele rosada ou branca e morro de tédio com seus eternos lírios e rosas.

— Meu Deus! — gritou Gorducho. — Você quer se casar com uma negra e me dar netos feios como macacos e estúpidos como corujas?

— Não, pai, nada disso. Mas deve haver mulheres em algum lugar do mundo que não sejam nem rosadas nem brancas, e eu lhe digo, de uma vez por todas, que nunca me casarei até que tenha encontrado uma exatamente do meu gosto.

II

Algum tempo depois, aconteceu que o pároco da abadia de Santo Amândio enviou ao lorde de Avesnes um cesto de laranjas, com uma carta lindamente escrita dizendo que aqueles frutos dourados, então desconhecidos em Flandres, vieram direto de uma terra onde o sol sempre brilhava.

Naquela noite, Gorducho e seu filho comeram as frutas douradas no jantar e as acharam deliciosas.

Na manhã seguinte, ao amanhecer, Desejo desceu ao estábulo e selou seu lindo cavalo branco. Então ele foi, todo vestido para uma viagem, até a cama de Gorducho e o encontrou fumando seu primeiro cachimbo do dia.

— Pai — disse ele gravemente. — Vim para me despedir de você. Ontem à noite sonhei que estava caminhando por um bosque, no qual as árvores estavam cobertas de frutas douradas. Colhi uma delas e, quando a abri, uma linda princesa de pele dourada apareceu. Essa é a esposa que quero ter e vou procurá-la.

O lorde de Avesnes ficou tão surpreso que deixou cair seu cachimbo no chão. Ele ficou tão espantando com a ideia de seu filho se casar com uma mulher de pele dourada que estaria presa dentro de uma laranja que explodiu em gargalhadas.

Desejo esperou para se despedir quando ele se aquietasse novamente, mas, como seu pai continuava rindo e não dava sinais de que iria parar, o jovem pegou sua mão, beijou-a ternamente, abriu a porta e, num piscar de olhos, estava no fim da escada. Ele saltou suavemente sobre seu cavalo e estava a um quilômetro e meio de casa quando Gorducho parou de rir.

— Uma esposa de pele dourada! Ele deve estar louco! Pronto para uma camisa de força! — exclamou o bom homem, quando ele conseguiu falar. — Aqui! Rápido! Tragam-no de volta para mim.

Os servos montaram em seus cavalos e cavalgaram atrás do príncipe, mas, como não sabiam que estrada ele havia tomado, foram por todos os lados, exceto pelo caminho certo e, em vez de trazê-lo de volta, voltaram quando escureceu, com os cavalos cansados e cobertos de poeira.

III

Quando Desejo pensou que eles não poderiam mais alcançá-lo, levou seu cavalo para um passeio como um homem prudente que sabe que tem que ir muito longe ainda. Ele viajou assim por muitas semanas, passando por vilas, cidades, montanhas, vales e planícies, mas sempre indo para o sul, onde a cada dia o sol parecia mais quente e mais brilhante.

Por fim, um dia, ao pôr do sol, Desejo sentiu o sol tão quente que pensou que deveria estar perto do lugar de seu sonho. Ele estava, naquele momento, perto de um bosque em que havia uma pequena cabana diante da qual seu cavalo parou por vontade própria. Um velho de barba branca estava sentado na soleira da porta, aproveitando o ar fresco. O príncipe desceu do cavalo e pediu licença para descansar ali.

— Entre, meu jovem amigo — disse o velho. — Minha casa não é grande, mas tem espaço suficiente para acomodar um estrangeiro.

O viajante entrou, e seu anfitrião ofereceu-lhe uma refeição simples. Quando sua fome foi satisfeita, o velho disse-lhe:

— Se não me engano, você vem de longe. Posso perguntar para onde está indo?

— Vou lhe contar — respondeu Desejo —, embora provavelmente vá rir de mim. Sonhei que na terra do sol houvesse um bosque cheio de laranjeiras e que em uma delas encontraria uma linda princesa que será minha esposa. É ela que estou procurando.

— Por que eu deveria rir? — perguntou o velho. — A loucura na juventude é a verdadeira sabedoria. Vá, meu jovem, siga o seu sonho e, mesmo que não encontre a felicidade, de qualquer forma terá tido a alegria de buscá-la.

IV

No dia seguinte, o príncipe levantou-se cedo e despediu-se do anfitrião.

— O bosque que você viu em seu sonho não está longe daqui — disse o velho. — Fica no interior da floresta e esta estrada o levará até lá. Você chegará a um vasto jardim cercado por altos muros. No meio do jardim, há um castelo onde mora uma bruxa horrível que não permite que nenhum ser vivo passe pela porta. Atrás do castelo está o laranjal. Contorne o muro até encontrar um pesado portão de ferro. Não tente empurrá-lo para abrir, mas lubrifique suas dobradiças com isso. — E o velho deu-lhe uma pequena garrafa.

— O portão se abrirá por si mesmo — continuou ele —, e um cachorro enorme que guarda o castelo virá até você com a boca aberta, mas apenas jogue para ele este bolo de aveia. Em seguida, você verá uma cozinheira inclinada sobre o forno aquecido. Dê a ela essa escova. Por fim, encontrará um poço à sua esquerda, não se esqueça de pegar a corda do balde e estendê-la ao sol. Depois de fazer isso, não entre no castelo, mas contorne-o e entre no laranjal. Em seguida, pegue três laranjas e volte para o portão o mais rápido que puder. Uma vez fora do portão, deixe a floresta pelo lado oposto.

— Agora, preste atenção a isto: aconteça o que acontecer, não abra suas laranjas até chegar à margem de um rio ou uma fonte. De cada laranja sairá uma princesa e poderá escolher qual deseja para ser sua esposa. Uma vez feita sua escolha, tenha muito cuidado para não deixar sua noiva sozinha nem um instante e lembre-se de que o perigo mais temível nunca é o perigo que mais tememos.

V

Desejo agradeceu calorosamente a seu anfitrião e pegou o caminho que ele indicou. Em menos de uma hora chegou ao muro, que era muito alto. Ele saltou para o chão, amarrou seu cavalo a uma árvore e logo encontrou o portão de ferro. Ele pegou sua garrafa e lubrificou as dobradiças com óleo, o portão se abriu e ele viu um velho castelo do lado de dentro. O príncipe entrou corajosamente no pátio.

De repente, ouviu uivos ferozes, e um cachorro da altura de um burro, com olhos de bolas de bilhar, veio em sua direção, mostrando os dentes, que eram como pontas de um garfo. Desejo atirou-lhe o bolo de aveia, que o grande cão agarrou instantaneamente, e o jovem príncipe passou por ele em silêncio.

Alguns metros adiante, ele viu um enorme forno, com uma boca larga e em brasa. Uma mulher alta como um gigante estava inclinada sobre ele. Desejo deu-lhe a escova, que ela pegou em silêncio.

Em seguida, foi até o poço, puxou a corda, que estava meio podre, e a estendeu ao sol.

Por fim, deu a volta no castelo e adentrou o laranjal. Lá colheu as três laranjas mais belas que pôde encontrar e se virou para voltar ao portão.

Mas justamente neste momento o sol escureceu, a terra estremeceu e Desejo ouviu uma voz clamando:

— Padeira, padeira, pegue-o pelos pés e jogue-o no forno!

— Não — respondeu a padeira —, muito tempo se passou desde que comecei a limpar este forno com minha própria carne. Você nunca se importou em me dar uma escova, mas ele me deu uma e poderá ir em paz.

— Corda, ó corda! — gritou a voz novamente. — Enrole-se em seu pescoço e estrangule-o.

— Não — respondeu a corda. — Você me deixou por muitos anos apodrecendo na umidade. Ele me estendeu ao sol. Deixe-o ir em paz.

— Cachorro, meu bom cachorro — gritou a voz, cada vez mais zangada —, pule na garganta dele e coma-o.

— Não — respondeu o cachorro. — Embora eu lhe tenha servido por muito tempo, você nunca me deu pão. Ele me deu tanto quanto desejei. Deixe-o ir em paz.

— Portão de ferro, portão de ferro — gritou a voz, rosnando como um trovão —, caia sobre ele e reduza-o a pó.

— Não — respondeu o portão. — Passaram-se cem anos desde que você me deixou enferrujar e ele me lubrificou. Deixe-o ir em paz.

VI

Uma vez do lado de fora, o jovem aventureiro colocou suas laranjas em uma bolsa pendurada em sua sela, montou em seu cavalo e cavalgou rapidamente para fora da floresta.

Como ele estava ansioso para ver as princesas, não via a hora de chegar a um rio ou uma fonte, mas, embora ele cavalgasse por horas, nenhum rio ou fonte estava à vista. Mesmo assim, seu coração estava leve, pois sentia que havia superado a parte mais difícil de sua tarefa e o resto seria fácil.

Por volta do meio-dia, ele chegou a uma planície arenosa, escaldante ao sol. Ali ele foi acometido por uma sede terrível e, então, pegou sua cabaça e a levou aos lábios.

Mas a cabaça estava vazia, pois na excitação de sua alegria ele se esquecera de enchê-la. Ele continuou cavalgando, lutando com seus sofrimentos, mas finalmente não conseguiu mais suportar.

Ele se deixou deslizar para a terra e se deitou ao lado do cavalo, com a garganta ardendo, o peito arfando e a cabeça girando. Já sentia que a morte estava próxima, quando seus olhos pousaram no saco onde as laranjas espreitavam.

O pobre Desejo, que enfrentou tantos perigos para conquistar a dama dos seus sonhos, teria dado naquele momento todas as princesas do mundo, fossem rosadas ou douradas, por uma única gota d'água.

— Ah! — disse para si mesmo. — Se ao menos essas laranjas fossem frutas de verdade, tão refrescantes quanto as que comi em Flandres! E, afinal, quem sabe?

Essa ideia deu-lhe vida e ele teve força para se levantar e colocar a mão na bolsa. Ele tirou uma laranja e a abriu com a faca.

Dela voou o canário mais bonito que já vira.

— Dê-me algo para beber, estou morrendo de sede — disse o pássaro dourado.

— Espere um minuto — respondeu Desejo, tão surpreso que esqueceu seus próprios sofrimentos. E, para satisfazer o pássaro, ele pegou uma segunda laranja e abriu sem pensar no que estava fazendo. Dali saiu outro canário e ele também começou a gritar:

— Estou morrendo de sede, dê-me algo para beber.

Então, o filho de Gorducho viu a loucura que cometera e, enquanto os dois canários voavam, ele afundou-se no chão, onde, exausto por seu último esforço, ficou inconsciente.

VII

Quando voltou a si, tinha uma agradável sensação de frescor ao seu redor. Era noite, o céu cintilava de estrelas e a terra estava coberta por um forte orvalho.

O viajante, tendo se recuperado, montou em seu cavalo e, na primeira rajada da madrugada, viu um riacho dançando à sua frente, onde se inclinou para beber até se fartar.

Ele mal teve coragem de abrir sua última laranja. Então, lembrou-se de que na noite anterior havia desobedecido às ordens do velho. Talvez a sua sede terrível fosse uma artimanha da bruxa astuta e imagine, mesmo abrindo a laranja nas margens do riacho, se nela ele não encontrasse a princesa que procurava?

Ele pegou sua faca e a abriu. Ai de mim! Dela voou um pequeno canário, assim como das outras, que gritou:

— Estou morrendo de sede, dê-me algo para beber.

Grande foi a decepção de Desejo. No entanto, ele estava determinado a não deixar aquele pássaro voar. Assim, ele pegou um pouco de água com a palma da mão e levou até seu bico.

Mal o canário bebeu, tornou-se uma linda garota, alta e esguia como um choupo, com olhos negros e pele dourada. Desejo nunca vira alguém tão adorável e ficou olhando para ela encantado.

Ela, por sua vez, parecia bastante surpresa e olhava à sua volta com olhos felizes e não tinha medo algum do seu libertador.

Ele perguntou seu nome. Ela respondeu que se chamava princesa Zizi, tinha cerca de dezesseis anos e durante dez anos a bruxa a mantivera trancada em uma laranja, sob a forma de um canário.

— Bem, então, minha encantadora Zizi — disse o jovem príncipe, que ansiava por se casar com ela —, vamos partir rapidamente para escapar da bruxa malvada.

Mas Zizi queria saber aonde ele pretendia levá-la.

— Para o castelo de meu pai — disse ele.

Ele montou em seu cavalo, colocou-a na frente dele e, segurando-a cuidadosamente em seus braços, eles começaram sua jornada.

VIII

Tudo o que a princesa via era novo para ela e, ao passar por montanhas, vales e cidades, ela fez mil perguntas. Desejo ficou encantado em responder a todos aqueles questionamentos. É tão maravilhoso ensinar aqueles que amamos!

Em dado momento, ela perguntou como eram as garotas de seu país.

— Elas possuem pele rosada e branca — respondeu ele — e seus olhos são azuis.

— Você gosta de olhos azuis? — perguntou a princesa.

Mas Desejo achou que era uma boa oportunidade para descobrir o que ela guardava em seu coração, então ele não respondeu.

— E sem dúvida — continuou a princesa — uma delas é sua futura noiva?

Mesmo assim, ele ficou em silêncio e Zizi se encheu de orgulho.

— Não — disse ele por fim. — Nenhuma das jovens de meu país é bonita aos meus olhos, e é por isso que vim procurar uma esposa na terra do sol. Eu estava errado, minha adorável Zizi?

Agora foi a vez de Zizi ficar em silêncio.

IX

Assim, continuaram conversando até que se aproximaram do castelo. Quando estavam bem próximos dos portões, eles desmontaram na floresta, à beira de uma fonte.

— Minha querida Zizi — disse o filho de Gorducho —, não podemos nos apresentar diante de meu pai como duas pessoas comuns que voltam de um passeio. Devemos entrar no castelo com mais cerimônia. Espere por mim aqui e em uma hora voltarei com carruagens e cavalos dignos de uma princesa.

— Não demore — respondeu Zizi —, e ela o observou partir com olhos melancólicos.

Quando ela ficou sozinha, a pobre menina começou a sentir medo. Ela estava sozinha pela primeira vez em sua vida e no meio de uma floresta densa.

De repente, ela ouviu um barulho entre as árvores. Temendo que fosse um lobo, ela se escondeu no tronco oco de um salgueiro que pairava sobre a fonte. A árvore era grande o suficiente para escondê-la completamente, mas ela espiou e sua linda cabeça se refletiu na água límpida.

Então apareceu, não um lobo, mas uma criatura tão perversa quanto feia. Veremos quem era essa criatura.

X

Não muito longe da fonte, vivia uma família de pedreiros. Quinze anos antes, o pai, caminhando pela floresta, encontrara uma menina que havia sido abandonada por ciganos. Ele a levou para casa, entregou-a à esposa, e a boa mulher, sentindo pena da criança, a criou com seus próprios filhos. À medida que crescia, a pequena cigana tornou-se muito mais notável pela força e astúcia do que pelo bom senso ou pela beleza. Ela tinha uma testa baixa, nariz achatado, lábios grossos, cabelo áspero e uma pele não dourada como a de Zizi, mas da cor do barro.

Como estava sempre sendo provocada por causa de sua pele, ela tornou-se tão barulhenta e arisca quanto um chapim. Então, eles costumavam chamá-la de Chapinzinha.

Chapinzinha era, muitas vezes, enviada pelo pedreiro para buscar água na fonte e, como era muito orgulhosa e preguiçosa, não gostava muito de fazer aquilo.

Foi ela que assustou Zizi ao aparecer com a jarra no ombro. No momento em que se abaixava para enchê-la, viu refletida na água a adorável imagem da princesa.

— Que rosto bonito! — exclamou ela. — Ora, deve ser meu! Como podem dizer que sou feia? Certamente sou bonita demais para servir como uma simples carregadora de água para eles!

Dizendo isso, ela quebrou o jarro e foi para casa.

— Onde está sua jarra? — perguntou o pedreiro.

— Bem, o que você esperava? O jarro pode ir muitas vezes para o poço...

— Mas finalmente se quebrou. Bem, aqui está um balde que não vai quebrar.

A cigana voltou à fonte e, referindo-se mais uma vez à imagem de Zizi, disse:

— Não, não pretendo mais ser uma besta de carga. — E atirou o balde tão alto que ele ficou preso nos galhos de um carvalho.

— Eu encontrei um lobo — disse ela ao pedreiro — e quebrei o balde em seu focinho.

O pedreiro não lhe fez mais perguntas, mas pegou uma vassoura e deu-lhe uma surra tão grande que seu orgulho diminuiu um pouco.

Então, ele lhe entregou uma velha lata de leite feita de cobre e disse:

— Se você não a trouxer de volta cheia, seus ossos sofrerão por isso.

XI

Chapinzinha saiu esfregando as mãos ao lado do corpo, mas desta vez não se atreveu a desobedecer e de muito mau humor inclinou-se sobre o poço. Não foi nada fácil encher a lata de leite, que era grande e redonda. Não cabia direito no poço, e a cigana teve que tentar de novo e de novo.

Por fim, seus braços estavam tão cansados que, quando conseguiu enfiar a lata corretamente na água, não teve forças para puxá-la de volta e ela rolou até o fundo.

Ao ver a lata desaparecer, ela fez uma cara tão infeliz que Zizi, que a observava todo aquele tempo, caiu na gargalhada.

Chapinzinha se virou e percebeu o erro que cometera e ficou com tanta raiva que decidiu se vingar imediatamente.

— O que está fazendo aí, sua adorável criatura? — perguntou ela a Zizi.

— Estou esperando meu amado — respondeu Zizi.

Então, com uma simplicidade bastante natural de uma garota que até então fora canário, contou toda a sua história.

A cigana vira muitas vezes o jovem príncipe passar, com a arma no ombro, quando ia caçar corvos. Ela era muito feia e esfarrapada para que ele a notasse, mas Chapinzinha, por outro lado, admirava-o, embora achasse que ele poderia ser um pouco mais gordo.

— Querida, querida! — disse para si mesma. — Então, ele gosta de mulheres bronzeadas! Ora, eu também sou bronzeada e se ao menos pudesse pensar em uma maneira...

Não demorou muito para que ela pensasse naquilo.

— O quê! — exclamou a astuta Chapinzinha. — Eles estão vindo com grande pompa para buscá-la e você não tem medo de se mostrar a tantos nobres senhores e senhoras com seu cabelo solto assim? Incline-se imediatamente, minha pobre criança, e deixe-me penteá-lo para você!

A inocente Zizi desceu da árvore imediatamente e ficou ao lado de Chapinzinha. A cigana começou a pentear seus longos cachos castanhos, quando de repente tirou um alfinete do espartilho e, assim como o chapim crava o bico na cabeça de pintassilgos e cotovias, ela enfiou o alfinete na cabeça de Zizi.

Assim que Zizi sentiu a picada do alfinete, voltou a ser um pássaro e, abrindo as asas, voou para longe.

— Foi perfeito — disse a cigana. — O príncipe terá que ser muito inteligente para encontrar sua noiva. E, arrumando o vestido, ela se sentou na grama para aguardar Desejo.

XII

Enquanto isso, o príncipe vinha o mais rápido que seu cavalo podia cavalgar. Ele estava tão impaciente que estava sempre cinquenta metros à frente dos lordes e das damas enviadas por Gorducho para conduzir Zizi de volta.

Ao ver a hedionda cigana, ele ficou mudo de surpresa e horror.

— Ai de mim! — disse Chapinzinha. — Então você não reconhece sua pobre Zizi? Enquanto você estava fora, a bruxa malvada veio e me transformou nisso. Mas, se você apenas tiver a coragem de se casar comigo, terei minha beleza restaurada. — E começou a chorar amargamente.

Desejo possuía uma natureza tão boa e um coração tão mole quanto corajoso.

— Pobre garota — pensou consigo mesmo. — Não é culpa dela, afinal, que tenha ficado tão feia, é minha. Oh! Por que não segui o conselho do velho? Por que a deixei sozinha? E, além disso, depende de mim quebrar o feitiço e eu a amo demais para deixá-la permanecer assim.

Ele, então, apresentou a cigana aos lordes e damas da corte, explicando-lhes o terrível infortúnio que se abatera sobre sua bela noiva.

Todos fingiram acreditar, e as damas imediatamente vestiram na falsa princesa os ricos vestidos que haviam trazido para Zizi.

Ela foi colocada sobre um magnífico palafrém galopante e eles partiram para o castelo.

Mas, infelizmente, o rico vestido e as joias só faziam Chapinzinha parecer ainda mais feia, e Desejo não pôde deixar de sentir-se envergonhado e desconfortável quando fez sua entrada na cidade em sua companhia.

Os sinos tocavam, as badaladas repicavam e as pessoas enchiam as ruas e ficavam às suas portas para ver a comitiva passar. Eles mal podiam acreditar no que viam ao constatar que noiva estranha seu príncipe havia escolhido.

Para lhe prestar mais homenagens, Gorducho veio encontrá-la ao pé da grande escadaria de mármore. Ao ver a criatura horrível, ele quase caiu para trás.

— O quê! — gritou. — Esta é a beleza maravilhosa?

— Sim, pai, é ela — respondeu Desejo envergonhado —, mas ela foi enfeitiçada por uma bruxa malvada e não vai recuperar sua beleza até que se torne minha esposa.

— Ela disse isso? Bem, se você acredita nisso, pode beber água gelada e pensar que é bacon — respondeu Gorducho, irritado.

Mas, mesmo assim, como adorava o filho, estendeu a mão à cigana e a conduziu ao grande salão, no qual a festa nupcial aconteceria.

XIII

O banquete foi excelente, mas Desejo quase não tocou em nada. No entanto, para compensar, os outros convidados comiam avidamente e, quanto à Chapinzinha, nada lhe tirava o apetite.

Quando chegou o momento de servir o ganso assado, houve uma pausa, e Gorducho aproveitou para pousar um pouco o garfo e a faca. Mas como o ganso não dava sinais de aparecer, ele mandou seu escultor de bustos descobrir o que estava acontecendo na cozinha.

E foi isso o que havia acontecido.

Enquanto o ganso estava girando no espeto, um lindo e pequeno canário pulou no peitoril da janela aberta.

— Bom dia, meu bom cozinheiro — disse ela com voz cativante para o homem que estava cuidando do assado.

— Bom dia, adorável pássaro dourado — respondeu o chefe dos ajudantes de cozinha, que tinha sido muito bem educado.

— Rogo aos céus que o façam dormir — disse o pássaro dourado — e que o ganso queime para que não sobre nada para Chapinzinha.

E instantaneamente o chefe dos ajudantes de cozinha adormeceu profundamente e o ganso foi reduzido a cinzas.

Ao acordar, ele ficou horrorizado e deu ordem para depenar outro ganso, enchê-lo de castanhas e colocá-lo no espeto.

Enquanto estava dourando no fogo, Chapinzinha perguntou pelo ganso uma segunda vez. O próprio mestre cozinheiro subiu ao salão para se desculpar e implorar a seu senhor que tivesse um pouco mais de paciência. Gorducho mostrou sua paciência provocando seu filho.

— Como se não bastasse — resmungou ele entre os dentes — o rapaz trazer para casa uma bruxa que não tem um centavo, agora o ganso queimou também. Não é uma esposa o que me trouxe, é a própria morta de fome.

XIV

Enquanto o mestre cozinheiro estava no andar de cima, o pássaro dourado voltou a pousar no peitoril da janela e chamou com sua voz clara o chefe dos ajudantes de cozinha, que observava o espeto:

— Bom dia, meu bom ajudante de cozinha!

— Bom dia, adorável pássaro dourado — respondeu o ajudante, a quem o mestre cozinheiro, em sua empolgação, havia esquecido de alertar.

— Rogo aos céus — continuou o canário — que o façam dormir e que o ganso queime para que nada sobre para Chapinzinha.

O ajudante de cozinha adormeceu profundamente e, quando o mestre cozinheiro voltou, encontrou o ganso tão preto quanto a chaminé.

Furioso, ele acordou o ajudante, que, para se safar da culpa, contou toda a história.

— Aquele pássaro maldito — disse o cozinheiro — vai fazer com que seja demitido. Venham, alguns de vocês, escondam-se e, se ele vier novamente, pegue-o e torça seu pescoço.

Ele providenciou um terceiro ganso, acendeu uma grande fogueira e sentou-se perto dela.

O pássaro apareceu pela terceira vez e disse:

— Bom dia, meu bom cozinheiro.

— Bom dia, adorável pássaro dourado — respondeu o cozinheiro como se nada tivesse acontecido.

No momento em que o canário estava começando a falar "rogo aos céus que envie...", um ajudante de cozinha que estava escondido do lado de fora correu e fechou as venezianas. O pássaro voou pela cozinha. Então, todos os cozinheiros e ajudantes de cozinha saltaram atrás dele, tentando acertá-lo com seus aventais. Por fim, um deles pegou o pássaro bem no momento em que Gorducho entrava na cozinha, balançando seu cetro. Ele viera para ver por si mesmo por que o ganso não era servido.

O ajudante parou imediatamente, quando estava prestes a torcer o pescoço do canário.

XV

— Será que alguém teria a gentileza de me explicar o que significa tudo isso?! — exclamou o lorde de Avesnes.

— Vossa excelência, é o pássaro — respondeu o ajudante e o colocou em sua mão.

— Absurdo! Que pássaro adorável! — disse Gorducho e, acariciando sua cabeça, tocou em um alfinete que estava espetado entre suas penas. Ele o puxou para fora e eis que o canário imediatamente tornou-se uma bela garota de pele dourada, que saltou de leve ao chão.

— Que graciosa! Que linda jovem! — disse Gorducho.

— Pai! É ela! É Zizi! — exclamou Desejo, que entrara naquele momento.

E ele a tomou nos braços, chorando:

— Minha querida Zizi, como estou feliz em vê-la mais uma vez!

— Bem, e a outra? — perguntou Gorducho.

A outra estava se esgueirando silenciosamente em direção à porta.

— Impeçam-na! — ordenou Gorducho. — Vamos julgar a causa dela imediatamente.

E ele sentou-se solenemente no forno e condenou Chapinzinha a ser queimada viva. Depois disso, os lordes e os cozinheiros formaram filas e Gorducho prometeu Desejo a Zizi.

XVI

O casamento aconteceu alguns dias depois. Todos os meninos do reino estavam lá, armados com espadas de madeira e enfeitados com dragonas feitas de papel dourado.

Zizi obteve o perdão para Chapinzinha, que foi enviada de volta aos campos de tijolos, seguida e vaiada por todos os meninos. E é por isso que hoje os meninos do campo sempre atiram pedras em um chapim.

Na noite das núpcias, todas as despensas, caves, armários e mesas do povo, ricos ou pobres, foram abastecidos, como que por encanto, com pão, vinho, cerveja, bolos, tortas, cotovias assadas e até gansos, para que Gorducho não pudesse mais reclamar que seu filho havia se casado com uma morta de fome.

Desde aquela época, sempre houve fartura de alimentos naquele país e, desde então, é possível ver, no meio das mulheres loiras de olhos azuis de Flandres, algumas belas garotas, cujos olhos são negros e as peles são da cor do ouro. Elas são as descendentes de Zizi.

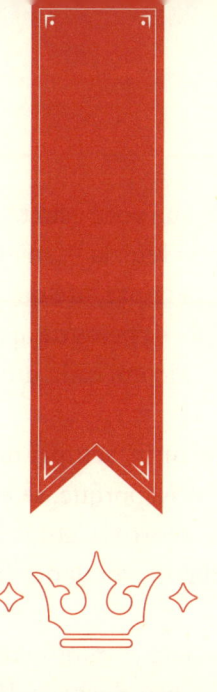

OS DOZE IRMÃOS

(Irmãos Grimm)

Era uma vez um rei e uma rainha que viviam felizes e tinham doze filhos, todos meninos. Um dia, o rei disse à sua esposa:

— Se nosso décimo terceiro filho for uma menina, todos os seus doze irmãos deverão morrer, para que ela seja muito rica e herde o reino sozinha.

Então, ele ordenou que doze caixões fossem feitos, encheu-os com aparas de madeira e colocou um pequeno travesseiro em cada um. Guardou-os em um quarto vazio e, dando a chave para a esposa, pediu que ela não contasse a ninguém.

A rainha lamentou o triste destino de seus filhos e recusou-se a ser consolada, tanto que o menino mais novo, que sempre a acompanhava e o qual ela havia batizado de Benjamin, disse-lhe um dia:

— Querida mãe, por que você está tão triste?

— Meu filho — respondeu ela —, não posso lhe dizer o motivo.

Mas ele não a deixou em paz, até que ela destrancou o quarto e mostrou a ele os doze caixões cheios de aparas de madeira e com um pequeno travesseiro colocado em cada um.

Ela lhe disse:

— Meu querido Benjamin, seu pai mandou fazer estes caixões para você e seus onze irmãos, porque, se eu trouxer uma menina ao mundo, vocês todos serão mortos e enterrados neles.

Ela chorou amargamente enquanto falava, mas seu filho a confortou e disse:

— Não chore, querida mãe, vamos conseguir escapar de alguma forma e correremos para salvar nossas vidas.

— Sim — respondeu sua mãe —, é isso que vocês devem fazer. Vá com seus onze irmãos para a floresta, e um de vocês deverá sempre subir na árvore mais alta que puder encontrar para vigiar a torre do castelo. Se eu der à luz um menino, agitarei uma bandeira branca e então vocês poderão retornar em segurança. Mas, se eu der à luz uma menina, agitarei uma bandeira vermelha, que irá avisá-los para correrem para longe o mais rápido que puderem, e que os céus tenham piedade de vocês. Todas as noites, vou me levantar e orar para que no inverno sempre tenham uma fogueira para se aquecer e para que no verão não morram de calor.

Então, ela abençoou seus filhos e eles partiram para a floresta. Eles encontraram um carvalho muito alto e lá se sentaram, revezando-se e mantendo os olhos sempre fixos na torre do castelo. No décimo segundo dia, quando chegou a vez de Benjamin, ele percebeu uma bandeira balançando no ar. Não era branca, mas vermelho sangue, o sinal que lhes confirmava que todos deveriam morrer. Quando os irmãos viram aquilo, ficaram muito zangados e disseram:

— Devemos ser condenados à morte por causa de uma garota miserável? Vamos jurar vingança e prometer que, não importa onde, não importa quando, se encontrarmos alguém de seu sexo, ela morrerá por nossas mãos.

Eles se embrenharam na floresta e, no interior dela, onde era mais densa e escura, encontraram uma pequena casa encantada que estava vazia.

— Aqui — disseram eles —, vamos morar, e você, Benjamin, que é o mais novo e mais fraco, deverá ficar em casa e cuidar dela para nós; os outros sairão e buscarão comida. Então eles foram para a floresta e atiraram em lebres, veados, pássaros, pombos selvagens e qualquer outra caça que encontraram. Eles sempre traziam a carne dos animais para Benjamin, que logo aprendeu a transformá-los em pratos delicados. Assim, eles viveram por dez anos naquela pequena casa, e o tempo passou alegremente.

Nesse ínterim, sua irmãzinha crescia rapidamente. Ela era bondosa e possuía um lindo rosto com uma estrela dourada bem no meio da testa. Um dia, uma grande limpeza estava sendo feita no palácio, e a menina, olhando para baixo de sua janela, viu doze camisas masculinas penduradas para secar e perguntou à sua mãe:

— A quem diabos essas camisas pertencem? Certamente são pequenas demais para meu pai.

E a rainha respondeu com tristeza:

— Querida criança, elas pertencem aos seus doze irmãos.

— Mas onde estão meus doze irmãos? — disse a garota. — Nunca ouvi falar deles.

— Só Deus sabe em que parte do mundo estão vagando — respondeu sua mãe.

Ela levou a garota e abriu a sala trancada, onde mostrou-lhe os doze caixões cheios de aparas de madeira e com um pequeno travesseiro em cada um.

— Esses caixões — disse ela — foram destinados aos seus irmãos, mas eles fugiram secretamente antes de você nascer.

Ela, então, contou tudo o que havia acontecido e, quando terminou, sua filha disse:

— Não chore, querida mãe, procurarei meus irmãos até encontrá-los.

Ela pegou as doze camisas e foi direto para o interior da grande floresta. Ela caminhou o dia todo e chegou à noite na casinha encantada. Ela entrou e encontrou um jovem, que, maravilhado com sua beleza, com as vestes reais que usava e com a estrela dourada em sua testa, perguntou-lhe de onde vinha e para onde estava indo.

— Sou uma princesa — respondeu ela — e estou procurando meus doze irmãos. Pretendo vagar até onde o céu azul se estende sobre a terra para encontrá-los.

Ela lhe mostrou as doze camisas que levava consigo, e Benjamin viu que devia ser sua irmã e disse:

— Eu sou Benjamin, seu irmão mais novo.

Então, eles choraram de alegria, beijaram-se e se abraçaram repetidas vezes. Depois de um tempo, Benjamin disse:

— Querida irmã, ainda há um pequeno obstáculo. Todos nós juramos que qualquer garota que encontrássemos morreria em nossas mãos, porque foi por causa de uma garota que tivemos que deixar nosso reino.

— Mas — respondeu ela — terei prazer em morrer se assim puder devolver aos meus doze irmãos tudo o que perderam.

— Não — respondeu ele —, não há necessidade disso. Apenas vá e se esconda debaixo daquela banheira até que nossos onze irmãos cheguem e eu resolverei as coisas com eles.

Ela obedeceu e logo os outros voltaram da caçada e se sentaram para jantar.

— Bem, Benjamin, quais são as novidades? — perguntaram.

Mas ele respondeu:

— Eu gosto disso; vocês não têm nada para me dizer?

— Não — responderam.

Então, ele disse:

— Bem, vocês estiveram na floresta o dia todo e eu fiquei quieto em casa, mas, mesmo assim, sei mais do que vocês.

— Então, diga-nos — gritaram eles.

Mas ele respondeu:

— Apenas com a condição de que prometam fielmente que a primeira garota que encontrarmos não será morta.

— Ela será poupada — prometeram —, mas conte-nos as novidades.

Então Benjamin disse:

— Nossa irmã está aqui! — E ele ergueu a tina, e a princesa deu um passo à frente, com suas vestes reais e com a estrela dourada na testa, parecendo tão linda, doce e charmosa que todos se apaixonaram por ela imediatamente.

Combinaram que ela ficaria em casa com Benjamin e o ajudaria no trabalho doméstico, enquanto o resto dos irmãos sairia para a floresta para caçar lebres, corças, pássaros e pombos. Benjamin e sua irmã preparavam as refeições para todos. Ela colhia ervas para cozinhar os vegetais, apanhava lenha, cuidava das panelas no fogo e, sempre que seus onze irmãos voltavam, ela tinha o jantar pronto para eles. Além disso, ela mantinha a casa em ordem, arrumava todos os cômodos e se tornara tão útil que seus irmãos ficaram maravilhados e todos viviam felizes juntos.

Um dia, os dois em casa prepararam um belo banquete e, quando todos estavam reunidos, sentaram-se, comeram, beberam e se divertiram.

Havia um pequeno jardim ao redor da casa encantada, no qual cresciam doze lírios altos. A menina, querendo agradar aos irmãos, arrancou as doze flores com a intenção de presentear cada um deles enquanto se sentassem para jantar. Mas ela mal havia colhido as flores quando seus irmãos foram transformados em doze corvos, que voaram grasnando sobre a floresta, e a casa e o jardim também desapareceram.

A pobre garota se viu sozinha na floresta e, ao olhar em volta, percebeu uma velha parada ao seu lado, que disse:

— Minha filha, o que você fez? Por que você não deixou as flores em paz? Elas eram seus doze irmãos. Agora eles foram transformados em corvos para sempre.

A menina perguntou, soluçando:

— Não há como libertá-los?

— Não — disse a velha —, só existe um caminho em todo o mundo e é tão difícil que você não iria libertá-los com ele, pois você teria que permanecer muda e não rir por sete anos e, se falasse uma única palavra, mesmo que faltasse apenas uma hora para o fim do prazo, todo o seu silêncio teria sido em vão, e essa única palavra mataria seus irmãos.

Então, a menina disse a si mesma:

— Se isso é tudo, tenho certeza de que posso libertar meus irmãos.

Ela procurou por uma árvore alta e, quando encontrou uma, subiu nela e lá permaneceu o dia todo, sem rir ou falar uma palavra.

Ora, aconteceu um dia que um rei que estava caçando na floresta tinha um grande galgo, que correu farejando até a árvore em que a garota estava sentada e pulou em volta dela, ganindo e latindo furiosamente. A atenção do rei foi atraída e, quando ele olhou para cima e viu a bela princesa com a estrela dourada em sua testa, ficou tão encantado com sua beleza que a pediu para ser sua esposa naquele mesmo momento. Ela não respondeu, mas assentiu levemente com a cabeça. Então, ele mesmo subiu na árvore, ajudou-a a descer, colocou-a em seu cavalo e carregou-a para casa em seu palácio.

O casamento foi celebrado com muita pompa e cerimônia, mas a noiva não falava, nem ria.

Depois de viverem alguns anos felizes juntos, a mãe do rei, que era uma velha perversa, começou a caluniar a jovem rainha e disse ao rei:

— Ela é apenas uma mendiga de origem humilde com quem você se casou, quem sabe que truques está tramando? Se ela for surda e não puder falar, ela pode pelo menos rir, pois aqueles que não riem certamente têm a consciência pesada.

A princípio, o rei não lhe deu ouvidos, mas a velha insistiu tanto no assunto e acusou a jovem rainha de tantas coisas ruins que, por fim, ele se deixou convencer e condenou sua bela esposa à morte.

Assim, uma grande fogueira foi acesa no pátio do palácio, na qual ela seria queimada. O rei observava os procedimentos de uma janela superior, chorando amargamente, pois ainda amava muito sua esposa. Mas assim que ela havia sido amarrada à estaca e as chamas estavam lambendo suas vestes com línguas vermelhas, o último momento dos sete anos havia chegado. Então, um som repentino e rápido foi ouvido no ar, e doze corvos foram vistos voando no alto. Eles mergulharam e, assim que tocaram o solo, transformaram-se em seus doze irmãos, e ela soube que os havia libertado.

Eles apagaram as chamas e, desamarrando sua querida irmã da estaca, beijaram-na e abraçaram-na repetidas vezes. E agora que ela conseguia abrir a boca e falar, ela contou ao rei por que tinha permanecido muda e sem poder rir.

O rei ficou muito feliz quando soube que ela era inocente e todos

VIVERAM FELIZES PARA SEMPRE.

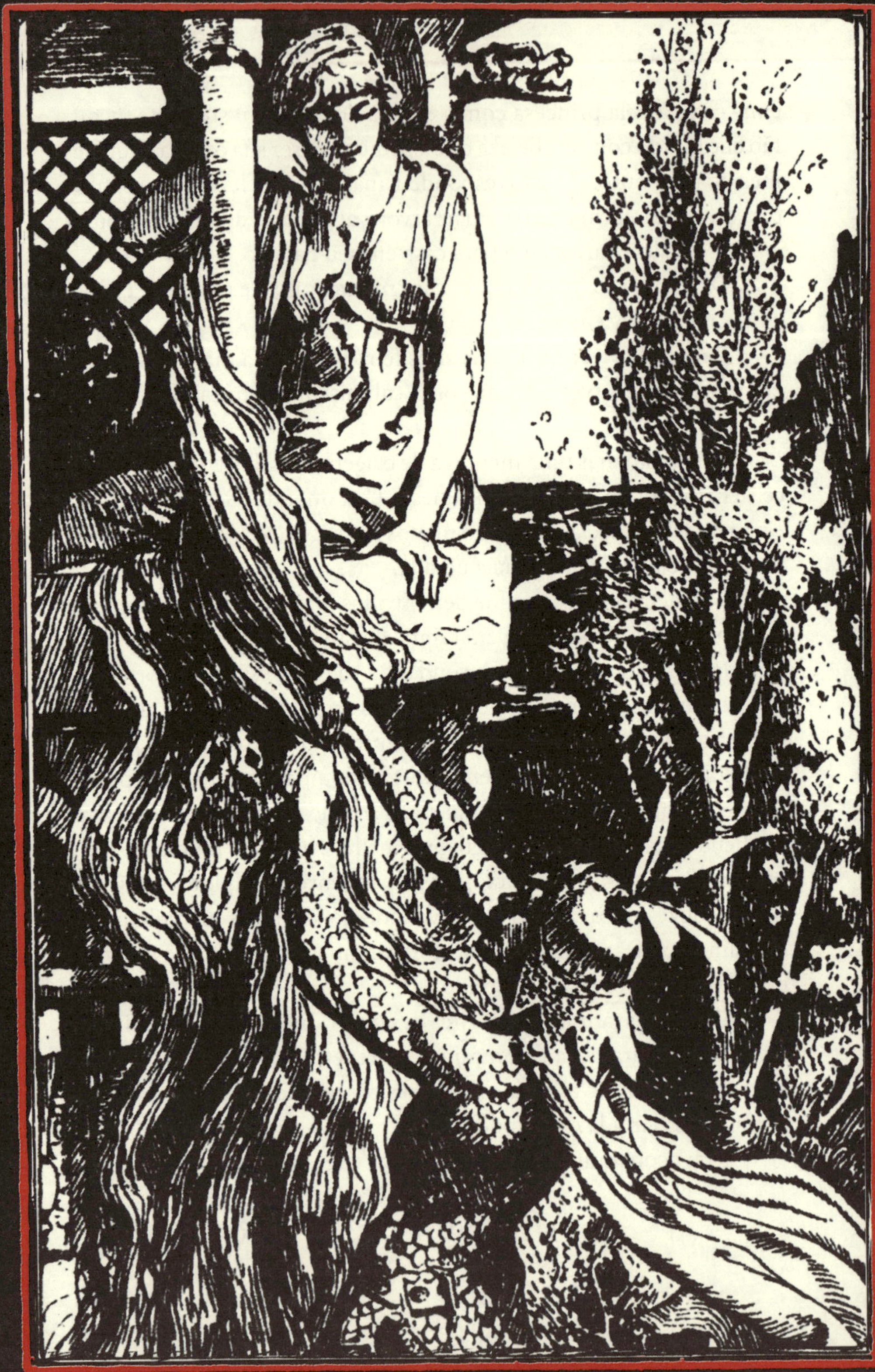

RAPUNZEL

(Irmãos Grimm)

Era uma vez um homem e sua esposa, que eram muito infelizes por não terem filhos. Essa boa gente tinha uma janelinha nos fundos da casa, que dava para um magnífico jardim, cheio de todos os tipos de lindas flores e vegetais. Mas o jardim era cercado por um muro alto e ninguém ousava entrar, pois pertencia a uma bruxa de grande poder, temida por todos. Um dia, a mulher estava na janela que dava para o jardim e viu ali um canteiro com belos rabanetes, cujas folhas pareciam tão frescas e verdes que ela teve vontade de comê-las. O desejo crescia dia a dia e, como sabia que não conseguiria o que tanto desejava, ela foi definhando e ficando muito pálida e triste. Seu marido ficou alarmado e disse:

— O que a aflige, querida esposa?

— Oh — respondeu ela —, se eu não conseguir comer alguns dos rabanetes que crescem no jardim atrás da casa, sei que morrerei.

O homem, que a amava profundamente, pensou consigo mesmo "Vamos lá! Em vez de deixar sua esposa morrer, traga-lhe alguns rabanetes, custe o que custar".

Então, ao anoitecer, ele escalou o muro do jardim da bruxa e, colhendo apressadamente um punhado de rabanetes, voltou para casa e os deu à sua esposa. Ela preparou uma salada, que tinha um gosto tão bom que seu desejo pela comida proibida ficou ainda maior. Se ela quisesse ter alguma paz de espírito, não havia outra alternativa a não ser seu marido escalar o muro do jardim novamente e trazer-lhe um pouco mais. Ao anoitecer, ele pulou o muro novamente, mas, quando chegou ao outro lado, recuou aterrorizado, pois ali, de pé diante dele, estava a velha bruxa.

— Como você ousa — disse ela, com olhar furioso — invadir meu jardim e roubar meus rabanetes como um reles ladrão? Você deverá ser castigado por sua imprudência.

— Oh! — implorou ele. — Perdoe minha ousadia, foi por necessidade que fiz isso. Minha esposa viu seus rabanetes de nossa janela e foi tomada de tal desejo que ela certamente teria morrido se não tivesse sido satisfeito.

Ao ouvir aquelas palavras, a bruxa acalmou-se um pouco e disse:

— Se é como diz, pode levar consigo o quanto quiser, mas com uma única condição: você deverá entregar a mim a criança que sua esposa em breve dará à luz. Cuidarei dela como se fosse minha e nada lhe faltará.

O homem ficou tão aterrorizado que concordou com tudo o que ela exigira e, assim que a criança nasceu, a bruxa apareceu e, dando-lhe o nome de Rapunzel, levou-a consigo.

Rapunzel era a criança mais linda sob o sol. Quando completou doze anos, a bruxa a trancou em uma torre, no meio da floresta. A torre não possuía escadas, nem portas, apenas uma pequena janela no topo. Quando a velha bruxa queria entrar, ficava embaixo da janela e gritava:

— Rapunzel, Rapunzel, jogue-me suas tranças.

Rapunzel tinha magníficos cabelos longos e tão finos quanto fios de ouro. Sempre que ouvia a voz da bruxa, ela desenrolava as tranças e as deixava cair pela janela cerca de vinte metros abaixo, e a velha bruxa subia por elas.

Alguns anos se passaram e, um dia, um príncipe estava cavalgando pela floresta e passou pela torre. Ao se aproximar, ouviu alguém cantando tão docemente que ficou imóvel, enfeitiçado. Era Rapunzel em sua solidão tentando passar o tempo e deixando sua doce voz soar pela floresta. O príncipe ansiava por ver a dona daquela voz, mas procurou em vão uma porta na torre. Ele voltou para casa, mas estava tão assombrado pela música que ouvira que voltava todos os dias para a floresta para ouvi-la. Um dia, quando estava parado atrás de uma árvore, ele viu a velha bruxa se aproximando e a ouviu gritar:

— Rapunzel, Rapunzel, jogue-me suas tranças.

Então, Rapunzel soltou suas tranças, e a bruxa subiu por elas.

— Essa é a escada, afinal? — disse o príncipe. — Eu também vou escalar e tentar a sorte.

Então, no dia seguinte, ao anoitecer, ele foi até o pé da torre e gritou:

— Rapunzel, Rapunzel, jogue-me suas tranças.

E assim que ela jogou as tranças, o príncipe subiu.

A princípio, Rapunzel ficou terrivelmente assustada quando um homem entrou, pois ela nunca havia visto um antes em sua vida, mas o príncipe falou-lhe com muita doçura, contando-lhe o quanto seu coração ficara tocado ao ouvi-la cantar e como sentira que não teria paz de espírito até que a visse. Logo, Rapunzel esqueceu o medo e, quando ele a pediu em casamento, ela consentiu imediatamente.

— Ele é jovem e bonito — ela pensou —, e certamente serei mais feliz com ele do que com a velha bruxa.

Ela colocou sua mão sobre a dele e disse:

— Sim, ficarei feliz em ir com você, mas como vou descer da torre? Toda vez que vier me ver, deve trazer-me uma meada de seda e, com ela, farei uma escada. Quando terminar, descerei por ela e você me levará em seu cavalo.

Eles combinaram que, até que a escada ficasse pronta, ele viria para vê-la todas as noites, pois a velha costumava vir durante o dia. A velha bruxa, é claro, não desconfiou de nada até o dia em que Rapunzel, por distração, virou-se para ela e disse:

— Diga-me, boa mãe, como pode ser muito mais difícil puxar você do que o jovem príncipe? Ele sempre chega aqui em um instante.

— Oh! Sua criança perversa — exclamou a bruxa. — O que é que está dizendo? Achei que a tinha escondido do mundo e, apesar disso, você conseguiu me enganar.

Em sua fúria, ela agarrou o lindo cabelo de Rapunzel, enrolou-o em sua mão esquerda e, em seguida, agarrou uma tesoura com a direita e tec, tec! Cortou as lindas tranças, que caíram no chão. E pior do que isso, ela estava com o coração tão endurecido que levou Rapunzel para um lugar deserto e solitário e lá a deixou para viver na solidão e na miséria.

Mas na mesma noite em que expulsou a pobre Rapunzel, a bruxa prendeu as tranças em um gancho na janela e, quando o príncipe apareceu e gritou "Rapunzel, Rapunzel, jogue-me suas tranças", ela as deixou cair, e o príncipe subiu como de costume. Mas, em vez de sua amada Rapunzel, ele encontrou a velha bruxa, que fixou nele seus olhos brilhantes e malignos e disse zombeteiramente:

— Ah, ah! Você pensou em encontrar sua amada, mas o lindo pássaro voou e seu canto foi silenciado para sempre; o gato o pegou e vai arrancar seus olhos também. Rapunzel está perdida para você, para sempre, nunca mais a verá.

Ao ouvir aquilo, o príncipe ficou fora de si e, em seu desespero, saltou da torre e, embora tenha escapado com vida, os espinhos entre os quais caiu perfuraram seus olhos. Ele vagou, cego e desesperado pela floresta, comendo nada além de raízes e frutos, chorando e lamentando a perda de sua adorável noiva. Assim, ele vagou por alguns anos, sentindo-se da forma mais miserável e infeliz possível e, por fim, chegou ao mesmo lugar deserto onde Rapunzel estava morando. De repente, ele ouviu uma voz que lhe pareceu estranhamente familiar. Ele caminhou ansiosamente na direção do som e, quando estava bem próximo, Rapunzel o reconheceu e o abraçou, chorando. Duas de suas lágrimas caíram nos seus olhos e, no mesmo instante, ele recuperou sua visão e voltou a enxergar melhor do que nunca. Em seguida, ele a conduziu ao seu reino, onde foram recebidos com grande alegria, e

VIVERAM FELIZES PARA SEMPRE.

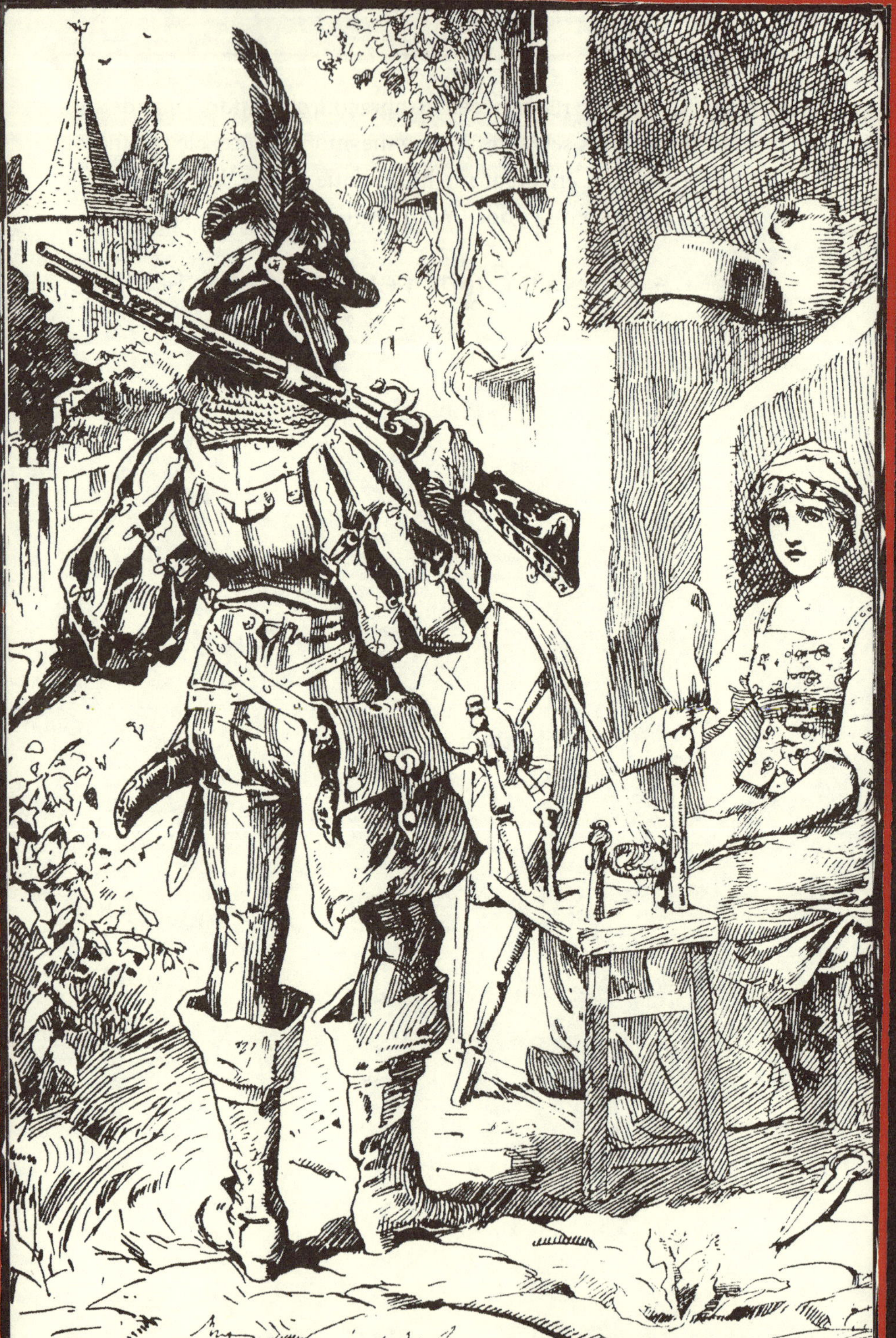
H. J. Ford

I

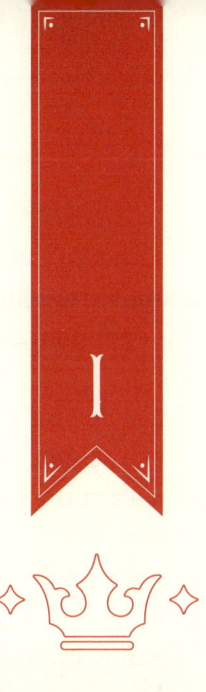

A FIANDEIRA DE URTIGAS

(Ch. Deulin)

Era uma vez um importante lorde que vivia em Quesnoy, Flandres, e cujo nome era Burchard, mas os camponeses o chamavam de Burchard, o Lobo. Burchard tinha um coração tão perverso e cruel que era conhecido por atrelar seus camponeses ao arado e forçá-los, com golpes de chicote, a lavrar sua terra com os pés descalços.

Sua esposa, por outro lado, sempre fora terna e misericordiosa com os pobres e miseráveis.

Cada vez que ela sabia de alguma maldade que seu marido cometera, ia secretamente reparar o mal, o que fazia com que seu nome fosse abençoado em todo o país. A condessa era adorada tanto quanto o conde era odiado.

II

Um dia, quando estava caçando, o conde passou por uma floresta e, na porta de uma cabana solitária, viu uma linda garota fiando cânhamo.

— Qual é o seu nome? — perguntou ele.

— Renelde, meu senhor.

— Você deve estar cansada de ficar em um lugar tão solitário.

— Estou acostumada, meu senhor, nunca me canso disso.

— Pode ser, mas venha para o castelo e a tornarei dama de companhia da condessa.

— Não posso fazer isso, meu senhor. Preciso cuidar de minha avó, que está muito debilitada.

— Venha para o castelo, como lhe digo. Aguardarei por você esta noite. — E seguiu seu caminho.

Mas Renelde, que estava noiva de um jovem lenhador chamado Guilbert, não tinha intenção de obedecer ao conde e, além disso, tinha que cuidar da avó.

Três dias depois, o conde voltou a passar por sua cabana.

— Por que não veio? — perguntou ele à bela fiandeira.

— Como lhe disse antes, meu senhor, tenho que cuidar de minha avó.

— Venha amanhã e farei de você dama de companhia da condessa. — E seguiu seu caminho.

Aquela oferta não produziu melhor efeito do que a anterior, e Renelde não foi ao castelo.

— Se você vier — disse-lhe o conde na vez seguinte —, mandarei a condessa embora e me casarei com você.

Ocorre que, dois anos antes, quando a mãe de Renelde estava morrendo em decorrência de uma longa doença, a condessa não os esquecera e os ajudara quando mais precisaram. Portanto, mesmo que o conde realmente quisesse se casar com Renelde, ela jamais aceitaria.

III

Algumas semanas se passaram antes que Burchard aparecesse novamente.

Renelde esperava ter se livrado dele, mas um dia ele parou na porta com a espingarda de caçar patos debaixo do braço e seu alforge de caçada no ombro. Desta vez, Renelde não fiava cânhamo, mas linho.

— O que você está fiando? — perguntou com a voz áspera.

— Meu vestido de casamento, meu senhor.

— Você vai se casar, então?

— Sim, meu senhor, com sua permissão.

Naquela época, nenhum camponês podia se casar sem a permissão de seu senhor.

— Darei minha permissão, com uma condição: vê aquelas urtigas altas que crescem nas tumbas do cemitério? Vá até lá, colha-as e as divida em duas metades. Uma será para o seu traje nupcial e a outra será para minha mortalha. Você só se casará no dia em que eu for enterrado em minha sepultura.

E o conde se afastou com uma risada zombeteira.

Renelde estremeceu. Nunca em Locquignol se ouviu falar de algo como fiar urtigas.

Além disso, o conde parecia ser feito de ferro e tinha muito orgulho de sua força, muitas vezes, gabando-se de que viveria até os cem anos.

Todas as noites, quando seu trabalho terminava, Guilbert ia visitar sua futura noiva. Naquela noite, ele veio como de costume, e Renelde contou-lhe o que Burchard lhe havia dito.

— Você gostaria que eu vigiasse o lobo e partisse seu crânio com um golpe do meu machado?

— Não — respondeu Renelde —, não deve haver sangue no meu buquê de noiva. Não devemos machucar o conde. Lembre-se de como a condessa foi boa para minha mãe.

Uma senhora velha, muito velha, falou:

— Ela era a bisavó de Renelde e tinha mais de noventa anos. Durante o dia todo, ela ficara sentada em sua cadeira balançando a cabeça sem dizer uma palavra.

— Meus filhos — disse ela —, em todos os anos em que vivi neste mundo, nunca ouvi falar de trajes feitos de urtigas. Mas o que Deus ordena o homem pode realizar. Por que Renelde não deveria tentar?

IV

Renelde tentou e, para sua grande surpresa, as urtigas, quando amassadas e preparadas, davam um bom fio, macio, leve e firme. Em pouco tempo, ela já havia finalizado o primeiro traje, que era para seu próprio casamento. Ela teceu e cortou rapidamente na esperança de que o conde não a forçasse a começar o outro. Assim que ela terminou de costurá-lo, Burchard, o Lobo, passou por sua cabana.

— Bem — disse ele —, como estão os trajes?

— Aqui está, meu senhor, meu vestido de casamento — respondeu Renelde, mostrando-lhe o traje, que era o mais fino e branco já visto.

O conde empalideceu, mas respondeu asperamente:

— Muito bom. Agora comece o outro.

A fiandeira começou a trabalhar. Quando o conde retornou ao castelo, um calafrio o percorreu e ele sentiu, como se costuma dizer, que alguém caminhava sobre seu túmulo. Ele tentou comer sua ceia, mas não conseguiu e foi para a cama tremendo de febre. Ele não pôde dormir e, na manhã seguinte, não conseguiu se levantar.

Aquela doença repentina, que piorava a cada instante, deixava-o muito inquieto. Sem dúvida, a roda de fiar de Renelde tinha tudo a ver com aquilo. Não era necessário que seu corpo e sua mortalha estivessem prontos para o enterro?

A primeira coisa que Burchard fez foi chamar Renelde e impedi-la de continuar tecendo.

Renelde obedeceu e naquela noite Guilbert lhe perguntou:

— O conde deu seu consentimento para nosso casamento?

— Não — disse Renelde.

— Continue seu trabalho, querida. É a única maneira de obtê-lo. Você sabe que ele mesmo lhe disse isso.

V

Na manhã seguinte, assim que pôs a casa em ordem, a jovem sentou-se para fiar. Duas horas depois, chegaram alguns soldados e, quando a viram trabalhando, agarraram-na, amarraram-lhe os braços e as pernas e levaram-na para a margem do rio, que estava inundada pelas chuvas tardias daquele ano.

Quando chegaram à margem, atiraram-na na água e viram-na afundar, após isso, partiram. Mas Renelde subiu à superfície e, embora não soubesse nadar, lutou para chegar à margem.

Assim que chegou em casa, ela se sentou e começou a fiar.

Os dois soldados voltaram novamente para a cabana e agarraram a garota, carregaram-na para a margem do rio, amarraram uma pedra em seu pescoço e a jogaram na água.

No momento em que viraram as costas, a pedra se desamarrou. Renelde, caminhando com dificuldade, voltou para a cabana e sentou-se para fiar.

Desta vez, o conde resolveu ir pessoalmente a Locquignol, mas, como estava muito fraco e incapaz de andar, seguiu em uma liteira. E ainda assim, a fiandeira continuava a fiar.

Quando ele a viu, atirou nela como se estivesse atirando em uma fera. A bala ricocheteou sem ferir a fiandeira, que continuou a fiar.

Burchard foi invadido por um sentimento de raiva tão violento que quase o matou. Ele quebrou a roca em mil pedaços e, então, caiu desmaiado no chão. Ele foi levado de volta ao castelo, inconsciente.

No dia seguinte, a roca foi consertada, e a fiandeira sentou-se para fiar. Sentindo que enquanto ela fiava ele morria, o conde ordenou que suas mãos fossem amarradas e que não a perdessem de vista nem por um instante.

Mas os guardas adormeceram, as amarras se soltaram e a fiandeira continuou seu trabalho.

Burchard mandou arrancar todas as urtigas em um raio de quinze quilômetros. No entanto, mal tinham sido arrancadas do solo, elas germinaram novamente e cresceram a olhos vistos.

Elas brotaram até mesmo no chão de terra batida da cabana e, tão rápido quanto eram colhidas, a roca reunia um suprimento de urtigas, esmagadas, preparadas e prontas para fiar.

E a cada dia Burchard piorava e via seu fim se aproximando.

VI

Comovida e com pena do marido, a condessa finalmente descobriu a causa de sua doença e rogou-lhe que se deixasse curar. Mas o conde, em seu orgulho, recusou terminantemente dar seu consentimento ao casamento.

Então, a senhora resolveu ir, mesmo sem seu conhecimento, para implorar pela misericórdia da fiandeira e, em nome de sua falecida mãe, ela pediu que a jovem não fiasse mais. Renelde prometeu, mas à noite Guilbert chegou à cabana e, vendo que o trabalho não havia avançado mais do que na noite anterior, perguntou o motivo. Renelde confessou que a condessa havia rogado para que ela não deixasse o marido morrer.

— Ele consentirá com nosso casamento?
— Não.
— Deixe-o morrer, então.
— Mas o que a condessa vai dizer?
— A condessa vai entender que não é sua culpa. O conde é o único culpado pela própria morte.
— Vamos esperar um pouco. Talvez seu coração esteja amolecendo.

Então, eles esperaram por um mês, por dois, por seis, por um ano. A fiandeira não fiou mais. O conde parou de persegui-la, mas, mesmo assim, recusou-se a dar seu consentimento para o casamento. Guilbert ficou impaciente.

A pobre garota o amava de todo o coração e estava mais infeliz do que quando Burchard a atormentava com sua perseguição.

— Vamos acabar com isso — disse Guilbert.
— Espere mais um pouco — implorou Renelde.

Mas o jovem cansou-se daquela situação. Ele ia mais raramente a Locquignol e logo não foi mais. Renelde sentiu como se seu coração fosse se partir, mas ela se manteve firme.

Um dia, ela encontrou o conde. Ela juntou as mãos como se estivesse rezando e implorou:

— Meu senhor, tenha piedade!

Burchard, o Lobo, virou o rosto e seguiu em frente.

Ela poderia ter aplacado seu orgulho se tivesse voltado a fiar, mas decidiu não o fazer.

Não muito depois, ela soube que Guilbert deixara o país. Ele nem veio se despedir, mas, mesmo assim, ela procurou saber o dia e a hora de sua partida e se escondeu na estrada para vê-lo mais uma vez.

Quando ela voltou, colocou sua roca silenciosa em um canto e chorou por três dias e três noites.

VII

Mais um ano se passou. Então, o conde adoeceu, e a condessa supôs que Renelde, cansada de esperar, começara a fiar novamente, mas, quando foi à cabana para verificar, encontrou a roca silenciosa.

No entanto, o conde foi ficando cada vez pior, até ser abandonado pelos médicos. O sino tocou e ele ficou esperando que a morte viesse buscá-lo. Mas a morte não estava tão perto quanto os médicos pensavam, e, sendo assim, ele se demorou um pouco mais.

Ele parecia estar em estado desesperador, mas não melhorava, nem piorava. Ele não conseguia viver, nem morrer, mas sofria horrivelmente e clamava ruidosamente que a morte colocasse um fim à sua dor.

Naquela condição extrema, ele se lembrou do que havia dito à jovem fiandeira há muito tempo. Se a morte demorasse a chegar, era porque ele não estava pronto para segui-la por não ter uma mortalha para seu enterro.

Ele mandou buscar Renelde, colocou-a ao lado da cama e ordenou-lhe que continuasse a tecer a sua mortalha imediatamente.

Mal a fiandeira começou a fiar, o conde começou a sentir que suas dores diminuíam.

Então, finalmente, seu coração amoleceu e ele redimiu-se por todo o mal que havia causado por orgulho e implorou para Renelde que o perdoasse. Assim, Renelde o perdoou e continuou a fiar noite e dia.

Quando o fio das urtigas foi fiado, ela o teceu com sua lançadeira, cortou a mortalha e começou a costurá-la.

E, como antes, quando ela costurou, o conde sentiu as dores diminuírem e a vida se esvair dele e, quando a agulha deu o último ponto, ele deu seu último suspiro.

VIII

Na mesma hora, Guilbert voltou ao país e, como nunca deixara de amar Renelde, casou-se com ela oito dias depois.

Ele havia perdido dois anos de felicidade, mas se consolava pensando que sua esposa era uma fiandeira inteligente e, o que era muito mais raro, uma mulher corajosa e boa.

O FAZENDEIRO BARBA-DO-TEMPO

(P. C. Asbjørnsen)

Era uma vez um homem e uma mulher que tinham um filho único, que se chamava Jack. A mulher pensou que era dever do filho ter um ofício e disse ao marido que deveria levá-lo a algum lugar.

— Você deve encontrar o melhor lugar para que ele se torne mestre de todos os mestres — disse ela, e então colocou um pouco de comida e um rolo de tabaco em um saco para que levassem na busca.

Eles foram a um grande número de mestres, mas todos disseram que poderiam fazer o rapaz tão bom quanto eles próprios, mas, melhor do que eles, seria impossível. Quando o homem voltou para casa e contou à esposa o que acontecera, ela disse:

— Ficarei igualmente satisfeita com o que quer que você faça, mas uma coisa lhe digo, você deve torná-lo mestre de todos os mestres.

Assim dizendo, ela colocou mais um pouco de comida e um rolo de tabaco na bolsa, e o homem e seu filho tiveram que partir novamente.

Depois de caminharem uma certa distância, encontraram um homem em uma carruagem conduzida por um cavalo negro.

— Aonde vocês estão indo? — perguntou ele.

— Eu tenho que encontrar alguém que aceite meu filho como aprendiz e que seja capaz de ensiná-lo um ofício, pois minha velha esposa vem de uma família muito rica e insiste que ele se torne o mestre de todos os mestres — respondeu o homem.

— Nosso encontro não foi em vão, afinal — disse o homem que dirigia a carruagem —, pois sou o tipo de homem que pode fazer isso e estou em busca de um aprendiz assim. Suba aí atrás — pediu ele ao rapaz, e o cavalo saiu com eles em disparada pelos céus.

— Não, não, espere um pouco! — gritou o pai do jovem. Preciso saber qual é o seu nome e onde você mora.

— Oh, sinto-me em casa tanto no Norte, como no Sul e no Leste e no Oeste também, e sou chamado de Fazendeiro Barba-do-Tempo — disse o mestre. Você pode voltar aqui dentro de um ano e, então, direi se o garoto me serve como aprendiz.

E eles partiram.

Quando o homem voltou para casa, a velha perguntou o que havia acontecido com o filho.

— Ah! Só Deus sabe o que aconteceu com ele! — disse o homem. — Eles voaram para o alto. — E ele contou a ela tudo o que havia acontecido.

Mas, quando a mulher ouviu aquilo e descobriu que o homem não sabia nem quando o filho deles estaria de volta ou para onde tinha ido, ela o despachou novamente para descobrir e deu-lhe uma bolsa de comida e um rolo de tabaco para levar consigo.

Depois de caminhar por algum tempo, ele chegou a uma grande floresta pela qual ele caminhou o dia todo e, quando a noite começou a cair, ele viu uma grande luz e foi em sua direção. Depois de muito, muito tempo, ele chegou a uma pequena cabana ao pé de uma rocha e, do lado de fora, viu uma velha que estava de pé tirando água de um poço com o nariz, que era muito comprido.

— Boa noite, mãe — cumprimentou o homem.

— Boa noite para você também — disse a velha. — Ninguém me chama de mãe há cem anos.

— Posso me hospedar aqui esta noite? — perguntou o homem.

— Não — respondeu a velha.

Mas o homem pegou seu rolo de tabaco, acendeu um pouco e ofereceu-lhe uma baforada. Ela ficou tão encantada que começou a dançar e, assim, o homem teve permissão para passar a noite ali. Não demorou muito para que ele perguntasse sobre o Fazendeiro Barba-do-Tempo.

Ela disse que não sabia nada sobre ele, mas como governava todos os animais de quatro patas, alguns deles talvez o conhecessem. Assim dizendo, ela reuniu todos eles soprando um apito que carregava e os questionou, mas nenhum deles sabia coisa alguma sobre o Fazendeiro Barba-do-Tempo.

— Bem — disse a velha —, somos três irmãs, pode ser que alguma das outras duas saiba onde ele se encontra. Eu lhe emprestarei meu cavalo e minha carruagem, e você chegará lá à noite, mas a casa dela fica a quinhentos quilômetros de distância, siga pelo caminho mais rápido.

O homem partiu e chegou lá à noite. Quando chegou, a velha também estava tirando água do poço com o nariz.

— Boa noite, mãe — disse o homem.

— Boa noite para você — disse a velha. — Ninguém nunca me chamou de mãe nestes cem anos.

— Posso me hospedar aqui esta noite? — perguntou o homem.

— Não — respondeu a velha.

Em seguida, tirou o rolo de tabaco, cheirou e deu um pouco de rapé para a velha nas costas de sua mão. Ela ficou tão encantada que começou a dançar, e o homem teve licença para ficar a noite toda. Não demorou muito para que ele começasse a perguntar sobre o Fazendeiro Barba-do-Tempo.

Ela não sabia nada sobre ele, mas como governava todos os peixes, talvez alguns deles soubessem de alguma coisa. Então, ela reuniu todos eles soprando um apito que carregava e os questionou, mas nenhum deles sabia coisa alguma sobre o Fazendeiro Barba-do-Tempo.

— Bem — disse a velha —, tenho outra irmã, talvez ela saiba algo sobre ele. Ela mora a mil quilômetros daqui, mas você poderá usar meu cavalo e minha carruagem para chegar lá ao anoitecer.

Então, o homem partiu e chegou lá ao cair da noite. A velha estava em pé atiçando o fogo e fazia isso com o próprio nariz, tão comprido que era.

— Boa noite, mãe — disse o homem.

— Boa noite para você — disse a velha. — Ninguém me chamou de mãe nestes cem anos.

— Posso me hospedar aqui esta noite? — perguntou o homem.
— Não — respondeu a velha.

Mas o homem puxou novamente o rolo de tabaco, encheu o cachimbo com um pouco dele e deu à velha rapé suficiente para cobrir as costas da mão. Ela ficou tão feliz que começou a dançar, e o homem teve permissão para ficar em sua casa. Não demorou muito para que ele perguntasse sobre o Fazendeiro Barba-do-Tempo. Ela não sabia absolutamente nada sobre ele, mas como governava todos os pássaros, ela os chamou com seu apito. Quando ela os questionou, a águia não estava lá, mas chegou logo depois e, quando questionada, disse que tinha acabado de vir da casa do Fazendeiro Barba-do-Tempo. A velha lhe pediu para guiar o homem até ele. Mas a águia teria de comer primeiro e depois esperar até o dia seguinte, pois estava tão cansada da longa jornada que mal conseguia se levantar do chão.

Quando a águia teve bastante comida e descanso, a velha arrancou uma pena de seu rabo e colocou o homem no lugar dela. O pássaro voou com ele, mas não foi antes da meia-noite que eles conseguiram chegar ao Fazendeiro Barba-do-Tempo.

Quando chegaram, a águia disse:

— Há muitos cadáveres do lado de fora da porta, mas você não deve se preocupar com eles. As pessoas que estão dentro da casa dormem tão profundamente que não será fácil acordá-las. Você deve ir direto para a gaveta da mesa e tirar três pedaços de pão e, se ouvir alguém roncar, arranque três penas de sua cabeça, ele não vai acordar por causa disso.

O homem fez isso e, quando pegou os pedaços de pão, primeiro arrancou uma pena.

— Ai! — gritou o Fazendeiro Barba-do-Tempo.

Então, o homem arrancou outra, e o Fazendeiro Barba-do-Tempo de novo gritou:

— Ai!

Mas, quando arrancou a terceira, o Fazendeiro Barba-do-Tempo gritou tão alto que o homem pensou que o tijolo e a argamassa se partiriam em dois, mas, mesmo assim, ele continuou dormindo. E agora a águia disse ao homem o que ele deveria fazer a seguir, e ele o fez. Ele foi até a porta do estábulo e lá tropeçou em uma pedra dura, que pegou, e embaixo dela havia três lascas de madeira, que ele também apanhou. Ele bateu à porta do estábulo, e ela se abriu imediatamente. Ele jogou os três pedacinhos de pão no chão, e uma lebre veio e os comeu. Ele pegou a lebre. A águia disse a ele para arrancar três penas de sua cauda e colocar a lebre, a pedra, as lascas de madeira e ele mesmo no lugar delas e, então, ela poderia levá-los todos para casa.

Quando a águia havia voado por um longo tempo, pousou em uma pedra.

— Você está vendo alguma coisa? — perguntou.

— Sim, vejo um bando de corvos voando atrás de nós — disse o homem.

— Então é melhor voarmos um pouco mais longe — disse a águia.

Pouco tempo depois, ela perguntou novamente:

— Vê alguma coisa agora?

— Sim, agora os corvos estão logo atrás de nós — disse o homem.

— Então jogue no chão as três penas que você arrancou da cabeça dele — disse a águia.

O homem seguiu suas instruções e, assim que as jogou no chão, as penas se transformaram em um bando de corvos, que perseguiram os corvos de volta para casa. Então, a águia voou muito mais longe com o homem, mas por fim pousou em uma pedra.

— Você está vendo alguma coisa? — disse.

— Não tenho certeza — disse o homem —, mas acho que vejo algo vindo ao longe.

— Melhor então voarmos um pouco mais longe — disse a águia, e partiram.

— Está vendo alguma coisa agora? — perguntou, depois de algum tempo.

— Sim, agora eles estão bem atrás de nós — disse o homem.

— Jogue no chão as lascas de madeira que você tirou debaixo da pedra cinza perto da porta do estábulo — disse a águia.

O homem fez conforme a águia o instruíra e, assim que as jogou no chão, elas cresceram e se transformaram em uma grande e densa floresta. Vendo aquilo, o Fazendeiro Barba-do-Tempo teve que ir para casa buscar um machado para abrir caminho através dela. A águia voou muito, muito longe, mas depois se cansou e pousou em um pinheiro.

— Você está vendo alguma coisa? — perguntou.

— Sim, quer dizer, não tenho certeza — disse o homem —, mas acho que vi algo muito, muito longe.

— Melhor, então, seguirmos um pouco mais adiante — disse a águia, e partiram novamente.

— Vê alguma coisa agora? — perguntou depois de algum tempo.

— Sim, ele está bem atrás de nós agora — disse o homem.

— Jogue no chão a grande pedra que tirou da porta do estábulo — disse a águia.

O homem fez isso, e ela se transformou em uma grande e alta montanha de pedra, através da qual o Fazendeiro Barba-do-Tempo teve que abrir caminho antes que pudesse continuar a segui-los. Mas, quando ele chegou ao meio da montanha, quebrou uma das pernas e teve que ir para casa para colocá-la no lugar.

Enquanto ele fazia isso, a águia voou para a casa do homem com ele e a lebre. Quando chegaram, o homem foi para o cemitério da igreja e colocou um pouco de terra cristã sobre a lebre e ela se transformou em seu filho Jack.

Quando chegou a hora da feira, o jovem se transformou em um cavalo de cor clara e pediu ao pai que fosse com ele ao mercado.

— Se aparecer alguém que queira me comprar — disse ele —, deve dizer a ele que quer cem dólares por mim, mas você não deve se esquecer de tirar o cabresto, pois, se não o fizer, nunca poderei escapar do Fazendeiro Barba-do-Tempo, pois ele é o homem que virá negociar por mim.

E assim aconteceu. Um negociante de cavalos que tinha grande disposição de barganhar pelo cavalo aproximou-se e o homem conseguiu cem dólares por ele. Mas quando o negócio foi concluído e o pai de Jack recebeu o dinheiro, o negociante de cavalos quis o cabresto.

— Isso não faz parte do nosso negócio — disse o homem —, e o cabresto você não terá, pois possuo outros cavalos que terei de vender.

Então, cada um deles seguiu seu caminho. Mas o negociante de cavalos não tinha ido muito longe com Jack quando o rapaz retomou sua forma original e, quando o homem chegou em casa, ele estava sentado no banco ao lado do fogão.

No dia seguinte, ele se transformou em um cavalo marrom e disse a seu pai que fosse ao mercado com ele.

— Se vier um homem que queira me comprar — disse Jack —, deve dizer a ele que quer duzentos dólares, quantia que ele lhe dará com toda a gentileza, mas o que quer que beba e o que quer que faça, não se esqueça de tirar o cabresto de mim ou nunca mais me verá.

E assim aconteceu. O homem recebeu duzentos dólares pelo cavalo, foi tratado com toda a gentiliza e, quando se separaram, ele fez o que pôde para se lembrar de tirar o cabresto. Mas o comprador não tinha ido muito longe quando o jovem assumiu sua forma humana novamente e, quando o homem chegou em casa, Jack já estava sentado no banco perto do fogão.

No terceiro dia, tudo aconteceu da mesma forma. O jovem se transformou em um grande cavalo preto e disse a seu pai que, se um homem viesse e lhe oferecesse trezentos dólares e o tratasse bem e generosamente na negociação, ele deveria vendê-lo, mas o que quer que fizesse ou bebesse, não deveria se esquecer de tirar o cabresto, senão ele nunca poderia escapar do Fazendeiro Barba-do-Tempo enquanto vivesse.

— Não — disse o homem —, não esquecerei.

Quando ele chegou ao mercado, recebeu os trezentos dólares, mas o Fazendeiro Barba-do-Tempo o tratou tão bem que ele se esqueceu de tirar o cabresto e o Fazendeiro Barba-do-Tempo foi embora levando o cavalo.

Depois de se distanciar do mercado, ele entrou em uma estalagem para beber mais conhaque. Ele colocou um barril cheio de pregos em brasa sob o focinho do cavalo, um cocho cheio de aveia sob seu rabo, prendeu o cabresto em um gancho e foi para a pousada. O cavalo ficou ali batendo os cascos, coiceando, bufando e empinando. Uma jovem saiu para ver o que estava acontecendo e achou um pecado e uma vergonha tratar um cavalo daquela forma.

— Ah, pobre criatura, que mestre deve ter para tratá-lo assim! — disse ela e tirou o cabresto do gancho para que o cavalo pudesse se virar e comer a aveia.

— Estou aqui! — gritou o Fazendeiro Barba-do-Tempo, correndo porta afora. Mas o cavalo já havia se soltado do cabresto e saltado em um lago, no qual se transformou em um peixinho. O Fazendeiro Barba-do-Tempo foi atrás dele e se transformou em um grande lúcio. Então, Jack se transformou em uma pomba, e o Fazendeiro Barba-do-Tempo se transformou em um falcão, voou atrás da pomba e a atingiu. Mas uma princesa estava em uma das janelas do palácio do rei observando a luta.

— Se você soubesse tanto quanto eu sei, voaria até mim através da janela — disse a princesa à pomba.

Então, a pomba entrou voando pela janela, transformou-se em Jack novamente e contou a ela tudo o que havia acontecido.

— Transforme-se em um anel de ouro e o colocarei em meu dedo — disse a princesa.

— Não, isso não vai dar certo — disse Jack —, pois o Fazendeiro Barba-do-Tempo vai fazer o rei adoecer e não haverá ninguém que poderá curá-lo. Ele se apresentará para curá-lo, mas exigirá o anel de ouro.

— Vou dizer que foi de minha mãe e que não me separarei dele — disse a princesa.

Então, Jack se transformou em um anel de ouro, colocou-se no dedo da princesa e o Fazendeiro Barba-do-Tempo não conseguiu pegá-lo. Mas tudo o que o jovem havia previsto aconteceu.

O rei ficou doente e não havia médico que pudesse curá-lo até que o Fazendeiro Barba-do-Tempo chegou e exigiu o anel que estava no dedo da princesa como recompensa.

O rei enviou um mensageiro à princesa para que entregasse o anel. Ela, no entanto, recusou-se a se separar dele porque o herdara de sua mãe. Quando o rei foi informado de sua resposta, ficou furioso e disse que ele teria o anel e não importava de quem ela o tivesse herdado.

— Bem, não adianta ficar com raiva — disse a princesa —, pois não consigo tirá-lo. Se quiser o anel, terá que tirar o dedo também!

— Vou tentar e farei o anel sair muito em breve — disse o Fazendeiro Barba-do-Tempo.

— Não, obrigada, prefiro tentar sozinha — disse a princesa, e foi até a lareira e colocou algumas cinzas no anel.

O anel saiu e se perdeu entre as cinzas.

O Fazendeiro Barba-do-Tempo se transformou em uma lebre, que arranhou e raspou a lareira atrás do anel até que as cinzas estivessem na altura de suas orelhas. Mas Jack se transformou em uma raposa, arrancou a cabeça da lebre com uma mordida e, se o Fazendeiro Barba-do-Tempo estava possuído por algo demoníaco, foi derrotado junto com ele.

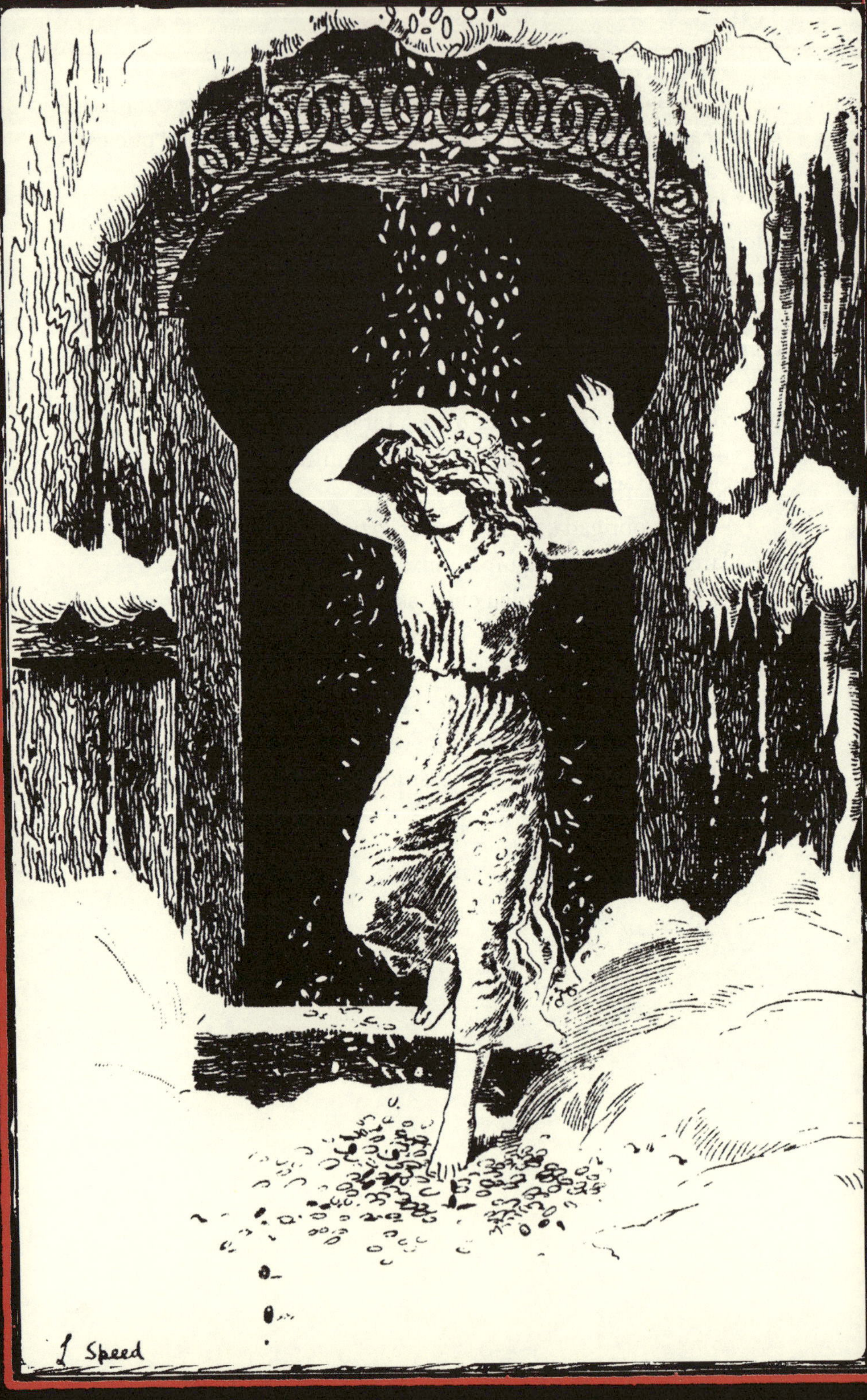
L Speed

DONA OLA

(Irmãos Grimm)

Era uma vez uma viúva que tinha duas filhas, uma delas era bonita e inteligente e a outra era feia e preguiçosa. Mas como a feia era sua filha de sangue, ela gostava muito mais dela do que da outra e, sendo assim, a bonita tinha que fazer todo o trabalho doméstico, servindo como criada da casa. Todos os dias, ela era obrigada a sentar-se perto de um poço na beira da estrada principal e fiar até que seus dedos estivessem tão doloridos que muitas vezes sangravam. Um dia, algumas gotas de sangue caíram em seu fuso, e ela o mergulhou no poço para lavá-lo, mas, por falta de sorte, ele escorregou de sua mão e caiu dentro do poço. A jovem correu chorando para contar à madrasta o que havia acontecido, mas ela a repreendeu duramente e foi tão impiedosa em sua raiva que disse:

— Bem, como você deixou cair o fuso, deve ir atrás dele e não me apareça aqui novamente até que o tenha recuperado.

A pobre menina voltou ao poço e, sem saber o que estava prestes a fazer, no desespero e na tristeza de seu coração, saltou para dentro do poço e afundou. Por um tempo, ela perdeu a consciência e, quando voltou a si, estava deitada em uma bela campina, com o sol brilhando forte no alto e mil flores desabrochando ao seu redor. Ela se levantou e vagou por aquele lugar encantado até chegar a um forno de padeiro repleto de pães, e um deles gritou para ela enquanto passava:

— Oh! Leve-me com você, leve-me com você, ou eu serei queimado até virar cinzas. Eu já assei o suficiente.

Ao ouvir aquilo, ela foi rapidamente ao forno e tirou todos os pães, um após o outro. Então, ela andou um pouco mais longe e chegou a uma árvore carregada de lindas maçãs de cascas rosadas e, ao passar por ela, a árvore gritou:

— Oh, sacuda-me, sacuda-me, minhas maçãs estão todas maduras.

Ela fez o que a árvore lhe pedira e a sacudiu até que as maçãs caíram como chuva e nenhuma sobrou pendurada. Depois de reuni-las todas em uma pilha, seguiu seu caminho e, por fim, chegou a uma pequena casa, em cuja porta estava uma velha. A velha tinha dentes tão grandes que a menina ficou com medo e teve vontade de fugir, mas a velha gritou:

— Do que tem medo, querida criança? Fique comigo, seja minha criada e, se fizer bem o seu trabalho, eu a recompensarei generosamente. Mas você deve ter muito cuidado ao fazer minha cama. Deve sacudi-la bem até que as penas voem e, então, as pessoas no mundo abaixo dirão que neva, pois eu sou a Dona Ola.

Ela falou tão gentilmente que a garota se animou e concordou prontamente a ficar a seu serviço. Ela fez o possível para agradar à velha senhora, sacudia a cama com tanta vontade que as penas voavam como flocos de neve; assim, passou a levar uma vida muito mais fácil do que antes, nunca era repreendida e vivia da fartura da terra. Mas depois de algum tempo vivendo com a Dona Ola, ela ficou triste e deprimida e, a princípio, nem sabia dizer ao certo a razão. Por fim, ela descobriu que estava com saudades de casa, então foi até a Dona Ola e disse:

— Sei que estou mil vezes melhor aqui do que jamais estive em minha vida antes, mas, apesar disso, tenho um grande desejo de ir para casa, apesar de toda a sua bondade para comigo. Não posso mais ficar com a senhora, pois devo voltar para meu próprio povo.

— Seu desejo de voltar para casa me agrada — disse a Dona Ola — e, porque você me serviu tão fielmente, eu mesma lhe mostrarei o caminho de volta ao seu mundo.

Então, ela a pegou pela mão e a conduziu até uma porta aberta e, quando a garota passou por ela, caiu uma forte chuva de ouro sobre ela, até que ficasse coberta da cabeça aos pés.

— Essa é uma recompensa por ser uma donzela tão boa — disse a Dona Ola, dando-lhe o fuso que havia caído no poço.

Quando ela fechou a porta, a garota se viu de volta ao seu mundo, não muito longe de sua casa. Quando ela chegou ao pátio, a velha galinha, que estava empoleirada em cima do muro, gritou:

— Cocoricó, cocoricó, nossa donzela de ouro está de volta.

Em seguida, ela foi até sua madrasta e, como havia retornado coberta de ouro, foi bem recebida em casa.

Ela contou tudo o que lhe acontecera e, quando a madrasta soube como ela havia conseguido suas riquezas, ficou muito ansiosa para garantir a mesma sorte para sua própria filha preguiçosa e feia. Ela a instruiu a sentar-se ao lado do poço e fiar. Para fazer com que seu dedo sangrasse, ela enfiou a mão numa sebe de espinhos e espetou o dedo. Em seguida, jogou o fuso no poço e saltou atrás dele. Como sua irmã, ela se viu na bela campina e seguiu o mesmo caminho. Quando chegou no forno do padeiro, o pão gritou como antes:

— Oh! Leve-me com você, leve-me com você, ou eu serei queimado até virar cinzas. Eu já assei o suficiente.

Mas a garota imprestável respondeu:

— Que bela piada, como se eu fosse sujar minhas mãos com você!

E ela seguiu seu caminho. Logo passou pela macieira, que gritou:

— Oh, sacuda-me, sacuda-me, minhas maçãs estão todas maduras.

— Vou passar bem longe de você — respondeu ela —, pois uma dessas maçãs pode cair na minha cabeça.

E seguiu seu caminho. Quando chegou à casa da Dona Ola, ela não teve o menor medo, pois já havia sido avisada sobre seus dentes grandes e prontamente concordou em se tornar sua criada. No primeiro dia, ela trabalhou arduamente e fez tudo o que a senhora lhe disse, pois pensou no ouro que receberia. Mas, no segundo dia, ela começou a ficar preguiçosa e, no terceiro, nem se levantou da cama pela manhã. Ela não fez a cama da Dona Ola como deveria e não sacudiu o suficiente para fazer as penas voarem. A senhora logo se cansou dela e a dispensou para o deleite da criatura preguiçosa.

— Agora — pensou ela —, a chuva de ouro virá.

A Dona Ola conduziu-a até a mesma porta, como fizera com sua irmã, mas, quando a garota passou por ela, em vez da chuva dourada, uma chaleira cheia de piche caiu sobre ela.

— Essa é a recompensa pelo seu serviço — disse a Dona Ola e fechou a porta atrás de si.

Então, a preguiçosa voltou para casa toda coberta de piche e, quando a velha galinha no topo do muro a viu, gritou:

— Cocoricó, cocoricó, nossa preguiçosa suja está de volta.

Mas o piche continuou grudado nela e nunca mais pôde ser retirado enquanto ela viveu.

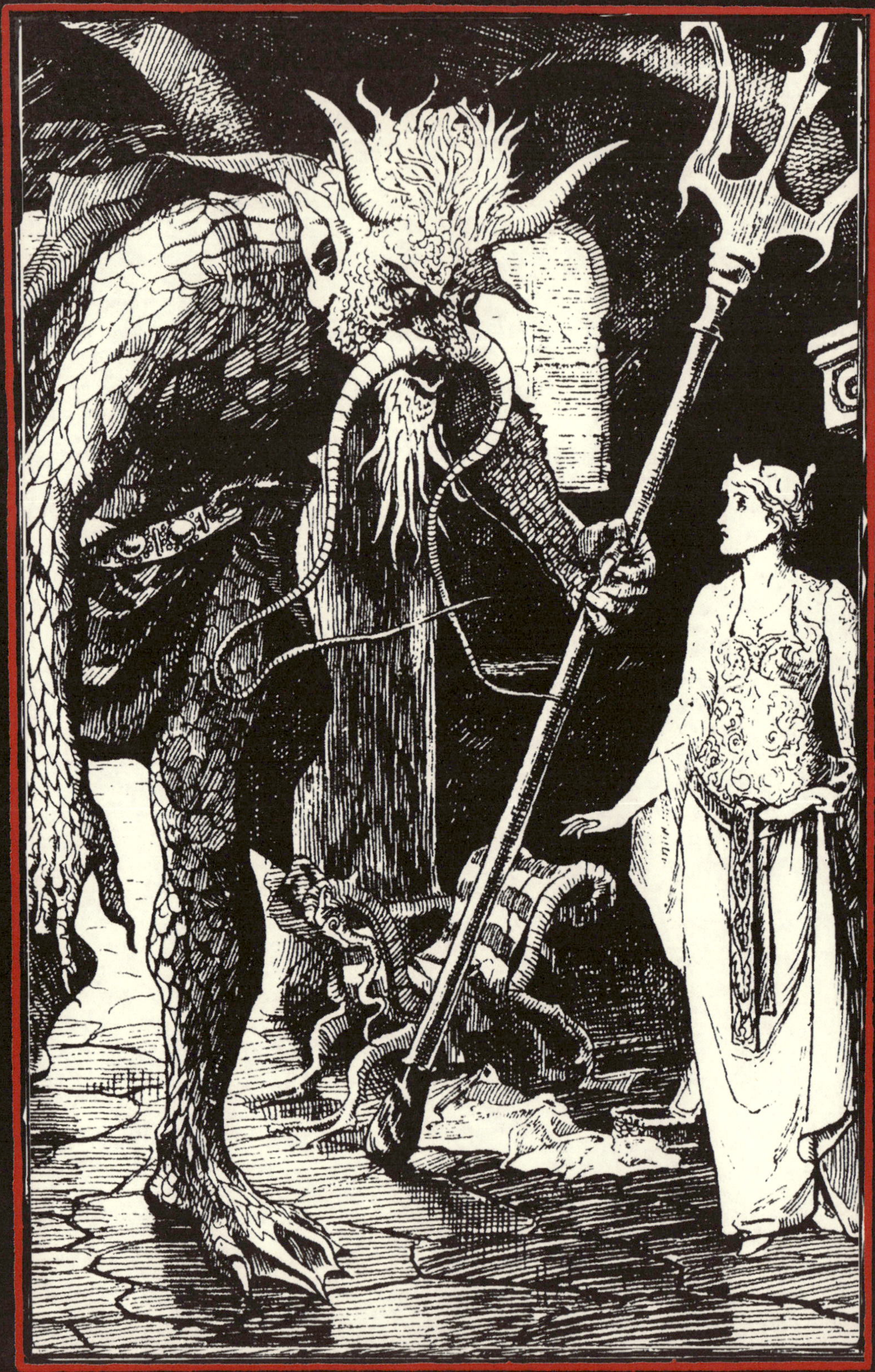

Minnikin

(J. Moe)

Era uma vez um casal humilde que vivia em uma cabana miserável, na qual não havia nada além de escassez. Eles não tinham comida para comer nem lenha para queimar. Mas, se eles tinham quase nada para sua subsistência, eram abençoados por Deus no que dizia respeito aos filhos, e a cada ano mais um juntava-se à família. O homem não ficava muito satisfeito com aquilo. Ele estava sempre resmungando, rosnando e dizendo que poderia haver coisas melhores no mundo a receber do que aquele tipo de presente. Assim, um pouco antes de outro bebê nascer, ele foi até a floresta buscar lenha dizendo que não queria ver o novo filho e que, de qualquer forma, ele o ouviria muito em breve, quando começasse a gritar por um pouco de comida.

Assim que o bebê nasceu, começou a olhar ao redor do quarto.

— Ah, minha querida mãe! — disse ele. — Dê-me algumas das roupas velhas dos meus irmãos e comida suficiente para alguns dias e sairei pelo mundo em busca de minha própria sorte, pois, até onde posso ver, você já tem filhos o suficiente.

— Que Deus o ajude, meu filho! — disse a mãe. — Isso não poderá fazer, você ainda é muito pequeno.

Mas a pequena criatura estava determinada a fazê-lo e implorou e rogou tanto que a mãe foi obrigada a deixá-lo pegar alguns trapos velhos e um pouco de comida e, então, alegre e feliz, ele saiu pelo mundo.

Mas um pouco antes de ele sair de casa, outro menino nasceu e ele também olhou em volta e disse:

— Ah, minha querida mãe! Dê-me algumas das roupas velhas dos meus irmãos e comida suficiente para alguns dias e sairei pelo mundo em busca de meu irmão gêmeo, pois você já possui filhos o suficiente.

— Que o céu o ajude, pequena criatura! Você é muito pequeno para isso — disse a mulher —, não o deixarei ir.

Mas ela falou em vão, pois o menino implorou e rogou até que conseguiu alguns trapos velhos e um pouco de provisões e saiu virilmente pelo mundo para encontrar seu irmão gêmeo.

Quando o mais jovem já havia caminhado por algum tempo, avistou o irmão a uma curta distância, chamou-o e pediu-lhe que esperasse.

— Espere um minuto — disse ele. — Você está caminhando como se estivesse em uma corrida, mas deveria ter ficado para ver seu irmão mais novo antes de sair correndo pelo mundo.

O mais velho parou, olhou para trás e, quando o mais novo se aproximou dele e lhe disse que era seu irmão, ele respondeu:

— Vamos sentar e ver que tipo de comida nossa mãe nos deu. — E foi o que fizeram.

Depois de caminharem um pouco mais, chegaram a um riacho que passava por um prado verdejante e lá o mais jovem disse que deviam batizar-se.

— Como tínhamos que nos apressar e não tínhamos tempo para fazer em casa, podemos muito bem fazer agora — disse ele.

— Como você se chamará? — perguntou o mais velho.

— Serei chamado de Minnikin — respondeu o mais novo. — E você, como será chamado?

— Serei chamado de rei Pippin — respondeu o mais velho.

Eles se batizaram e seguiram em frente. Depois de caminharem por algum tempo, chegaram a uma encruzilhada e lá concordaram em se separar, cada um tomando seu próprio caminho. Eles fizeram isso, mas, assim que caminharam uma curta distância, encontraram-se novamente. Assim, eles se separaram mais uma vez e cada um tomou seu próprio caminho, mas em muito pouco tempo a mesma coisa aconteceu, e eles se encontraram antes mesmo de perceberem, e assim aconteceu também uma terceira vez. Então, combinaram que cada um escolhesse sua própria direção e que um deveria ir para o leste e o outro para oeste.

— Mas, se alguma vez você tiver alguma necessidade ou problema — disse o mais velho —, chame por mim três vezes e virei ajudá-lo, mas só o faça se realmente precisar.

— Nesse caso, não nos veremos por algum tempo — disse Minnikin e, assim, eles se despediram um do outro. Minnikin foi para o leste e o rei Pippin foi para o oeste.

Quando Minnikin percorreu um longo caminho sozinho, encontrou uma velha bruxa corcunda, que tinha apenas um olho. Minnikin o roubou.

— Oh! Oh! — gritou a velha bruxa. — O que aconteceu com meu olho?

— O que vai me dar para ter seu olho de volta? — perguntou Minnikin.

— Eu lhe darei uma espada que pode derrotar um exército inteiro, de tão poderosa que é — respondeu a mulher.

— Deixe-me ficar com ela, então — pediu Minnikin.

A velha bruxa deu a ele a espada e conseguiu seu olho de volta. Então, Minnikin prosseguiu e, depois de vagar por mais algum tempo, encontrou novamente uma velha bruxa corcunda que tinha apenas um olho. Minnikin o roubou antes que ela percebesse.

— Oh! Oh! O que aconteceu com meu olho? — exclamou a velha bruxa.

— O que vai me dar para ter seu olho de volta? — disse Minnikin.

— Eu lhe darei um barco que pode navegar por água doce e salgada, por altas colinas e vales profundos — respondeu a velha.

— Dê-me então — pediu Minnikin.

A velha deu a ele um pequeno barco que não era maior do que poderia colocar no bolso e, em retribuição, recuperou o olho, seguiu seu caminho e Minnikin o dele. Depois de caminhar muito, encontrou pela terceira vez uma velha bruxa corcunda que tinha apenas um olho.

Aquele olho ele também roubou e, quando a mulher gritou, lamentou e perguntou o que havia acontecido com seu olho, Minnikin disse:

— O que vai me dar em troca de seu olho?

— Eu lhe concederei a arte de fabricar cem doses de malte de uma só vez.

Por ensinar aquela arte, a velha bruxa recuperou o olho e os dois seguiram por caminhos diferentes.

Mas quando Minnikin havia caminhado uma curta distância, pareceu-lhe que valeria a pena ver o que seu barco era capaz de fazer. Ele o tirou do bolso e primeiro colocou um pé dentro dele, depois o outro e, assim que ele colocou o pé no barco, ele se tornou muito maior e, quando colocou o segundo pé, ele ficou tão grande quanto os navios que navegam no mar.

Então, Minnikin disse:

— Agora navegue por água doce e água salgada, por altas colinas e vales profundos e não pare até chegar ao palácio do rei.

E em um instante o navio partiu tão rapidamente quanto qualquer pássaro voa pelo céu até chegar logo abaixo do palácio do rei e lá parou.

Das janelas do palácio do rei, muitas pessoas viram Minnikin velejar até lá e ficaram de pé para observá-lo. Todos ficaram tão surpresos que correram para ver que tipo de homem poderia ser aquele que veio velejando em um navio pelo ar. Mas enquanto eles deixavam o palácio do rei, Minnikin deixou o navio e o colocou no bolso novamente. No momento em que saiu dele, o navio tornou-se mais uma vez tão pequeno quanto era quando ele o pegou da velha, e aqueles que vieram do palácio do rei não puderam ver nada além de um menino esfarrapado que estava de pé à beira-mar. O rei perguntou de onde ele tinha vindo, mas o menino disse que não sabia, nem tão pouco poderia lhe dizer como havia chegado lá, mas implorou muito sincera e lindamente por um lugar no palácio do rei. Se não havia mais nada que pudesse fazer, disse que iria buscar lenha e água para a copeira, o que obteve licença para fazer.

Quando Minnikin chegou ao palácio do rei, viu que tudo lá era preto tanto por fora quanto por dentro, de cima a baixo, e perguntou à copeira o que aquilo significava.

— Oh, vou lhe contar — respondeu a copeira. — A filha do rei foi prometida há muito tempo para três *trolls* e, na próxima quinta-feira à noite, um deles virá buscá-la. Ritter Red disse que será capaz de libertá-la, mas quem sabe se será capaz mesmo de fazê-lo? Você pode facilmente imaginar em que tristeza e angústia estamos aqui.

Assim, quando chegou a noite de quinta-feira, Ritter Red acompanhou a princesa até a praia, pois lá ela deveria encontrar o *troll* e ele ficaria com ela e a protegeria. Era pouco provável, no entanto, que ele causasse qualquer dano ao *troll*, pois, assim que a princesa se sentou à beira-mar, Ritter Red subiu em uma grande árvore próxima dali e se escondeu o melhor que pôde entre os ramos.

A princesa chorou e implorou sinceramente que não a deixasse, mas Ritter Red não se preocupou com isso.

— É melhor que um morra do que dois — disse ele.

Nesse ínterim, Minnikin pediu à copeira que lhe desse permissão para descer até a praia por um breve período.

— Oh, o que poderia fazer lá embaixo na praia? — disse a copeira. — Não há nada para você lá.

— Oh, sim, minha querida, apenas deixe-me ir — disse Minnikin. — Eu gostaria muito de ir e me divertir com as outras crianças.

— Bem, bem, então vá! — disse a copeira — Mas não me deixe encontrá-lo lá quando a panela tiver que ser posta no fogo para o jantar e o assado colocado no espeto. Lembre-se de trazer uma boa braçada de madeira para a cozinha.

Minnikin prometeu que assim o faria e correu para a costa.

Assim que chegou ao lugar onde a filha do rei estava sentada, o *troll* veio correndo com um grande assobio e zumbido e era tão grande e robusto que era terrível de ver e ainda tinha cinco cabeças.

— Ataque! — gritou o *troll*.

— Ataque você mesmo! — disse Minnikin.

— Você sabe lutar? — rugiu o *troll*.

— Se não sei, posso aprender — disse Minnikin.

Então, o *troll* o atingiu com uma grande barra de ferro grossa que trazia nas mãos de tal modo que os tufos de grama voaram cinco metros no ar.

— Que vergonha! — disse Minnikin. — Isso não foi lá um grande golpe. Agora verá um dos meus.

Ele agarrou a espada que havia recebido da velha bruxa corcunda e golpeou o *troll* de modo que todas as cinco cabeças voaram sobre a areia.

Quando a princesa viu que ele conseguira, ficou tão encantada que não sabia o que estava fazendo e pulou e dançou.

— Venha dormir um pouco com a cabeça no meu colo — disse ela a Minnikin e, enquanto ele dormia, ela colocou um traje dourado nele.

Mas quando Ritter Red viu que não havia mais nenhum perigo a temer, não perdeu tempo em descer rastejando da árvore. Ele, então, ameaçou a princesa, até que finalmente ela foi forçada a prometer que diria que foi ele que a salvou, pois, se assim não o fizesse, ele a mataria.

Em seguida, ele pegou os pulmões e a língua do *troll* e os colocou em seu lenço de bolso e levou a princesa de volta ao palácio do rei. Tudo o que antes lhe faltava em matéria de honra já não faltava mais, pois o rei não sabia como exaltá-lo o suficiente e sempre o colocava à sua direita na mesa.

Quanto a Minnikin, primeiro ele entrou no navio do *troll*, recolheu uma grande quantidade de argolas de ouro e prata, depois voltou rapidamente para o palácio do rei.

Quando a copeira avistou todo aquele ouro e prata, ficou muito surpresa e disse:

— Meu caro amigo Minnikin, de onde tirou tudo isso? — perguntou, pois tinha receio de que ele não tivesse conseguido honestamente.

— Ah — respondeu Minnikin. — Eu estive em casa por algum tempo, e essas argolas tinham caído de alguns de nossos baldes, então as trouxe para você.

Assim que a copeira soube que eram para ela, não fez mais perguntas sobre o assunto. Ela agradeceu a Minnikin e tudo voltou a ficar bem.

Na noite da próxima quinta-feira, tudo correu do mesmo jeito, todos estavam cheios de tristeza e aflição, mas Ritter Red disse que tinha conseguido libertar a filha do rei de um *troll* e, sendo assim, poderia facilmente livrá-la de outro e a levou até a praia. Mas ele também não representou qualquer ameaça ao segundo *troll*, pois, quando chegou a hora em que o *troll* viria, ele disse como havia dito antes:

— É melhor que um morra do que dois — e subiu na árvore novamente.

Minnikin mais uma vez implorou à copeira permissão para descer à beira-mar por um breve período.

— Oh, o que você pode fazer lá? — perguntou a copeira.

— Minha querida, deixe-me ir! — rogou Minnikin.

— Eu gostaria muito de ir lá e me divertir um pouco com as outras crianças.

Assim, também daquela vez ela disse que ele teria permissão para ir, mas primeiro deveria prometer que estaria de volta na hora de preparar o jantar e que traria uma grande braçada de lenha com ele.

Assim que Minnikin chegou à praia, o *troll* veio correndo com um grande assobio e zumbido e ele tinha o dobro do tamanho do primeiro *troll* e dez cabeças.

— Ataque! — gritou o *troll*.

— Ataque você! — disse Minnikin.

— Você sabe lutar? — rugiu o *troll*.

— Se não souber, posso aprender — disse Minnikin.

Então, o *troll* o atingiu com sua clava de ferro, que era ainda maior do que aquela que o primeiro *troll* usara, de modo que a terra voou dez metros no ar.

— Que vergonha! — disse Minnikin. — Isso não foi lá um grande golpe. Agora verá um dos meus golpes.

Ele agarrou sua espada e golpeou o *troll* de tal modo que todas as suas dez cabeças caíram na areia.

E novamente a filha do rei disse a ele:

— Durma um pouco no meu colo. — E, enquanto Minnikin estava deitado, ela o vestiu com um traje de prata.

Assim que Ritter Red viu que não havia mais perigo, desceu da árvore e ameaçou a princesa, até que ela novamente foi forçada a dizer que fora ele que a salvara. Depois disso, ele pegou a língua e os pulmões do *troll* e os colocou em seu lenço de bolso e conduziu a princesa de volta ao palácio. Havia felicidade e alegria no palácio, como se pode imaginar, e o rei não sabia como mostrar honra e respeito suficientes a Ritter Red.

Minnikin, no entanto, levou para casa uma braçada de argolas de ouro e de prata retiradas do navio do *troll*. Quando voltou ao palácio do rei, a copeira bateu palmas e se perguntou onde ele poderia ter conseguido todo aquele ouro e prata. Mas Minnikin respondeu que ele estivera em casa por pouco tempo e que as moedas haviam caído de alguns baldes e que os trouxera para ela.

Quando chegou a terceira noite de quinta-feira, tudo aconteceu exatamente como nas duas ocasiões anteriores. Tudo no palácio do rei estava coberto de preto e todos estavam tristes e angustiados. Mas Ritter Red disse que não achava que eles tinham muitos motivos para temer, uma vez que ele havia libertado de dois *trolls* a filha do rei e que, sendo assim, poderia facilmente libertá-la do terceiro também.

Ele a conduziu até a praia, mas, quando se aproximou a hora da chegada do *troll*, ele subiu na árvore novamente e se escondeu.

A princesa chorou e implorou para que ele ficasse, mas em vão. Ele manteve seu antigo discurso:

— É melhor perder uma vida do que duas.

Também naquela noite, Minnikin implorou permissão para descer à beira-mar.

— Oh, o que você pode fazer lá? — respondeu a copeira.

No entanto, ele implorou até que finalmente obteve permissão para ir, mas foi forçado a prometer que estaria de volta na cozinha quando o assado tivesse que ser virado.

Quase imediatamente depois de chegar à costa, o *troll* veio com um grande assobio e zumbido, e era muito, muito maior do que qualquer um dos dois anteriores e tinha quinze cabeças.

— Ataque! — rugiu o *troll*.

— Ataque você! — replicou Minnikin.

— Você sabe lutar? — gritou o *troll*.

— Se não souber, posso aprender — disse Minnikin.

— Ensinarei a você — gritou o *troll* e o atingiu com sua clava de ferro de forma que a terra voou quinze metros de altura no ar.

— Que vergonha! — disse Minnikin. — Isso não foi lá um grande golpe. Agora vou permitir que veja um dos meus golpes.

Dizendo isso, ele agarrou sua espada e cortou o *troll* de tal maneira que todas as quinze cabeças rolaram pela areia.

Então, a princesa foi salva. Ela agradeceu a Minnikin e o abençoou por salvá-la.

— Agora durma um pouco no meu colo — disse ela e, enquanto ele estava deitado, ela colocou um traje de bronze nele.

— Mas agora, como vamos contar a todos que foi você quem me salvou? — disse a filha do rei.

— Vou lhe dizer como — respondeu Minnikin. — Quando Ritter Red levá-la para casa novamente e revelar que foi seu grande salvador, ele, como você sabe, a terá como esposa e receberá metade do reino. Mas, quando perguntarem a você no dia de seu casamento quem você escolherá como seu copeiro, deve dizer: "Eu quero o menino maltrapilho que está na cozinha e que carrega lenha e água para a copeira". Quando eu estiver servindo suas xícaras, derramarei uma gota no prato dele, mas nenhuma no seu e, então, ele ficará com raiva, me punirá e isso acontecerá três vezes. Mas, na terceira vez, você deve dizer: "Que vergonha ferir assim o amado do meu coração, foi ele quem me livrou do *troll* e é ele quem eu terei".

Então, Minnikin correu de volta para o palácio do rei como tinha feito antes, mas primeiro ele subiu a bordo do navio do troll e pegou uma grande quantidade de ouro e prata e outras coisas preciosas e, mais uma vez, deu para a copeira toda uma braçada de argolas de ouro e prata.

Assim que Ritter Red viu que todo o perigo havia passado, desceu da árvore e ameaçou a filha do rei até fazê-la prometer que diria que ele a havia resgatado. Em seguida, ele a conduziu de volta ao palácio do rei e, se honra suficiente não lhe tivesse sido prestada antes, certamente o fora naquele momento, pois o rei não tinha outro pensamento senão o de valorizar o homem que salvara sua filha dos três *trolls*. E, assim, ficou decidido que Ritter Red se casaria com ela e receberia metade do reino.

No dia do casamento, porém, a princesa implorou que o menino que estava na cozinha e que levava lenha e água para a copeira enchesse as taças de vinho na festa de casamento.

— Oh, o que você pode querer com aquele garoto sujo e maltrapilho aqui? — perguntou Ritter Red, mas a princesa insistiu em tê-lo como copeiro e ninguém mais e, finalmente, obteve permissão e tudo foi feito conforme o combinado entre ela e Minnikin. Ele derramou uma gota no prato de Ritter Red, mas nenhuma no dela e, cada vez que o fazia, Ritter Red ficava mais furioso e o golpeava. No primeiro golpe, todas as roupas esfarrapadas que ele usava na cozinha caíram, no segundo golpe, as vestimentas de cobre caíram e no terceiro a vestimenta de prata. Assim, restou a roupa dourada, que era tão brilhante e esplêndida que refletiu uma luz intensa.

Então, a filha do rei disse:

— Que vergonha ferir assim o amado do meu coração. Foi ele que me livrou do *troll* e é ele que terei.

Ritter Red jurou que era ele o homem que a salvara, mas o rei disse:

— Aquele que salvou minha filha deve ter alguma prova disso.

Ao ouvir aquelas palavras, Ritter Red correu imediatamente para pegar seu lenço com os pulmões e a língua do *troll*, Minnikin trouxe todo o ouro, prata e coisas preciosas que havia tirado dos navios dos *trolls* e cada um deles entregou suas provas ao rei.

— Aquele que tem coisas tão preciosas em ouro, prata e diamantes — disse o rei — deve ser aquele que matou o *troll*, pois tais coisas não podem ser obtidas de outra forma. Então, Ritter Red foi atirado em um ninho de cobras e Minnikin recebeu a princesa e metade do reino.

Um dia, o rei saiu para passear com Minnikin e este perguntou-lhe se nunca tivera outros filhos.

— Sim — disse o rei —, eu tive outra filha, mas o *troll* a levou embora porque não havia ninguém que pudesse salvá-la. Você receberá uma filha minha, mas, se puder libertar a outra, que foi levada pelo *troll*, você a terá também de bom grado, assim como a outra metade do reino.

— Posso muito bem fazer uma tentativa — disse Minnikin —, mas precisarei de uma corda de ferro com quinhentos metros de comprimento e quinhentos homens, bem como provisões para cinco semanas, pois tenho uma longa viagem pela frente.

O rei disse que ele teria tudo o que precisasse, mas que temia que ele não tivesse um navio grande o suficiente para transportar todos eles.

— Mas eu tenho meu próprio navio — respondeu Minnikin, e tirou do bolso o que a velha lhe dera. O rei riu dele e pensou que era apenas uma de suas piadas, mas Minnikin implorou que ele lhe desse o que havia pedido e, então, veria. Assim, tudo o que Minnikin havia pedido lhe foi trazido. Primeiro ele ordenou que colocassem a corda no navio, mas não havia ninguém que pudesse levantá-la e só havia espaço para um ou dois homens de cada vez no pequeno espaço do navio. Então, o próprio Minnikin segurou a corda e colocou um ou dois elos dela no navio e, conforme ele a colocava para dentro, o navio ficava cada vez maior e, por fim, era tão grande que a corda, os quinhentos homens, as provisões e o próprio Minnikin cabiam perfeitamente dentro dele.

— Agora atravesse a água doce e a água salgada, por cima de colinas e vales, e não pare até chegar aonde a filha do rei está — ordenou Minnikin ao navio. A embarcação partiu imediatamente navegando por terra e água até que o vento assobiasse e gemesse por toda parte.

Quando eles navegaram assim por um longo, longo caminho, o navio parou no meio do mar.

— Ah, agora chegamos — disse Minnikin —, mas como vamos voltar é uma coisa muito diferente.

Em seguida, pegou a corda e amarrou uma das pontas em volta do corpo.

— Agora devo ir para o fundo — disse ele —, mas, quando eu der um puxão na corda e quiser subir novamente, todos devem puxar juntos ou será nosso fim.

Assim dizendo, ele saltou na água e bolhas amarelas se ergueram ao seu redor. Ele afundou cada vez mais e, finalmente, chegou ao fundo. Lá viu uma grande colina com uma porta e lá entrou. Assim que entrou, encontrou a outra princesa sentada costurando, mas quando ela viu Minnikin bateu palmas.

— Ah, que Deus seja louvado! — exclamou. — Não vejo um homem cristão desde que vim para cá.

— Eu vim por você — disse Minnikin.

— Ai! Você não será capaz de me levar — disse a filha do rei. — Não adianta nem pensar nisso. Se o *troll* vir você, vai tirar sua vida.

— É melhor me contar tudo o que sabe sobre ele — disse Minnikin. — Aonde ele foi? Seria divertido vê-lo.

Então, a filha do rei disse a Minnikin que o *troll* estava tentando encontrar alguém que pudesse preparar cem doses de malte de uma só vez, pois haveria um banquete em sua casa, no qual menos do que aquela quantidade não seria suficiente.

— Eu posso fazer isso — disse Minnikin.

— Ah! Se o *troll* não fosse tão temperamental, eu poderia dizer isso a ele — respondeu a princesa —, mas ele é tão mal-humorado que vai despedaçá-lo assim que entrar. Mas tentarei encontrar uma maneira de fazer isso. Você poderia se esconder aqui no armário? Veremos o que acontece.

Minnikin fez isso e, pouco antes de entrar no armário e se esconder, o *troll* chegou.

— Huf! Que cheiro de sangue cristão! — disse o *troll*.

— Sim, um pássaro voou sobre o telhado com um osso de cristão em seu bico e o deixou cair em nossa chaminé — respondeu a princesa. — Eu me apressei para o tirar de lá, mas o cheiro deve ter permanecido.

— Sim, deve ser isso — disse o *troll*.

Então, a princesa perguntou se ele havia conseguido alguém que pudesse preparar cem doses de malte de uma só vez.

— Não, não há ninguém que possa fazer isso — disse o *troll*.

— Não faz muito tempo, passou um homem por aqui que disse que poderia fazê-lo — disse a filha do rei.

— Você sempre é muito inteligente! — disse o *troll*. — Como pôde deixá-lo ir embora? Você sabe que eu estava procurando um homem desse tipo.

— Bem, na verdade, não o deixei ir, afinal — disse a princesa —, mas você é tão temperamental que o escondi no armário. Se não encontrou ninguém mais para fazê-lo, o homem ainda está aqui.

— Deixe-o entrar — permitiu o *troll*.

Quando o Minnikin entrou, o *troll* perguntou se era verdade que ele poderia fabricar cem doses de malte de uma só vez.

— Sim — disse Minnikin —, posso.

— Está bem, então — disse o *troll*. — Comece a trabalhar neste exato minuto, mas que Deus o ajude se não preparar a cerveja forte o suficiente.

— Oh, terá um gosto muito bom — disse Minnikin, e imediatamente se pôs a trabalhar para preparar a cerveja.

— Mas preciso de mais *trolls* para me ajudarem a carregar o que é necessário — disse Minnikin —, estes que tenho não servem para nada.

Ele conseguiu tantos que havia um enxame deles e, assim, o preparo da cerveja continuou. Quando a cerveja ficou pronta, todos estavam, naturalmente, ansiosos para prová-la, primeiro o próprio *troll* e depois os outros. Mas Minnikin havia preparado o mosto tão forte que todos eles caíram mortos como moscas assim que o beberam. Por fim, não sobrou ninguém, exceto uma velha miserável que estava deitada atrás do fogão.

— Oh, pobre criatura! — disse Minnikin —, você também terá que provar o mosto como os demais. Ele pegou um pouco de infusão do fundo do tanque, colocou em uma vasilha de leite, deu para ela beber e, então, foi o fim de todos eles.

Enquanto Minnikin estava parado ali olhando em volta, viu um grande baú. Ele o pegou e encheu com ouro e prata, amarrou a corrente em volta de si mesmo, da princesa, do baú e puxou a corrente com toda a força. Os homens os puxaram sãos e salvos.

Assim que Minnikin subiu em segurança até seu navio novamente, ele disse:

— Agora passe pela água salgada e água doce, por cima de colinas e vales, e não pare até chegar ao palácio do rei. E no mesmo instante o navio partiu tão rápido que a espuma amarela se ergueu ao redor.

Quando aqueles que estavam no palácio do rei viram o navio, não perderam tempo em ir ao seu encontro com canções e melodias, e assim eles marcharam em direção a Minnikin com grande alegria, mas o mais feliz de todos era o rei, pois agora tinha sua outra filha de volta.

Mas Minnikin não estava feliz, pois as duas princesas queriam tê-lo e ele não queria outra, senão aquela que salvou primeiro e que era a mais jovem. Por esse motivo, ele andava continuamente de um lado para o outro, pensando em como poderia fazer para conquistá-la e, ainda assim, não fazer nada que fosse cruel com sua irmã. Um dia, quando estava andando e pensando, veio-lhe à mente que, se tivesse seu irmão, o rei Pippin, ao seu lado, que era tão parecido com ele que ninguém conseguia distinguir um do outro, ele poderia deixá-lo ficar com a princesa mais velha e metade do reino, enquanto ele ficaria com a mais nova e a outra metade do reino. Assim que esse pensamento lhe ocorreu, ele saiu do palácio e chamou o rei Pippin, mas ninguém apareceu. Ele chamou pela segunda vez um pouco mais alto, mas nada! Então, Minnikin chamou pela terceira vez com todas as suas forças, e lá estava seu irmão ao seu lado.

— Eu lhe disse que não deveria me chamar a menos que estivesse em extrema necessidade — disse ele a Minnikin —, e não há nem mesmo um mosquito aqui que possa lhe fazer algum mal! — E, dizendo isso, acertou Minnikin com um golpe tão forte que este rolou na grama.

— Que vergonha me acertar assim! — disse Minnikin. — Primeiro ganhei uma princesa e metade do reino e depois a outra princesa e a outra metade do reino. Agora que estava pensando em lhe dar uma das princesas e uma das metades do reino, você acha que tem algum motivo para golpear deste modo?

Quando o rei Pippin soube daquilo, implorou pelo perdão de seu irmão e eles se reconciliaram imediatamente e se tornaram bons amigos.

— Agora, como sabe — disse Minnikin —, somos tão parecidos que ninguém pode distinguir um do outro. Assim, troque de roupa comigo, vá ao palácio e as princesas pensarão que estou entrando. Aquela que te beijar primeiro será sua e eu terei a outra.

Ele sabia que a princesa mais velha era a mais forte e, sendo assim, ele poderia muito bem prever o que aconteceria.

O rei Pippin concordou imediatamente. Ele trocou de roupa com o irmão e foi para o palácio. Quando entrou nos aposentos das princesas, elas acreditaram que ele era Minnikin, e as duas correram até ele ao mesmo tempo. A mais velha, que era maior e mais forte, empurrou a irmã para o lado, jogou os braços em volta do pescoço do rei Pippin e o beijou. Assim, ele se casou com ela e Minnikin com a irmã mais nova. Será fácil imaginar que os dois casamentos foram celebrados de forma tão magnífica que muito se falou sobre eles nos sete reinos.

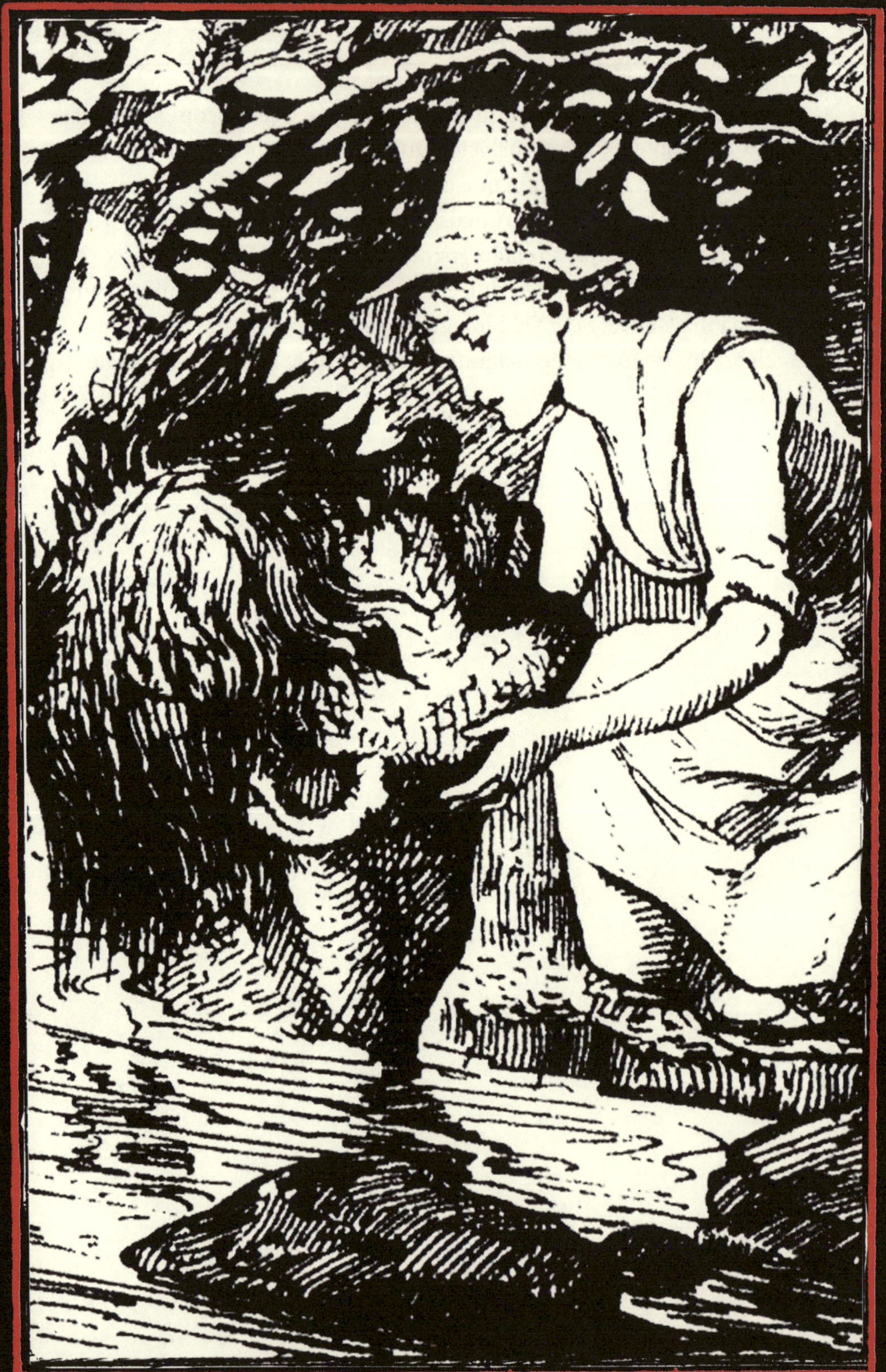

A NOIVA ARBUSTO

(J. Moe)

Era uma vez um viúvo que tivera um filho e uma filha com sua primeira esposa. Ambos eram bons filhos e amavam-se de todo o coração. Com o passar do tempo, o homem se casou novamente e escolheu como esposa uma viúva que tinha uma filha tão feia e tão má quanto sua mãe. Desde o dia em que a nova esposa entrou na casa, não houve paz para os filhos do homem, nem um canto onde pudessem descansar. O rapaz pensou, então, que a melhor coisa a fazer era sair pelo mundo e tentar ganhar seu próprio sustento.

Depois de vagar por algum tempo, chegou ao palácio do rei, no qual obteve um lugar como cocheiro. Ele era muito rápido e ativo, e os cavalos de que cuidava eram tão gordos e esguios que brilhavam.

Mas a situação de sua irmã, que ainda estava na casa, ia de mal a pior. Tanto sua madrasta como sua meia-irmã sempre encontravam defeitos nela, não importava o que fizesse ou onde fosse, sempre a repreendiam e abusavam dela de forma que nunca tinha um minuto de paz. Elas a obrigavam a realizar todo o trabalho mais pesado, endereçavam a ela palavras duras o tempo todo e lhe davam pouca comida.

Um dia, elas a mandaram ao riacho para buscar um pouco de água, e uma cabeça feia e terrível ergueu-se da água e falou:

— Lave-me, menina!

— Sim, o farei com prazer — disse a garota, e começou a lavar e esfregar o rosto feio, mas sem deixar de pensar que aquela era uma tarefa bem desagradável. Quando terminou, outra cabeça surgiu da água e era ainda mais feia.

— Escove-me, garota! — falou a cabeça.

— Sim, irei escová-la com prazer — disse a garota, e começou a desembaraçar o cabelo emaranhado e, como pode-se facilmente imaginar, aquela também não foi de forma alguma uma tarefa agradável.

Quando ela terminou, outra cabeça, muito mais feia e de aparência terrível, surgiu da água.

— Beije-me, garota! — falou a cabeça.

— Sim, irei beijá-la — disse a filha do homem, e ela o fez, mas achou que aquela era a pior tarefa que já tivera que fazer na vida.

Assim, as cabeças começaram a falar entre si e questionaram o que deveriam fazer por aquela garota tão cheia de bondade.

— Ela será a garota mais bonita que já existiu, bela e radiante como o dia — disse a primeira cabeça.

— Ouro cairá de seu cabelo sempre que o escovar — disse a segunda.

— Ouro sairá de sua boca sempre que falar — disse a terceira cabeça.

Então, quando a filha do homem foi para casa, linda e radiante como o dia, a madrasta e sua filha ficaram ainda mais mal-humoradas. A situação piorou ainda mais quando ela começou a falar e elas viram que moedas de ouro saíam de sua boca. A madrasta foi tomada de tamanha ira que levou a filha do homem para o chiqueiro. Ela poderia permanecer lá com seu belo ouro, mas não teria permissão de pisar na casa.

Não demorou muito para que a mãe mandasse sua filha até o riacho buscar água.

Quando ela chegou lá carregando seus baldes, a primeira cabeça saiu da água perto da margem.

— Lave-me, garota! — falou a cabeça.

— Lave-se você mesma! — respondeu a filha da mulher.

Então, a segunda cabeça apareceu.

— Escove-me, garota! — falou a cabeça.

— Escove-se você mesma! — disse a filha da mulher.

Então, desceu o balde até o fundo, e a terceira cabeça apareceu.

— Beije-me, garota! — falou a cabeça.

— Como se eu fosse beijar essa boca feia! — exclamou a garota.

Então, novamente, as cabeças conversaram sobre o que deveriam fazer com aquela garota que era tão mal-humorada e cheia de orgulho e concordaram que ela deveria ter um nariz de quatro metros de comprimento, uma mandíbula de três metros, um arbusto de abeto no meio de sua testa e, cada vez que falasse, cinzas deveriam sair de sua boca.

Quando ela voltou para a cabana com seus baldes, chamou por sua mãe que estava lá dentro:

— Abra a porta!

— Abra você mesma, minha querida filha! — respondeu a mãe.

— Não consigo me aproximar por causa do meu nariz — disse a filha.

Quando a mãe saiu e a viu, você pode imaginar em que estado ficou e como gritou e lamentou, mas nem o nariz nem a mandíbula ficaram menores por causa disso.

O irmão, que estava trabalhando no palácio do rei, possuía um retrato de sua irmã que levara com ele. Todas as manhãs e noites, ele se ajoelhava diante dele e orava por sua irmã, tão grande era seu amor por ela.

Os outros cavalariços o ouviam fazer isso, espiavam pelo buraco da fechadura de seu quarto e viam que ele se ajoelhava diante de um quadro. Eles espalharam o boato que todas as manhãs e noites o jovem se ajoelhava e orava a um ídolo. Por fim, foram até o próprio rei e imploraram que ele também espiasse pelo buraco da fechadura e visse por si mesmo o que o jovem fazia. A princípio, o rei não acreditou naquilo, mas depois de muito, muito tempo, eles o convenceram e ele caminhou na ponta dos pés até a porta, espiou e viu o jovem de joelhos, com as mãos entrelaçadas diante de um quadro que estava pendurado na parede.

— Abra a porta! — gritou o rei, mas o jovem não ouviu.

O rei chamou-o novamente, mas o jovem orava com tanto fervor que novamente não o ouviu.

— Abra a porta, eu disse! — gritou o rei novamente. — Sou eu! Quero entrar.

Então, o jovem correu até a porta e a destrancou, mas na pressa se esqueceu de esconder o retrato.

Quando o rei entrou e o viu, ficou imóvel como se estivesse acorrentado e não pôde se mexer, pois o quadro lhe parecia muito bonito.

— Não há em nenhum lugar na Terra uma mulher tão bonita como esta! — exclamou o rei.

Mas o jovem disse-lhe que era sua irmã, que ele pintara seu retrato e que, se ela não era mais bonita do que o quadro, não era tão pouco mais feia.

— Bem, se ela for tão bonita assim, eu a tornarei minha rainha — disse o rei, e ordenou que o jovem fosse para casa e a trouxesse sem perda de tempo.

O jovem prometeu apressar-se ao máximo e partiu do palácio.

Quando o irmão chegou em casa para buscar a irmã, a madrasta e a meia-irmã também estavam de partida. Então, todos seguiram juntos, a filha do homem levou consigo uma caixa na qual guardava seu ouro e o cachorro chamado Floco de Neve. Essas duas coisas eram tudo o que herdara de sua mãe. Depois de viajarem por algum tempo, eles tiveram que atravessar o mar. O irmão sentou-se ao leme, a mãe e as duas meias-irmãs foram para a proa do navio e eles navegaram por um longo, longo tempo. Por fim, avistaram terra firme.

— Olhe para aquela faixa branca ali, é onde vamos desembarcar — disse o irmão, apontando para o outro lado do mar.

— O que meu irmão está dizendo? — perguntou a filha do homem.

— Ele disse que você deve jogar sua caixa ao mar — respondeu a madrasta.

— Bem, se meu irmão diz, devo fazê-lo — disse a filha do homem e atirou a caixa ao mar.

Depois de navegar por mais algum tempo, o irmão mais uma vez apontou para o mar.

— Ali está, você já pode ver o palácio que é nosso destino — disse ele.

— O que meu irmão está dizendo? — perguntou a filha do homem.

— Agora ele disse que você deve jogar seu cachorro no mar — respondeu a madrasta.

A filha do homem chorou e ficou profundamente perturbada, pois Floco de Neve era a coisa mais querida que tinha no mundo, mas por fim ela o jogou ao mar.

— Se meu irmão disse isso, devo fazê-lo, mas Deus sabe como não queria ter que me afastar de você, Floquinho! — disse ela.

Assim, eles navegaram para bem mais longe.

— Agora pode ver o rei saindo ao seu encontro — disse o irmão, apontando para a costa.

— O que meu irmão está dizendo? — perguntou sua irmã novamente.

— Agora ele disse que você deve se jogar ao mar imediatamente — respondeu a madrasta.

Ela chorou e gemeu, mas, como seu irmão havia dito aquilo, pensou que deveria fazê-lo, então ela atirou-se ao mar.

Quando eles chegaram ao palácio e o rei viu a noiva feia com um nariz de quatro metros de comprimento, uma mandíbula de três metros e uma testa com um arbusto no meio, ficou apavorado. No entanto, a festa de casamento estava toda preparada: os pães, os assados e todos os convidados do casamento já estavam sentados aguardando, então, por mais feia que ela fosse, o rei foi forçado a desposá-la.

Ele ficou tão irado, e ninguém poderia culpá-lo por isso, que fez o irmão ser jogado em uma cova cheia de cobras.

Na primeira quinta-feira à noite depois do ocorrido, uma bela donzela entrou na cozinha do palácio e implorou à copeira, que ali dormia, que lhe emprestasse uma escova. Ela implorou com tanta gentileza que obteve a permissão e, então, escovou seu cabelo e o ouro caiu dele.

Um cachorrinho estava com ela, e ela lhe disse:
— Vá até lá fora, Floco de Neve, e veja se vai amanhecer logo!

Ela disse aquilo três vezes, e na terceira vez que mandou o cachorro verificar, já estava muito próximo do amanhecer. Então ela foi forçada a partir, mas ao sair disse:

"Fora com você, Noiva Arbusto, noiva feia,
dorme tão suave ao lado do jovem rei, na areia
e nas pedras, faço meu leito, meu irmão dorme com a fria serpente,
sem que chorem por ele, em estado negligente.
Voltarei duas vezes por esses umbrais
e, depois, nunca mais."

Pela manhã, a copeira relatou o que vira e ouvira e o rei lhe disse que, na próxima quinta à noite, ele mesmo ficaria na cozinha para ver se aquilo era verdade. Quando começou a escurecer, ele foi para a cozinha para ver a jovem. Mas, embora ele esfregasse os olhos e fizesse tudo o que podia para se manter acordado, foi em vão, pois a Noiva Arbusto cantou e cantou até que seus olhos se fecharam e, quando a bela jovem apareceu, ele dormia e roncava.

Desta vez também, como antes, ela pegou uma escova emprestada, escovou o cabelo e ouro caiu dele. Ela mandou novamente o cachorro sair três vezes e, quando o dia amanheceu, ela partiu, mas, enquanto partia, repetiu o que dissera antes:

Voltarei mais uma vez por esses umbrais
e, depois, nunca mais.

Na terceira noite de quinta-feira, o rei mais uma vez insistiu em vigiar. Ele colocou dois homens para segurá-lo. Cada um deles deveria segurar um braço, sacudi-lo e puxá-lo sempre que parecesse adormecer. Ele colocou ainda dois homens para vigiar a Noiva Arbusto. Mas, à medida que a noite avançava, a Noiva Arbusto começou a sussurrar e cantar novamente, de modo que seus olhos começaram a se fechar e a cabeça a pender para o lado. Então, uma adorável donzela apareceu, pegou a escova, escovou o cabelo até que ouro caísse dele e enviou Floco de Neve para ver se logo amanheceria, e isso ela fez três vezes. Na terceira vez, estava começando a clarear e, então, ela disse:

Fora com você, Noiva Arbusto, noiva feia,
dorme tão suave ao lado do jovem rei, na areia
e nas pedras, faço meu leito, meu irmão dorme com a fria serpente,
sem que chorem por ele, em estado negligente.

— Agora, nunca mais voltarei — disse ela, e virou-se para ir embora. Mas os dois homens que seguravam o rei pelos braços agarraram suas mãos, forçaram-no a segurar uma faca e o fizeram cortar o dedo mínimo dela, apenas o suficiente para sangrar.

Assim, a verdadeira noiva foi libertada. O rei despertou de seu sono e ela lhe contou tudo o que acontecera e como sua madrasta e sua meia-irmã a traíram. Então, o irmão foi imediatamente tirado da cova das cobras, que nunca o tinham tocado, e a madrasta e a meia-irmã foram atiradas para dentro da mesma cova, no lugar dele.

Ninguém pode dizer o quão feliz o rei ficou em se livrar daquela horrível Noiva Arbusto e unir-se a uma rainha que era linda e radiante como o próprio dia.

Assim, o verdadeiro casamento foi celebrado e de tal forma realizou-se que muito se ouviu e se falou sobre ele em todos os sete reinos. O rei e sua noiva foram para a igreja, e Floco de Neve os acompanhou na carruagem. Quando a bênção foi dada, eles voltaram para casa e, depois disso, não os vi mais.

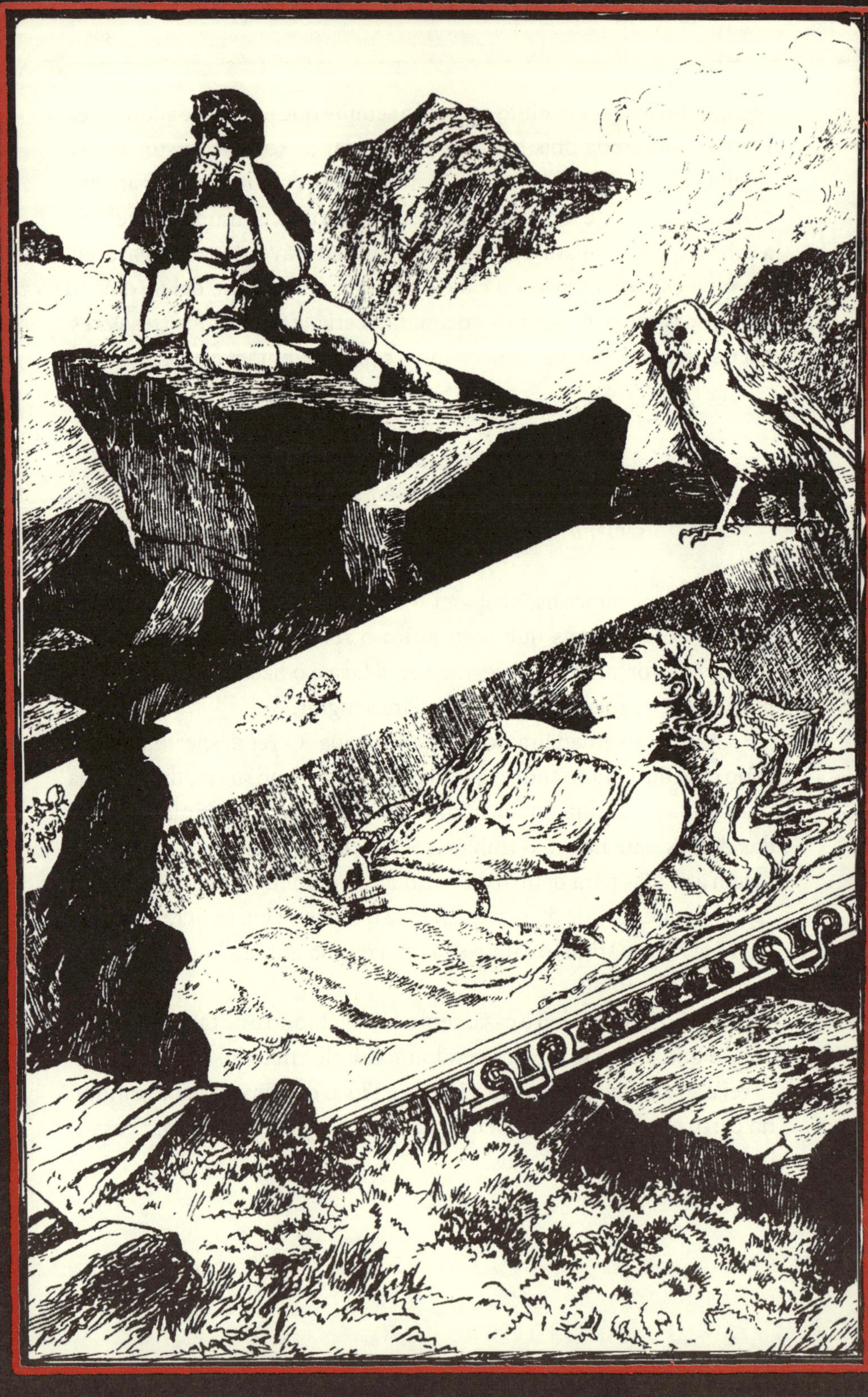

BRANCA DE NEVE

(Irmãos Grimm)

Era uma vez, no meio do inverno, quando os flocos de neve caíam como penas na terra, uma rainha que se sentou próximo a uma janela emoldurada em ébano e costurou. E enquanto ela costurava e olhava para a paisagem branca, espetou o dedo com a agulha, e três gotas de seu sangue caíram na neve lá fora. Como o vermelho se destacava tão bem contra o branco, ela pensou consigo mesma:

— Oh! O que eu não daria para ter uma criança branca como a neve, vermelha como sangue e com cabelos negros como ébano!

E seu desejo foi atendido, pois não muito depois uma linda filhinha nasceu, com uma pele tão alva como a neve, bochechas e lábios vermelhos como o sangue e cabelos negros como ébano. Eles a chamaram de Branca de Neve, mas não muito depois de seu nascimento, a rainha morreu.

Após um ano, o rei se casou novamente. Sua nova esposa era uma mulher bonita, mas tão orgulhosa e autoritária que não suportava a existência de nenhuma rival para sua beleza. Ela possuía um espelho mágico e, quando ficava diante dele olhando para seu próprio reflexo, costumava perguntar:

— Espelho, espelho meu, quem em todo o mundo é mais bela do que eu?

A resposta era sempre a mesma:

Minha rainha, sois a maior beldade,
não há ninguém mais bela do que Vossa Majestade.

Ela ficava muito feliz, pois sabia que o espelho sempre falava a verdade.

Mas Branca de Neve ficava mais e mais bonita a cada dia e, quando ela tinha sete anos, era tão bonita quanto podia ser e mais bonita ainda do que a própria rainha. Um dia, quando esta última fez ao espelho a pergunta usual, ele respondeu:

Minha rainha, sois bela, é verdade,
mas Branca de Neve é muito mais bela que Vossa Majestade.

Ao ouvir aquilo, a rainha mergulhou na mais terrível consternação e sua inveja foi tamanha que ela adquiriu todos os tons de verde. A partir daquele momento, ela odiou a pobre Branca de Neve com todas as suas forças e a cada dia sua inveja, ódio e malícia aumentavam, pois a inveja e o ciúme são como ervas daninhas que brotam e sufocam o coração. Por fim, ela não suportou mais a presença de Branca de Neve e, chamando um caçador, disse:

— Leve a criança para a floresta e nunca mais me deixe ver o rosto dela novamente. Você deve matá-la e me trazer de volta seus pulmões e seu fígado para que tenha certeza de que está morta.

O caçador fez o que lhe foi dito e conduziu Branca de Neve para a floresta, mas, quando ele estava sacando a faca para matá-la, ela começou a chorar e disse:

— Oh, querido caçador, poupe minha vida e prometo fugir para a floresta e nunca mais voltar para casa.

E porque ela era tão jovem e bonita, o caçador teve pena e disse:
— Bem, vá embora, pobre criança — disse, pois pensou consigo mesmo: "As feras logo a comerão".

Seu coração ficou mais leve porque, afinal, não tivera que cometer aquela maldade. E, quando se virou, um jovem javali passou correndo, então, ele atirou no animal e levou seus pulmões e seu fígado para a rainha como prova de que Branca de Neve estava realmente morta.

A perversa mulher cozinhou-os com sal e os comeu, pensando que havia acabado com Branca de Neve para sempre.

Quando a pobre criança se viu sozinha na grande floresta, as próprias árvores ao seu redor pareciam assumir formas estranhas e ela ficou tão assustada que não sabia o que fazer. Ela começou a correr sobre as pedras afiadas e por entre os arbustos espinhosos, assim, as feras passavam por ela, mas não lhe faziam qualquer mal. Ela correu o máximo que suas pernas permitiram e, quando a noite já se aproximava, ela viu uma casinha e entrou para descansar. Tudo era muito pequeno na casinha, porém mais limpo e arrumado do que qualquer lugar que se possa imaginar. No meio da sala, havia uma mesinha, coberta com uma toalha branca e sete pratinhos, garfos, colheres, facas e copos. Lado a lado contra a parede, havia sete pequenas camas, cobertas com colchas brancas como a neve. Branca de Neve sentiu tanta fome e sede que comeu um pedaço de pão e um pouco de mingau de cada prato e bebeu um gole de vinho de cada copo. Então, sentindo-se cansada e com sono, ela se deitou em uma das camas, mas não era confortável. Ela tentou todas as outras, uma de cada vez, mas uma era muito comprida, a outra muito curta e foi só quando ela chegou à sétima que encontrou uma que lhe servia perfeitamente. Ela se deitou, fez suas orações como uma boa criança e adormeceu profundamente.

Quando escureceu, os donos da casinha voltaram. Eles eram sete anões que trabalhavam nas minas, bem no interior da montanha. Acenderam suas sete lamparinas e, assim que seus olhos se acostumaram com o clarão, viram que alguém havia entrado na casa, pois nem tudo estava na mesma ordem em que haviam deixado.

O primeiro disse:

— Quem se sentou na minha cadeirinha?

O segundo disse:

— Quem comeu meu pãozinho?

O terceiro disse:

— Quem provou meu mingau?

O quarto disse:

— Quem comeu no meu pratinho?

O quinto disse:

— Quem usou meu garfo?

O sexto disse:

— Quem cortou com minha pequena faca?

O sétimo disse:

— Quem andou bebendo no meu copinho?

Então, o primeiro anão olhou em volta e viu uma pequena depressão em sua cama e perguntou novamente:

— Quem está deitado na minha cama?

Os outros vieram correndo e gritaram ao ver suas camas:

— Alguém se deitou nas nossas também!

Mas, quando o sétimo se aproximou de sua cama, ele recuou surpreso, pois lá viu Branca de Neve dormindo profundamente. Ele chamou os outros, que acenderam suas lamparinas perto da cama e, quando viram Branca de Neve deitada ali, quase caíram de costas de surpresa.

— Meu Deus! — gritaram. — Que linda criança!

E ficaram tão encantados com sua beleza que não a acordaram, mas a deixaram dormir na pequena cama. O sétimo anão dormiu com seus companheiros uma hora em cada cama, e assim conseguiu passar a noite.

Pela manhã, Branca de Neve acordou, mas, quando viu os sete anões pequenos, ficou muito assustada. No entanto, eles foram tão amigáveis e lhe perguntaram era seu nome de forma tão gentil que ela respondeu:

— Meu nome é Branca de Neve.

— Por que veio à nossa casa? — continuaram os anões.

Ela lhes contou como sua madrasta desejou que fosse morta, como o caçador salvara sua vida e como ela havia corrido o dia todo até chegar à sua pequena casa. Os anões, quando ouviram sua triste história, perguntaram-lhe:

— Você gostaria de ficar aqui e cuidar da casa para nós, cozinhar, fazer as camas, lavar, costurar e tricotar? Se fizer essas tarefas com capricho e mantiver tudo arrumado e limpo, nada lhe faltará.

— Sim — respondeu Branca de Neve. — Terei prazer em fazer tudo que me pedirem.

E, assim, ela passou a morar com eles. Todas as manhãs os anões iam para a montanha em busca de ouro e, à noite, quando voltavam para casa, Branca de Neve sempre tinha o jantar pronto para lhes servir. Mas durante o dia a menina ficava sozinha, então os bons anões a advertiram, dizendo:

— Cuidado com sua madrasta. Ela logo descobrirá que você está aqui e, haja o que houver, não deixe ninguém entrar em casa.

A rainha, depois de pensar ter comido os pulmões e o fígado de Branca de Neve, jamais poderia sonhar em não ser considerada a mulher mais bela do mundo e, dando um passo diante de seu espelho um dia, perguntou:

— Espelho, espelho meu, quem em todo o mundo é mais bela do que eu?

E o espelho respondeu:

Minha rainha, sois bela, é verdade,
mas Branca de Neve é mais bela que Vossa Majestade.
Branca de Neve, que vive com sete homenzinhos tranquilamente,
é a mais bela novamente.

Quando a rainha ouviu aquelas palavras, quase emudeceu de terror, pois o espelho sempre falava a verdade e ela sabia agora que o caçador a enganara e que Branca de Neve ainda estava viva. Ela pensou dia e noite como poderia destruí-la, pois, enquanto ela sentisse que tinha uma rival na Terra, seu coração invejoso jamais lhe daria descanso. Por fim, ela traçou um plano. Ela sujou o rosto e se vestiu como uma velha mascate, de modo que ficou irreconhecível. Com aquele disfarce, ela passou pelas sete colinas até chegar à casa dos sete anões. Lá ela bateu à porta, gritando:

— Artigos finos para vender, artigos finos para vender!

Branca de Neve espiou pela janela e gritou:

— Bom dia, senhora, o que tem para vender?

— Lindas mercadorias, finas mercadorias — respondeu ela. — Fitas de todas as cores e formas. — E ela ergueu uma que era feita de seda colorida com tons alegres.

"Claro que posso deixar essa honesta senhora entrar", pensou Branca de Neve, então destrancou a porta e comprou a bela fita.

— Bem graciosa! — disse a velha. — Como você é bela! Irei ajudá-la a colocar a fita corretamente.

Branca de Neve, sem suspeitar de nenhum mal, parou diante dela e deixou-a amarrar a fita no corpete, mas a velha amarrou-a tão rapidamente e com tanta força que Branca de Neve ficou sem fôlego e caiu morta.

— Agora você não é mais a mais bela — disse a velha perversa e saiu dali apressadamente.

À noite, os sete anões voltaram para casa e pode-se imaginar o susto que tiveram quando viram sua querida Branca de Neve caída no chão, imóvel como uma pessoa morta. Eles a ergueram com ternura e, quando viram como estava amarrada, cortaram a fita ao meio e ela começou a respirar um pouco, voltando à vida gradualmente. Quando os anões souberam o que havia acontecido, eles disseram:

— Pode ter certeza, a velha mascate não era outra, senão a velha rainha. No futuro, você deve se certificar de não deixar ninguém entrar quando não estivermos em casa.

Assim que a velha rainha malvada chegou em casa, ela foi direto para o espelho e disse:

— Espelho, espelho meu, quem em todo o mundo é mais bela do que eu?

E o espelho respondeu como antes:

Minha rainha, sois bela, é verdade,
mas Branca de Neve é mais bela que Vossa Majestade.
Branca de Neve, que vive com os sete homenzinhos tranquilamente,
é a mais bela novamente.

Quando ela ouviu aquilo, ficou pálida como a morte, porque deduziu imediatamente que Branca de Neve devia ter sobrevivido.

— Desta vez — disse a si mesma —, vou pensar em algo que vai acabar com ela de uma vez por todas.

E utilizando a feitiçaria que conhecia muito bem, fez um pente envenenado. Em seguida, vestiu-se, assumiu a forma de outra velha, subiu as sete colinas até chegar à casa dos sete anões e, batendo à porta, gritou:

— Artigos finos à venda.

Branca de Neve olhou pela janela e disse:

— Você deve ir embora, pois não posso deixar ninguém entrar.

— Mas certamente não está proibida de olhar pela janela, está? — disse a velha, e ergueu o pente envenenado para ela ver.

O pente agradou tanto a menina que ela se deixou levar e abriu a porta. Quando elas concluíram a negociação, a velha disse:

— Agora vou mostrar como pentear seu cabelo da forma certa usando este pente.

A pobre Branca de Neve não pensou que aquele gesto pudesse lhe causar qualquer mal, mas, quando o pente tocou seu cabelo, o veneno entrou em ação e ela caiu inconsciente.

— Agora, minha linda menina, este é realmente o seu fim — disse a mulher perversa e voltou para casa o mais rápido que pôde.

Felizmente já era quase noite, e os sete anões voltaram para casa. Quando viram Branca de Neve caída no chão, eles imediatamente suspeitaram que sua madrasta malvada agira novamente. Assim, procuraram até encontrar o pente envenenado e, no momento em que o retiraram de seus cabelos, Branca de Neve voltou a si e contou-lhes o que havia acontecido. Então, eles a advertiram mais uma vez para permanecer vigilante e não abrir a porta para ninguém.

Assim que a rainha chegou em casa, ela foi direto ao espelho e perguntou:

— Espelho, espelho meu, quem em todo o mundo é mais bela do que eu?

E o espelho respondeu como antes:

Minha rainha, sois bela, é verdade,
mas Branca de Neve é mais bela que Vossa Majestade.
Branca de Neve, que vive com os sete homenzinhos tranquilamente,
é a mais bela novamente.

Quando ouviu aquelas palavras, ela literalmente estremeceu e teve espasmos de fúria.

— Branca de Neve deve morrer — gritou ela —, ainda que isso custe minha própria vida!

Então, ela foi para uma pequena câmara secreta, que ninguém conhecia, exceto ela mesma, e lá fez uma maçã envenenada. Externamente parecia bonita, com a polpa branca e a casaca vermelha, de modo que todos os que a viam desejavam comê-la, mas quem o fizesse certamente morreria no mesmo instante. Quando a maçã ficou pronta, ela sujou o rosto, vestiu-se de camponesa e subiu as sete colinas até a casa dos sete anões. Ela bateu à porta, como de costume, mas Branca de Neve colocou a cabeça para fora da janela e gritou:

— Não posso deixar ninguém entrar, os sete anões me proibiram de fazer isso.

— Você teme ser envenenada? — perguntou a velha. — Veja, cortarei esta maçã ao meio. Comerei a parte branca e você come a vermelha.

Mas a maçã fora feita de forma tão astuta que apenas a parte vermelha era venenosa. Branca de Neve ansiava por comer a fruta tentadora e, quando viu que a camponesa estava comendo, não resistiu mais à tentação e, estendendo a mão, pegou a metade envenenada. Mal a primeira mordida passou por seus lábios, ela caiu morta no chão. Então, os olhos da cruel rainha brilharam de alegria e, rindo alto, ela gritou:

— Tão alva como a neve, tão vermelha como o sangue e com os cabelos tão negros como o ébano, desta vez, os anões não serão capazes de trazê-la de volta à vida.

Quando ela chegou em casa, perguntou ao espelho:

— Espelho, espelho meu, quem em todo o mundo é mais bela do que eu?

E desta vez ele respondeu:

Minha rainha, sois a maior beldade,
não há ninguém mais bela que Vossa Majestade.

Então, seu coração invejoso teve paz, pelo menos tanto quanto um coração invejoso pode ter.

Quando os pequenos anões voltaram para casa à noite, encontraram Branca de Neve caída no chão e ela não respirava, nem se mexia. Eles a levantaram e olharam em volta para ver se encontravam algo envenenado. Eles desamarraram seu corpete, pentearam seus cabelos, lavaram-na com água e vinho, mas tudo em vão, pois a criança estava morta e continuou morta. Em seguida, eles a colocaram em um esquife, e todos os sete anões se sentaram ao redor, chorando e soluçando por três dias inteiros. Por fim, eles decidiram enterrá-la, mas ela parecia florescer como um ser vivo e suas bochechas ainda tinham uma cor tão linda que eles disseram:

— Não podemos escondê-la sob o chão negro.

Então, eles fizeram um caixão de vidro transparente, colocaram-na nele e escreveram na tampa em letras douradas que ela era uma princesa real. Em seguida, colocaram o caixão no topo da montanha, e um dos anões sempre ficava ao lado dele, vigiando. Os próprios pássaros do céu vieram e lamentaram a morte de Branca de Neve, primeiro uma coruja, depois um corvo e, por último, uma pequena pomba.

Branca de Neve ficou muito tempo no caixão e ela sempre parecia a mesma, como se estivesse dormindo e assim permanecia branca como a neve, vermelha como sangue e seu cabelo preto como ébano.

Aconteceu que, certo dia, um príncipe veio à floresta e passou pela casa dos anões. Ele viu o caixão na colina, com a linda Branca de Neve dentro dele e, ao ler o que estava escrito em letras douradas, disse ao anão:

— Entregue-me o caixão. Darei o que quiser por ele.

Mas o anão disse:

— Não nos separaríamos dele nem por todo o ouro do mundo.

— Bem, então — respondeu ele —, dê para mim, pois não posso mais viver sem Branca de Neve. Irei valorizá-la e amá-la como meu bem mais precioso.

Ele falava com tanta tristeza que os bons anões tiveram pena dele e lhe deram o caixão, e o príncipe fez seus servos o carregarem nos ombros. Aconteceu que, enquanto desciam a colina, tropeçaram em um arbusto e sacudiram o caixão com tanta violência que o pedaço envenenado da maçã que Branca de Neve engolira saiu de sua garganta. Ela gradualmente abriu os olhos, levantou a tampa do caixão e sentou-se viva e bem.

— Oh! Meu Deus, onde estou? — gritou ela.

O príncipe respondeu com alegria:

— Você está comigo.

E contou a ela tudo o que tinha acontecido, acrescentando:

— Eu a amo mais do que qualquer outra pessoa em todo o mundo. Você virá comigo para o palácio de meu pai e será minha esposa?

Branca de Neve consentiu, foi com ele e o casamento foi celebrado com grande pompa e esplendor.

A perversa madrasta de Branca de Neve foi uma das convidadas para a festa de casamento. Depois de se vestir muito bem para a ocasião, foi até o espelho e disse:

— Espelho, espelho meu, quem em todo o mundo é mais bela do que eu?

E o espelho respondeu:

Minha rainha, sois bela, é verdade,
mas Branca de Neve é mais bela que Vossa Majestade.

Quando a perversa mulher ouviu aquelas palavras, proferiu uma maldição e ficou fora de si de raiva e inveja. No início, ela não queria ir ao casamento, mas, ao mesmo tempo, sentiu que nunca mais seria feliz se não pusesse os olhos na jovem rainha. Quando ela entrou, Branca de Neve a reconheceu e quase desmaiou de medo, mas sapatos de ferro em brasa haviam sido preparados para a velha e perversa rainha e ela foi obrigada a calçá-los e dançar até cair morta.

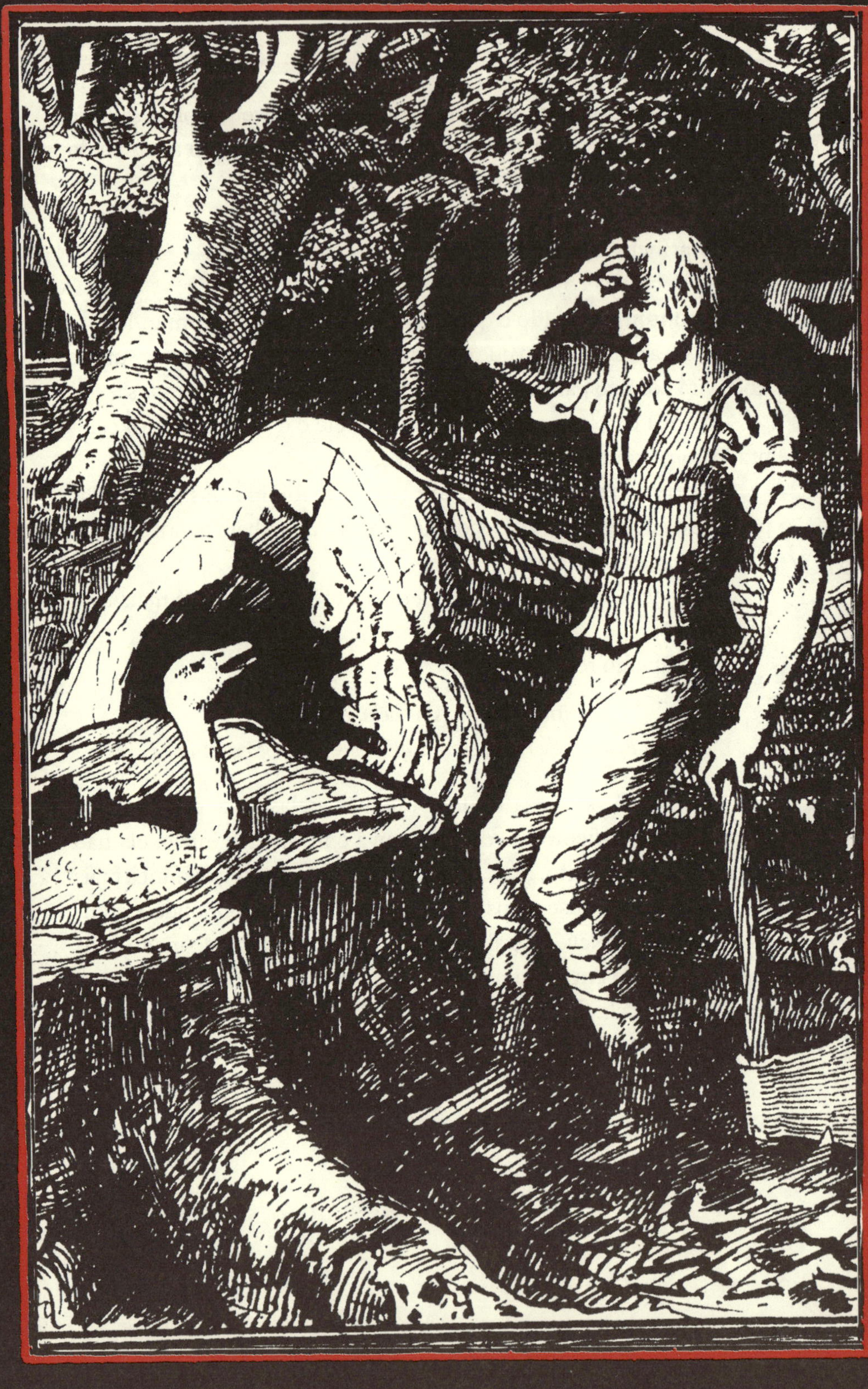

O GANSO DE OURO

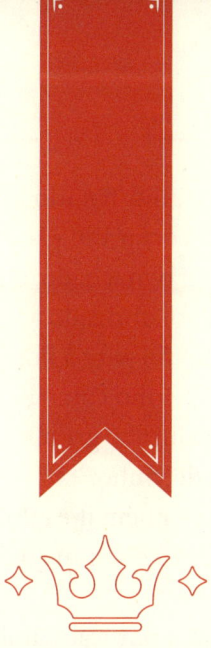

(Irmãos Grimm)

Era uma vez um homem que tinha três filhos. O mais jovem deles era chamado de Tonto e era motivo de escárnio, zombaria e desprezo em todas as oportunidades possíveis.

Um dia, o filho mais velho quis ir para a floresta cortar lenha e, antes de partir, sua mãe deu-lhe um belo e refinado bolo e uma garrafa de vinho para que ele não sentisse fome nem sede.

Quando chegou à floresta, o rapaz encontrou um velho grisalho, que lhe desejou bom dia e disse:

— Dê-me um pedaço daquele bolo que você tem no bolso e deixe-me tomar um gole do seu vinho... Estou com tanta fome e sede.

Mas o filho inteligente respondeu:

— Se eu te der meu bolo e vinho, não terei nada para mim, portanto, siga seu próprio caminho.

Ele deixou o homenzinho parado ali e seguiu adiante para a floresta. Lá ele começou a cortar uma árvore, mas em pouco tempo deu um golpe em falso com o machado, o que o fez ferir seu próprio braço tão gravemente que foi obrigado a ir para casa e enfaixá-lo.

Então, o segundo filho foi para a floresta, e sua mãe lhe deu um bom bolo e uma garrafa de vinho como dera a seu irmão mais velho. Ele também encontrou o velhinho grisalho, que lhe implorou por um pedaço de bolo e um gole de vinho.

Mas o segundo filho também lhe falou com sensatez:

— Tudo o que dou a você é a mim que privo. Siga seu próprio caminho, está bem?

Não muito depois, uma punição também o atingiu, pois, assim que ele deu alguns golpes em uma árvore com seu machado, cortou a perna com tanta força que teve de ser carregado para casa.

Então, Tonto disse:

— Pai, deixe-me ir e cortar madeira.

Mas seu pai respondeu:

— Ambos os seus irmãos se machucaram. É melhor abandonar essa ideia, você não entende nada sobre isso.

Mas Tonto implorou tanto para ter permissão de ir que, finalmente, seu pai disse:

— Muito bem, então, vá. Talvez se você se machucar, aprenda alguma coisa.

Sua mãe só lhe deu um bolo bem simples feito com água e assado nas brasas e uma garrafa de cerveja amarga.

Quando chegou à floresta, ele também encontrou o velhinho grisalho, que o cumprimentou e disse:

— Dê-me um pedaço do seu bolo e um gole da sua garrafa, estou com tanta fome e sede.

E Tonto respondeu:

— Eu só tenho um bolo simples e um pouco de cerveja amarga, mas, se você quiser, podemos nos sentar e comer.

Eles, então, sentaram-se e, quando Tonto trouxe seu bolo, descobriu que tinha se transformado em um belo e refinado bolo e a cerveja amarga se transformara em um vinho de excelente qualidade. Eles comeram, beberam e, quando terminaram, o homenzinho disse:

— Agora vou trazer-lhe boa sorte, porque tem um coração bom e está disposto a partilhar o que tem com os outros. Lá está uma velha árvore, corte-a e, entre suas raízes, você encontrará algo. — E dizendo isso, o homenzinho se despediu.

Então, Tonto começou imediatamente a derrubar a árvore e, quando ela veio ao chão, ele encontrou entre suas raízes um ganso, cujas penas eram feitas de ouro puro. Ele o tirou das raízes, tomou-o em seus braços e levou-o para uma estalagem na qual pretendia passar a noite.

O dono da estalagem tinha três filhas que, quando viram o ganso, ficaram curiosas sobre o que poderia ser aquele pássaro maravilhoso e desejaram ter uma das suas penas douradas.

A mais velha pensou consigo mesma:

— Sem dúvida, em breve, encontrarei uma boa oportunidade para arrancar uma de suas penas.

E, na primeira vez que Tonto saiu da sala, ela agarrou o ganso pela asa. Mas vejam só! Seus dedos ficaram grudados no ganso, e ela não conseguia tirar a mão da ave.

Logo depois, a segunda filha entrou e pensou em arrancar uma pena de ouro para si mesma, mas ela mal tocou a irmã, e ficou presa também. Por fim, a terceira irmã veio com as mesmas intenções, mas as outras duas gritaram:

— Fique longe! Pelo amor de Deus, saia daqui!

A irmã mais nova não conseguia imaginar por que deveria ficar longe e pensou consigo mesma:

— Se as duas estão lá, por que eu não deveria estar também?

Então, ela saltou para junto delas, mas, assim que as tocou, ficou completamente presa. Dessa forma, as três tiveram que passar a noite presas ao ganso.

Na manhã seguinte, Tonto colocou o ganso debaixo do braço e saiu, sem se preocupar com as três garotas que o seguravam. Elas só precisavam correr atrás dele, para a direita ou para a esquerda, o melhor que pudessem. No meio de um campo, encontraram o pároco e, quando ele viu aquela procissão, gritou:

— Que vergonha, meninas atrevidas! O que pretendem correndo atrás de um jovem pelos campos dessa forma? Chamam isso de comportamento adequado?

E com isso ele agarrou a menina mais nova pela mão para tentar afastá-la dali. Mas, assim que a tocou, ele também ficou preso e teve que correr junto com o resto deles.

Não muito tempo depois, o escrivão passou por ali e ficou muito surpreso ao ver o pároco seguindo as três meninas.

— Ora, para onde está indo tão rápido, Vossa Reverência? — perguntou ele. — Não se esqueça de que haverá um batismo hoje. — E correu atrás dele, agarrou-o pela manga e ficou preso a ela.

Enquanto os cinco corriam, um atrás do outro, dois camponeses voltavam do trabalho com suas enxadas. Ao vê-los, o pároco gritou e implorou que viessem resgatar a ele e ao escrivão. Mas, assim que tocaram o escrivão, também ficaram grudados, de modo que havia sete deles correndo em fila atrás de Tonto e seu ganso.

Depois de um algum tempo, eles chegaram a uma cidade onde reinava um rei cuja filha era tão séria e solene que ninguém conseguia fazê-la rir. Sendo assim, o rei havia decretado que quem conseguisse fazê-la rir poderia se casar com ela.

Quando Tonto soube disso, marchou diante da princesa com seu ganso e os apêndices e, assim que ela viu aquelas sete pessoas correndo em fila, uma atrás da outra, começou a rir e não conseguia se conter. Então, Tonto a reivindicou como sua noiva, mas o rei, que não gostou muito dele como genro, fez todos os tipos de objeções e disse que ele deveria primeiro encontrar um homem que pudesse beber uma adega inteira de vinho.

Tonto pensou que homenzinho grisalho poderia, com certeza, ajudá-lo. Ele foi para a floresta e, no mesmo lugar onde havia derrubado a árvore, viu um homem sentado com uma expressão muito sombria.

Tonto perguntou-lhe a razão de estar com aquele semblante tão sério, e o homem respondeu:

— Eu não sei como vou matar essa sede terrível que me aflige. Água gelada não me serve de nada. Pode ter certeza de que esvaziaria um barril inteiro de vinho, mas o que é uma gota em uma pedra quente?

— Acho que posso ajudá-lo — disse Tonto. — Venha comigo e beberá o quanto quiser. Então, ele o levou até a adega do rei e o homem sentou-se diante dos enormes tonéis e bebeu e bebeu até que acabou com todo o conteúdo da adega antes de o dia terminar.

Tonto perguntou mais uma vez por sua noiva, mas o rei, irritado com a ideia de um sujeito estúpido a quem as pessoas chamavam de Tonto casar-se com sua filha, começou a criar novas condições. Ele exigiu que Tonto encontrasse um homem que pudesse comer uma montanha de pão. Tonto não parou muito para pensar e foi direto para a floresta. Lá, no mesmo lugar, viu um homem que estava sentado puxando uma cinta o mais apertado que podia ao redor de seu corpo e fazia uma cara deplorável. Disse ele:

— Comi um forno inteiro de pães, mas de que adianta isso para alguém que está sempre com tanta fome como eu? Meu estômago está tão vazio que devo puxar meu cinto com força se não quiser morrer de fome.

Tonto ficou maravilhado e disse:

— Levante-se e venha comigo, você terá muito o que comer.

E ele o trouxe para a corte do rei.

O rei havia ordenado que toda farinha de seu reino fosse reunida e uma enorme montanha de pão fosse assada com ela. O homem da floresta apenas se posicionou diante da montanha e começou a comer e, em um dia, tudo havia desaparecido.

Pela terceira vez, Tonto perguntou por sua noiva, mas, novamente, o rei veio com evasivas e exigiu um navio que pudesse navegar por terra ou água!

— Quando você vier velejando em tal embarcação — disse ele —, terá minha filha sem mais demora.

Novamente Tonto partiu para a floresta e lá ele encontrou o homenzinho grisalho com quem dividiu seu bolo, que lhe disse:

— Eu comi e bebi por você, e agora eu lhe darei o barco. Fiz tudo isso porque você foi gentil e misericordioso comigo.

Então, ele deu a Tonto um barco que podia navegar por terra ou água e, quando o rei o viu, sentiu que não poderia mais recusar conceder sua filha.

Assim, eles celebraram o casamento com grande alegria. Depois da morte do rei, Tonto sucedeu ao reino e viveu feliz com sua esposa por muitos anos.

OS SETE POTRINHOS

(J. Moe)

Era uma vez um casal pobre que morava em uma cabana miserável, longe de todo mundo, no interior de uma floresta. Eles viviam com grande dificuldade, tinham três filhos e o mais novo deles se chamava Cinder[1], pois não fazia outra coisa senão deitar-se e remexer entre as cinzas.

Um dia, o filho mais velho disse que sairia para ganhar a vida. Ele logo teve permissão para fazer isso e partiu para trilhar seu caminho pelo mundo. Ele caminhou sem parar durante todo o dia e, quando a noite estava começando a cair, ele chegou a um palácio real. O rei estava parado do lado de fora, na escada, e perguntou para onde ele estava indo.

---

1. Cinza de carvão em inglês. (N. E.)

— Oh, estou procurando um lugar para ficar, meu senhor — disse o jovem.

— Você gostaria de me servir e cuidar dos meus sete potros? — perguntou o rei. — Se for capaz de vigiá-los por um dia inteiro e me dizer à noite o que comeram e beberam, terá a princesa e metade do meu reino como recompensa, mas, se não puder, cortarei tiras vermelhas de couro de em suas costas.

O jovem achou que seria muito fácil cuidar dos potros e que poderia fazê-lo muito bem.

Na manhã seguinte, quando o dia estava começando a raiar, o estribeiro-mor do rei soltou os sete potros; eles correram e o jovem foi atrás deles por sobre colinas e vales e através de pântanos na extremidade da floresta. Após o jovem correr por um bom tempo, começou a ficar cansado e, quando já não aguentava mais de exaustão, chegou a uma fenda em uma rocha, na qual uma velha mulher estava sentada fiando com a roca na mão.

Assim que avistou o jovem, que corria atrás dos potros até o suor escorrer pelo rosto, ela gritou:

— Venha aqui, venha aqui, meu lindo rapaz e deixe-me pentear seus cabelos.

O rapaz estava disposto a descansar um pouco, então, sentou-se na fenda da rocha ao lado da velha bruxa e deitou sua cabeça no colo dela. Ela penteou seus cabelos o dia todo enquanto ele estava deitado e se entregava à ociosidade.

Quando a noite se aproximava, o jovem quis partir.

— Posso muito bem ir direto para casa novamente — disse ele —, pois não adianta ir ao palácio do rei.

— Espere até o anoitecer — disse a velha bruxa —, e então os potros do rei passarão por este lugar novamente e você poderá correr para casa com eles. Ninguém jamais saberá que esteve deitado aqui o dia todo em vez de observar os potros.

Então, quando eles chegaram, ela deu ao rapaz uma garrafa de água, um pouco de musgo e disse-lhe para mostrar aquilo ao rei e dizer que era o que seus sete potros comeram e beberam.

— Vigiaste fielmente e bem o dia todo? — perguntou o rei, quando o rapaz veio à sua presença, à noite.

— Sim, vigiei-os bem! — respondeu o jovem.

— Sendo assim, você é capaz de me dizer o que meus sete potros comem e bebem — disse o rei.

O jovem pegou a garrafa d'água e o pedaço de musgo que havia recebido da velha e disse:

— Aqui está a comida e aqui, a bebida.

Então, o rei soube como havia sido feita a vigilância e ficou tão furioso que ordenou que seus homens escorraçassem o jovem de volta à sua casa imediatamente, mas primeiro deveriam cortar três tiras vermelhas de couro de suas costas e espalhar sal nas feridas.

Quando o jovem voltou para casa, qualquer um pode imaginar em que estado de espírito ele estava. Ele havia saído para procurar um lugar melhor, mas nunca mais faria tal coisa novamente.

No dia seguinte, o segundo filho disse que agora era sua vez de sair pelo mundo em busca de fortuna. Seu pai e sua mãe não lhe autorizaram e pediram-lhe que olhasse as costas do irmão, mas o jovem não desistiu de seu projeto, agarrou-se a ele e depois de muito, muito tempo ele finalmente obteve permissão para partir e seguir seu caminho. Após ter caminhado o dia todo, ele também foi ao palácio do rei, que estava do lado de fora na escada e perguntou para onde ele estava indo. Quando o jovem respondeu que estava procurando um lugar para ficar, o rei disse que ele poderia ficar a seu serviço e vigiar seus sete potros. O rei prometeu a ele o mesmo castigo e a mesma recompensa que havia prometido a seu irmão.

O jovem concordou imediatamente com a proposta e se colocou a serviço do rei, pois ele pensava que poderia facilmente observar os potros e informar ao rei o que eles comiam e bebiam.

Na luz cinzenta da alvorada, o estribeiro-mor soltou os sete potros e eles correram novamente por sobre colinas e vales, e o rapaz foi atrás deles. Mas tudo transcorreu com ele da mesma forma que com seu irmão. Depois de correr atrás dos potros por muito, muito tempo e sentir calor e cansaço, passou por uma fenda na rocha, na qual uma velha estava sentada fiando com uma roca, e ela o chamou:

— Venha aqui, venha aqui, meu lindo rapaz e deixe-me pentear seu cabelo.

O jovem gostou da ideia, deixou os potros correrem para onde quisessem e sentou-se na fenda da rocha ao lado da velha bruxa. Ele colocou a cabeça no colo dela, aproveitando o dia inteiro.

Os potros voltaram à noite e ele também pegou um pouco de musgo e uma garrafa de água da velha bruxa para mostrar ao rei. Mas quando o rei perguntou ao jovem "Podes dizer-me o que os meus sete potros comem e bebem?" e o jovem mostrou-lhe o pedaço de musgo e a garrafa de água e disse: "Aqui podes ver a comida, e aqui a bebida", o rei mais uma vez se enfureceu e ordenou que três tiras vermelhas de couro fossem cortadas nas costas do rapaz, que sal fosse espalhado sobre as feridas e ainda que deveria ser imediatamente escorraçado de volta para sua casa. Quando o jovem voltou para casa, ele também contou tudo o que lhe acontecera e disse que tinha saído em busca de um lugar melhor, mas que nunca mais faria aquilo novamente.

No terceiro dia, Cinder quis partir. Ele tinha o desejo de tentar observar os sete potros ele mesmo.

Os outros dois riram e zombaram dele.

— Depois de saber tudo o que deu errado conosco, você acha que vai ter melhor sorte? Você que nunca fez outra coisa a não ser dormir e remexer as cinzas! — disseram eles.

— Sim, eu também irei — disse Cinder —, pois coloquei isso na cabeça.

Os dois irmãos riram dele mais uma vez, e seu pai e sua mãe imploraram que ele não fosse, mas em vão, e Cinder partiu. Depois de caminhar o dia todo, ele chegou ao palácio do rei quando a escuridão da noite começava a cair.

Lá estava o rei do lado de fora, nos degraus, e perguntou para onde estava indo.

— Estou andando em busca de um lugar para ficar — disse Cinder.

— De onde você vem? — perguntou o rei, pois àquela altura ele queria saber um pouco mais sobre os homens antes de colocar qualquer um a seu serviço.

Cinder disse a ele de onde tinha vindo e que era irmão dos dois que cuidaram dos sete potros anteriormente. E, então, ele perguntou se poderia tentar vigiá-los no dia seguinte.

— Oh, que vergonha! — disse o rei, pois a mera lembrança dos outros dois o enfurecia. — Se você é irmão daqueles dois, também não deve servir para muita coisa. Já estou farto de tipos como vocês.

— Bem, mas como vim até aqui, poderia ao menos me dar permissão para fazer uma tentativa — disse Cinder.

— Oh, muito bem, se está absolutamente determinado a ter suas costas esfoladas, pode seguir seu próprio caminho, se quiser — disse o rei.

— Eu preferiria muito mais a princesa — disse Cinder.

Na manhã seguinte, na luz cinzenta da alvorada, o estribeiro-mor soltou os sete potros novamente e eles correram pela colina e pelo vale, através de bosques e pântanos, e Cinder foi atrás deles. Depois de correr assim por muito tempo, ele também chegou à fenda na rocha. Lá, a velha bruxa estava mais uma vez sentada fiando com sua roca e gritou para Cinder:

— Venha aqui, venha aqui, meu lindo rapaz e deixe-me pentear seu cabelo para você.

— Venha até mim, então, venha até mim! — disse Cinder, enquanto passava pulando, correndo e segurando com força a cauda de um dos potros.

Depois de passar com segurança pela fenda na rocha, o potro mais novo disse:

— Suba nas minhas costas, pois ainda temos um longo caminho pela frente. — E o rapaz fez isso.

E assim eles seguiram em frente por um longo, longo caminho.

— Você vê alguma coisa agora? — disse o potro.

— Não — disse Cinder.

Assim, eles seguiram em frente um pouco mais.

— Você vê alguma coisa agora? — perguntou o potro.

— Oh, não — disse o rapaz.

Quando eles haviam percorrido um longo, longo caminho, o potro perguntou novamente:

— Você vê alguma coisa agora?

— Sim, agora vejo algo que é branco — afirmou Cinder. — Parece o tronco de uma grande e grossa bétula.

— Sim, é para lá que devemos ir — informou o potro.

Quando chegaram ao tronco da árvore, o potro mais velho quebrou-o em um dos lados e eles viram uma porta, dentro dela havia uma pequena sala e na sala não havia quase nada além de uma pequena lareira e alguns bancos, mas, atrás da porta, pendia uma grande espada enferrujada e um pequeno jarro.

— Você pode empunhar essa espada? — perguntou o potro.

Cinder tentou, mas não conseguiu. Ele teve que tomar um gole do jarro, depois mais um, depois ainda outro e, somente então, ele foi capaz de empunhar a espada com facilidade.

— Bom — disse o potro —, agora você deve levar a espada contigo e com ela cortarás as cabeças de todos os sete de nós no dia do teu casamento e, assim, iremos nos tornar príncipes novamente como éramos antes. Somos irmãos da princesa que você tomará como esposa quando puder contar ao rei o que comemos e bebemos, mas há um *troll* poderoso que lançou um feitiço sobre nós. Quando tiver cortado nossas cabeças, deverá tomar todo o cuidado para colocar cada cabeça junto à cauda do corpo ao qual pertencia antes, pois somente então o feitiço que o *troll* lançou sobre nós perderá todo o seu poder.

Cinder prometeu fazer aquilo e eles seguiram viagem.

Quando já haviam viajado muito, muito longe, o potro disse:

— Você vê alguma coisa?

— Não — disse Cinder.

Então, eles seguiram mais adiante.

— E agora? — perguntou o potro. — Vê alguma coisa?

— Ai! Não — disse Cinder.

Assim, eles prosseguiram mais uma vez, por muitos e muitos quilômetros, por sobre colinas e vales.

— E agora — disse o potro —, ainda não vê nada?

— Sim — disse Cinder. — Agora vejo algo como uma faixa azulada, muito, muito longe.

— Isso é um rio — disse o potro — e teremos que cruzá-lo.

Havia uma ponte longa e bonita sobre o rio e, quando chegaram do outro lado, viajaram novamente por um longo, longo caminho e, mais uma vez, o potro perguntou se Cinder via alguma coisa. Sim, dessa vez ele via algo que parecia preto, muito, muito longe, e parecia uma torre de igreja.

— Sim — disse o potro —, vamos entrar nela.

Quando os potros entraram no cemitério, eles se transformaram em homens e pareciam filhos de um rei, suas roupas eram tão magníficas que brilhavam com esplendor. Eles entraram na igreja e receberam pão e vinho do sacerdote, que estava de pé diante do altar, e Cinder os acompanhou. Mas após o padre colocar as mãos sobre os príncipes e dar as bênçãos, eles deixaram a igreja novamente. Cinder saiu também, mas levou consigo um frasco de vinho e um pouco de pão consagrado. Assim que os sete príncipes saíram para o cemitério da igreja, tornaram-se potros novamente, Cinder montou nas costas do mais jovem e eles voltaram pelo mesmo caminho pelo qual vieram, só que foram muito, muito mais rápido.

Primeiro eles passaram pela ponte, depois pelo tronco da bétula e depois pela velha bruxa, que estava sentada na fenda da rocha fiando, mas passaram tão rápido que Cinder não conseguiu ouvir o que a velha bruxa gritou atrás ele, apenas ouviu o suficiente para entender que ela estava terrivelmente enfurecida.

Já estava quase escuro quando voltaram para o rei e ele próprio estava parado no pátio esperando por eles.

— Você os vigiou bem e fielmente o dia todo? — disse o rei a Cinder.

— Fiz o meu melhor — respondeu o rapaz.

— Então pode me dizer o que meus sete potros comem e bebem? — perguntou o rei.

Cinder tirou o pão consagrado e a garrafa de vinho e os mostrou ao rei.

— Aqui está sua comida e aqui, sua bebida — disse ele.

— Sim, você os vigiou diligente e fielmente — disse o rei —, por isso, terá a princesa e a metade do reino.

Então, tudo foi preparado para o casamento, e o rei disse que seria tão imponente e magnífico que todos ouviriam falar dele por muito tempo.

Mas quando eles se sentaram para a festa de casamento, o noivo levantou-se e desceu ao estábulo, pois disse que havia se esquecido de algo que deveria fazer. Quando chegou lá, ele fez o que os potros lhe ordenaram e cortou as cabeças de todos os sete. Primeiro o mais velho, depois o segundo e assim por diante de acordo com sua idade e ele foi extremamente cuidadoso em colocar cada cabeça junto à cauda do potro ao qual ela pertencia, e, quando isso foi feito, todos os potros se tornaram príncipes novamente. Quando voltou para a festa de casamento acompanhado dos sete príncipes, o rei ficou tão feliz que beijou Cinder, deu-lhe tapinhas nas costas e sua noiva ficou ainda mais encantada com ele do que antes.

— Metade do meu reino já é seu — disse o rei —, e a outra metade será sua após a minha morte, pois meus filhos podem obter países e reinos para si, agora que se tornaram príncipes novamente.

Portanto, como todos bem podem imaginar, houve muita felicidade e alegria naquele casamento.

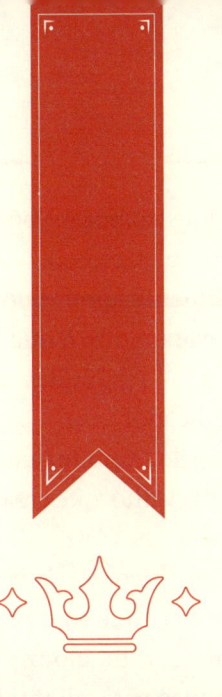

O MÚSICO TALENTOSO

(Irmãos Grimm)

Era uma vez um músico de grande talento. Um dia, ele estava vagando sozinho por uma floresta, pensando ora em uma coisa, ora em outra, até que não havia mais nada em que pensar. Então, ele disse a si mesmo:

— O tempo custa muito a passar quando estou sozinho na floresta. Devo tentar encontrar uma companhia agradável.

Ele pegou seu violino e o tocou até que a música ecoasse por todos os cantos. Depois de um tempo, um lobo apareceu no matagal e veio em sua direção.

— Oh! Você é um lobo, não é? — disse ele. — Não tenho o menor desejo de sua companhia.

Mas o lobo se aproximou e disse:

— Oh, meu querido músico, como você toca lindamente! Gostaria que você me ensinasse como fazer isso.

— Isso pode ser facilmente aprendido — respondeu o violinista. — Você só precisa fazer exatamente o que lhe digo.

— Certamente o farei — respondeu o lobo. — Prometo que vai me achar o aluno mais aplicado.

Então, eles seguiram pelo caminho juntos e, depois de algum tempo, chegaram a um velho carvalho, que era oco e tinha uma rachadura no meio do tronco.

— Agora — disse o músico —, se você quer aprender a tocar violino, esta é sua chance. Coloque suas patas dianteiras nesta fenda.

O lobo fez o que lhe foi dito, e o músico rapidamente agarrou uma pedra e cravou nas duas patas dianteiras com tanta firmeza na fenda que o lobo ficou atravancado ali, repentinamente aprisionado.

— Espere aqui até eu voltar — disse o violinista e seguiu seu caminho.

Depois de um tempo, ele disse a si mesmo novamente:

— O tempo custa muito a passar quando estou sozinho na floresta. Devo tentar encontrar uma companhia agradável.

Então, ele pegou seu violino e o tocou vigorosamente. Logo uma raposa esgueirou-se por entre as árvores.

— Aha, o que temos aqui? — disse o músico. — Uma raposa, bem, não tenho o menor desejo de sua companhia.

A raposa foi diretamente até ele e disse:

— Meu caro amigo, como toca violino lindamente. Gostaria de aprender como faz isso.

— Nada mais fácil — disse o músico —, se prometer fazer exatamente o que eu disser.

— Certamente — respondeu a raposa —, você só tem que dizer e eu farei.

— Bem, então, siga-me — respondeu o violinista.

Depois de percorrerem certa distância, chegaram a um caminho com árvores altas de ambos os lados. Naquele ponto, o músico parou, dobrou um galho robusto de aveleira de um lado do caminho e colocou o pé na ponta para mantê-lo no chão. Em seguida, dobrou um galho do outro lado e disse:

— Dê-me sua pata dianteira esquerda, minha pequena raposa, se realmente deseja saber como tocar.

A raposa obedeceu, e o músico amarrou sua pata dianteira na ponta de um dos galhos.

— Agora, minha amiga — disse ele —, dê-me sua pata direita.

Ele a amarrou ao outro galho e, tendo se certificado de que os nós estavam bem firmes, soltou as pontas dos galhos e eles voltaram à posição original, deixando a pobre raposa suspensa no ar.

— Espere aqui até eu voltar — disse o músico, e voltou a seguir o seu caminho.

Mais uma vez, ele disse a si mesmo:

— O tempo custa muito a passar quando estou sozinho na floresta. Devo tentar encontrar outra companhia.

Então, ele pegou seu violino e tocou tão alegremente quanto antes. Desta vez, uma pequena lebre veio correndo ao ouvir aquele som.

— Oh! Aí vem uma lebre — disse o músico. — Não tenho o menor desejo de sua companhia.

— Como você toca lindamente, querido violinista — disse a pequena lebre. — Eu gostaria de aprender como você faz isso.

— É bem fácil de aprender — respondeu o músico. — Apenas faça exatamente o que lhe disser.

— Assim o farei — disse a lebre. — Você encontrará em mim uma aluna muito atenta.

Eles seguiram juntos por certo tempo até que chegaram a uma parte estreita da floresta, na qual encontraram um álamo crescendo. O músico amarrou uma longa corda em volta do pescoço da pequena lebre e a outra ponta na árvore.

— Agora, minha alegre amiguinha — disse o músico —, corra vinte vezes ao redor da árvore.

A pequena lebre obedeceu e, quando correu vinte vezes ao redor da árvore, a corda se enroscou em volta do tronco, de modo que o pobre animalzinho ficou preso firmemente. Ela poderia morder e roer o quanto quisesse, mas não conseguiria se libertar e, além disso, a corda poderia cortar seu pescoço sensível.

— Espere aqui até eu voltar — disse o músico e continuou seu caminho.

Nesse ínterim, o lobo puxou, mordeu e arranhou a pedra até que finalmente conseguiu soltar as patas. Enfurecido, ele correu atrás do músico, determinado a despedaçá-lo quando o encontrasse. Quando a raposa o viu correndo, gritou o mais alto que pôde:

— Irmão lobo, venha em meu socorro, o músico também me enganou.

O lobo puxou os galhos para baixo, partiu a corda em dois e libertou a raposa. Então, eles seguiram seu caminho juntos, ambos jurando vingança contra o músico. Eles encontraram a pobre lebre presa à árvore e, após libertá-la, todos saíram em busca do inimigo.

Durante aquele tempo, o músico tocara o violino mais uma vez e tivera mais sorte no resultado. Os sons atingiram os ouvidos de um pobre lenhador, que imediatamente deixou o trabalho e, com a machadinha debaixo do braço, foi ouvir a música.

— Finalmente consegui um companheiro adequado — disse o músico —, pois era um ser humano que sempre busquei e não um animal selvagem.

E ele começou a tocar de forma tão encantadora que o pobre homem ficou ali como se estivesse enfeitiçado e seu coração pulsava de alegria ao ouvi-lo.

Enquanto eles estavam ali, o lobo, a raposa e a pequena lebre surgiram, e o lenhador viu imediatamente que eles queriam fazer o mal. Ele ergueu seu machado cintilante e colocou-se na frente do músico, dizendo:

— Se tocarem em um fio de cabelo de sua cabeça, cuidado, pois terão que se ver comigo.

Então, as feras ficaram assustadas, correram de volta para a floresta, e o músico tocou para o lenhador uma de suas melhores músicas como forma de agradecimento e então continuou seu caminho.

A HISTÓRIA DE SIGURD

(Saga Volsunga)

(Esta é uma história muito antiga: os dinamarqueses que costumavam lutar com os ingleses no tempo do rei Alfredo conheciam essa história. Eles esculpiram nas rochas figuras de algumas das coisas que acontecem no conto e essas esculturas ainda podem ser vistas. Por ser tão antiga e tão bonita, a história é contada aqui novamente, mas tem um final triste. Na verdade, é tudo triste e é tudo sobre lutar e matar, como se poderia esperar dos dinamarqueses.)

Era uma vez um rei no Norte que havia vencido muitas guerras, mas agora estava velho. Mesmo assim, ele tomou uma nova esposa e, então, outro príncipe, que também queria se casar com ela, veio enfrentá-lo acompanhado de um grande exército. O velho rei lutou bravamente, mas finalmente sua espada se quebrou, ele foi ferido e seus homens debandaram. Mas à noite, quando a batalha terminara, sua jovem esposa saiu procurando por ele entre os mortos e, por fim, encontrou-o e perguntou se poderia ser curado. Mas ele disse que não, pois sua sorte o abandonara, sua espada fora quebrada e ele deveria morrer. Ele ainda lhe disse que ela daria luz à um filho e que esse filho seria um grande guerreiro e o vingaria do outro rei, seu inimigo. Ele ordenou que ela guardasse os pedaços partidos de sua espada a fim de que com eles confeccionasse uma nova espada para seu filho, e essa lâmina deveria ser chamada de Gram.

Então, ele morreu. A esposa chamou sua criada e disse:

— Vamos trocar nossas roupas, você será chamada pelo meu nome e eu pelo seu para que o inimigo não nos encontre.

Assim foi feito, e elas se esconderam na floresta, mas lá alguns estranhos as encontraram e as carregaram para um navio que rumava para Dinamarca. Quando foram apresentadas ao rei, ele teve a impressão de que a criada parecia uma rainha e a rainha, uma criada. Então, ele perguntou à rainha:

— Como sabe, na escuridão da noite, quantas horas faltam para amanhecer?

E ela disse:

— Eu sei porque, quando era mais jovem, costumava ter que me levantar para acender as fogueiras e ainda acordo na mesma hora.

"Estranho, uma rainha que acende fogueiras", pensou o rei.

Em seguida, ele perguntou à rainha, que estava vestida como uma criada:

— Como sabe, na escuridão da noite, quantas horas faltam para amanhecer?

— Meu pai me deu um anel de ouro — disse ela — e sempre, antes do amanhecer, ele fica mais frio em meu dedo.

— Uma casa rica em que criadas usam ouro — disse o rei. — Certamente você não é uma criada, mas sim filha de um rei.

Ele a tratou com nobreza e, com o passar do tempo, ela deu à luz um filho chamado Sigurd, um menino lindo e muito forte. Ele tinha um preceptor para acompanhá-lo e, certa vez, o preceptor o instruiu a ir ao rei e pedir um cavalo.

— Escolha um cavalo para você — disse o rei.

Sigurd foi até a floresta. Lá encontrou um velho de barba branca e pediu-lhe:

— Venha! Ajude-me a escolher um cavalo.

Então, o velho lhe disse:

— Leve todos os cavalos para o rio e escolha aquele que atravessar nadando.

Sigurd os conduziu e apenas um atravessou nadando. Sigurd o escolheu: seu nome era Grani, provinha da raça de Sleipnir e era o melhor cavalo do mundo. Sleipnir era o cavalo de Odin, o Deus do Norte, e era tão veloz quanto o vento.

Mas um ou dois dias depois, seu preceptor lhe disse:

— Há um grande tesouro em ouro escondido não muito longe daqui, e caberá a você resgatá-lo.

Mas Sigurd respondeu:

— Já ouvi histórias sobre esse tesouro e sei que o dragão Fafnir o guarda, e ele é tão grande e perverso que ninguém ousa chegar perto dele.

— Ele não é maior do que os outros dragões — disse o preceptor — e, se você fosse tão corajoso quanto seu pai, não o temeria.

— Não sou covarde — disse Sigurd. — Por que quer que eu lute contra este dragão?

O preceptor, cujo nome era Regin, contou-lhe que todo aquele grande tesouro em ouro vermelho pertencera a seu próprio pai. Seu pai tinha três filhos, o primeiro era Fafnir, o dragão, o seguinte era Otter, que tinha o poder de assumir a forma de uma lontra quando queria, e o terceiro era ele mesmo, Regin, um grande ferreiro e forjador de espadas.

Havia, naquela época, um anão chamado Andvari, que vivia em uma lagoa sob uma cachoeira e lá ele havia escondido um grande tesouro em ouro. Um dia, Otter estava pescando lá, matou um salmão, comeu-o e estava dormindo, como fazem as lontras, em uma pedra. Então, alguém veio e atirou-lhe uma pedra, matou-o, arrancou sua pele e o levou para a casa de seu pai. Então, ele soube que seu filho estava morto e, para punir a pessoa que o matou, disse que deveria rechear a pele de Otter com ouro e cobri-la com ouro vermelho ou seria pior para ele. Então, a pessoa que matou Otter capturou o anão que era dono de todo o tesouro e o tirou dele.

Só sobrou um anel, que o anão usava, e até mesmo isso lhe foi tirado.

Então, o pobre anão ficou muito zangado e rogou para que o ouro só trouxesse infortúnios para todos que o possuíssem, para sempre.

Em seguida, a pele de Otter foi preenchida e coberta com ouro, toda ela, exceto por um pelo, e este foi recoberto com o último anel do pobre anão.

Mas isso não trouxe sorte para ninguém. Primeiro Fafnir, o dragão, matou seu próprio pai, e, em seguida, chafurdou-se no ouro para que seu irmão não ficasse com nada e nenhum homem ousasse chegar perto dele.

Quando Sigurd ouviu a história, disse a Regin:

— Faça-me uma boa espada para que eu possa matar este dragão.

Regin fez a espada, e Sigurd a experimentou golpeando em um pedaço de ferro, mas a espada se quebrou.

Ele fez outra espada, e Sigurd a quebrou também.

Então, Sigurd foi até sua mãe e pediu os pedaços quebrados da lâmina de seu pai e os deu a Regin. Ele os malhou e os transformou em uma nova espada, tão afiada que o fogo parecia queimar ao longo da lâmina.

Sigurd experimentou esta lâmina no pedaço de ferro e ela não se quebrou, mas partiu o ferro em dois. Ele jogou um fardo de lã no rio e, quando flutuou contra a espada, foi cortado em dois. Então, Sigurd disse que aquela espada serviria. Mas, antes de partir contra o dragão, ele liderou um exército para lutar contra os homens que haviam matado seu pai e matou o rei, tomou todas as suas riquezas e voltou para casa.

Depois de alguns dias em casa, ele cavalgou com Regin, certa manhã, até a charneca onde o dragão costumava ficar. E lá ele viu a trilha que o dragão deixara quando foi a um penhasco para beber água, e a trilha era como se um grande rio tivesse passado e formado um vale profundo.

Sigurd desceu até aquele lugar profundo e cavou muitos poços nele e, em um deles, ficou escondido com sua espada desembainhada. Lá ele esperou e logo a terra começou a tremer com o peso do dragão enquanto rastejava para a água. Uma nuvem de veneno flutuava diante dele enquanto bufava e rugia, de modo que seria a morte ficar diante dele.

Mas Sigurd esperou até que metade dele tivesse rastejado sobre o buraco e, então, cravou a espada Gram direto em seu coração.

O dragão chicoteou sua cauda até as pedras se quebrarem e as árvores serem esmagadas sob ele.

Enquanto morria, ele disse:

— Seja quem for que me matou, este ouro será a sua ruína e a ruína de todos os que o possuírem.

Sigurd disse:

— Eu não tocaria nele se, com isso, conquistasse a vida eterna. Mas todos os homens morrem, e nenhum homem corajoso deixa o medo da morte afastá-lo daquilo que deseja. Morra, Fafnir! — E, então, Fafnir morreu.

Depois daquele dia, Sigurd foi chamado de "A Desgraça de Fafnir" e "Matador de Dragões".

Sigurd cavalgou de volta e encontrou Regin, que lhe pediu para assar o coração de Fafnir e deixá-lo comer.

Ele, então, colocou o coração de Fafnir em uma estaca e o assou. Mas, por acidente, ele o tocou com o dedo e se queimou. Ele colocou o dedo na boca e provou o coração de Fafnir.

Ao fazer aquilo, ele imediatamente passou a entender a linguagem dos pássaros e ouviu os pica-paus dizerem:

— Sigurd está assando o coração de Fafnir para outro, quando ele mesmo deveria provar e desfrutar de toda a sabedoria.

O próximo pássaro disse:

— Lá está Regin, pronto para trair Sigurd, que nele confia.

O terceiro pássaro disse:

— Deixe que corte a cabeça de Regin e guarde todo o ouro para si.

O quarto pássaro disse:

— Sim, e depois poderá cavalgar para Hindfell, lugar onde Brynhild dorme.

Ao ouvir tudo aquilo e, como Regin planejava traí-lo, Sigurd cortou sua cabeça com um único golpe da espada Gram.

Então, todos os pássaros começaram a cantar:

"Conhecemos uma bela donzela,
Uma bela donzela adormecida,
Sigurd, não tenha medo,
Sigurd, conquiste a donzela,
A fortuna estará mantida.

Acima de Hindfell
Arde o fogo vermelho,
Lá habita a donzela
Aquela que deverá te amar,
Encontre-se para domar.

> *Lá dormir ela deverá*
> *até que tu,*
> *despertá-la irá,*
> *Levante-se e ponha-se a cavalgar,*
> *Pois certamente ela o voto fará,*
> *E não o quebrará."*

Foi então que Sigurd lembrou-se da história de que, em algum lugar, bem longe, havia uma bela donzela encantada. Ela estava enfeitiçada, de modo que deveria dormir em um castelo cercado por chamas flamejantes. Ali ela permaneceria adormecida para sempre até que um cavaleiro viesse cavalgando por entre as chamas e a despertasse. Ele decidiu ir, mas primeiro cavalgou percorrendo a trilha horrível de Fafnir. O dragão vivera em uma caverna com portas de ferro, cavada profundamente na terra e repleta de braceletes de ouro, coroas e anéis. Lá, também, Sigurd encontrou o Elmo do Pavor, um elmo dourado que torna invisível aquele que o usa. Empilhou tudo nas costas do bom cavalo Grani e rumou para o Sul, para Hindfell.

Era noite e, no topo da colina, Sigurd viu as chamas flamejantes ardendo em direção ao céu e, no interior das chamas, havia um castelo com um estandarte na torre mais alta. Em seguida, lançou o cavalo Grani em direção ao fogo e saltou por entre as chamas com leveza, como se tivesse passado por um urzal. Sigurd entrou pela porta do castelo e viu uma pessoa dormindo, vestida com uma armadura. Ele, então, removeu o capacete da cabeça da adormecida e eis que era uma donzela dotada de grande beleza. Ela despertou e disse:

— Ah! Você é Sigurd, o filho de Sigmund, que quebrou o encanto e veio me despertar finalmente?

A maldição recaíra sobre ela quando o espinho da árvore do sono arranhara sua mão, havia muito tempo, como uma punição por ter desagradado Odin, o Deus. Havia muito tempo, também, que ela jurara jamais se casar com um homem que se deixasse dominar pelo medo e não ousasse cavalgar por entre a muralha de chamas flamejantes. Ela própria era uma donzela guerreira que saía armada para a batalha como um homem. Mas agora ela e Sigurd se amavam, prometeram ser verdadeiros um com o outro e ele lhe dera um anel, o último anel tirado do anão Andvari. Sigurd partiu a cavalo e chegou à casa de um rei que tinha uma bela filha. Seu nome era Gudrun e sua mãe era uma bruxa. Gudrun se apaixonou por Sigurd, mas ele sempre falava de Brynhild, sobre como era linda e querida. Então, um dia, a bruxa, mãe de Gudrun, colocou papoula e drogas que causavam esquecimento em uma taça mágica e pediu a Sigurd que bebesse para brindar a sua saúde. Ele bebeu e imediatamente se esqueceu da pobre Brynhild, passou a amar Gudrun e eles se casaram com grande júbilo.

A bruxa, mãe de Gudrun, queria que seu filho Gunnar se casasse com Brynhild e pediu que ele cavalgasse com Sigurd até ela para cortejá-la. Assim, eles rumaram até a casa de seu pai, pois Brynhild havia saído dos pensamentos de Sigurd por causa do vinho que a bruxa lhe dera, mas ela se lembrava dele e ainda o amava. O pai de Brynhild disse a Gunnar que ela não se casaria com ninguém que não fosse capaz de cavalgar por entre as chamas na frente da sua torre encantada, e para lá eles cavalgaram. Gunnar lançou seu cavalo nas chamas, mas o animal não pôde enfrentá-las. Ele, então, tentou com o cavalo de Sigurd, Grani, mas ele não se moveu quando se viu montado por Gunnar. Foi então que Gunnar se lembrou do feitiço que sua mãe lhe ensinara e, por meio dessa magia, fez Sigurd parecer exatamente como ele, e ele assumiu a aparência de Sigurd. Então Sigurd, na forma de Gunnar e em sua armadura, montou em Grani, e o cavalo saltou o cerco de fogo. Sigurd entrou e encontrou Brynhild, mas ainda não se lembrava dela, por causa da poção do esquecimento servida na taça de vinho da bruxa.

Brynhild não teve outra saída a não ser prometer que seria sua esposa, a esposa de Gunnar como supunha, uma vez que Sigurd usava a forma de Gunnar, pois ela havia jurado casar-se com quem cavalgasse por entre as chamas. Ele lhe deu um anel e ela devolveu o anel que ele lhe dera antes na forma de Sigurd, o último anel do pobre anão Andvari. Em seguida, ele a deixou, e ele e Gunnar mudaram de forma, voltando a ser eles mesmos novamente, e rumaram para a casa da rainha bruxa, onde Sigurd deu o anel do anão para sua esposa, Gudrun. Brynhild foi até seu pai e disse que um rei chamado Gunnar viera, enfrentara as chamas e agora ela deveria se casar com ele.

— Eu pensei — disse ela — que nenhum homem seria capaz desse feito além de Sigurd, a desgraça de Fafnir, que foi meu verdadeiro amor. Mas ele se esqueceu de mim e devo cumprir minha promessa.

Assim, Gunnar e Brynhild se casaram, embora não tenha sido Gunnar, mas Sigurd na forma de Gunnar, que dominara o fogo.

Quando o casamento e a festa terminaram, a magia do vinho da bruxa esvaiu-se da mente de Sigurd e ele se lembrou de tudo. Ele recordou-se de como havia libertado Brynhild do feitiço, de que ela era seu verdadeiro amor, de como havia se esquecido dela e se casado com outra mulher e como havia conquistado Brynhild para ser a esposa de outro homem.

Mas ele era corajoso e não disse uma palavra aos outros para não os tornar infelizes. Ainda assim, ele não poderia evitar a maldição que recairia sobre todos os que possuíam o tesouro do anão Andvari e seu anel de ouro mortal.

E a maldição logo caiu sobre todos. Um dia, quando Brynhild e Gudrun estavam se banhando, Brynhild nadou para mais longe no rio para mostrar que era superior a Gudrun, pois ela dizia que seu marido, cavalgara através das chamas quando nenhum outro homem ousara enfrentá-las.

Gudrun ficou muito zangada e disse que fora Sigurd, não Gunnar, que cavalgara por entre as chamas e recebera de Brynhild o anel mortal que pertencera ao anão Andvari.

Foi então que Brynhild viu o anel que Sigurd dera a Gudrun e compreendeu tudo. Ela ficou pálida como um cadáver, foi para casa e, durante toda aquela noite, não falou uma palavra. No dia seguinte, ela disse a Gunnar, seu marido, que ele era um covarde e mentiroso, pois nunca cavalgara por entre as chamas, mas, em vez disso, enviara Sigurd em seu lugar e mentira que ele mesmo o fizera. Ela disse ainda que ele nunca a veria feliz em seu salão real, ela nunca mais beberia vinho, jogaria xadrez, bordaria com o fio de ouro e jamais pronunciaria palavras bondosas novamente. Dizendo isso, ela rasgou seu bordado em pedaços e chorou amargamente para que todos na casa a ouvissem. Seu coração fora partido, seu orgulho fora ferido, ela havia perdido seu verdadeiro amor, Sigurd, o Matador de Fafnir, e estava casada com um mentiroso.

Sigurd veio ao seu encontro e tentou confortá-la, mas ela não quis ouvir e disse que gostaria que a espada fosse cravada em seu coração.

— Não terá que esperar muito — disse ele — pelo dia em que a espada amarga será cravada em meu coração e você não viverá muito depois que eu estiver morto. Mas, querida Brynhild, viva, conforte-se, ame Gunnar, seu marido, e lhe darei todo o ouro, o tesouro do dragão Fafnir.

Brynhild disse:

— É tarde demais.

Então Sigurd ficou tão triste e seu coração inchou tanto no peito que estourou os anéis de aço de sua cota de malha.

Sigurd retirou-se e Brynhild decidiu matá-lo. Ela misturou veneno de serpente na carne de lobo e serviu em um prato para o irmão mais novo de seu marido. Quando provou, o rapaz enlouqueceu, invadiu o quarto de Sigurd enquanto ele dormia e o cravou na cama com uma espada. Mas Sigurd acordou, agarrou a espada Gram e a atirou no rapaz enquanto ele fugia, cortando-o ao meio. Assim morreu Sigurd, a desgraça de Fafnir, a quem dez homens não teriam conseguido matar em uma luta justa. Gudrun acordou, viu-o morto e lamentou-se aos gritos. Brynhild, por sua vez, ouviu-a e regozijou-se com seu desespero, mas o amável cavalo Grani se deitou e morreu de desgosto. Brynhild caiu em prantos até seu coração se partir. Vestiram Sigurd com sua armadura dourada, construíram uma grande fogueira a bordo de seu navio e, ao anoitecer, colocaram sobre ela os corpos de Sigurd, Brynhild, do bom cavalo Grani, e atearam fogo, lançando o navio às águas. E o vento os levou em chamas para o mar, flamejando na escuridão. Então Sigurd e Brynhild foram queimados juntos e a maldição do anão Andvari foi cumprida.

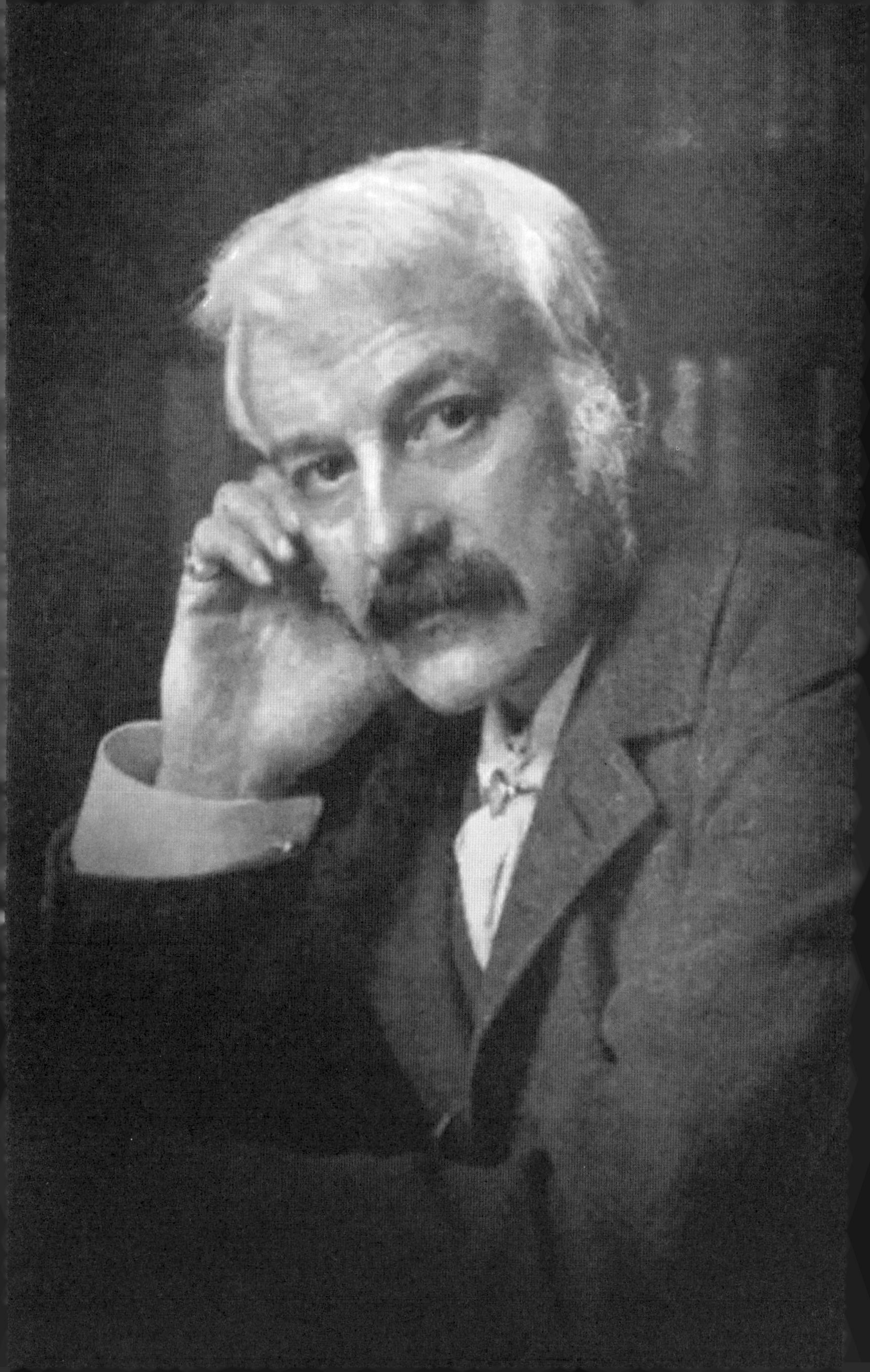

SOBRE O AUTOR

ANDREW LANG nasceu no dia 31 de março de 1844, em Selkirk, um distrito pequeno da Escócia. Filho de Jane Plenderleath Sellar e John Lang, ele era o mais velho entre seus oito irmãos. Durante a infância, Lang ouvia de sua babá muitas histórias de fadas e lendas (o verdadeiro folclore), as quais foram grande influência ao longo de sua vida.

Lang começou seus estudos na Selkirk Grammar School e, posteriormente, frequentou a Universidade St. Andrews, onde teve grande destaque. Quando foi para Oxford, ganhou a reputação de um dos escritores mais capazes e versáteis, como jornalista, poeta, crítico e historiador.

Ao longo da sua vida, foi autor de 120 livros e se envolveu em mais de 150 outras obras, como editor ou contribuidor. Lang é mais conhecido por seus doze livros de fadas, *Os Fabulosos Livros Coloridos* ou *Livros de Fadas de Lang*.

**INFORMAÇÕES SOBRE NOSSAS PUBLICAÇÕES
E NOSSOS ÚLTIMOS LANÇAMENTOS**

🌐 editorapandorga.com.br
f /editorapandorga
📷 @pandorgaeditora
🐦 @editorapandorga

PandorgA